·原著 叶无酒
·改编 杨片片

长江出版社

长江·大风堂书系

生死之外，皆为小事。
然而因为这些小事，人才值得活着。

第四案　锦屏风

第一章　匣玉离京，借住王府　162

第二章　进宫请罪，无缘大理寺　168

第三章　叶濯受伤，心有所思　176

第四章　林氏当街喊冤，状告贵人　182

第五章　探监遭拒，孟愈初提醒　190

第六章　除夕宫宴，不欢而散　196

第七章　苏启来信，事态骤变　204

第八章　北宁郡王遭禁，帝王心思崭露　214

尾声　江山倾

第一章　叶孟兄弟决裂，箴衣理想梦碎　224

第二章　祖父遗匣，惊人真相　235

第三章　母子不似母子，阴谋重重　244

第四章　尘埃落定　250

番外

番外一　蔽芾甘棠　258

番外二　白发生　261

第一案　窃官银

第一章　钦差入云中·风波乍起　2
第二章　陆庆死，官银失　8
第三章　初查案·谜云重重　13
第四章　真凶当如是，锋芒毕露　19

第二案　佳人误

第一章　临行发病，孱弱郡王　28
第二章　入越州，再起波澜　37
第三章　登瀛楼遇故人，云以游邀夜谈　43
第四章　方探案，四面埋伏　52
第五章　线索易得，真相难寻　60
第六章　皇家秘闻，听者心惊　65
第七章　『偶遇』八卦，再闻秘辛　71
第八章　真凶自首，案不成案　77
第九章　蔽苕甘棠，召伯所茇　81

第三案　飨盛宴

第一章　终入京，成监生　90
第二章　初识白子乌，比赛被组队　99
第三章　鬼神说骤起，风雨将至　108
第四章　比赛蒙冤，游园识佳人　116
第五章　牵线结良缘，揽云轩三人游　124
第六章　学子跳明月楼，平安符藏玄机　130
第七章　金榜题名，卷入诡异宴会　135
第八章　霍少离奇死亡，箧衣女儿身难藏　144
第九章　再发命案，终现真凶　151

春秋判

窃官银

第一案

微信扫码，加入《春秋判》推理圈，寻找推理提示，乐享推理乐趣。

第一章
钦差入云中，风波乍起

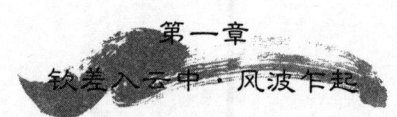

　　大周景康帝八年，地处南北交界的云中一带天灾连连，旱灾蝗灾暴雨，此消彼长。帝派幼弟北宁郡王叶濯、御史中丞孟愈亲下云中发放赈灾银。叶濯、孟愈二人一路快马加鞭，赶到云中时，正是盛夏时节。

　　云中，云中书院。
　　正午午休时分，书院中仍书声琅琅。书院门口急匆匆地闯进来两个小姑娘，领头的小姐穿淡粉色罗裙，眉目秀雅，虽然脚下莲步生风，但眉宇间并不见焦急，反而带着几分娇俏的笑意。
　　"箧衣，你家小表妹来了。"
　　正堂的书厅里，坐在靠门边上的学子悄声传话。被唤作箧衣的学子，眉目清雅，周身透着一股灵秀如玉的气质，他抬眼望了望坐在前面看书入了迷的先生，悄悄起身出去了。
　　"匣玉，出了什么事？要你亲自跑一趟！"苏箧衣刚出去，就和自家表妹迎面碰上。
　　匣玉挑了挑眉，上前两步伸手抓了苏箧衣的衣袖，像是根本没学过什么男女大防、八岁不同席之类的幼训。
　　"了不得了，苏大才子——这书院就许你来念书，不许我来传话吗？"

苏箧衣听着苏匣玉阴阳怪气的嘲弄声，也不恼，笑道："来得来得。"

苏匣玉将苏箧衣拉到一旁的老桐树下面，在阴凉处站定了方和他说道："舅舅说朝廷的钦差今日到了，明日大概会来书院视察，叫你今日早点回去，明天也别来了，算是……避避风头。"

苏箧衣点了点苏匣玉的鼻子，笑道："匣玉，你这是和我爹合计好了，一起来逗我吧。我又没犯法，有什么好躲的？"

苏匣玉小脸一红，娇嗔道："这就被你识破了，没劲透了！"转念她又调皮一笑，一双美目在苏箧衣的胸前流连，连连咂舌："那倒也是。表哥你胸前一马平川，又丈高八尺，确实没什么好躲的。"

苏箧衣瞪了她一眼，自顾自思索道："若是我明年要入国子监，这钦差——还是要主动结交才是。"

苏匣玉也正经起来："嗯，舅舅也是这么想的。其实钦差今日下午就到书院，舅舅说他不陪，这里就由你来招待。不过，说起来，钦差为什么要来咱们云中？"

"云中今年不太平。开春旱灾，复又蝗灾，这几日多暴雨，怕是又有水灾。前两个有惊无险，但是也耗光了储粮。官家贤明，自是要派钦差赈灾。"经匣玉这么一提，苏箧衣突然意识到，这次钦差的人选倒是别有深意。

两位钦差一位是陛下的亲弟弟，北宁郡王叶濯；另一位则是御史中丞孟愈孟怀瑜。孟愈幼年便以神童闻名，弱冠之龄封御史中丞，只怕不服之人大有人在。老爹自然不是那般肤浅之人，可是云中郡也不是他一个人说了算。若是带了北宁王，那就不一样了……这北宁郡王自幼骄纵，被称为京城一霸，从未干过什么正经事，让他来任钦差，就是为了方便孟愈办事。可是孟愈一个御史台的人，大老远跑到云中来赈灾，可见皇帝的重视。只是一沾上赈灾，就怕会不干净，只要云中出事，老爹就脱不了干系……

"表哥，想什么呐，半天不理我。"苏匣玉见表哥又开始"发呆"了，拉了拉他的袖子。

"呃……要见钦差了，有点紧张。"苏箧衣随便编了个理由搪塞。

"乱说，我表哥以后是要中状元的人，殿试都要去的，还怕这几个钦差？"

苏箧衣长叹一口气："唉——哪是那么容易的事儿啊。明年选贡生，考了贡生，我能去做监生，便要争监元；争了监元，之后就是解元。争了解元，复去争会元。争了会元，复去争殿元。"

第一案 窃官银

苏匣玉听得头晕，连连摆手："停停停——这个元那个元的，听得我头都大了。不是都说是争状元嘛，怎么有这么多幺蛾子。表哥你也别着急，什么元都没有，大不了玉儿给你包汤圆吃！"

苏箧衣爽朗一笑："好，吃个三碗，便是连中三元！"

苏匣玉便也跟着笑了，她的笑如三月春光，带着小女儿家的温柔明媚。苏箧衣心中默默感慨，自家表妹也是出落成大姑娘了。

"也快中午了，快回去吧。你今年刚及笄，在书院还是避讳些，小心嫁不出去。"

苏匣玉被苏箧衣推着往外走，嘴里嘟囔着："我又不恨嫁，你不也没有成亲么？哼，走就走。"

送走苏匣玉，苏箧衣不禁对自己的身份有些犯愁。成亲什么的，她还从未想过。想她爹苏启一生痴情，妻子早逝后孑然一身，夫妻二人只有她一个女儿。因她聪敏好学，父亲便从小给她做男孩打扮，方便上学读书，一晃眼就长这么大了，却也未曾被人识破，也不知是可喜还是可悲。

告别表妹，苏箧衣安排小厮注意着动静，便回学堂继续学习了。

到了晌午时分，果然有小厮前来回禀。

"苏公子，外面来了好多人，都挎着刀，穿的衣服上还写着御字。"

苏箧衣眼睛一亮："一定是钦差大人到了。你去里面通知先生，我先去接钦差进来。"

看着小厮匆忙跑了进去，苏箧衣复又整理了一番自己的仪表，这才朝着门口走去。还不等她走到门口，就见两个盛气逼人的男子一前一后走了过来。

两人明明风格各异，气场迥然，却又偏偏一前一后相得益彰。走在前面的男子，穿蓝色锦袍，袖口腰带等处都绣着华丽的麒麟图案，这个人必是北宁郡王叶濯了。而他身后的男子，则一身白袍，腰间只挂了一枚简单的古玉，走路的时候，有意无意地和叶濯错开了半步的距离，眉宇之间清朗俊逸，这定是弱冠便封御史中丞的孟愈了。北宁郡王叶濯的母亲钟太妃和孟愈的母亲已逝的孟夫人乃是亲姐妹，说来他们还是表兄弟，这两人长相虽有些相似，气质却截然不同。

看了一会儿，苏箧衣总算及时回过神来。她上前两步，迎了过去，正好听到叶濯正不耐地和孟愈抱怨："这是什么鬼地方，还不能坐轿子，本王绝对不会来第二回了。"

孟愈人如其名，温润有礼，他耐心地给叶濯解释："云中书院盛名已久，早就有文下轿、武下马的规矩。"

"本王文不能提笔，武不能弄枪，混账就有混账的好，管它这些破规矩！"说着，叶濯一眼瞥见迎过来的苏箧衣，直接伸手指着她道，"喂，你，去通知行宫派轿子来接本王。"

苏箧衣早就将两人的对话听在耳中，这会被点了，只得赶紧谢罪："是是是，学生马上就派人去办。都是我们书院不周到，没有提前准备轿子去接郡王。"

"王爷并非此意，你不用当真。"孟愈笑着打断叶濯。

叶濯却不乐意了，哼了一声，看着苏箧衣问道："你是哪个？报上名来。"

苏箧衣连忙道："学生苏箧衣，是云中书院的学生，奉家父苏启之命迎候两位钦差，如今未尽地主之谊，还望郡王赎罪。"

叶濯很满意苏箧衣的识趣，难得没有继续刁难他："原来是苏提刑的儿子啊。也别一口一个钦差，听着别扭，喊我七爷就可以了。"

苏箧衣连忙按照吩咐喊了一句七爷，随后又道："七爷，孟大人，学生带您在书院转转吧。"

孟愈谦逊道："书院之中，苏公子唤孟某怀瑜即可。"

苏箧衣一脸崇拜，拱手恭敬道："怀瑜兄。"

"就受不了你们这些读书人——你看我就不爱用字，麻烦。而且皇兄给我取的这个字，呵呵……秋盈！真是比花名还花，我看早晚都得被他扔去做小倌。"叶濯在一旁一脸不耐烦。

苏箧衣汕汕，心道这郡王当真口无遮拦，这种话也是当着我这种草民可以说的？倘使我有朝一日金榜题名，郡王你让我如何事君尽礼……

孟愈笑了笑，道："七爷，盈于秋，乃是松柏不畏严寒之意，这是陛下的美意。不是花名。"

叶濯剑眉入鬓，一双凤眼微微上挑，他轻哼一声，没有再和孟愈就这个话题纠缠下去。

盛夏晌午的空气干燥又炙热，书院之中虽然郁郁葱葱，但热得让人喘不上气的温度却让叶濯面带不悦，眉宇间的不耐明晃晃地透露出来。"行了，别鬼扯了。那个谁，苏，苏箧衣，你不是说要带我们逛书院吗，还不快点走。"

苏箧衣边适应二人的风格，边强忍着尴尬带他们参观书院，对书院略有名气的

第一案 窃官银

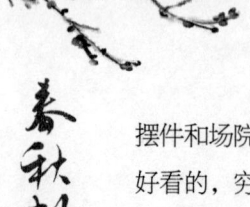

摆件和场院都进行了一番细致讲解,不过一会儿,叶濯就失了兴致:"这些有什么好看的,穷乡僻壤还有一身书生的酸臭。"

苏箧衣有些尴尬,忍着眼角的抽搐回道:"读书人的地方,僻静就好。"

"这次赈灾的三万两官银,分给你们书院一些如何?"叶濯半开玩笑半认真地问道。

苏箧衣却未提防这么一出,堂堂郡王还想拿回扣不成?看了孟愈一眼,见对方没什么表情变化,方道:"七爷好心,只是不必,书院有田地的租子,还有云中各大家族的支持,足以自负盈亏。赈灾的银子是用来安抚民心,解救难民的,书院万万不敢要。"

叶濯倒没有坚持,扫了苏箧衣一眼,换了话题:"苏箧衣,你可知道云中有什么好玩的地方。"

"云中倒是有不少风景胜地,只是最近几日天气炎热,都不是什么好去处。也只有云中的雾泉还算凉快。"

叶濯眉头微动,一副很是可惜的样子:"完了,又是读书读傻了的货。本王是问你,正值壮年的大好青年该去的地方——嗯,明白不?"

苏箧衣思考了一会儿,突然明白了叶濯的意思,又羞又惊。目光有些大胆地看了叶濯一眼,最后落在叶濯的腰间,不是说郡王身体孱弱的吗……她的小动作被叶濯看在眼里,叶濯有些不满地咳了两声,苏箧衣才回过神来,双颊略带红意,握拳在嘴边轻咳两声掩饰,"那个……七爷,家父管得严,学生不曾……"

叶濯突然心情大好,拍了拍苏箧衣的肩:"没去过有什么,万事开头难,去一次就好了。"

看来这位爷是铁了心要去那地方了,饶是苏箧衣再机智,也没办法接叶濯的话,只能看向孟愈。

孟愈眉宇间闪过一抹笑意,淡然道:"七爷,晚上怕是会有暴雨,不宜出行。"

叶濯瞪了孟愈一眼,声音里难掩失落和无奈:"好吧,好吧,那今晚就先不去了。还有,你不是说还要见个人吗,你快点的,见完了好赶紧回行宫,看看有没有地方漏雨。"

苏箧衣翻了个白眼,还真把我们云中当乡下地方了,行宫漏雨,真亏他想得出来。

就在苏箧衣默默吐槽的工夫,孟愈接过了话题。

"箧衣兄，郡王一路过来，身体疲乏，今日本该早点回去休息的。因为学生仰慕云中书院的先生陆庆许久，所以才急急地赶了过来。不知道陆庆陆先生可在？"

苏箧衣一听，赶紧唤了小厮去催："郡王、孟大人，先生和学生们片刻就到。先随学生到堂内稍坐，喝点茶水消消暑气吧。"

孟愈点头同意，叶濯哼了一声，没有别的话。

两人依旧是一前一后跟了苏箧衣进了一旁的茶厅。早就有小厮端了茶水过来，苏箧衣亲手一一奉上。

一盏茶工夫未到，得到消息的学生便都赶了过来，只不过都在门外踟躇，不敢随便进来。

苏箧衣和孟愈客气了两句，出去喊人，却并未见到陆庆陆先生。

"陆先生呢？"

一直候在旁边的小厮眼疾手快地上前回禀，"陆先生身体不适，唤了书童陪他一块儿去看大夫了。"

苏箧衣眼角一跳，又转身进去，小心翼翼地回禀，"二位大人，实在是不巧，陆庆陆先生今天身体不适，刚才还在书房小憩，差人去请时方才知道陆先生去医馆了。其他学生都在外面恭候着，您看学生是这就派人去接陆先生回来，还是——"

苏箧衣的话未说完，叶濯就已经喊了起来。

"不等了！不等了！本王要回行宫，这乡下地方，本王多一刻都待不下去。"

苏箧衣没有吭声，目光看向孟愈。

孟愈放下手中的茶盏，垂眸想了想，站了起来，"既然如此，那改日再来拜访陆先生吧。"说着他看向叶濯，"七爷，书院的学生们都过来了，咱们出去见见学生就可以回去了。"

叶濯没有异议，只嘟囔着："见可以，但是说几句话就走，别磨磨叽叽的。"

苏箧衣见两人已经朝着外面走去，连忙先一步出去交代了几句，等到叶濯和孟愈出来后，学子分两侧跪拜见礼。

叶濯走在前面，身姿挺拔，皇家气势毕露，甚至有几分目下无尘的模样："都起来吧。"

众人谢了恩站起来，随后大多数人的目光都汇聚到了孟愈身上。

崇拜、激动、艳羡之情无以言表。

孟愈倒像是习惯了这种阵仗，宠辱不惊的和大家客套了几句，就被叶濯催促着

第一案 窃官银

离开了。苏箧衣依旧跟在两人身边，将两人送出了书院。

书院因为北宁郡王和孟愈的到来，沸腾了起来。

小道消息丰富的学生，借着热闹添油加醋地评论了一番钦差大臣的出身，原来这孟愈大人本是将门孟家嫡子，不料兴佑帝时孟家被查出私通敌国，落得抄家下场。好在兴佑帝念其幼子无辜，特赦了孟愈及其祖母，也就是兴佑帝的长姐燕国长公主，孟愈便由长公主抚养长大。

苏箧衣坐在教室里听着学生们的议论，也无法安心读书了，干脆收了书，打道回府，准备跟老爹合计合计，怎么样结识这两位贵人，为自己到国子监读书打下坚实的基础。

到了晚上，竟然真如孟愈所言，外面下了一夜的大雨，原本闷热的盛夏，因为这一场大雨，凉爽了不少。

第二天，苏箧衣一大早就精神抖擞地去书院，到的时候发现教室里只有她一个人。苏箧衣将学过的东西温习了一遍。再抬头的时候，外面的日头已经很高了，苏箧衣这才发现有点不对劲。

按理说应该有人来上课了，今天人都去哪了？

苏箧衣走出教室，走了没几步，就看到三个人行色匆匆地穿过走廊往后面走去。苏箧衣喊了一声："你们一大清早，匆匆忙忙是去做什么？"

为首的人听到苏箧衣的声音，顿住脚步："箧衣啊！出大事了！"

"怎么了？"

"今天一大早陆先生被发现死在了自己的房间里！"

苏箧衣被吓了一大跳，轻呼道："你说什么？！陆先生怎么会——他昨天还好好的，只是说有点不舒服，不行，我得去看看。"

第二章
陆庆死，官银失

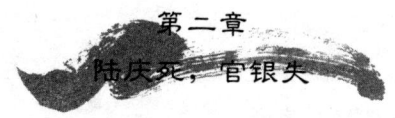

陆庆并非云中人，他到云中书院教书后，一直住在书院后面的客房中。此时，

陆庆住的院子里挤满了人。有人看热闹，有人分析案情，还有人叹息世事无常。苏箧衣站在人群中听了一会，关于陆庆先生死状的议论引起了他的注意，有的说他因为是吊死的所以面色青紫不说，舌头也伸得长长的。还有的说陆庆七窍有血，看样子像是中毒而死。

甚至还有两个小丫鬟躲在旁边，小声地议论，说陆庆是被狐狸精所害。

苏箧衣听到这里心里很不是滋味，干脆卷了衣袖，一路挤过人群，想要自己亲自进去看看。结果她刚迈向台阶，就被相熟的学生拉住。

"箧衣兄，万万不能进去。"说着，对方压低了声音，"陆先生死状很恐怖，箧衣兄还是别看的好。"

苏箧衣并不担心这些，她谢了对方的好意，抬脚正要进去，就又给人拉住了。

"表哥！你怎么跑这里来了，快点跟我回府，出大事了。"说着，她不顾周围一堆男人，愣是将苏箧衣拉了出来，也不给苏箧衣挣扎的机会，直接拉着苏箧衣离开了陆庆的院子。

苏箧衣见苏匣玉眼眶红红的，脚步急促，眉心一跳："匣玉，出了什么事？你如此慌忙。"

苏匣玉语气焦急，还带了哭腔："表哥，你今早刚走，官兵就来了，说姑父私藏了官银，把他给抓走了。这会儿姑父怕是要被带去下大牢了！"

苏箧衣满脸不可置信："老爹能私藏官银？他连花柳街在哪儿都不知道，私吞官银去哪儿销赃去啊。"

苏匣玉瞪了苏箧衣一眼："表哥，都什么时候了，你还说这种话！"说着又加快了脚步。

苏箧衣连忙认错，心中却在琢磨，怎么这么巧？陆庆刚死，老爹那边就也紧跟着查出来官银失踪？这两者之间不会有什么关系吧？昨日孟愈可是点名道姓说过要见陆庆的，结果人还没见到，陆庆就死了。

苏箧衣感觉这一连串的事件必有关联，强作镇定问道："匣玉，带走老爹的官兵，出门走的是街北还是街南？"

苏匣玉："他们从街北直接上的大路。"

苏箧衣点点头："那个方向定不是行宫，我看老爹是被带回府衙了，你且先回家，我这就去府衙打探打探情况。"

第一案 窃官银

云中的府衙距离云中书院只隔了两条街。苏箧衣一路行到府衙,脸上一派平静,心中却把这两日发生的事细细地捋了一遍。等到了府衙,门口的侍卫见是苏箧衣,没有通报就将她放了进去。

苏箧衣一脸哀色地进了府衙大堂,却不料平日里的师爷捕快没看到,反倒是北宁郡王叶濯和孟愈一左一右坐在大堂里。

苏箧衣眉心一跳,赶紧给两人行礼。

"学生见过王爷,见过孟大人。"

叶濯看了她一眼没吱声。反倒是孟愈微微颔首:"苏公子,府衙之地,可不是你一个学生应该随便闯进来的。"

苏箧衣镇定自若,道:"箧衣是来报官的!"

叶濯丢下手中的卷宗,声音带着几分不快:"报官?我们忙得很,要是什么鸡毛蒜皮的小事,别来招惹本王。"

苏箧衣堆着客气的假笑,恭敬地道:"当然不是小事!是命案。云中书院的教书先生陆庆今晨被发现死在房内,死相可怖。您二位也知道,云中书院盛名远扬,而陆庆陆先生又和京中许多重臣交往密切……如今陆先生离奇死亡,兹事体大,除了告知县府,学生认为,还要上报州府才行。"

叶濯听到陆庆二字,挑了挑眉,脸上的不悦之色更甚:"昨日怀瑜你去见他,他避出看病。晚上本王亲自给他下了拜帖,他竟然就死了?本王还没见他,他便敢死?"

孟愈沉思自语道:"陆庆,字祝之,嘉熙年间进士,辞官归乡多年,号烟石散人。"说着,他顿了顿道,"陆庆当年所著的文章大多……如果不是他的同窗帮衬,早就获罪了。"

苏箧衣见缝插针:"陆先生早已辞官,按说过往之事早已翻篇。如今两位钦差刚到云中,陆先生就离奇而死,恐怕有心人会以此做文章。"

苏箧衣话音刚落,叶濯一巴掌拍在桌子上,怒道:"你胆子倒是不小,你的意思莫不是说本王和怀瑜杀了他!"孟愈若有所思地打量着苏箧衣,目光深邃,带着让人不容小觑的压力。

苏箧衣连忙告罪,但脸上依旧一派镇定。

"学生不敢。王爷和孟大人又怎么会对已是平民百姓的陆先生起杀心。只怕京城的有心人借此生事,等孟大人回京后,恐怕陆先生的同窗会找孟大人要个交代啊。"

孟愈看着苏篋衣,他的眼中有探究也有欣赏。苏篋衣心中不禁敲起了小鼓,暗暗揣测会不会是自己说的话太过直白了。

孟愈道:"你说了这么多,无非是想知道你父亲的事。"

苏篋衣心中一喜,抬头望过去,两人的目光在半空中交会,又很快分开。

孟愈淡淡道:"说给你听也无妨。昨夜,官银就入了府衙的库房,而库房唯一的钥匙由苏大人随身携带。苏篋衣,不管是不是你父亲私藏了官银,这次官银失窃,都有他的责任。先将他收押,如何处置,等找到官银后再定夺。"

苏篋衣连连点头,她知道孟愈说没有错。只能怪老爹时运不济,偏偏赶上他看守官银的时候就失窃了,看来当务之急还是要先追回失窃的官银,才能为父亲求情。

苏篋衣还在细思要不要多问几句,叶濯便开口赶人,"要是没事你就赶紧出去吧。"

苏篋衣连忙道:"王爷,孟大人,篋衣还有些事情想请您二位解惑。"

叶濯冷哼一声,"得寸进尺!"

孟愈安抚地看了叶濯一眼,复又看向苏篋衣,问道:"你想问什么?"

苏篋衣作揖,恭敬问道:"不知此次赈灾,朝廷拨了多少银子?放入府衙库房多少?又丢了多少?"

孟愈挑眉,瞥了一眼叶濯。

叶濯不情愿地道:"本王一共带了十万两银子前来赈灾,进入云中地界后,分发赈灾银,到这里时还剩三万,昨天全都入了府衙的库房。至于丢失的官银,整整一万两。"

苏篋衣有些吃惊,"一万两?"

叶濯瞪了她一眼:"你什么意思?难道本王还骗你不成,本王说是一万两就是一万两!"

苏篋衣非常识时务地连连摇头,道谢告退。出了府衙,苏篋衣才松了口气,看来老爹是暂无性命之忧了。

苏篋衣漫无目的地在大街上晃悠,心里不断揣测着官银失踪和陆庆之死的联系。想到自己在追问叶濯官银失踪数目的时候,叶濯语气不善,甚至还说"本王说一万两就是一万两",怎么听都有问题。

第一案 窃官银

· 11 ·

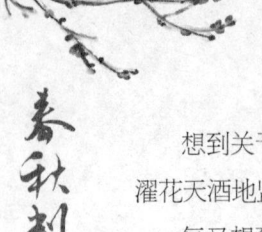

想到关于叶濯的那些传言,苏箧衣很是大胆地揣测,这一万两官银,不会是叶濯花天酒地监守自盗吧!

复又想到了陆庆,昨天孟愈、叶濯进入云中后,第一站去的就是书院,两人更是点名要见陆庆。而陆先生明明之前还在教室上课,却打发小厮称自己外出看病,一看就是不愿意见到两人。

刚叶濯说,晚上他曾亲自下帖子要见陆庆……他们到底为什么要见陆庆?真的只是因为仰慕陆庆的名望吗?如果只有一个孟愈,还说得过去,可是叶濯可是京城一霸啊,他能仰慕一个先生的学问?根本不可能嘛!

老爹不止一次说过陆庆此人不可小觑,和京城中的重臣来往密切。那会不会是陆庆知道些什么?比如某些重臣的把柄?或者有什么重要的依仗?比如账本之类的?想到这,苏箧衣又多了一连串的疑惑,那这陆庆到底是孟怀瑜他们这边的呢?还是和他们对立的?如果是对立的,会不会陆庆手中掌握的是叶濯、孟愈的把柄,所以这俩人把陆庆连夜给杀了?

还有失踪的一万两官银足足有一千六百斤,要装十多个箱子,十几个人才能抬得动。昨天一夜大雨,这么大的动静,难道府衙一点消息都不知道?

苏箧衣脚步一顿,突然恍然大悟,双手拊掌直道:"这官银底下都有官府的官印,除非是融化后重新打成银子,否则短时间内根本没办法销赃,也就是说那么多银子,应该不会离府衙太远,就被藏在了附近!"

苏箧衣又喜又忧,喜的是线索还算明朗,忧的是搜查起来不是那么方便。

心中琢磨了一番,苏箧衣方才抬步加快了速度,准备回府给匣玉报信。

苏匣玉一直在等着苏箧衣,见苏箧衣回府,抓了她连连追问。苏箧衣安抚道:"放心吧,老爹怎么说也是三品大员,一时半会就是钦差也不会拿他怎样的,就是得被关在府衙一阵子。"

苏匣玉听苏箧衣说起失窃的一万两官银,连连惊呼:"我攒了这么多年,也才只攒了几两银子。一万两银子要怎么还才能还得起啊。"

苏箧衣扶额,有些不明白表妹的脑子里都装了些什么。

"放心吧,朝廷不会让老爹还银子的,最多是罚罚俸禄,降降官级。不过肯定不会有事就是了,你放心吧。而且老爹不在家,我们也可以清静两天。"

"那要不要去给姑父送饭啊,这都过了晌午了,也不知道姑父吃饭了没。"

"你见过哪个大牢里不管饭的,更何况老爹也没下大牢,就是留在了府衙里。"

苏匣玉这才放下了心,旋即看向苏箧衣,突然变了话题:"表哥,等这件事结束后我们一家人一起回老家散散心吧。大家好久没有回去了。"

苏箧衣皱眉:"回老家?我还要准备考试……看老爹能不能陪你回去吧。"

苏匣玉又说道:"表哥,你为什么非要考状元啊,姑父做了官每天那么忙,难道你也想以后那么忙吗?我觉得你考个秀才就行了,到时候咱们回老家,你去书院教书,多清闲啊。"

苏箧衣暗暗翻白眼:"匣玉,你在哪儿看到的秀才这词啊?而且我早就已经是秀才了啊。老爹对我寄予厚望,我也要光耀我们苏家的门楣才是!"

苏匣玉还准备继续劝说,苏箧衣见状连忙转移了话题:"对了匣玉,你有没有听说书院陆庆陆先生的事,后来怎么处理的?"

苏匣玉:"听说是县府来人了,把陆先生的尸体带走了。那个房间已经被围起来了,不让大家靠近,说是钦差大人会亲自来查看。"

苏箧衣点点头:"这样啊,我一会去县衙看看,晚上再去书院找找线索,可能会很晚才回来,你就不用等我了。不过记得给我留个后门!"

苏箧衣又和苏匣玉说了几句,两人草草一起吃了个午饭,苏箧衣就赶去了县衙。

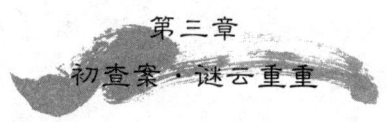

第三章
初查案·谜云重重

因为老爹的关系,苏箧衣对云中各大府衙都很熟悉。她不费什么工夫就进了县衙,一路畅通无阻地来到了停尸房,果然徐仵作正在里面整理工具。

"徐仵作——"

被喊的人从摆放着一堆工具的桌子后面站起来,他眯着眼看过来,认出来人后面上闪过一抹不自在:"是苏公子啊,你怎么来了?"

苏箧衣走进去,并不忧经过的那些僵硬的尸体。她在徐仵作对面站定:"徐仵作,我想知道陆先生的死因。你也知道,书院的事我爹都交给了我管,出了这么大的事,我想看看卷宗……"

徐仵作面带犹豫，支支吾吾地道："苏公子，实不相瞒，胡大人提前吩咐过了，卷宗要直接拿给钦差大人，这会儿早就不在县衙了。"

苏篌衣有些惊讶："胡大人什么时候效率这么高了，上午的案子，现在就封了卷宗给钦差大人送过去了？"

徐仵作点点头："应该是吧。"

苏篌衣却一点儿都不相信。

叶濯和孟愈这会儿正在为官银案发愁，胡大人一向机灵，怎么会这个时候拿陆先生的事去麻烦他们。这卷宗十有八九还在县衙，但是如今徐仵作却不给自己看，难道有什么蹊跷不愿意让别人知道？

苏篌衣想了想又问徐仵作："既然卷宗不在了，那你能不能跟我说说验尸结果？"

徐仵作犹豫："这个……"

苏篌衣见徐仵作敷衍，冷声道："苏某虽然猜不出原因，但是依照胡知县的意思，是不打算好好破这个案子了。若以后追究起来，官官相护，于他倒也没什么影响。只是真出了事又不能没人来承担责任……"说到这，她顿了顿，看了徐仵作一眼，"人命关天的大事，为官为吏就要对得起良心。若真有被追究的一日，苏某定会为你开脱。"

徐仵作脸色一白，唉了一声，答道："陆先生是上吊身亡。"

苏篌衣挑眉："上吊？不是说死状可怖吗？难道不应该是他杀？"

徐仵作的声音更低了几分："我也更倾向于他杀，与其说是上吊，不如说是绞首。白绫悬于房梁，系于颈后没错，但是……不同于窒息或是溢血而亡，陆先生是死于颈骨折断，折于第二节。"

"什么第二节？"

"苏公子可以摸摸脖子后面，能感到一块凸起，那就是颈骨大椎了。颈骨大椎是颈骨的第七节，再往上可至第一二节，也就是寰区。通俗来说，就是脖子断了。"

苏篌衣疑惑："脖子断了？上吊还能有这效果……"

"……是从里面断的。"徐仵作顿了顿，"尸体当时就是由白绫吊在房梁上，因为里面断了一节，所以脖子被拉得特别长，是这么弯的——向后仰断。"徐仵作一边说着一边示范，苏篌衣见了徐仵作的动作，生怕他也出事，连连摆手："好了好了，我已经明白了……"

苏篌衣想了想又问："脖子都断了，干吗还费事把他吊起来？这不是没事找事吗？"

徐仵欲言又止。

苏箧衣再次保证会在苏启面前保他，徐仵作才开口道："除了死因有点奇怪外，陆先生死前应该被人药晕了，药量不少，但也不大，到了后半夜应该就没有药力了。"

听过徐仵作的验尸结果，苏箧衣只感觉陆庆的死越发扑朔迷离。他垂眸思索了一瞬，问道："那陆先生的死亡时间是……"

"午夜时分。"徐仵作说得很是肯定。

"如果陆庆是后半夜出事的话，麻药是不是就查不到了？"苏箧衣又多问了一句。

徐仵作挑了挑眉毛，脸上很是自信："不错，而且就是现在这点药力，如果不是我技术高超的话，换了别人十有八九是查不出来的。"

"我知道了，多谢。"

从府衙出来后，苏箧衣看了看天色，准备先回云中书院一趟。她到书院的时候，正赶上开晚饭，同窗直接拉着她到了饭厅。今日，饭厅里已经聚了不少人，大家交头接耳，小声议论着陆先生的死。

苏箧衣找了个角落坐下，默默地听周围学子的议论。

"你们听说了吗，发现陆先生死的那个小厨娘，现在还在床上摊着呢，吓得不轻。"

"你是说褚悦吗，我中午还去探望她了，她家和我家是邻居。她来书院做厨娘，还是我帮着在院长那里求下来的呢。"

"那你有没有从她那里得到什么第一手的消息？"

"这个问题你算是问对了，第一手的消息，我这还真有！"自称和褚悦是邻居的学子刻意压低了声音，神秘兮兮地道，"我去的时候褚悦已经醒了，她跟我说，早上去给陆先生送饭的时候，陆先生房间的门窗都是从里面锁着的！"

闭锁的房间？

苏箧衣聚精会神不放过任何重要信息。她时不时眉头微皱，陷入思索之中，就连手上的馒头被对面的同窗偷偷放上了辣酱也不自知。甚至放在嘴里也没有察觉到味道有什么不对，反倒是对面做了坏事的同窗，一脸震惊地望着苏箧衣。

苏箧衣将手里的最后一块馒头全都塞进嘴里囫囵咽下去后一拍桌子，心中暗

道:"就这样决定了!还是等晚上大家都休息了,去陆先生房间里仔细看一下才行。"

"苏箧衣,你,你不辣吗?"

苏箧衣理智回笼,疑惑地望着对面的人:"辣?什么辣?哦,对了,今天的馒头好像比往常的好吃呢。"她站起身拍了拍对面学子的肩,没看到对方险些掉下来的眼珠子,自顾自离开了饭厅。

是夜,苏箧衣在偌大的书院转了一圈,等书房、客舍都熄了灯,这才摩拳擦掌悄悄拐进陆先生的房间,也就是第一案发现场。

云中的夏季很长,夏季的月光很亮。而陆先生的房间正朝阳,苏箧衣推门进去后,房间里的一应事物在月光映射下清晰非常。

房间里最抢眼的莫过于悬挂在房梁上的那条白绫,夜风吹进来,白绫跟着微微晃动。苏箧衣缓步靠近,便看到这条白绫的一端系在窗户上,而绕过房梁的一端则松松垮垮不似平常悬梁自尽时的样子。

苏箧衣伸手去解系在窗上的白绫,才发现原来白绫并不是系在窗上,而是恰巧挤在窗缝之中。她将窗户往外推开,另一只手抽出白绫,借着月光,可以清晰地看到白绫的前端有被剪过的痕迹。

苏箧衣又仔细确认了两遍后,将白绫摆回原来的样子。她回身走了两步,停在陆庆的书桌旁,书桌上散落着不少书信,从上面的日期看,这些信件的顺序已经被人打乱了。倒是信件的落款大多是京城有名的官员,至于信件内容涉及范围很广,但并没有什么隐晦信息。

到底是凶手没找到有用信息,还是已经找到拿走了?

苏箧衣压下心中的疑惑,将目光转移到陆庆死前坐过的椅子上。椅子有挪动的痕迹,可以清晰地看出从原来的位置往后挪动了一个手指的距离。苏箧衣伸手想要去挪动椅子,却发现椅子是实木的,重量不轻。

椅子竟然这么沉,按照陆庆的身高体重,如果是悬梁自尽后借助临死前双腿挣扎的力度挪动椅子,应该很难将椅子踢到吧!这样看来,椅子应该是人坐着被吊死后,身体的晃动所致——这也再次证实了陆庆的死是他杀。

苏箧衣最后在房间转了一圈,再找不到其他线索后,直接从卧室的侧门绕到了房间后面。她本是想要查看一下有没有凶手留下的脚印。不想到房间后面,竟意外发现了新线索——陆庆后面蓄水池旁边的蓄水箱不见了!

云中夏季雨水多，那蓄水箱原本是为了取水方便才安置在那里的，现在蓄水箱不见了，怎么看都觉得和陆先生的死脱不开关系。苏箧衣带着疑惑近前两步，因为离得近了，她很快就发现之前用来架着蓄水箱的木头台子也不见了。

苏箧衣在原地张望了一番，越发觉得这案子有趣了起来。

不会是都一起掉进蓄水池了吧？

她弯腰蹲在蓄水池边准备查探，结果却听到窸窸窣窣的脚步声从旁边的走廊里由远及近地传过来。苏箧衣压下心中的诧异，迅速起身躲到了旁边的小花园中，悄悄探出头来想要看清楚来人。

只见四五个蒙着黑布的男人，手上拿着剑，步履轻慢地跃进陆庆的房间，开始在里面翻箱倒柜，动静不小。

这些人是来找人还是找物？他们这么大动静也太有恃无恐了吧！

苏箧衣还来不及细想明白，再望过去的时候刚好和一个看过来的蒙面人目光对上。苏箧衣心跳骤停，迅速反应，转身朝花园的深处跑去。苏箧衣一边跑一边在心中碎碎念：希望今晚刘大爷也去吃酒了，后门千万别关啊，不然我苏箧衣聪明一世，就要年少早逝了！

一路狂奔到后门，果然两扇有年纪的门虚掩着。苏箧衣来不及往后看，径自推门出去，顺手将后门锁了起来。接连绕了三条街，才慢慢放缓了脚步，再三确认后面没有人跟上后，苏箧衣松了一口气。

凌晨时分的云中城，大街上除了打更人，四处都空荡荡的，苏箧衣走走停停，最后像是终于想通了什么，她加快了脚步，以最快的速度从苏府后门回了房间。

苏箧衣回房后，直接跑到书案旁开始写写画画。直到外面天色大亮，她才终于放下手中的笔，心满意足地打了个哈欠。

匣玉进来的时候，看到的就是苏箧衣捧着一张画满了图的纸傻乐。

"管家一大早跟我说你昨晚又没回来，我猜你定是从后门进来便躲到这里来了。"匣玉手里提着一个食盒走过来，"还不快点把桌子收拾了，吃早饭了。"

苏箧衣嘿嘿笑了两声，将手里的纸放到了一边，一脸讨好地朝匣玉笑了笑："还是表妹你了解我，我这就收拾……对了，今天吃什么，闻起来真香。"

匣玉将清粥和几碟小菜端了出来，趁苏箧衣狼吞虎咽的时候问道："姑父的案子你查的怎么样了？那些银子还能找回来吗？"

苏箧衣咽下嘴里的清粥，信心满满地道："放心吧，那些银子我已经知道去哪儿了。"

匣玉好奇追问："在哪儿？"

苏箧衣放下手里的碗筷，回身将那张纸拿过来递给匣玉："真相全在这里"

匣玉接过认真地看了一遍后，娇嗔道："苏浣！你又装神弄鬼故弄玄虚，欺负我读书少！"

苏箧衣一脸无辜："我没有啊！"

匣玉将纸在桌子上一拍："你画的这是什么乱七八糟的，看不懂，你直接说吧，到底哪些银子在哪儿呢。"

苏箧衣吃饱饭，好说话地伸手指着图给匣玉解释了起来。

"你看，这是书院的蓄水池，旁边是一块长方形的木台子，上面放的是蓄水箱，这个你见过吧？"

"嗯，这个蓄水池怎么了？"

苏箧衣故意顿了顿才道："这个蓄水池没事，但是它旁边的蓄水箱和木台子都不见了。我在摆放木台子的地方发现了清晰的摩擦的痕迹，可以判断出木台子和蓄水箱应该都被人推进了蓄水池里。"

"这和丢失的银子有什么关系？"

"关系大了！"苏箧衣提高了音调，复又低了下来，"因为那些银子就藏在蓄水箱里。而且，这蓄水箱不仅装着银子，还和陆先生的死有千丝万缕的联系！"

"什么？！你的意思是说，陆先生不是自杀，而且杀死陆先生的人和偷官银的人是一起的？"苏匣玉吃惊地惊呼出声。

苏箧衣点点头："不仅如此，昨晚我还遇到了一波黑衣人，也不知道他们到底是去——"

不等苏箧衣的话说完，她的双肩便被匣玉紧紧抓住，匣玉一脸紧张地将她从头到脚看了一遍，还要伸手去脱她的衣服。

"表妹，你在做什么？"苏箧衣云里雾里，"我好歹做了你多年的表哥，你这样动手动脚的，于礼法来讲不太合适吧……"

匣玉瞪了她一眼："闭嘴啦！"说着继续在她身上检查了一遍，发现她没有什么事才舒了一口气："幸好没缺胳膊少腿，不然我可怎么跟姑父交代啊。"

喂，不是说好了我是表哥吗？怎么她好像个长辈一样……

第四章
真凶当如是，锋芒毕露

云中府衙，此时正门大开着，有官兵正进进出出地往马车上搬行李。至于府中的衙役，则跟在官兵后面，脸上挂着讨好的笑抢着帮忙。

府衙院内，云中的胡县令，正一身官袍一脸正色地站在两个如玉般的人物身边，毕恭毕敬地聆听训示。他是来向两位钦差汇报赈灾银失踪一案和陆庆案的调查进展的，没想到正好碰上两位钦差准备启程离开。

"这穷乡僻壤的，本王一刻也待不下去了，那个什么官银的事就交给你了。"说着，他给了孟愈一个眼神，提醒他有什么交代的快点说，他老人家着急回京呢。

孟愈配合地点点头，同胡县令叮嘱了几句："官银失窃的事就按王爷的吩咐去做即可……倒是陆庆陆先生的死，胡县令已经确定了是自杀无疑吗？"

胡县令偷偷抬头瞥了孟愈一眼，见他面上表情平静，这才斟酌着开口道："回孟大人的话，据衙里经验丰富的仵作查验，陆庆确实是自杀无疑。陆先生不仅是当年有名的云中才子，更是云中书院有口皆碑的夫子，陆先生的死下官深感遗憾……"

胡县令还未结束长篇大论，府吏便报："报大人，苏公子求见。"

差点睡着的叶濯来了精神："有乐子了，让他进来。"

苏箧衣今日特地穿了一身淡蓝色的袍子，脸上带着笃定的笑意。她跟着小厮一路进来，到了叶濯和孟愈面前后，拱手行礼："学生苏浣，拜见北宁郡王殿下、孟大人、胡大人。"

叶濯饶有兴致地问："苏箧衣，你今日又有什么理由来这府衙？若今日还似昨日那般，本王可真是要好好惩戒你了。"

苏箧衣不慌不忙地道："回北宁郡王殿下，箧衣已经知晓官银是何人所窃，现匿何处，还有陆庆，是何人所杀！"

叶濯拊掌大笑："苏浣，你可真是有趣得很——胡大人可刚刚说了陆庆是自杀无疑。"

孟愈淡淡地审视着苏箧衣，试图从她的脸上看出端倪。但苏箧衣除了淡定地浅

笑外，既无惊慌也无心虚。孟愈看向胡维，问道："胡大人怎么看？"

胡维神色自若，恭敬回道："殿下，孟大人，苏公子想来是担心他父亲，所以才说这些话混淆视听，绝非有意冒犯，万望海涵。"

"学生已经掌握了确切的证据，两案乃是一人所为，或者说，是一人所指使。此人就是云州县令——胡维。"苏箧衣果断打断胡维。

胡维面色僵硬，目光锐利地看向苏箧衣："苏公子，我好意为你开脱，你却如此血口喷人？"

苏箧衣并未因胡维的指责而后退，反而看向叶濯："学生自有推断，不过在这之前，学生斗胆请求殿下和孟大人派人到书院的蓄水池中打捞一样重要证据！"

叶濯若有所思地看着苏箧衣，突然对这两件案子产生了兴趣："来人，抽去池水，打捞箱子。"

不过一炷香工夫，派去打捞的人就抬着巨大的箱子前来复命了。为首的人在叶濯耳边小声嘀咕了几句，叶濯摆摆手示意来人退下。来人退下前，朝着旁边站着的孟愈点了点头，孟愈目光一变，很快又恢复自然。回禀的人离开后，孟愈抬眸看了叶濯一眼，叶濯对着他轻哼一声，皱了皱眉头，孟愈唇角弯了弯，很是默契地接替叶濯，拿回了主动权。

孟愈没有急着问话，反而以一种复杂的目光认真地看着苏箧衣和胡维。

苏箧衣眉目清明地回望过来，和孟愈的目光交会后，耳根后悄悄多了几丝红晕，心口有若有似无的陌生情绪晕开来，不过这种情绪并不浓厚，所以苏箧衣面上分毫不显。

反倒是胡维，自从回禀的人出现后，额头就开始频频冒冷汗，目光时不时地闪烁，眉头蹙起又铺展开来，像是心中有什么纠结的大事，在思来想去。

"苏公子，如你所说，王爷派去的人确实在书院蓄水池中打捞到了蓄水箱，并在箱中找到了官银。"孟愈顿了顿，"现在你可以将未说完的话说完了吧？"

苏箧衣心中大定，她眯了眯眼，眉宇间带着几分年轻人特有的无所畏惧："我要说的刚刚已经说过了，杀害陆庆，盗取赈灾银的正是胡大人。"说着，苏箧衣再次看向胡维，"如果孟大人有兴趣的话，学生愿意将学生的推断讲给两位钦差大人听。"

"你休要血口喷人！"胡维面红耳赤，对着苏箧衣大声斥责。

叶濯揉了揉眉心，朝后面招了招手，很快三四个贴身服侍的小厮端着果盘茶水上前，倒茶的倒茶，递水果的递水果。

苏箧衣清楚地看到孟愈的眼角微不可见的抖了抖，随后这位年少成名的重臣，云淡风轻地继续刚才的话题。

"苏公子，指认朝廷命官杀人，除非有目击证人或者有切实证据，否则指正人应当受何处罚，想必你很清楚吧。"

苏箧衣点点头。

孟愈审视了她两眼，又问："那你是有目击证人还是确凿物证？"

苏箧衣先是点头，复又摇头："证据自然有，不过证据要等孟大人听完学生推断后，才能呈上。"

就在苏箧衣和孟愈你来我往谈论的时候，那边伺候叶濯的一个小厮过来传话："孟大人，王爷吩咐了，让苏公子有话快说，他的耐心有限。"

孟愈点点头，挥手让小厮退下。

苏箧衣面不改色，开始向孟愈讲述自己的推断。

"陆庆晚间就寝之前，被人麻晕在自己房内，而后，凶手将白绫系在陆庆脖颈，另一端绕过房梁，经窗而出，系在窗外的水箱之上。两端平衡，水箱悬空。待一夜暴雨，水箱内蓄水，水箱渐渐下沉，陆庆便因此被勒死。凶手原本打算第二日在他人发现之前，将系在水箱的白绫切断，水箱入池，再将白绫系在窗栓。由另一端尸体重量将窗户关闭。陆庆死在后半夜，麻药无效，死因也与上吊无异。可惜突发事端，水箱内的重量突然增加，水箱猛然下沉……不同于事先设计好地缓慢吊起，陆庆的尸体便卡在桌椅之间。两方牵拉，便将陆庆的颈骨生生折断。后来桌椅自然松开。陆庆的尸体便被吊了起来。凶手第二日到来，并未察觉到异常，依旧按照原来的计划，切断了白绫。"

孟愈点点头，复又道："就算如此，你又怎么确定凶手是胡大人呢？"

苏箧衣不紧不慢地笑了笑："大人莫急，且听学生继续为大人解惑。虽然经由凶手的一番设计，已经不能由陆庆的死亡时间来寻找凶手——但是反过来说，陆庆晚间所见的最后一人，亦是麻晕他的人，便是凶手。以陆庆的身份和性格，不会随便请人进入屋内。而书院内自有人证实，陆庆晚上究竟见了何人。"

听到这，胡维轻哼一声："就算如此，可本官为何要杀一个教书先生？又与官银有何关系？"

苏箧衣看了胡维一眼，目光笃定，眉宇间是令人灼目的自信。

"胡大人当然有理由，云中素来富庶，可年内两次灾害掏空府库，多下三万亏

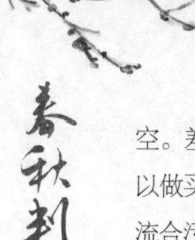

空。差下数额皆是由你贪墨。而你自己无法吃掉这么多的银钱，便将之送往京城，以做买官之用。陆庆与京城多有来往，知道你与京中官员的纠葛，他不愿与你们同流合污，悄悄记录了你与京中官员来往的证据。两位钦差大人到来后，不仅第一站就前往书院，王爷更是亲口说过曾给陆庆下过拜帖。你害怕陆庆将证据交给两位钦差，干脆连夜对陆庆下了毒手。至于官银，虽然官银带有印记，很难销赃。但对于胡大人你来说，当初你所贪污的便是官银，只要将官银窃来放入云州县府，充作贪掉的银钱，万事无忧。只是大雨不便，你的人只好将银钱藏在半路。藏东西嘛……聪明人都知道藏在水里再合适不过……附近唯有云中书院内有一蓄水池。你的人将银两运进云中书院，未免日后难以寻得银子，便将银子放入蓄水箱后，将箱子沉入水底。却不料这恰恰坏了你的谋杀计策。"

胡维心中大惊，往日里只当她是因为她爹苏启而在云中书院风头无两，如今听苏篋衣滴水不漏将自己的计划和纰漏说穿，他心中早已是冷汗直流。不过饶是她说得仔仔细细，但没有确凿的证据，就没有办法给自己定罪："说了半天，你依旧是毫无证据——"

"那么胡大人就让两位钦差大人参观一下县府仓库，看看里面到底是好好放着如同账面记录一样的官银，还是已经空空如也……如何？"

胡维道："县府仓库乃是重地，岂可随意。"

苏篋衣道："没有理由，钦差大人当然不能查看，可现在，为了胡大人的清白，不就是个好理由？"

不知何时从凉亭又走出来的叶濯，此时冷哼一声："开什么玩笑，本王想查区区一个县府，还需要理由？"

苏篋衣道："若不是需要理由，殿下与孟大人也不会如此大费周章请君入瓮，又和家父演一出苦肉计。"

叶濯闻言瞥了苏篋衣一眼，并未吭声。

反而是一直沉默的孟愈，带着几分诧异："你竟然……如此猜测？说下去。"

苏篋衣继续道："想必二位钦差，已大概知道了云州县令行贿京城高官一事，此番前来，为的就是证据。你们知晓胡县令会想方设法掩盖罪证，便以官银为饵，诱他出手。胡县令的人窃得一万两，你们却追究云中提刑的罪责。对真正的犯罪者，是欲擒故纵。若不出意外，今晚那剩下的两万两便会失窃。"

这回换叶濯叫道："苏篋衣，本王记得你了。来人，将官银收回府库，将胡维押回去。"

孟怀瑜没有反驳叶濯的话，只是补充了几句："其他人去陆庆屋内搜查陆庆与京城来往书信，以及其他所有文字。再派人去查抄县府，检查府库。至于苏篌衣，你——"

苏篌衣实相地再次行礼道："学生事情已了，自去接家父归家。"

三人说话的工夫，已经有人上前收押胡维。意识到自己大势已去的胡维，此时面色苍白，冷汗从额头簌簌地往下落，最后看向孟愈的目光不复之前的淡定，反而多了深深的恐惧和绝望。

原来这个年轻的天子重臣的手段已经深不可测到了这般地步。

这是胡维被带下去时的最后念头。

告别了两位钦差，苏篌衣顺利接了苏启回府。

苏启见到苏篌衣有些诧异，却并未多问。苏篌衣原本满心欢喜要邀功，见状也不多话。两人一前一后进了苏府，苏府的大门关上后，苏启才回头瞥了苏篌衣一眼："跟我到书房来。"

苏匣玉带着一众端着火盆的家丁疑惑地看向苏篌衣，苏篌衣耸耸肩，乖乖跟上苏启的脚步。

进了书房，苏启脸色时晴时阴，一副有心事的样子。

苏篌衣小心翼翼地问道："老爹，是这两天的牢饭不好吃吗？要不要让匣玉给您下碗面？"

"哼，你是不是很得意，一出手便连破两案，就连你爹我都需要你来搭救？"

苏篌衣挠头笑道："哈哈哈，老爹，你说笑了，我当然知道你还没有老到要我救的地步，再说了，你们这是苦肉计嘛，我懂得……不过就是不知道到底是你自愿的呢，还是钦差强迫你的。为了保险起见，孩儿我就亲自出手咯。"

苏启脸上神色复杂，良久化为一声长叹："事情已经做了，我便不与你过多追究，不过我要问你——调查命案，寻找官银，可不是你这个苏家公子、书院生员该做的事。从头到尾，你可知自己到底是为了什么？"

苏篌衣没想到他会这么问，愣了一会儿，答道："没有缘由，没有任何缘由。我只是想做，我只是觉得自己该去做，便这样做了。我没有动力，也根本不需要动力。"

"原来是这样吗……"苏启沉默了半响，像是在思索苏箧衣的话，又像是沉浸在自己的思绪中。许久之后，他突然叹息一声，脸色也缓和了许多，目光之中带着几分欣慰和慈爱，看着苏箧衣道："浣儿，为父找你，其实是有重要的事同你说。为父，准备辞官了。"

苏箧衣第一反应是老爹又开玩笑了。

看到苏启眸光之中的正色，她才忍不住惊呼出声："为什么？好好的，为什么就要辞官？！这次揪出胡维，功劳应当有老爹你一半吧？难道那个黑心的叶濯不愿意——"

"与旁人无关。而是我若为正三品云中提刑，只怕你入京之后……若有人要打压苏家，我这里顺风顺水，你便永无出头之日。苏家只能有一人为官。我十八岁中举，沉浮二十年，也觉得没意思透了。该是你去做些大事了。"

虽然苏箧衣明白，这些年老爹政绩卓越，虽然苏家不在京城，但并不减势头，当今圣上最忌讳家族做大。然而心里明白是一回事，能不能接受确是另一回事："您连不惑之年都不到，装什么老气横秋？你若是为了我就此辞官，我可决不答应！"

"你不答应有什么用？文书我已经交给孟怀瑜，让他帮我带去京城了。"

苏箧衣听到这话，心中凉了一半。她静静地望着苏启，心中默默地想，老爹，其实你就是不想干了，然后拿我做挡箭牌吧。

苏启并没有理会苏箧衣奇奇怪怪的目光，继续道："明日两位钦差动身归京，你也同他们一起。我已经把你托付给孟贤侄了。"

苏箧衣诧异："啥？入京？把我？托付？孟贤侄？老爹……您真的没开玩笑吗？您忘了您的孟贤侄可是刚刚毫不留情地把你关起来的人！"

"我没开玩笑。到时孟怀瑜自会保举你进入国子监。早半年进入国子监，对你有好处。为父对你没什么要求，只是希望，你能像这次破案一样，入大理寺工作。"说到这，苏启顿了顿，正色看向苏箧衣："浣儿，你的仕途在为父递上辞呈的那一刻，便已经开始了。"

不等苏箧衣表态，苏启又道："你上京以后，我会回江南老家，就在那里，等着你苏箧衣断案的名号，颂扬天下。"

苏箧衣在这一刻，清楚地意识到自家老爹是玩真的了，没有任何可以反悔的余地。她收敛了惊讶、慌乱的心思，正色道："孩儿知道了。"

苏启满意地点点头，向前走了两步，从书桌的笔架上拿下一支未用过的笔交给苏篋衣："这支笔，你拿好。"

苏篋衣疑惑地接过，还不等她看清手上笔的模样，就听苏启说道："苏家世代为官，皆从刑部，断案无数，传下这'判官笔'。今日我将它交给你——你就用它，辨真假，分经纬，书写真相，判定春秋。"

"判定春秋……"苏篋衣有些诧异，这是她第一次听老爹说起苏家还有祖传的物件，她双举起笔仔细观摩，心里回想着老爹告诫自己要做个好官的叮嘱，气氛庄重。

"老爹……这些不用你说我也知道……问题在于……"

苏启扭头看她，等着她说下去。

苏篋衣脸上的表情很是纠结，最后化为深深地无奈："老爹你又诳我！什么祖传的判官笔！这分明就是我去年送给你做新年礼物的狼毫笔！骗人编故事都一点诚意都没有啊！"

"这个……咳咳，"苏启拢了拢袖子，佯装咳嗽道："好了，浣儿你回房休息吧，为父还有些事要处理。"

苏篋衣上前两步拦住了准备离开的苏启，她黑着脸控诉："老爹你说实话吧。你举荐我入京，是不是你不想做官，又怕辞了官没俸禄不能好好享受生活！"

苏启瞪大了眼睛，不满苏篋衣的质问。但他又被苏篋衣看得有些心虚，连连咳嗽，目光闪躲，最后摆出父亲的气势："你怎么能这样揣测你老爹！"

苏篋衣根本不怕他的"严肃"："你的表情已经出卖了你！我明儿就跟着北宁郡王他们走！我还得把匣玉带走，省得你哪天把她也卖了！"

苏启呵呵干笑了两声，一本正经地道："匣玉倒是没关系，她的嫁妆都攒好了。正好你带她去京城，能给她找个好人家。哎，所以你更要努力了，你能干多好，她就嫁多好。"

苏篋衣顿时感觉自己的人生一片黑暗："这边把我卖了，那边连嫁妆都有，这个差别对待是怎么回事啊？！"现在申请换个爹还来得及吗？

苏启像是觉得不够，又添了把火："千万别忘了每个月寄家书和赡养费！"

苏篋衣连连干笑："老爹你刚刚说话了吗？你说什么了？我怎么没听到？"

苏启佯怒，伸手在苏篋衣头上敲了一记，最后收起了笑意，严肃地望着苏篋衣："篋衣，不管如何，离家上京，还要处处小心。"

一时间，像是有千言万语要交代，但最终，真正说出口的都汇成了一句话：

· 25 ·

"不管你这次是为了什么才调查案件——都不要忘了,这就是你的本心。以后不论遇到什么案子,都别忘了你为何判案。"

苏箧衣压下因感动而红了的眼眶,继续打起了笑意,吐槽道:"好啦老爹,我都知道了你啰唆!"

微信扫码,加入《春秋判》推理圈,查看案发模拟现场。

春秋判

佳人误

第二案

微信扫码进入《春秋判》的推理世界,下载精美壁纸,看独家番外。

第一章
临行发病,孱弱郡王

官银案事了,苏启召集苏府众人正式宣布了他要辞官回江南的事。

苏府的大门上迅速张贴了"此地租售"的告示,怎么看都觉得苏父这次行事之果决大有逼苏箧衣快走的意思。倒是匣玉,竟然也托付给了苏箧衣,苏启的意思是让两人一块进京,互相也有个照应。接连好几天苏匣玉都在忙着收拾两人的行李,准备进京事宜。至于苏箧衣……则在期待又担忧的心情下,在出发这日迎接了她提前的葵水。

葵水这东西,在表妹、老爹包括自己都基本不觉得她和男孩子有什么差别的时候,每月一次,准时地带来阵阵腹痛,提醒着苏箧衣,这个世界上终究还是有自己不可逾越的事。

这次恐怕是不能骑马,只能和表妹一起坐马车了。射御皆是君子之艺,苏箧衣还在担心坐马车会不会让外人看不起,结果到了行宫才发现原来还有更悲惨的事在等着自己——叶濯竟然根本还没有起床,然后苏箧衣就这样被晾在门外等到中午!她现在真的好想回家裹在被子里昏睡过去,可眼下这没有尽头的等待……若钦差是普通大臣也就罢了,偏偏是个任性骄纵的皇亲国戚,得罪不得……

苏箧衣和表妹在马车里等得昏昏欲睡,眼看已临近晌午,也不见之前说是进去通报的人出来。苏箧衣有气无力地瘫在马车上,这会儿一万个庆幸自己早上没有死要面子坚持骑马,不然恐怕自己根本熬不到现在。

匣玉有些不耐地偷偷往外看了好几次，行宫大门口安静得连个鬼影都没有。

"表哥，等了这么久，可是出了什么事？"

苏箧衣弱弱地摇头："能有什么事，我猜十有八九是那位七爷昨晚……"

匣玉自动领会了苏箧衣的画外音，撇了撇嘴有些嫌弃："我看他们就是官架子太大。说起来，起初听说他们都位高权重……我还以为是糟老头子呢。这么年轻，他们都什么来历？"

苏箧衣见匣玉难得有这么八卦的时候，调侃她道："难得你会对这个感兴趣，莫不是存了什么心思？孟愈，字怀瑜，他可算是位文曲星了。二十年前，孟家犯下大罪，夷灭三族。孟怀瑜便是其母在监牢所生。先帝念及幼儿无辜，免其死罪。又赦免了其原是公主的祖母，养他长大。景康二年，孟怀瑜年十二，赴神童试，点为第一，便入官籍。三年前进士及第，为二甲头名，而今弱冠之龄便任御史中丞。我若是有他十之一二之才情，便也满足了。"

"那个七爷呢？他有没有什么特殊的地方？"

苏箧衣想了想，小声给表妹解惑："北宁郡王和孟愈是表兄弟。北宁王的母妃钟太妃，和孟愈母亲钟氏乃嫡亲姐妹。两人连年岁也一样，叶濯和孟愈有这层亲戚，关系自然好些。只是比起孟愈的文韬武略，少年老成，北宁王却是自幼体弱多病，身无长物。年龄渐长，听说也是愈发骄横跋扈。不过于北宁王自己，这样也许不是什么坏事。"

匣玉有些疑惑："奇怪，哪有体弱多病还不算坏事的道理？"

苏箧衣耸耸肩，心中也为这位北宁王感慨："北宁王是先帝幺子，陛下登基时，他只有十岁。如今其余两个郡王一个死一个废，只有北宁王活得好好的。你说是为什么？"

马车里苏箧衣将叶濯和孟愈的八卦细细说给表妹听。就在苏箧衣准备再说一说北宁王叶濯在她最近了解到的那些"风流喜好"的时候，行宫里总算有人出来了。

来人是孟愈身边的侍卫孟山。但见他身姿挺拔，自成卓越不凡的风姿。苏箧衣心中暗道，果然不一样的主子，连跟班都这么抢眼。

孟山走过来，言辞间很是恭敬："苏公子，真是不好意思，让您等了这么久。这里人手不够，一上午已是忙晕了头，怠慢了您。孟大人让我给您带话，今日怕是走不了了，您可先进来用个午膳，再作打算。"

苏箧衣闻言，心中暗自疑惑，人手不够？！钦差出行，是不会带很多随从，可

仅仅收拾行李准备启程，就能忙晕了头？不会是出了什么事吧？想到这，苏箧衣直接问道："不知北宁郡王殿下和孟大人现在能不能见我？"

孟山："殿下和我们少爷倒是没说不见……这样吧，您要见谁？小的给您通报一声。"

苏箧衣本想说孟愈，但想了想北宁郡王的身份地位，心思微转，保险起见，道："学生有事想找北宁郡王殿下，劳您通报一声了。"

孟山恭敬地对苏箧衣做了一揖，随后转身离开。这次等候的时间不长，片刻工夫孟山便回来了："苏公子，北宁郡王殿下不便见您，还请您先用午膳，稍后殿下自会找您的。"

苏箧衣闻言不再多问，跟着孟山去用午膳，顺便拜托孟山向苏府给匣玉递个信，让她不要着急。苏箧衣一个人用过膳后，又喝了两盏茶，孟山才再次出现："苏公子，殿下现在有时间见你了。"

苏箧衣附和了一声，跟着孟山一路进了行宫的后院。叶濯住的地方很是偏僻，两个人一前一后，走了不短的时间才进了叶濯的院子，一进去，苏箧衣就闻到一股浓郁的药味。等到进入室内，见到半靠在软榻上的叶濯后，苏箧衣更加确定，北宁郡王应该是旧疾复发了。早就听说北宁郡王身体不好，看来传言也不全是虚言。

苏箧衣进来后，恭敬地上前行礼："殿下——"

叶濯懒洋洋地掀了掀眼皮，心情倒是完全没有因为生病而变差，反而懒散之中带着一抹无法言说的兴味："看到本王这个拖累行程的病秧子，是不是很惊讶？说吧，有什么话要对本王说。"

苏箧衣："七爷说笑了，学生只是担忧七爷而已——"

叶濯轻呵一声，打断苏箧衣："病的又不是你自己，胡乱担心什么？怀瑜已经去帮我熬药了。喝了药就好了。"

苏箧衣不禁感叹："都说七爷和孟大人从小便孟不离焦，如今七爷身体不适，孟大人亲自熬药，果然是——"

叶濯似笑非笑地看了苏箧衣一眼："我和怀瑜一起长大，本王是从小病惯了，他就是从小照看病人照看惯了。我常吃的药，他自然都熟悉。"

叶濯的话落，房间里有一瞬的静谧。

苏箧衣没有再接上一话题，反而眉宇间带着几分思索，很快她决定明朗地问出心头的疑惑，苏箧衣抬眼望着叶濯问道："云中虽不如京城，但却有不少名医，七爷为何不借机找民间的名医诊断一番，或许能遇到根治的法子呢。还是说——七爷您，不放心让别人经手？"

叶濯将手里把玩的茶壶搁在了旁边的小桌子上，自己则从软榻上缓缓坐了起来。他饶有兴致地看着苏箧衣，像是要把她从内到外打量个遍："苏箧衣，有没有人跟你说过，太聪明不是一件好事？"

苏箧衣像是没听明白叶濯话里话外的暗示，反而继续道："七爷，箧衣担心，只是防着别人暗害还不够，恐怕还有明枪。"

叶濯挑眉："死在暗箭上倒是还能自欺一句愿赌服输，败在明处上就太说不过去了。你看到了什么'明枪'？"

苏箧衣："箧衣之前在调查官银下落之时，曾在书院遇袭。我当时以为是凶手所为，直到确定犯人是胡维之后，才觉得不对……胡维不会有胆量，也没有能力安排刺客。而且袭击我的人看清我之后，并未继续下手，显然，我不是他的目标。箧衣妄断：其一，胡维一事恐怕不止局限于云中，其后应当仍有波及。其二，原本该去调查的，该是您的人。虽不知对方是何人，但若对方要用武力……"

听完苏箧衣的话，叶濯轻笑一声："这些事，你和怀瑜说就是了，不管是谁，有没有胆子朝本王扔明枪，本王都懒得管。"说着，他又重新靠回了软榻，一双修长如玉的手，比正常人多了几分苍白的病色，他单手托腮，另一只手百无聊赖地把玩着身侧散落的发丝，嗓间一抹低低的叹息一闪而过："你这家伙，不要再拿那种悲悯的眼神看着本王。本王喝了药就会好了。"

"阿濯，喝药了。"

房门从外面被轻轻推开，孟愈修长的身影从外面缓缓入内。苏箧衣迅速站起身来退到一旁，还不等她行礼，就看到孟愈手上端着还冒着热气的汤药径自朝着叶濯走了过来。

孟愈自然地坐在了叶濯的软榻旁边，微微侧身，准备将托盘搁下。苏箧衣眼疾手快地接了过来，孟愈这才抬眸看了她一眼，朝她微微颔首，并未多言。

孟愈手上端着冒着热气的汤药，一手拿勺来回舀动着。

随着孟愈手上的动作，叶濯的目光一直紧紧地盯着那碗药，掩饰不住的嫌弃之意。接下来说的话也像是在故意发脾气的孩子："孟怀瑜，谁准你那样称呼本王的！"

孟愈淡定地重复着舀动的动作："是微臣失礼。不过七爷挑微臣的错处之前，能不能先把药喝完？"

叶濯好看的凤眼先是瞪大，旋即又轻哼一声："你应该不光是来逼本王喝药的吧，先说正事吧。"

孟愈淡定如常："有什么事，能有七爷治微臣的失言之罪重要？七爷不如……就罚微臣伺候您服药？"

这回叶濯再也克制不住地暴躁了起来："呸！孟怀瑜你要是敢——"

孟愈舀动的动作终于停了下来，他将手里的碗递了过去，很是配合地反问道："所以殿下要自己喝？"

叶濯愤愤地接过了药碗，全然没有察觉自己已经跳进了孟愈挖好的言语陷阱之中："本王当然是自己喝！"说话间，叶濯端了药碗直接一口灌了进去，等到一碗黑乎乎的药汁入口后，叶濯几乎是迫不及待地将手里的碗扔到了一旁。

苏篋衣眼疾手快地将旁边一直备着的果脯递了过去，熟料叶濯嫌弃地瞥了一眼，连连挥手："拿走！拿走！你把本王当什么了，这种女人吃的东西，本王才不会吃呢。"

苏篋衣看到两位美男子"打情骂俏"的样子，不由心生欢喜，生理的疼痛都克制了些，退在一旁默默看着他们。

见叶濯乖乖喝药，孟愈便走到了旁边的书桌前坐下，给自己倒了一盏茶，等到叶濯喝完药，孟愈才将过来要说的正事说出来："七爷，动身之日推迟到明天，行程也要更改。您现在旧病复发，保险起见，还是去找师父看看再说。"

叶濯眉头皱了起来："那个女人——本王一点都不想见她。她现在在哪儿？秦州郡、桐州郡、鄂楚郡还是越州郡？"

孟愈和叶濯的师父？

以这两人的身份，他们的师父难道不应该是宝文阁的学士吗？怎么会是个女人？不等苏篋衣思索出什么有价值的八卦信息，就听到孟愈又道："陛下现今巡查到越州，师父肯定在越州接驾，去越州找她，正好也能向陛下复命。"

苏篋衣闻言，脑子里自动呈现出越州的各大家族势力。这些老爹从小便会对她耳提面命的势力关系，清晰地刻在她的脑海中，而越州能够接驾的大家族……也就只有世袭文博侯、封地在越州的云家了。几代以前云家势力颇大，只不过老爹很早就提到过，如今的云家在新任家主接手后便已经不再从政，专攻经商了。

那边叶濯沉默片刻，最终还是收敛了情绪，点点头半情愿地配合道："都由你安排就是了，反正见到云以游，头疼的又不光是我。对了，还有你，苏篋衣。我们

· 32 ·

准备先去越州,你是要自己先去国子监?还是和我们一起?"

突然被点名,苏箧衣不由一愣,心中暗道,老爹这个时候把我打发出来,可不是为了让我去国子监,而是为了让我接近孟愈吧……何况没有孟愈的举荐,我也进不了国子监。想到这,苏箧衣毫不犹豫地道:"学生自然是跟随两位大人同去。"

叶濯像是对苏箧衣的回答很是满意,好看的脸上难得浮现了一抹轻笑:"不错,干脆利索。就这么定了,明日,启程前往越州。"

行程已定,孟愈和苏箧衣一前一后从叶濯的房间离开,苏箧衣跟在孟愈身后,小腹越发疼痛难耐。她心中思量着出了门就找机会打个招呼赶紧回去,不想孟愈却突然停步转过身来看着她。

他好看的双眸微微眯了起来,认真地看着苏箧衣的脸:"苏公子。"他有些欲言又止:"我看你气色不是很好,像是有些缺血。若是需要些什么补血益气的药——"

苏箧衣暗道不好,补血益气?!我,我来个癸水有那么明显吗?!这不就是说我已经暴露了吗?真不愧是孟怀瑜……究竟怎么看出来的!而且他现在是在暗示要挟我吗!

苏箧衣此时的表情非常丰富,一会儿纠结,一会儿羞红,一会儿又苍白。孟愈看在眼中,越发肯定了苏启的这位公子……身体不太好。

"苏公子,我也略通医术,要不要我给你看看?"他说着走近了些要伸手探苏箧衣额头。

苏箧衣赶紧后退,脸红到脖子根:"不、不用了!谢孟大人好意,在下表妹还在家中焦急等待,先行告辞了!"

她以最快的速度遁走,心中暗暗发誓,回府之后,一定要去找匣玉帮自己裹胸!

翌日,苏箧衣仍是早早便到别院恭候孟愈、叶濯二人。她到的时候,别院外前前后后停了四五辆整装待发的马车。苏箧衣从后面一路绕到门口,就见叶濯和孟愈一前一后从里面出来。他们身后还跟着新派到云中的官员。苏箧衣上前见过礼,便退到了几人身后。

还没听上几句话,叶濯就烦了,他甩了甩衣袖,哼了一声一个人先上了马车,几位官员才如大梦初醒一般,赔着笑脸最后又和孟愈客气了几句,恭敬地送孟愈也上了马车。苏箧衣见两个大人物都上车了,自己也跟在后面回到了车队里。

一行人出了云中城后，叶濯坐着的马车里才传来动静。

一个一直贴身伺候叶濯的小厮，跑来敲苏篋衣的车门："苏公子，殿下有请。"

苏篋衣探出头来往前看，前面的几辆马车都停了下来，甚至有人开始往外端锅碗，看起来像是要在这郊外用午饭。苏篋衣心里默默算了一下这里离驿站的路程，最后叹息一声，赶路不过两个时辰，现在又还未到午时，却偏偏要在这里用午饭，估计十有八九又是那位殿下的突发奇想吧。

苏篋衣认命地下了马车，赶到叶濯的马车外，车门半开着，孟愈不知何时上了叶濯的车，这会儿两人之间的气氛似严肃又带着捉摸不清的其他意味，苏篋衣不由地犹豫该不该上车。

她试探问道："不知七爷召学生来所为何事？"

叶濯坐在马车上，居高临下地瞥了苏篋衣一眼："一会儿你跟着孟怀瑜一块去给本王煎药。"说完看了孟愈一眼，又道："记住，一定要认认真真仔仔细细地看着孟怀瑜是怎么煎的，以后——"苏篋衣突然有种不太好的预感，果然叶濯继续说道："以后给本王煎药的活就交给你了。"

"我？"苏篋衣吞下后面的话，"学生……学生明白了。"

一旁一直未出声的孟愈像是这才见到车外的苏篋衣，他看了苏篋衣一眼，语气中带着一股无奈："既然阿濯你非要如此，也罢……那就让苏公子和我一起吧。"说着，孟愈从马车上跳了下来。他跳下马车的姿势很轻松，看起来一点都不像是手无缚鸡之力的书生……孟愈他应该有不错的身手吧！

一个身份尊贵傲慢任性看起来随心所欲却心思缜密的年轻王爷，一个文质彬彬但身手不错的年轻重臣……怎么总觉得这两个人都在隐藏自己呢。苏篋衣心中升起了淡淡的疑惑，看来这京城里的人都是深藏不露啊！卑微如她，眼下最重要的事是去向孟大人学煎药！

苏篋衣跟着孟愈来到煎药的地方。

早有人将一应物品准备齐全，苏篋衣跟着孟愈过来后，其他人都纷纷退下，只留下孟山在旁边伺候。

"公子，殿下需要用的几味药都准备好了，您看要不——"

孟愈摆摆手："你也下去休息吧，今天不仅要煎药，殿下吩咐了，还要让苏公子学习一番，我带苏公子认一认殿下的药。"

孟山恭敬地离开。

"苏公子，咱们这就开始吧。"

苏箧衣上前一步，配合地点点头，旋即便听到孟愈将每一味药说给苏箧衣听，然而苏箧衣越听，眉头皱得越紧。孟愈不禁莞尔："看来苏公子应该是颇懂医理？"

苏箧衣闻言，连连摇头，解释道："实不相瞒，学生并不懂医，只不过恰巧这个方子因为幼时表妹常用，所以颇为熟悉。"见话已至此，苏箧衣也不再犹豫，索性问出心中的疑惑："既然孟大人已经明白，那学生就斗胆一问，为何七爷喝的汤药只是止痛修养的方子？是七爷的病已经痊愈还是……"

饶是孟愈已经不止一次夸赞过苏箧衣的敏锐，此时也忍不住再夸一次："苏公子果然聪慧。"孟愈微微转身看了叶濯的马车一眼，像是想到了什么，目光变得深远，"不过有些疑惑更适合留在心里自己找答案，问出来反而有失你的聪慧。"

苏箧衣心里暗暗翻了个白眼，说白了就是不该问的不要问，做个表里如一的聪明人吧。

没有再问不该问的，苏箧衣认真地看着孟愈煎药熬药，等到一瓦罐的药汁最后慢慢蒸发只剩下一小碗的量后，孟愈方才熄火，将药汁倒了出来，随后起身准备去给叶濯送药。

苏箧衣跟在后面，连连咂舌。别人熬药煎药的时候扇个扇子，更多的是为了烟雾熏眼。在孟愈这里，扇子的作用反倒成了驱走不必要的药气，从头到尾竟是没有一刻停歇。就连什么时段应该用什么样的火候，都自有一套标准。

想到这，苏箧衣不禁头大。

以后，真的要将熬药的活都交给自己吗？

刚学完煎药还没休息一会儿，叶濯又遣人找苏箧衣过去。

这一回，苏箧衣被叫进了马车。叶濯随意地指了指孟愈身侧的位置："坐。"

苏箧衣拘谨地坐下："不知七爷找在下有什么事？"

叶濯昂了昂下巴："凉药这种事怎么能还让孟怀瑜孟大人做呢，苏箧衣，交给你了。"

苏箧衣哑然，她除了服从还能有别的选择吗？她一脸麻木地从孟愈手中接过了

药碗，一丝不苟地重复着昨日孟愈舀动的动作。

叶濯像是很满意，朝着孟愈笑了起来："你看看，我早就说了，让你多收几个学生，这样以后夫子有事，弟子服其劳嘛，现在多好。苏启将他儿子托付给你，不就是要让你代为引荐入国子监，早早记在你孟愈的名下嘛，既然已经是你的学生了，帮你这个师父做点事，也很正常吧。"

孟愈笑而不语。叶濯的歪理听得苏箧衣阵阵眩晕，心下诽腹，我什么时候就成了孟愈的弟子？虽然说我是很想巴结孟愈来着，毕竟他可是少年成才，年纪轻轻的重臣，是全天下学子可望而不可即的榜样嘛！但是……就算是如此，怎么被这个七爷说出来，听着总觉得哪里怪怪的。

终于伺候叶濯喝完药，苏箧衣本想赶紧回马车清净下，结果又被叶濯拉着一起在马车上用午膳。这位北宁郡王殿下，大中午的竟然吩咐随从烤肉吃！

苏箧衣备受叶濯和孟愈的青睐，两人竟然完全不顾身份，频频给苏箧衣夹菜，等她视死如归地吃下一碗攥得有小山高的烤肉后，几乎是回到了自己的马车上就瘫倒……太荤了。

接下来的十几日，苏箧衣果然接替了孟愈煎药的活计，每天午时不到便会被叶濯身边的小厮准时叫去。赶上叶濯心情好的时候，苏箧衣便会被留在马车上一起用饭。三人这些日子下来也熟悉不少，苏箧衣也没有那么拘谨了。她也不知她这些"特殊待遇"是好还是不好，可也没得选择，只能顺从。这日，苏箧衣和孟愈一块儿从叶濯的马车上下来，苏箧衣端着还剩了一半的药碗去倒掉，不料等她倒完回过身来后竟见到孟愈就站在自己身后。

"孟、孟大人，您有事要吩咐学生？"

孟愈目光清冷，摇头道："无碍，只是心中想着事，想在下面走走。"

苏箧衣犹豫了一下，复又问道："不知困扰孟大人的是何事，学生不才，如果孟大人想要倾诉，学生愿意服其劳。"

孟愈没有回答，像是在思考苏箧衣的话，又像是什么也没想。就在苏箧衣以为自己又说了蠢话的时候，孟愈却突然道："苏公子，你为什么想入国子监？又为什么想做官？"

苏箧衣一怔，倒是真的有几分被孟愈的问题问倒了的感觉。

"大概……是为了不负心中所求吧。"苏箧衣思索了半响，沉浸在自己的思绪之中,"学生自幼时读书,家父未曾让学生光宗耀祖,位列公卿,只告诫学生莫负本心。如今孟大人骤然问起,学生心中感慨良多,竟是无法汇聚于一言。"

孟愈的目光明灭起来,他抬头看向远方望不到尽头的路,语气中带着陌生地气息:"如果真的什么事都能凭本心去做,那天地间应该会一派清明吧。"

苏篌衣并不太明白孟愈这句话背后透露着的信息,她只能就事论事道:"孟大人有治世报国的惊才伟略,自是我等学子的福气。"

孟愈呵呵轻笑,在苏篌衣不敢看过去的脸上,闪过几分不同于书生意气的凌厉。

"时候不早了,回去吧。"孟愈率先往回走,"不然阿濯又要喊人了。"

苏篌衣看着他的背影,没有再追问下去,迈开步子跟了上去。

接下来的日子,苏篌衣时不时想起那日孟愈的话,话里话外的意味反而忘记了揣摩,烙印在她心中的更多是那日孟愈带着几分失落又忧伤的语气。每每想到那日的孟愈,苏篌衣的心中便闪过心疼、难过的思绪。苏篌衣百思不得其解,最后只能归咎于自己崇拜孟愈多年,对偶像的关心。

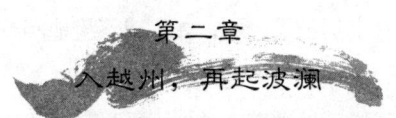

第二章
入越州,再起波澜

一路上,并未如苏篌衣所猜测的那般,会有之前胡维案的余党前来对叶濯或孟愈不利。十日之后,他们的马车平稳进入越州郡。进入越州境内后,之前一直在马车上安静绣花的匣玉,终于放下手上的绣活,兴致勃勃地掀开了车窗的一角,对越州大街上的事都表现得很是新奇。

苏篌衣跟着看了几眼便失了兴趣,抱着厚厚的百年刑案卷宗看得如痴如醉。自从三日前叶濯不再喝药,苏篌衣才算松了一口气,终于有点时间安静地看看书了。

临近晌午时分,孟山过来通知苏篌衣,叶濯和孟愈已经先一步去行宫拜见皇帝了。由他负责带苏篌衣等人先一步去云府安顿。等到苏篌衣和匣玉到了云府门口,云府的管家早就等在了那里。

"想必您二位便是苏公子和苏小姐了。"

云府管家招待着二人进了府中洗漱收拾，等到匣玉被丫鬟带到后院后，管家才说出了真正的目的："苏公子，家主吩咐小人仔细招待您，并请您在书房稍等片刻，家主有事要拜托苏公子帮忙。"

苏箧衣很是诧异。云家的家主正是十几年前以一介女儿身接管云家的云以游。据坊间八卦，这位云家家主还是当今圣上的心上人，当今圣上登基多年，后位却一直空悬，便是为了等云以游。这样的传奇人物，找她会有什么事？

苏箧衣跟着管家去了书房，见还要等些时候，便继续捧着自己的书看，时不时喝上一口茶。果然是商铺遍及全国的云家，这样精致口感的茶叶，老爹只有过年的时候才舍得拿出来。

苏箧衣享受地捧着茶碗不放手，越喝越觉得意犹未尽。想想自己可能一辈子也没机会过上这么"腐败"的生活，还是珍惜当下，及时……喝茶吧！苏箧衣自力更生又给自己添了一道茶水，眯着眼睛体会口中的余香。

紧闭的房门突然被人从外面踹开，紧接着传来叶濯"气势汹汹"的抱怨声："等得烦死了，云以游的架子真是越来越大了，怪不得年龄这么大了还嫁不出去。"

苏箧衣站了起来，看到叶濯和孟愈一前一后走了进来，管家则一脸赔笑地站在门边，吩咐小丫鬟去给两人上茶。

叶濯进来后，目光在书房扫了一圈，才不咸不淡地问苏箧衣："你怎么也在这里？"

不等苏箧衣解释，管家已经端着茶进来，同时三言两语交代了苏箧衣在这里的原因。叶濯哼了一声，对管家道："我问你了吗？"管家噤声，他又嘲讽苏箧衣道："你也忒老实了吧，她让你等着你就等着啊，你又不是她的手下——"

叶濯没说完的抱怨被门外传来的笑声打断。女人爽朗的笑意，让人如沐春风。

"我嫁不出去碍着你什么事了，小濯子？"

小濯子？！

苏箧衣眼睛一亮瞥向叶濯，只见叶濯脸色很黑，风度翩翩的气势和这三个字是那么的违和，苏箧衣一个没忍住，扑哧一声就要笑。然而叶濯的动作比她更快，一个带着浓浓警告的眼神甩过来，硬是将苏箧衣的笑意逼退了回去。

这一会儿的工夫，说话的人已经从外面走了进来。

来人身姿高挑，脸上带着一块精致的镂空面具，三千青丝简单地用玉簪束起，穿青色长袍，衣领、袖口等处绣着精致繁复的花纹，腰间佩戴着价值不菲的古玉。

光是粗略地一番打量，就可以窥见云以游是个极其讲究的人。

云以游进来后，孟愈便已经走了过去，像是一般的师徒那般向云以游问候："师父要掌管整个云家的生意，自然忙一些，我们等等您也是应该的。"

云以游站定看了看孟愈，很满意孟愈的态度，伸手拍了拍孟愈的胳膊："还是孟孟比较听话……"

孟孟……孟大人的小名倒是很可爱。孟大人听话的样子也好温柔。苏箧衣心中又是一番感叹。

一旁的叶濯闻言冷哼一声，"本王赌一个金叶子，你要是再继续叫他孟孟，怀瑜绝对会叛变到本王这个阵营。"

云以游毫不客气地走过去抬手在他额头弹了一记："老七你别忘了，你小时候救命用的药材可是我家出的，万年的人参啊，三万三千两，十七年了，利滚利，你说你欠我多少？就你这种万年欠债户，你能有金叶子？"

叶濯一脸黑色："万年人参这种鬼话你也说得出口？就不说你拿的那到底是不是万年人参了，就说这万年人参能才值三万三吗？"

云以游像是很喜欢逗弄叶濯，故意气他道："可是为师觉得你就值三万三千两啊。"

叶濯眉毛一挑，拍桌子佯怒道："……本王就值三万三千两？！"

旁边的孟愈视若无睹地等着两人斗嘴，就像是这样的事他早就看了成千上万遍一般。反倒是苏箧衣，对于云以游和叶濯的斗嘴，感觉很是稀奇。按理说，云以游十七年前救过叶濯，现在至少也三十多岁了吧。在大周，三十多岁的女人，运气好的话都应该颐养天年做祖母了，反观云以游，精气神里依旧带着几分少女特有的娇气，果然非常人也。

苏箧衣晃神的时候，那边师徒二人还在拌嘴拌个不停。

"老七，你乖乖听为师的话，为师便不找你要钱。"

"无商不奸……本王本来就不欠你的！"

"但是你这次来越州，马上又要欠我一个人情了吧？放心吧，看在你这么可爱的份上，为师一定不会放弃对你的治疗的。"

"哼，我——"

叶濯的话没说出来，终于看不下去的孟愈开口打断二人。

他看向云以游，面上带着几分复杂："师父，阿濯他这次——"

云以游朝孟愈笑了笑，语气很是和善："孟孟想说什么？是担心为师忘了你吗？"

孟愈板了脸，声音更清冷了几分："师父！"他的语气加重，直到确认两人都没有再胡闹，是在认真听他的话后，才继续道："阿濯他在云中又病了一次。今日我们见到陛下，陛下却把眼下的事交给阿濯办，徒儿觉得这很是不妥。"

叶濯轻哼一声："皇兄既然相信我，我给他办了便是，不就是查个凶手吗，简单得很。"

云以游也跟着呵笑一声："你少胡说八道，真让你办，你应该是会把接触过赵修媛赵贵妃的人，能杀的都杀了再找个大头去认罪吧。"说着云以游看向苏箧衣，"早就听说你们在云中立了大功，听说这其中苏公子功不可没，我看这次的事，就让苏公子再帮帮你们吧。"

云以游不给孟愈说话的机会，看向苏箧衣："你是叫苏箧衣对吧？"

苏箧衣："正是学生。"

云以游越看苏箧衣越觉得满意，她不住地点头，看苏箧衣的时候满眼放光："听说你还带了你表妹来……这样更好，有女眷帮忙，这事就方便多了。"

苏箧衣心中早就凭着刚刚三人字里行间的意思揣测了一番，赵贵妃、女眷、行事方便……这些信息都在宣告着一件事，十有八九是圣上的妃子出事了。虽然猜出了大概，但苏箧衣还是出言询问："不知到底是什么事？"

云以游看了三人一眼，语气有些轻，不像是回答苏箧衣的问题，倒像是在自言自语："对老七来说，这该是个好消息……"

叶濯不屑地呵了一声："别扯到我身上去，和我有什么关系。"

云以游没搭理叶濯，自顾自说道："这次陛下南巡，身边带了不少女人。离京之时赵贵妃就有了身孕，但还是跟着陛下一起过来了。结果前日暴病而亡。死前小产下一死胎，已经有了人形，是个男婴。"

果然是……两条人命。

苏箧衣心中暗道，景康帝登基十年，如今已是三十有二，公主生了不少，却一直没有皇子。听闻宫内女人只要有孕，绝大多数都生下了孩子，孩子是否夭折另说，像赵修媛的情况，本朝应当还是第一次。景康帝的愤怒……可想而知吧。赵贵妃和这个无辜的孩子，更是令人同情。

而如果景康帝一直没有儿子，作为景康帝唯一的异母皇弟——年轻得过分的叶濯，问鼎皇位的机会便会越来越大，难怪云以游说对叶濯是好事。

苏箧衣的念头刚在心中闪过，就听叶濯不甚在意地轻笑了一声："皇兄他生不出儿子……这是报应。"

孟愈皱了皱眉，警告地看了叶濯一眼："王爷慎言。"

云以游砸了咂舌："孟孟，你哪里都好，就是这忠君之气太纯了。"她看了在场的几个人一眼，说起景康帝的八卦来，和说街边卖豆浆的大爷的一般无二，"圣上一日没有儿子，朝野舆论用后继无人的事压着他，他便一日不敢彻底除了你。老七，你确实是该高兴。"

苏箧衣虽然心中也想到了这里，但皇家纷争，不是自己这种小角色可以参与的，她低头站在一旁，听他们三人谈赵修媛的事。

对于云以游的评价，孟愈不置可否，直到云以游和叶濯吐槽完，他才问道："师父，赵修媛既是暴病……住在你云家，竟也没有医好？"

云以游耸耸肩，"孟孟，你也太高看为师了，云家虽是做药材生意，珍奇药材网罗于此，但不过就是个卖药的，可不管治病救人。御医开什么药，我就给她备了什么药，已是仁至义尽了。"

孟愈轻叹了一声："无力回天，原是命数。陛下不相信赵贵妃是病死，想让我们查出一个真相？"

在云以游眼中，并不是太在意这件事，她语气很是随意："查来查去，也不过就是后宫那些女人。后宫之中如今没有个说话算话的，圣上原本想让我帮他去查，呵，这种事儿，我可是一丁点儿都不想管。但直接推了好像太不给陛下面子，想来想去，也只能推给我的宝贝徒弟了。养儿防老，养徒弟背锅嘛。"

说完，云以游一点都不觉得抱歉地对叶濯笑了笑。

叶濯连眉角都没动一下，像是早就知道自己一到这里就被皇帝委以重任和云以游有关一般。反倒是孟愈，算得上是三个人中唯一靠谱的了，他更关注于事情本身的发展："苏公子的表妹一直在云中生活，不仅不懂后宫礼仪，更不懂办案审讯，让她帮忙并没有什么用。"

苏箧衣连连点头，孟愈算是说到了她刚刚最担忧的地方。她自幼承母训，同男子一般读书习字，但匣玉确是从小扑蝶、绣花学管家长大的，让她掺和到复杂的官场及后宫纠葛之中，别说自己就会谴责死自己，就是老爹知道了，十有八九也要从老家赶过来收拾自己了。

如今孟愈先开口替自己将表妹择了出去，苏箧衣心中万分感激，对孟愈的好感

也直线上升。

叶濯听了孟愈的话,放下手中一直把玩着的茶杯,满不在乎地道:"有什么好查,到最后找个品级低的替罪羊就是了。本王今儿高兴,别管这些破事,先陪我去喝上一杯。"

云以游也点点头:"小濯子说得对,这件事确实不急这一日,你们刚到,我该给你们接风洗尘。越州的酒楼随便你挑,就记在我名下。就是别去不该去的地方,你知道我讨厌什么。"

叶濯粲然一笑,好看的英眉伴随着笑意,直入两鬓,越发显得英姿勃发:"若是去不该去的地方,本王花自己的钱就是了。"

云以游嗤之以鼻,"三万三千两。你但凡有钱,先还钱——要是让我知道你有钱不还……别怪我到时把你永远留在那些地方。"

叶濯朝着云以游干瞪眼,手里的茶盏也被他砰的一声摔在了桌子上。偏偏云以游依旧云淡风轻,唇边带笑地看着他。感觉到师徒二人之间不寻常的气氛,苏箧衣屏住了呼吸,甚至想就此离开。结果她没遁走成功,反倒是叶濯先泄了气,哼一声率先走出了书房。

叶濯转身走了两步,又退回来拉着苏箧衣:"走走走,本王带你去见识一番越州的好风光。"

只有孟愈还算靠谱,临走前向云以游告别:"师父,徒儿先出去了。"

云以游点点头,越发觉得同样都是弟子,为什么叶濯不能让孟愈这样让自己省心呢,她看着最后一个准备离开的孟愈,突然想到了什么:"怀瑜啊——我不接这件事,是因为这次不是随便找个替罪羊那么简单。陛下出游,身边都是家中有势力的嫔妃,杂鱼都留在京城了。你也别像叶濯那样,真的什么都扔给苏箧衣,她还未进过官场,再聪慧也容易成为出头鸟。你让她好好考虑一下家世背景,不要乱得罪人。"

说完,云以游突然低低地叹息一声,一改之前的肆意张扬,用只有她和孟愈能够听到的声音叹道:"云家现在危如累卵,我自顾不暇,实在是没力气照拂这些关系了。"

孟愈恭谨地听云以游说完,面上分毫情绪不显:"怀瑜谨记。"

第二章
登瀛楼遇故人，云以游邀夜谈

苏箧衣被叶濯拉出来后，一路被他拉着去了叶濯住的房子。叶濯身边跟着的那些小厮正进进出出收拾东西。叶濯进门前转身瞥了苏箧衣一眼，好看的凤眼微微上挑，一副本王是迫不得已才给你机会你一定要好好珍惜的语气说道："本王看你平时穿的虽然不值几个钱，但品味还不错，今天你顺便服侍本王更衣吧，记得本王今天准备走风流书生的路线。"

苏箧衣一脸错愕。

更衣？

我服侍您？这王爷怎么总是好差使男子做事的，难不成有啥特殊爱好？再说我、我虽然看起来玉树临风，是个十足的爷们……但我真不是啊！苏箧衣心中一片哭号，但对上叶濯催促的颜色，苏箧衣却不得不乖乖上前，按照叶濯的指挥帮他搭配衣物。

等到叶濯终于满意地点头，决定出门的时候，苏箧衣已经累瘫在一旁了。她也终于见识到了传说中最爱吃喝玩乐的北宁郡王的本质。

不知是否有暗中伺候的人帮叶濯传递信息，总之苏箧衣跟着叶濯到了大门口的时候，孟愈也刚刚好从自己的院子里出来。相较于衣锦华丽的叶濯，孟愈只是换了一件更为简单的外袍而已。

随着孟愈的靠近，苏箧衣闻到了一股淡淡的墨香，孟愈刚刚一定是在写东西，也不知道是朝中大事还是私人信件。不过不管怎样，真是越看孟大人越出色，和身边这位任性的纨绔，简直是一天一地的差别。

叶濯率先出门："走了，走了。"

三个人坐同一辆马车去了越州郡最大的酒楼登瀛楼，云以游早就吩咐人在门口等着迎接叶濯、孟愈。几乎是他们的马车一到，就已经有人围了上来。

叶濯被人簇拥着往里走，嘴里毫不客气地道："把你们这里最贵的菜都端上来，还有云以游私藏的好酒，也拿出来。"

苏箧衣和孟愈落后了几步，饶是她刚刚和叶濯认识不久，这会也忍不住生出几分好想假装不认识他的感觉。她不断整理自己的衣衫，脸上写着"我和这个不正经

的纨绔不一样"。反倒是孟愈,神色如常地跟在后面。一个掌柜模样的中年男人也落在了后面,像是专门在等孟愈。

"大人,家主已经都准备好了。这边请。"

上楼的工夫,掌柜已经向孟愈详细地汇报了云以游款待两人的级别,听着那些往日里有钱也不一定买得到的菜色,苏箧衣忍不住小声道,真是土豪啊。

熟料,孟愈竟然会停下来认真地给苏箧衣解惑:"放心,不只是登瀛楼,越州大半也都是师父的,所以你不用担心阿濯会吃垮她。"

苏箧衣吃惊地望着孟愈,在孟愈清明的目光下,又紧张地收回了目光。刚刚孟愈他是在开玩笑吗?原来一本正经,清冷俊逸的孟大人也会说笑?不过……云以游、云家,是真的土豪啊。有钱到这种程度,究竟是怎样的体验。

两人走进包厢的时候,叶濯已经居中坐下了,旁边三四个人正在挨个报着登瀛楼的特色,叶濯时不时地会点上一个。苏箧衣听得口水直流,还想着等会打包些好吃的特色菜给表妹带回去。她屁股还没坐热,门外突然传来敲门声。紧跟着,也不等里面的主人回话,来人就已经推门进来了。

"远远地就瞧见是你们来了,果然。"

说话的女人环鬟凤钗,好不雍容华贵。一身拽地的罗裙,从腰际到裙角都缀满了星星点点的玉饰。行走间露出的绣鞋上还缀着硕大的宝石。若是再往上看,精致苏绣缝制的短衫上是让人挪不开眼的凤鸟,虽然用色略低调,但依旧可以从这大胆的凤鸟上揣测出来人的身份。

再说女人的容貌,眉宇间一派庄重,偏顾盼之间又多了几分小女子的娇媚姿态,越发妩媚动人。

见到来人后,孟愈和苏箧衣一前一后都站了起来。只不过一个是上前见礼,一个是跟在后面,等着获知女人的身份。

"拜见贤妃娘娘。"

苏箧衣跟着问候:"草民苏浣,见过贤妃娘娘。"

叶濯则哼了一声,合上手里拿着的菜单,一脸不快地看着贤妃:"霍晴?你怎么来了?"

霍晴?趁着他们说话,苏箧衣在脑中飞快搜寻贤妃的资料,霍晴是枢密使霍家最小的嫡女,两年前入宫后迅速升为贤妃,大有宠冠后宫的势头。想来如果不是还有关于云以游的江湖八卦,说不定贤妃这宠妃的名头也就差不多坐实了。

贤妃微微一笑："圣上恩准我回乡祭祖，回程的时候得知圣驾在此，这才绕路过来。"说着，她竟然上前几步虚扶了孟愈一把，"怀瑜不必多礼。今日既是不在宫中，我们三个又是自小一起长大，你这么见外我倒是有些不自在了。"

一起长大？

那岂不是青梅竹马？

苏箧衣忍不住多想了几下，顿时感觉丰富的情节扑面而来。

对于贤妃平易近人的虚扶，孟愈的反应是几不可闻地往后退了退。贤妃见到孟愈的动作，没有说什么，但也停下了动作。她淡然地笑了笑，目光这才瞥向苏箧衣，像是才意识到还有这个人："苏浣？你……是怀瑜和阿濯的朋友喽？不必拘谨，我出来玩之前和陛下说过了，今天不做娘娘。我闺中单名一个晴字，你称我一声晴姐姐就好了。"

"……"苏箧衣觉得不妥，不知该应还是不该应，只笑着作揖。她原是想看孟愈的神色行事的，但此时两人的站位一前一后，她抬头只能看到孟愈的背影，无奈之下，只能寄希望于一旁一直稳稳坐着的叶濯。

还不等苏箧衣求救的目光望过去，就听到霍晴又道："好啦别拘谨啦，大家都坐吧——喂，我认真的，孟怀瑜、苏浣，你们两个不坐，我都不好意思蹭这顿饭了。"

苏箧衣不敢轻易行动，等着孟愈反应。

自从霍晴进来后，孟愈的表现就好像有些不对劲，听到霍晴的喊话，他竟然不吭一声选了最靠外的位置坐下，甚至连个目光也没有看过来。无奈之下，苏箧衣不得不悄悄往叶濯坐的位置小走了两步，迅速入座。

这会大家都落座了，一时鸦雀无声，气氛有些尴尬。叶濯倒依旧没心没肺，不耐烦地道："开饭吧。本王快饿死了。"

霍晴挑了挑眉："这么浓的酒气，喝了不少嘛。阿濯，什么事这么开心？"

叶濯眼皮子都没抬，道："我师父不是在越州么，她给我接风洗尘。"

霍晴一副恍然大悟的模样："怪不得，原是云姑姑，我都差点忘了。"

听到霍晴喊云以游姑姑，苏箧衣忍不住抬眼小心地看了她一眼，身侧的叶濯也像是想到了什么，看向贤妃，嘴角挂着一抹不怀好意的笑，像是酝酿着要说什么惊人的话语。

孟愈要比叶濯快上一步，切换了两人的话题："贤……霍姑娘是什么时候到的？"

霍晴笑了笑："怀瑜，你以前可不是这样叫我的，现在一口一个霍姑娘，我听着很是难过。"调侃完了孟愈，她才又补了一句，"我是听闻陛下停在越州，这才连夜赶路过来寻陛下的，昨天夜里才到。"

赵修媛是前日死的，虽然不排除霍晴安插别人犯案的可能……但她的嫌疑确实比较小了。苏箧衣眼睛虽然盯着面前的茶碗，心中却随着贤妃的话，不动声色地思量着赵修媛的事。

孟愈像是没听到贤妃的调侃，正色问道："既是如此，霍姑娘能不能帮我几个忙？"

霍晴也不恼，好说话地道："怀瑜开口，千百个忙，晴儿也是要帮的。"

孟愈谢过了霍晴，并将之前两人从皇帝那里得到的差事以及赵修媛的事告诉了贤妃："……事情就是这样。后宫之中的事，我们不便排查，还要拜托娘娘了。"

霍晴在孟愈谈及赵修媛的死时，脸上闪过震惊和狐疑，等到孟愈说完，她的语气一改之前的欢快，多了几抹悲戚："赵姐姐竟然……昨日见到陛下，未见他神色有异，我都不知道出了这么大的事……这是陛下的第一个皇儿啊……这个忙，我一定帮。"

苏箧衣看着说话间眼泪就已经在打转的贤妃，心中不住感慨，果然是宫里出来的人物，一举一动都不留任何把柄，实在是厉害啊。

"还有完没完了，你们要是再说没用的，就出去自己找地方去，别耽误本王享受。"叶濯轻斥了一声，率先拿起筷子开始一道菜一道菜地品尝。叶濯的口味极刁，鱼肉是不是鱼身上第三段的他也能吃出来，鸡肉生前毛发柔顺不柔顺竟然也要管……更不用说那些青菜是不是在水里养的、做糕点用的是不是清晨的露水这些了。

孟愈和贤妃像是早就习惯了叶濯的德行，贤妃还颇有兴致地向苏箧衣解释："阿濯小时候生了一场大病，后来圣上对这唯一的皇弟极尽宠溺，皇家贵胄嘛……难免要求多了一些。"

苏箧衣附和着呵呵一笑，不敢随便接贤妃的话置评。

这里坐着的人，她一个也惹不起，还是装作空气更安全一些。

等到叶濯酒足饭饱，已是掌灯时分。

他还张罗着要体会一番越州的夜生活，最后孟愈一句话让他消停了下来："阿濯，若是过了时间不回去,恐怕师父她老人家会从百忙之中抽出时间来亲自带你回去。"

也不知道云以游到底恐怖在哪里。

叶濯的表情像是吃瘪一样,他嘟囔着嘴呢喃了两句后,总算松口:"行吧,先回府,本王今晚姑且先休养生息,来日方长。"

几人在登瀛楼门口和贤妃告辞,早就有轿子等在一旁接贤妃回行宫。苏箧衣几人则上了来时的马车,一路回到云府。在云府外院又是一通道别后,苏箧衣总算松了口气回到自己的住处,她迅速梳洗了一番,一边擦着头发一边往外走,嘴里打了个饱嗝。不说别的,登瀛楼的饭菜是真好吃,当一个只吃不说的影子,其实也蛮好的。

就在她准备熄灯休息的时候,门外突然传来敲门声。

"苏公子,打扰了,家主想请您过去。"

苏箧衣心中狐疑起来,这么晚了云以游喊自己过去,难道有什么事不成?

她嘴上答应了下来,回内室穿上长袍,这才开门出来,一路跟着小厮前去。还未入云以游的院子,便听到如泣如诉的琵琶声传来,映衬着今日的月色,很是容易将人心中的几分愁绪牵引出来。待进了院子,苏箧衣一眼便看到了坐在凉亭中的云以游。她背对着大门而坐,身子半靠在石椅上,仅从背影上看,让人觉得她比白日里多了几分慵懒。

云以游的对面坐着一个弹琵琶的女人,清幽的曲声便是自她手底下传来。

越走近,苏箧衣觉得云以游的背影给人的感觉越发幽远,不知道她是不是在这曲声中回忆起了什么往事。

在前面带路的小厮先一步进了凉亭禀报,云以游原本那让人看着有些远的身影,也一下子回到了现实中。云以游站起来朝苏箧衣招手:"来得挺快,快来坐。"

苏箧衣依言走了过去,跟在云以游后面坐下:"云姑姑。"

云以游轻笑了一声:"姑姑?"她自己在嘴里回味了一番,"倒是很久没听到有人叫我姑姑了,你倒是个聪明的。"云以游打量了苏箧衣一眼,"苏浣,字箧衣,对吧。"

苏箧衣点头:"是的。"

云以游像是对她的名字很感兴趣:"箧衣……这个名字叫起来很拗口啊,你爹娘怎么给你起了这么个名字?"

苏箧衣:"唔……字意是置衣于箧中。"

云以游不以为然:"你那个表妹听说是自小便抱到了家里,她叫匣玉,这个名

字应该也是你爹娘起的吧,难道她的名字是置玉于匣?一个是衣服,一个是玉,苏箧衣,你是捡来的吧?"

苏箧衣一时无言,她还真没有想过名字这个问题,现在听云以游这样一讲,联想到老爹对自己的放养态度,感觉自己很可能真的是捡来的,顿时心中五味杂陈。云以游的目光一时间飘得很远,像是透过浓浓的夜色在努力看清什么,她的声音也有一些飘远的味道:"箧衣……要藏在箱子里密不示人的,是什么衣服——难道是,嫁衣?"

苏箧衣警惕地站起身来,震惊地看着云以游。云以游怎么会知道自己的秘密?她是什么时候知道的?现在这么明白的暗示自己又是为了什么?

云以游被她的反应惊动,收回了思绪,哈哈一笑道:"别担心。你装得很好,别人看不出来的。"

苏箧衣不明所以,云以游继续道:"我少时遍历四方,曾在京城见过你父母,偏偏我又记性很好,当初林翘生产,我送去的拜帖写的是千金而非麟儿,这还是记得的。"

苏箧衣听罢长舒了一口气:"原来云姑姑认识我爹娘啊。"

云以游不置可否,脸上的神色因为戴着面具而无法窥探:"如今你爹娘可还好?"

苏箧衣想了想,语气平静地道:"我娘……我不太记得她,她已经去世十四年了。至于我爹,呵呵,他挺好的。"

云以游像是并不知道林翘已经过世的消息,听到苏箧衣的话,多了一抹震惊,夜色掩盖下,她的目光之中带着几分难过:"没想到林翘姐姐竟然……"她的话说了一半并未再说下去,转而问起了其他,"你既是扮作男子……家中没有兄弟?"

苏箧衣点点头:"是,我是独子……独女。我爹没有妾室,也不续弦。"

云以游叹息一声:"没想到苏大哥倒是情深。不过已经娶了你娘那般的女子,估计这天底下也难再有其他女子入苏大哥的眼了吧。"说着,她像是想到了什么有趣的事,轻笑一声,问道:"你可知道,你娘当年也是扮作男子?"

苏箧衣诧异:"真的?我爹从来不提起我娘的事……"

云以游回忆起当年:"你娘扮作男子,赴京赶考,你父母才认识了。后来发生了不少故事,你娘为了能嫁给你爹,便放下了中举的雄心。你爹也能接纳你娘这样的女子……两个人,倒真是般配。"

苏箧衣点点头,像是明白了什么:"原来如此,怪不得爹爹总是说,让我参加科举,也是娘亲的遗愿,原来娘亲她当年也曾经——"

云以游嗯了一声,复又像是想到了什么:"不过你娘的愿望留下来给你?对你倒是不公平了。"

"篋衣并不觉得不公平,能够读书科举,日后做官,是一件很幸运、很幸福的事。我该感谢我娘的遗愿,让我知道,还能选择这样一个接触世界的方式。就算退一步说,一直以来选择权都在我,我爹从来没有强迫过我。"

云以游以一种复杂的目光看着苏篋衣,低低叹息一声,像是想到了什么苏篋衣无法体会的痛楚而难过,声音里也带着一股寂寥:"那你可明白,你因此要放弃的是什么吗?"

苏篋衣笑了笑一派坦然:"大概是完整的家庭吧。可能我这一辈子,也不能体会做个妻子、做个母亲的感觉了。"

这回云以游有些惊讶了,她突然意识到自己有些小瞧了苏篋衣:"你倒是看得通透。其实我和你,也是一样的。我倒是不用提心吊胆地被人发现是女扮男装,但是这个面具——"云以游伸手摸了摸脸上的面具,声音里带着深深的疲惫和无奈,"这个面具却又必须要带着。这是这个社会,对我这样不安分的女人的最大妥协了。"

苏篋衣听出了云以游话中的情绪,下意识地问道:"所以我放弃的那些,您也是自愿放弃了?"

云以游摇头又点头:"或许更多,不!也不能说是更多。只是我们这样的人想要守住什么,想要得到什么,都比男人要难而已。若你有朝一日恢复了女子身份,却又不愿意放弃仕途,你就明白了。"云以游突然轻笑一声,带着几分嘲讽,"说起来,也是我们生不逢时,我朝前几代,女人能做的事还很多。如今比起那时,真是倒行逆施。我个人无所谓,毕竟我已经做到这个地步,没什么好抱怨。可有时候我又放不下,我不想看到这样的大周朝。呵……云家家训言'忠',这可真是刻到我骨子里去了。"

苏篋衣一时无言,脑海之中却因为云以游的话而思绪万千。

一时间,凉亭之内只闻断断续续的琵琶声。直到一阵夜风拂过,苏篋衣的声音才骤然响起,略微低沉了许多:"您不是为了'忠'吧。"

云以游扭头看她。

苏篋衣不卑不亢地继续说道:"我以为您是不会在意忠诚这种事的。虽说您个

· 49 ·

人无所谓了,但您还在意其他人的命运、其他人过得如何吧?否则,也不会找我来谈这么多了。"

云以游摇摇头:"你说得对,也不对。"她的声音又开始忽远忽近,"我忠的从来不是坐在皇位上的那一个人——我真正忠于的,是江山黎民,天下苍生。"说着,云以游又提到了白日的事,"景康帝让我查赵修媛的事,我是真的嫌脏了手。这些龌龊之事,让你们这些读书人做,我也是愧疚的。"

苏箧衣思索了一瞬,摇摇头,目光清明地道:"我倒是没有想过那么多,有人被害,需要我追查凶手还以公道,无论是尊贵的娘娘,还是街头的平民百姓,在箧衣眼中都是一样的,箧衣能做的也不过是查案还事实以真相而已,至于其他,箧衣倒是没想过那么多。"

云以游听出苏箧衣话里隐晦的不赞同,她并没有生气也没有强行要求苏箧衣认可自己的价值,她只是叮嘱道:"不管你认不认可我的话,我都希望你能想想你到底是为了谁而证道。你握着的法,护的又是什么?是天地,是君王,是百姓,是律法本身,还是更虚无的道义。"

苏箧衣被云以游掷地有声的问话问到了。

云以游又道:"也许你现在想不出答案,那就时刻念着这个问题好了。毕竟我想了这么多年,也没有想明白。"

苏箧衣斟酌着反问道:"您既然知道什么是肮脏龌龊,却不知,什么才是您认可的高洁?"

云以游笑了笑,像是听到了什么笑话:"高洁……?那种东西倒是并不重要。我之所求,就是护住这个摇摇欲坠的云家。云家从发迹至今已是多年,君子之泽,三世而斩,如今外表光鲜……陛下可是无时无刻不打着云家这些钱的主意。"

苏箧衣皱眉,只觉得说这些话的云以游和上一刻那个言谈忠于天下苍生的云以游很是不同:"钱这种事,比起命来,没有什么好留念的吧。"

云以游几不可闻地叹息:"云家这笔钱,本来就是靠着皇家行了方便,才攒下的。知恩必报。北方幽族蠢蠢欲动,若是有一日朝廷偏安江南,这便是一笔安家费。所以现在不能给陛下拿去败着玩儿,云家,怎么也要再撑个几十年。"

苏箧衣万万没想到,云以游竟是因为这样的理由,而努力把着云家的万贯家财,她的脸上有震惊,也有狐疑,总觉得云以游的忠太过于高上,过于缥缈,让人一边心生敬畏,同样又无法理解。

云以游抬头望了望月色:"难得今晚月色美,又能遇到个有趣的人聊天,我竟是忍不住对着你发牢骚了。"

"云姑姑既是认识我爹娘,那该是世交。箧衣无母,陪陪您也觉得很温暖。"

云以游不置可否,她又说回了苏箧衣的名字:"箧衣……你这个名字,你爹应当不是为了把你的嫁衣藏起来。就算再怎么希望你中举……他也一定,希望你能嫁个好夫家的。"

苏箧衣只道:"父母自然都有美好的愿望,但能不能实现,也只能看子孙自己的福气。"

云以游给自己斟了一杯酒,伸手在酒杯里沾了点酒水,在石桌上写写画画起来:"我熟悉药材,你父亲该是……为你取这个药材的名字,又不好直接用'窃'字。"

苏箧衣不解:"窃衣?"

云以游解释道:"我以前入山采药,傍晚下山,便见衣角沾了这许多带茸刺的小米粒。回家问了父亲,才知这就是窃衣的果实,这么牢牢地抓着人的衣服,就算衣服依旧穿在我身上,都感觉已经被它窃走了。长得微小,不引人注意,却是顽强坚韧,又很有力量呢。"

苏箧衣一时间心中百感交集,原来,老爹给我起的名字还有这样的含义!

云以游继续道:"窃衣的功效,是打虫子。这世间蛀虫何其多——倒是需要这么一味药治世。"

苏箧衣正色道:"无论如何,箧衣既身入官场,定不会辱没此意。"

"这种使命,压力太了,你还是不要想太多的好。"云以游的话很轻,轻到夜风微微吹了过来,苏箧衣便再没有听到她话里的意味。苏箧衣只当云以游是在感慨,直到她又自顾斟了一杯酒,"多年未见,竟是不知原来早已与林翘姐姐阴阳相隔,如今这一杯薄酒,遥祭姐姐。"

苏箧衣见云以游如此,连忙起身作揖:"箧衣在这里替亡母谢过姑姑了。"

云以游摆摆手,很快收敛了情绪,她吩咐弹琵琶的女子离开,这才缓缓开口对苏箧衣到:"你可知我云家除了钱多得用不完,商户遍布全国——还做另外一件事,就是情报。日后你若有什么想知道的,拿着钱,或是别的什么情报,来我这里换便是。看在我认识你爹娘的份儿上,给你便宜点。"

"情报?您指……任何信息吗?"

云以游自负一笑,言辞间竟是多了几分豪迈与骄傲。

第二案 佳人误

"不错——这世间,没有我不知道的事。"

苏箧衣想到最近心中的疑惑,忍不住开口问道:"那不知北宁郡王到底是什么病?或者说他真的只是单纯的生病么?姑姑您既然不是神医,他为何一定要来找你看过?"

云以游哈哈哈大笑:"你学得倒快。只是这样级别的消息……一份,我要你五百两。"

苏箧衣哑然,我就是全部家当也不值五百两啊。

云以游自己饮了一杯酒,整个人像是将心中的郁郁之气都舒缓了出来般,整个人看起来精神了许多:"别着急,这件事……或许有朝一日,阿濯他,自己就告诉你了。"说着她像是想到了什么,调侃地看向苏箧衣,"不过你对阿濯的事这么上心——这我一定得告诉他,才对得起你这份心意。"

苏箧衣赶紧解释:"我只是好奇而已!"明明对叶濯那个家伙没有什么特别的想法,可是为什么被姑姑调侃,心脏竟然会配合地乱跳?苏箧衣只感觉自己一定是这几日精神紧绷,要生病了!

云以游没有再多留她:"时间不早了,你去休息吧。"

苏箧衣早就想要离开,连忙行礼告退。

第四章
方探案,四面埋伏

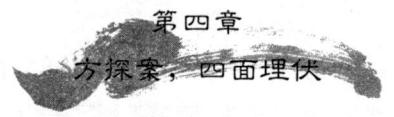

苏箧衣回房躺下后,思绪万千,不仅没有丝毫睡意,反而越来越精神。脑子里过滤着这一整天下来贤妃、云以游等人的信息,最后忍不住拉着被子掩面哀号,这还没有进京,京城的各方势力就已经复杂到了这般地步,这要是到了京城,就自己这个小身板,真的能够玩转得起来吗?

想到这,苏箧衣越发坚定了要牢牢抱住孟愈大腿的计划。关键时刻,还是要求着孟愈帮忙才行啊,以后还是要努力在孟愈面前多刷刷存在感。嗯,老爹把我托付给孟愈,不也是这个意思嘛。

苏箧衣一直胡思乱想到天之将亮,这才稀里糊涂地睡了过去,结果一觉醒来便发现外面早就日上三竿。苏箧衣猛地从床上爬了起来，嘴里怪叫着："完了完了！第一天就起晚了，他们得怎么看我啊——"

"表哥，他们怎么看你我不知道，但我是真切体会了你懒的本质。"

匣玉不知何时到了自己的房间，并且隔着屏风坐在了外间的榻上，一脸轻松地绣着手里的帕子，嘴上还不忘数落苏箧衣。

"匣玉，你什么时候来的？有没有人来找我？还有现在什么时辰了？孟大人、七爷他们今天做什么你知不知道？"

匣玉无奈地长叹一声，拉着在房间里像个无头苍蝇一样乱跑的苏箧衣回到内室："我的表哥——你能不能先穿好衣服，冷静冷静，反正都起晚了，现在着急有用吗？"说着，她拿起床上挂着的外袍，帮着苏箧衣穿上，嘴上也没停，"我来的时候，有小厮过来给你送饭，被我打发走了。孟大人派孟山来过，说是问你准备什么时候开始查案。北宁郡王那边没什么动静，不过我倒是听说，他一大早好像就出去了。"

苏箧衣听完，松了一口，只要叶濯没有召唤自己，那就没有什么大事。她穿戴整齐后，紧紧地抱着匣玉亲了一口："匣玉，多亏了有你，不然我一个人真是寸步难行啊。"

匣玉推开她，红了脸："表哥，你怎么能随便亲人家呢！"

苏箧衣一副这有什么，"我们不是一样的吗"的神情。

"表妹，我先去见孟大人了，你自己在府中安心住着，有什么事就去找孟山啊。"

"喂，表哥，你不用早饭了吗？"

"不了！一会儿和午饭一起解决好了，时间宝贵。"

苏箧衣边说边开门出去了，留下匣玉在原地目送着苏箧衣离开。

苏箧衣赶到孟愈处，孟愈不在。

"苏公子，家主一大早便给皇上召去了。让您先从越州为赵贵妃提供过药品的医馆入手，等他回来后，再安排您去见为赵贵妃诊治的御医。"

苏箧衣不禁有些失落，想到自己要一个人去调查，还有些担忧。

孟山突然想起来什么，又道："哦，对了，苏公子，我家公子叮嘱，昨晚陛下又下了一道旨意，说是要王爷五日之内查出结果，所以时间很紧。"

五日之内？！苏箧衣心中诧异，陛下的心思果然难测，也不知道给叶濯限定时间是有什么目的。不过……大鱼吃小鱼，小鱼吃虾米。不管陛下打的什么主意，自

己这个食物链最底端的小虾米都只能拼尽全力。幸好……查案这种事还难不倒我!

思索之间,苏箧衣很快定了心神。

让孟山带自己向孟愈道谢后,苏箧衣慢悠悠地晃回前院,没想到她刚到前院,就碰上云府的管家。

"苏公子,家主一大早吩咐过,等您用过了午膳,便由老奴带您去赵贵妃抓药的医馆去调查。"

苏箧衣挑眉,心中感慨,看来这里的每个人,都心细如发啊:"如此就麻烦管家了。"

客气完,管家带着苏箧衣到饭厅用膳,因为匣玉是女眷,所以不能来前院和苏箧衣一起。苏箧衣一个人一板一眼地吃过后,又有人送进来一盏热茶,等到一盏茶毕,管家才像是算好了时间般,再次出现在饭厅。

"苏公子,您现在可准备好了?"

苏箧衣起身笑着走了出去:"好了,咱们出发吧。"

上了马车的苏箧衣并没有如同管家得到的吩咐那般去往医馆,反而笑眯眯地让管家改道,先去越州府衙。

管家一脸犹豫:"苏公子,这——"

苏箧衣和善地解释道:"管家有所不知,箧衣对查案之事还算精通,像赵贵妃这般的案件,先弄明白死因和死亡时间,由此推断作案手法和犯人,会更容易一些。毕竟陛下吩咐了要五日内查出凶手,您定是也希望案子能早点结束的,对吧?"

管家实在拒绝不了句句在理的苏箧衣,只能吩咐车夫前往越州县衙,同时又吩咐了一个小厮,去向云以游汇报。苏箧衣将这些看在眼里,并不多言。

越州县府就在越州郡的中心城区,县府的府邸原本是越州一户富贵人家的别院,后来大周建国后重新订立版图,这里便被朝廷征用,做了县府。因为前身富贵,所以越州县府远远看去,一派雄伟堂皇。

管家率先下车敲开了县府大门,苏箧衣跟在管家身后,进了府衙,苏箧衣拦住报信的官差,道:"烦请您找一下越州主簿,在下苏箧衣,想要查看一下赵贵妃的验尸格目。"

官差看了苏箧衣一眼,最后目光落在管家身上。管家笑眯眯地上前两步,和官差低声讲了两句，苏箧衣很有眼色地停在原地没有跟过去。很快，管家退了回来，官差走进了府衙内院。

"已经去请了，苏公子稍等。"

苏箧衣感激一笑："多谢管家了。"

管家没有接话，只站在苏箧衣身后，没有多言。

不一会儿，官差和一个中年男人一前一后地走了过来。到了苏箧衣面前，官差指了指身旁的男子："这位是我们的主簿邢义邢大人。"说完，官差又看了管家一眼，之后目不斜视地回到了自己站岗的位置。

苏箧衣朝邢义做了一揖："邢主簿，在下苏箧衣，负责调查赵贵妃一案，今日前来，是想要看一下赵贵妃的验尸格目。"

邢义板着脸，语气不善："奉命……你奉谁的命？验尸格目已经和卷宗封在一起，岂是随意可以调看的。"

看来今天这趟不会太顺利了。苏箧衣这么想着，堆上笑脸，道："不才虽然是个跑腿的，却也是奉陛下之命调查。而且，在下从未听说过验尸格目不可调看？"

邢义撇了撇嘴："奉陛下之命？你口说无凭吧。"

苏箧衣："邢大人莫不是还要查看陛下的手谕？"

邢义摇头，眉宇间闪过一丝不耐："我不用看陛下的手谕。只是要告诉你，即使是陛下有命，调看卷宗，也要越州县令许可。我们县令大人许可之后，还要上书越州郡提刑使，得到他的批准，才能为你启封卷宗。"

说完，邢义又加了一句："又或者，你能拿到提刑使的文书。"他说这话的表情就是，你肯定拿不到。

"在下想要查看的是格目，而非卷宗。这两种文书的重要程度，差别很大吧。什么时候看一下验尸格目，还要层层上报了？"苏箧衣已经有点无法保持"官场笑"了。

邢义别过头去，不耐烦地道："都说了我们的格目和卷宗封在一起了。没别的事，在下就不奉陪了。"

他竟是真的转身就走，一点情面都不讲。底气这么足的主簿，以前在老爹手下可是从来没见过，也不知道他的上司是不是比他更厉害？

只不过……调阅卷宗还需要许可吗？以前也没有听爹爹提过啊！难道是地方不一样规矩也不一样？苏箧衣转头问管家："不知道这许可，需要到哪里去办？"

管家笑了笑:"苏公子不必着急,这些事交给老奴去办便是了。"

苏箧衣连连感谢。

两个人上车等了不到一盏茶的工夫,便有人快马加鞭地赶了过来。之后,管家笑眯眯地拿着许可交给了苏箧衣:"苏公子,许可已经拿到了。"

苏箧衣心中暗自感慨管家的办事效率,不愧是云以游的得力手下。

"既然如此,烦请管家再让那位官差通禀一下吧。"

管家没有推辞,不一会儿便回来迎着苏箧衣重新进了县府。

这一次,邢义随着官差出来的时候,一边走一边发脾气,不耐烦的声音毫不掩饰地传了过来。

"都跟你说了,不是什么重要的事不要来烦我。"

"今天到底怎么回事啊,怎么这么多事。"

等到邢义拐出来,见到依旧是苏箧衣等人后,脸色越发不善:"你们怎么又来了?不是让你们去要许可吗?"

苏箧衣笑了笑,将手中的许可交给邢义:"邢大人,这是许可。上面既有执礼监的许可,又有陛下的印,更有提刑使的许可。不知现在可否将赵贵妃的验尸格目拿出来给在下一观?"

邢义接过许可,扫了一眼,嘴里说的却是:"卷宗不能看就是不能看,没有你这样调看的规矩。"

苏箧衣压下心中的怒火,不动声色地强调:"邢大人,您之前可不是这样说的。"

邢义耸耸肩,看也不看苏箧衣便道:"那真是不好意思了,之前是之前。不过案发五日之内有这些许可,才可以调看。现在早已经过了五日了。"

"邢大人,您怕是没有细看吧!"苏箧衣加重了语气,"在下刚刚交给您的许可文书的日期可都还在五日之内,再说这个案子既是陛下要查,没有结果,恐怕——"

邢义分毫不为所动,打断她道:"你们查不查得出结果,和我有什么关系?还有……我刚才都没注意,你这文书既然日子不是今天,那我更不能今日给你看卷宗了。"

苏箧衣万万没想到,邢义竟然油盐不进,无论是入低做小还是出言威胁,他竟然分毫不让。情势一下子僵持在了这里,管家在后面默默地抚了抚额,最后上前一步,小声在苏箧衣耳边道:"苏公子,不如咱们明日再来吧,家主和提刑使大人相交多年,您回去和家主说一声,等明日让提刑使大人亲自带您过来。"

苏箧衣暗自叹息,看来也只能如此了。

落败的苏箧衣,心中不免有几分沮丧。正想着若是这样回去,说不定叶濯会怎么嘲笑自己呢,县府的大门再次打开,官差毕恭毕敬地带着两个人一前一后走进来:"孟大人,您这边请。"

孟愈?

苏箧衣闻言,迅速转身看过去。

果然是孟愈。

他身上还穿着正式的朝服,想必是去见过陛下后直接到了这里。他是不是知道了自己在这里一无所获,所以专程过来帮忙的?苏箧衣心中暖暖的:"孟大人,你来啦。"

苏箧衣小跑着迎过去,语气热切带着几分喜悦。

孟愈点点头,关切地看了苏箧衣一眼:"调查得如何了?"

听到孟愈的问话,苏箧衣脸上闪过一抹尴尬,把自己刚刚的遭遇简单地向孟愈汇报了一番。孟愈听完后,挑眉轻笑了一声。

"什么时候,一个小小的越州主簿,也能捉弄为陛下办事的人了。"

孟愈还未见到人,便已经给邢义扣了一定大大的帽子。捉弄为陛下办事的人,这不是变相地说不把陛下放在眼里吗?果然不是一个级别的啊,孟大人的手段和路数,不知道高出了自己多少。

苏箧衣一脸崇拜地跟在孟愈身后。

孟愈缓步上前,很快见到了苏箧衣口中的邢义。

这位主簿果然是有几分意思,哪怕是孟愈亲至,他都没有挪动尊步,愣是昂着脖子站在原地,等着孟愈走了过去。

"你就是越州主簿邢义?"

听到孟愈的问话邢义方才动作僵硬地行了礼:"正是在下,邢义在此见过孟大人了。"

孟愈目光淡淡地看着他,并未将邢义的挑衅看在眼中:"苏箧衣,机会难得,这次正好可以教教你审核狱事的正确规矩。"说着,他的目光直直地盯着邢义,字里行间透露着不容置疑的威严,"狱事莫重于大辟,大辟莫重于初情,初情莫重于

检验。"

苏箧衣配合地道:"检验之时,应验而不验,或拖延,或不亲临,或定而不当,都是违制。所检验结果,笔录之,便是验尸格目。"

孟愈赞赏地看了她一眼,"检尸格目,依式印造,初检复检各为三份。一申州县,一付被害之家,一递入提刑司。不知你越州县府,和卷宗封起来的是哪一份?"

到底是孟愈的威压,邢义便是再想无理取闹,此时也有些势弱:"当、当然是申入州县的那一份。付被害之家的那一份,因是情况特殊,现今还留在县府。因苏公子不是越州人士,又年纪轻轻,下官只当苏公子是哪家的公子哥,跑过来戏弄下官的。"

我样貌堂堂,面带正气,哪里像公子哥了?!苏箧衣面露不满,目光森森地看着邢义。

孟愈淡瞥了邢义一眼,只摆摆手,语气里却带着不容置疑的威严:"不必多言,去将验尸格目拿来给苏公子一看。"

邢义犹豫了一瞬,最终抵不过孟愈的官威,不得不转身去拿。很快,邢义便拿着验尸格目回来了,他恭敬地递给孟愈,岂料孟愈并未接:"你弄错了,赵贵妃一案是苏公子在查,你应该给苏公子看才是。"

邢义无奈,只能将验尸格目递给了苏箧衣。

苏箧衣接过验尸格目,认真地翻阅了起来。

不到一盏茶的工夫,苏箧衣便翻阅完毕,她将格目递给孟愈,同时已经开始向孟愈汇报自己看出的问题:"这份验尸格目,实在是漏洞百出。上面的结论是胎死腹中。但根据胎尸、血荫和胞衣颜色,分明是生下后胎儿死亡。于腹内被毒死,和生产后先天不足而亡罪名相差甚远。而赵贵妃的死因被写成了毒发。凡服毒死,或有翻吐,或吐不绝,格目内却丝毫未提及。但就算说是病死,也没有相应的尸体症状。"

苏箧衣说完后又顿了顿,还是没有忍住给了一句评价:"检验潦草,满纸胡言,自以为然。"

孟愈听完苏箧衣的回禀,也翻阅了一遍,他的速度比苏箧衣更快,看完后,孟愈只淡声道:"胎儿生下来以后因先天不足而死。这一点可信。"

苏箧衣跟着点点头:"不过,现在即使存在犯人,其所害,也不能完全算作是两条人命了。"

孟愈将格目交给邢义，语气带着不怒自威的严厉："凭验状致罪已出人者，不在自首觉举之例。拖延刁难不愿拿出格目，不过是你们心虚而已！等这个案子结束，御史台会好好注意你们越州县府的。"

说完，孟愈不再看邢义，转身就走，苏箧衣赶紧跟了上去。一行人离开，邢义依旧站在原地，冷汗直流。

苏箧衣快走了两步，赶上孟愈："孟大人，方才太感谢你了。若不是你及时出现，恐怕我今天就要白费时间了。"说完，苏箧衣想到云以游安排自己去医馆，会不会也是因为早就知道自己一个人到县府是问不出什么东西来的？

孟愈脚步微缓和苏箧衣并肩而行，语气平和："没有什么好谢我的，是他们自己犯了错处。不过箧衣，你的表现也实在说不过去。一个小小主簿，都能与你为难，今后若是入京，面对那些世家贵胄，你又该当如何？"

苏箧衣有些尴尬地笑了："其实这些规章，老爹也都教过我，但是真正和官场上的人接触，还是觉得有难度。"

孟愈摇摇头："我的意思是，你方才，是否一开始便向主簿放低姿态了？"

苏箧衣汗颜，回想自己刚刚的姿态，确实不怎么高。但自己如今并无官身，老爹又辞官回乡了，自己总不能继续……孟愈只一眼就看出苏箧衣心中所想，他状似无奈地摇摇头，耐心教导道："现今你确实只是生员。但无论如何，你能让他人同情怜悯的，皆是你的短处。伏低做小，非但不会让你行事方便，反而是暴露你的弱点。扮猪吃老虎这种事，对你来说难度太大了。所以永远不要示弱，偶尔逞强，倒还不错。"

苏箧衣万万没想到，不过这么短时间的相处，孟愈却早就将自己的性格看得一清二楚。原来，这就是天才与普通人的差距啊。她一时间心中百感交集，最后化作重重地点头："孟大人的教导，箧衣一定谨记！"

孟愈点点头不再多言："我还有事先走一步。苏箧衣！好好调查。"

苏箧衣："是。"

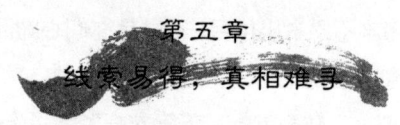

第五章
线索易得，真相难寻

  苏筐衣和孟愈在县府外分开，苏筐衣径自回了云府。这一日，直到苏筐衣休息，也没有见到叶濯。而孟愈，也一直未归。苏筐衣在房间里来回分析着验尸格目上查到的问题，心中暗暗计划着明天的去处。

  第二日，苏筐衣没有睡迟，反而因为心中记挂着案件，早早地就醒了。管家来请苏筐衣去用早膳的时候，苏筐衣甚至已经临摹了两篇文章。出去的时候袖子上沾染了些许墨汁，惹得管家连连赞叹："苏公子想必是一大早就起来读书了吧，这墨汁的味道，老奴还在门外就已经闻到了。"

  苏筐衣但笑不语："管家，今天姑姑有安排我去哪里吗？"

  管家微微一笑："苏公子果然聪慧，姑姑一大早就吩咐了，让老奴今天带苏公子去行宫别苑。"

  苏筐衣点点头，进了饭厅用过早膳后，便同管家一起出门了。

  行宫内院都是景康帝的女眷住所，管家不宜入内。贤妃身边的贴身宫女早早等在了外院，苏筐衣到了之后，便将她一人带了进去。

  贤妃是改道而来，行宫里一开始并没有准备她的住所，再加上贤妃很得宠，所以这些日子，她一直是和景康帝同住一院。苏筐衣被一路带到了景康帝住的正院偏殿，贤妃早就带人等在了殿中。

  "草民苏浣，拜见贤妃娘娘！"

  霍晴坐在主位，和善地叫苏筐衣起来："苏公子不必多礼。本宫已经将赵贵妃出事那些日子，这行宫里和她有关系之人的活动记录都整理了出来。希望能对你们调查有帮助。"

  苏筐衣连忙道谢，心中暗想。贤妃果然是深得景康帝宠爱，不仅办事滴水不漏，更重要的是，就算她嫌疑极小，按理说也不能让她直接参与调查吧……看来景康帝应该很是信任她。

  霍晴看着苏筐衣："赵姐姐的事，就拜托苏公子了。说实话，本宫也想着早点查清这件事。"霍晴顿了顿，像是想到了什么，问道，"苏公子今日来行宫，可有想要询问的证人？赵贵妃身边的宫女，已经押起来了，随时可以召见。若是其他妃嫔，本宫代您去问。"

苏箧衣沉吟片刻回霍晴道："那就多谢娘娘了，在下今日来，想先问一下赵贵妃身边的宫女。"

霍晴点点头吩咐旁边的人："将香附带上来。"

一会儿的工夫，便有人押着一个发丝凌乱，哭红了双眼的宫女进来。她的脸色很苍白，走路的时候，身子不由自主地打晃，想必是预见了自己不是那么明朗的前路，心中惶恐不安吧。

香附进来后几乎是马上跪倒在地："奴婢香附，见过贤妃娘娘。"

霍晴点了点头对香附交代了几句，便将场子让给了苏箧衣。

苏箧衣看着跪倒在地上的香附："香附，赵贵妃去世之前，你可曾遇到什么可疑的人？或者，她是否跟你说过有何不适？"

香附像是在努力回想，沉默了好一会儿才道："那天一切都和往常一样。就算是有人暗害，娘娘吃的每一道菜喝的每一杯茶，奴婢都试过的，不可能有什么毒啊。"

说完她低下头很快又抬起来："不过娘娘每天吃的药，是不用奴婢去试的。但是那药都是娘娘自己煮，也不可能会有毒。"

苏箧衣疑惑："药不是太医院开的吗，为何会让赵贵妃亲自动手？"

香附的目光有些惶恐和闪躲，最后又不得不顶着压力交代："那个药……是娘娘瞒着御医吃的。娘娘想赶在下个月，也就是陛下登基的日子那天，生下孩子。所以上个月以来都在服用催产的药，这样生产日子能提前一个月……我也不知娘娘是从哪儿听来的方子，但只有一味药——麦角。"

还不等苏箧衣询问麦角的功效，就听香附急急地解释道："苏大人，这麦角没什么害处的，而且娘娘再三警告不让我跟别人说，所以……我、我才没告诉御医。"

苏箧衣知道此时的香附，想要抓住任何可以抓到的稻草保命。但她并不能给她任何保证，只能叹息一声："用麦角自行催产么……我知道了，多谢。"

霍晴见苏箧衣没有再询问下去，对旁边的宫女使了个眼色，很快有人上前将香附重新带了下去。

苏箧衣心中暗暗思索着，麦角这味药，到底有没有问题还是要去医馆问问大夫才好。或者是晚上回去找个懂药的人问一下。想到这，苏箧衣便也没有了继续留在

行宫的念头,她朝贤妃再次拜谢:"今日多谢娘娘了,箧衣便先告辞了。"

霍晴倒也没有多留她,吩咐人将收集的资料交给了苏箧衣后,依旧是派她的贴身宫女将苏箧衣送了出去。

苏箧衣出了行宫后,和管家会合。

马车驶离行宫,苏箧衣若有所思地看着那些红砖绿瓦,脑海中浮现出香附苍白惶恐的脸,忍不住低声感慨:"这便是皇权的力量吗。"

管家像是听到了,又像是没有听到。他坐在车辕上,专心地赶着车,直到驶离了行宫这条街,才开口问道:"苏公子,您是想在外面用午膳,还是回府用?"

苏箧衣想了想:"就在外面吧,找一家特色的小饭馆。"

管家笑呵呵地应了。

他带着苏箧衣去了一家越州出名的小店:"这家小店里的素菜堪称一绝,虽然小巧了些,但越州许多有名的书生雅士都爱来这里用素菜。苏公子您才学不菲,想必也会喜欢。"

苏箧衣闻言欣喜道:"以素菜闻名?那真是巧了,我最爱吃素,如果不是放不下仕途风光,说不定为了吃素菜,就去做佛家弟子了。"

管家并不将苏箧衣的话当真,只呵呵笑着道:"苏公子又开玩笑了。"

店主看起来并不认识管家,他招呼苏箧衣二人一脸的坦然,神色平静地推荐了几道特色菜之后,便又回到后厨帮忙了。

管家见已经打点好,便准备离开。

苏箧衣却喊住了他:"管家,说起来,您算得上是箧衣的长辈了,哪有长辈出去用饭的道理,不嫌弃的话,就坐上来一起吃吧。"

管家推辞了几次,见苏箧衣是真的在坚持便也没有再拒绝。

用饭的时候,苏箧衣和管家天南地北地聊了起来,这才知道,管家年轻的时候竟然还做过镖师,后来因为云以游对其有救命之恩,所以才委身到了云家,做起了不起眼的管家。

苏箧衣暗叹果然大人物身边的小角色也不容忽视。

一顿饭下来两人相谈甚欢。

用过饭后,苏箧衣和管家启程去了专门为赵修媛供药的医馆,越州有名的百年医馆——越州草堂。

· 62 ·

两人都没有想到的是，他们到了越州草堂后，竟然见到了应该在行宫待命的御医郭晖。他也正是这次牵涉赵修媛案的御医。

苏箧衣进去的时候，郭晖正在那里抓药。

他的身上挂着行宫出入的牌子，身上带着浓厚的药香，一看就是浸淫在医药之中多年的人物。苏箧衣缓缓走过去，便听到抓药的药童毕恭毕敬地喊他郭御医。

"郭大人？"

苏箧衣确定了郭晖的身份后，主动上前见礼。

郭晖狐疑地转过身，上下打量了苏箧衣一眼，再三确定自己并不认识眼前的年轻书生："你是何人？"

苏箧衣自我介绍了一番才道："原本还想着明日再麻烦郭大人，不过既然今日在这里遇到了，不知郭大人可有时间，回答在下几个问题？"

郭晖早就接到过孟愈的招呼，说是会有人找他问话。不过这会看着眼前的苏箧衣，郭晖多少有几分诧异，没想到这次孟大人委托的人，竟然如此年轻。

不过郭晖也想早点让此案有个结果，从而洗脱自己的嫌疑，所以对于苏箧衣的提议很是配合："你有什么问题便问吧。郭晖还指望苏公子早日查出真相呢。"

苏箧衣连连摆手："苏某只能说是尽力而为。"言毕，苏箧衣和郭晖被草堂的人引去了内堂，到了内堂，苏箧衣直接切入主题，"郭大人，赵贵妃生前急病，不知具体是什么情况？"

郭晖回忆了一番："当时距离她生产的日子约莫还有两个月，我已是处处小心，但是那天晚上她突然呕吐腹泻，脉象稍显微弱，但也没什么异象。当时我以为是夏季炎热吃东西坏了肚子，还在考虑是否用药，她便昏迷了。"

苏箧衣点点头："那后来是否有查清楚，到底吃了什么？"

郭晖："后来我去查证过，确实没有吃过腐败之物。不过夏季突发这种病症，也是常见的。不过后来我仔细想过，很多小剂量的毒药也会引起呕吐腹泻的症状。"

苏箧衣挑眉说破郭晖话中的深意："您觉得——赵贵妃是中毒了？"

郭晖并未直言只是道："是否中毒……还是听仵作的结果吧。不过如果是呕吐腹泻的话，那也就仅仅如此了，肯定毒不死人的呀。"

苏箧衣依着郭晖的分析："若如郭大人所言，疑似中毒但是不足以致死么……那，赵贵妃昏迷之后，到她去世，又发生了什么？"

郭晖仔细回忆了一番赵修媛去世前的状况："当时赵贵妃已经昏迷，脉象越来

第二案 佳人误

越弱。后来还是云姑姑带了一支老参过来,赵贵妃灌了参汤,稍微清醒了一阵,却破了羊水,而后就滑了胎。再然后……很快,人就死了。"

苏箧衣挑眉,原来云姑姑嘴里说着不管,但到底还是并未袖手旁观啊。她想了想,复又问道:"赵贵妃平时身体好吗?她是否还有什么疾病?"

郭晖:"赵贵妃初怀胎时就有消渴之症,她怕伤着胎儿,固执不肯喝药。后来她又怕自己消渴,孩子会先天不足,每天都迫着自己吃多一些,人有些发福,稍微动动就容易头痛眩晕。还有啊——唉,赵贵妃的身子其实是非常不适合生产的,我每次给她把脉,肝经肾经都有问题。"

苏箧衣:"消渴,易头痛眩晕,内脏淤肿……这些疾病,会有突然严重暴发的可能吗?"

郭晖想了想:"一般都是慢慢变严重,有明显的过程,突然暴发什么的,极其少见……但,也不是没有。哦,对了,头痛眩晕也是她怀胎前几个月的事了,这一个月以来,她几乎不曾头痛。大概这些症状,都是因为她刚刚怀胎时还不适应吧。"

郭晖的话越发让苏箧衣疑惑,按照他的推断,赵贵妃不可能是疾病致命,但也没有中毒的症状,但她到底是因何而死?难道真的如郭大人所说,是种种病变,积少成多,突然暴发?

苏箧衣百思不得其解。

心中倒也没有其他问题需要郭晖解惑,她再次对郭晖拜谢:"在下的疑惑就这些了,今日多谢郭大人了。"

郭晖摆摆手:"无妨,只要苏公子早日结案,就是对郭某最大的感谢了。"

两人又客气了几句,郭晖便借口告辞了。

苏箧衣跟着郭晖一同回到草堂的前厅,郭晖离开后,苏箧衣又向药童一一询问了赵修媛的抓药记录。

原本她还想问问麦角的事,不巧草堂的大夫都外出看诊去了,抓药的小药童抓耳挠腮了半天,都没有想起来药书里记载过关于麦角的事。无奈之下,苏箧衣只能暂时作罢。

出了草堂,苏箧衣见天色还早,干脆和管家交代了一声,让他先行回府,自己准备在越州城转一转。

管家原本想要继续跟着苏箧衣,但苏箧衣称自己想要一个人静静地分析一下案子，如果有人在她容易分心。管家只好先行回府。

苏箧衣一个人也没有刻意选择方向，只是走了一条人少的路，脑子里不断闪过这两日获得的线索，努力拼接着案件本来的面貌。但不知为何，好像有重要的一环缺失了，那些片段的线索总是无法连贯到一起。

第六章

皇家秘闻，听者心惊

越州城夜色渐深，等到苏箧衣从案件中回过神来的时候，街边已经点起了烛火，店家门口都挂上了红扑扑的灯笼。

夜色之中的越州城又美又安宁。

苏箧衣看着过往的百姓，不禁感慨，这些平凡的百姓，他们所求的不过是有衣穿，有饭吃。又有几人知道，就在这宁静的越州城中，有鲜活的生命逝去，有错综复杂的势力明争暗斗，一出出棋局谈笑间就决定了许多人的生死呢？

"苏箧衣！"一声叫喊打破苏箧衣神游的思绪。

苏箧衣连忙抬头，便看到这两日神龙见首不见尾的叶濯，站在登瀛楼三楼的阳台上，笑眯眯地看着自己。

"苏箧衣，你不好好查案，跑来这里做什么？"

仗着叶濯在上面听不到自己的腹诽，苏箧衣大着胆子嘀咕："本来查案就是给你和孟大人的事！我明明是帮你们的忙，你一直在偷懒，居然还说我？"

熟料她明明很小的声音，叶濯竟然也能听得到。只见他哼了一声："本王在你心中的形象就是一直偷懒这么不堪？是云以游让我在这里等她——非要跑到登瀛楼来，谁知道她又在搞什么鬼。"

苏箧衣这次不敢再出声，却又忍不住心中继续腹诽，肯定是你上次乱花她的钱，她要找你算账了。

叶濯自然听不到苏箧衣的心里话，他居高临下地看着苏箧衣："反正云以游也不知道何时才能来，苏箧衣，你上来陪本王解解闷先。"

苏箧衣认命地点点头，上了登瀛楼。

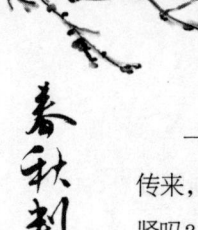

　　一路畅通无阻地进了三楼，便看到包厢里又摆满了大鱼大肉，若有似无的酒香传来，苏箧衣进来后忍不住道："您在云中刚生过病，这样频繁地喝酒，真的不要紧吗？"

　　叶濯撇了撇嘴："这么关心本王的身体？"

　　苏箧衣点点头："七爷您可是天潢贵胄，您的身体，我当然关心了。其实早就想问了……您到越州，是让云以游帮你调理身体吗？情况怎么样了？"

　　叶濯耸耸肩："不过是喝酒而已，我又没往醉里喝，能有什么事。不过以后若是有机会你可以试试去灌孟怀瑜，哈哈哈，他可是真正的一杯倒。"

　　"哈哈，七爷酒量过人。"苏箧衣表面赔笑，心道：孟大人正人君子肯定不好喝酒，怎能和你比。

　　叶濯没听到她心里的嘀咕，对她投来赞赏的眼光："你的关心本王听着倒是很舒服，不过我不是生病。而是小时候中了毒，一直没办法彻底治好，找云以游也不过是讨个药缓一缓而已。"

　　苏箧衣目瞪口呆："中、中毒？！"

　　叶濯一派坦然："这也不算是什么秘密吧，只是没人敢当着我的面说而已。我父皇的林皇后还没被废的时候做的好事——后来历数她罪状，谋害皇亲这条要了她的命，我也算是大仇得报了。"

　　苏箧衣一时只觉得听到了皇家秘闻，又激动又担忧，林皇后……不就是现在景康帝的生母么？现在的太后，以前只是个贵妃……

　　叶濯呵呵轻笑了两声："好好感受，慢慢体会，自行脑补——这里面的故事精彩着呢。也就是这几年，太平了些。枢密使霍家和丞相计家交好，前朝没什么势力纷争，后宫也就没闹出什么动静——唔，当然，要除了这次的事。"

　　苏箧衣心中一阵凉意，权力相争，动不动就是人命，着实可怕……

　　没想到叶濯竟然继续说道："谁知霍家和计家是不是真的关系好。也可能只是表面平和，等到什么时候新仇旧恨一并爆发——不过也不关我的事就是了。"

　　苏箧衣不由得重新审视叶濯，他真的如传闻那般纨绔任性吗？说到自己中毒的事竟能够一副事不关己的轻松模样，对京城各方势力更是如数家珍，这样的叶濯，如果不是真的被景康帝宠到了极致，任性肆意，那么恐怕背后也有许多不为人知的心酸吧。

　　苏箧衣想到这，看叶濯的目光也多了几分不同。

反倒是叶濯，像是该说的话都说完了，又可能是突然失去兴致开始赶人："行了，估摸着云以游差不多该来了，你走吧。"

苏箧衣："……草民告退。"说实话，还蛮想再听云以游叫一声小濯子的。

苏箧衣从登瀛楼下来的时候，不少衣锦华服的公子少爷三五个一群，从外面鱼贯而入，登瀛楼一天中最热闹的时候这才刚刚开始。

站在登瀛楼门外，苏箧衣再次抬头回望了一眼极尽奢靡的登瀛楼，压下心底万千的怅然，潇洒地转身离开。回云府的路上，苏箧衣随便找了一家看起来温馨安静的小店，用过晚饭后才姗姗回府。

回到云府天色已近全黑，透过半开的大门可以看到云府的小厮步履有序地在掌灯。只不过一旁放置车马的地方空空的，想来叶濯他们还没有回来吧。苏箧衣打了个饱嗝，抱着肚子准备回房休息，不想刚迈过大门，就被闻讯而来的管家逮住。

"苏公子，您总算回来了。"管家见到苏箧衣后松了一口气，"孟大人回来后便找您，这会儿应该还在后花园等着呢，您快过去吧。"

苏箧衣心中诧异，之前孟愈不是说还有要事，怎么会比自己回来得还早？

"不知孟大人可曾说过是有什么事？"

"具体何时老奴并不清楚，苏公子您还是随老奴快点过去吧。"

苏箧衣不再多问，只跟在管家身后，一路去了后院。

彼时正是月上中梢时分，轻灵的月光不仅跳动在假山池水间，更将站在银杏树下的孟愈的身形映衬得越发丰神俊逸。

"你来了。"

不等苏箧衣上前问候，管家便先一步到背对着二人的孟愈身侧回禀完。等孟愈转过身来的时候，管家早就极有眼色地退下去了。

偌大的后花园，除了月光和假山流水外，就只剩下苏箧衣和孟愈，相隔了几步远，相互对视着，周围的氛围中萦绕着淡淡的暖意。苏箧衣突然觉得素日里清冷不容易接近的孟愈，其实也没有那么高不可攀。她偷偷往孟愈身边蹭了两步，率先打破沉默："不知孟大人找学生有何事？"

"夜里寒，进来喝杯茶吧。"

孟愈走进身边大开的厢房，苏箧衣跟在孟愈身后。

二人在厢房落座，孟愈亲自拂袖斟茶，苏箧衣接过茶盏等着孟愈开口。

第二案　佳人误

"案子查得如何了？"

苏箧衣沉吟了一番："大致有了眉目，只是其间颇有一些疑点——"

见苏箧衣苦恼，孟愈出言安慰："你初出茅庐，许多事情尚不熟悉，确实难为你了。"孟愈轻抿了一口手中的茶水，"只是……云中郡的案子还有许多事情要我处理。所以赵贵妃的案子还要你多费心才是。"

"云中郡的案子？胡维不是已经认罪了吗？难道又生了什么变数？"

苏箧衣问出心中的疑惑。

孟愈倒是没有隐瞒直言道："胡维倒是认了罪，案子也有了结果，只是胡维的罪责，不只是官银这一条，陆庆一案他也不光是行凶一条罪名。作为朝廷命官，其一，发生了命案，他未到邻县请官共同调查。其二，案件卷宗，也未及时上报给州府。这些渎职之罪也需要一一上报，光是流程走下来就很是复杂。"

烛光的光影恍到孟愈的脸上，越发加重了他的棱角。夜色之中的孟愈，较之白日的清冷多了几分贵家子弟的波光潋滟，尤其是他时不时皱眉思索，长长的睫毛上下煽动着，带着苏箧衣的心，一上一下跳个不停。

"而云中提刑使苏大人又恰巧辞官，朝廷尚未选排出接替之人，很多事情皇上都暂时交给孟某越级处理——"

听到这里苏箧衣早已忍不住心中暗暗腹诽，这都怪老爹不负责任！和任劳任怨的孟大人简直就是鲜明的对比……苏箧衣忍不住赞叹："有孟大人这种官员，天下百姓才能安心啊。"

孟愈看了苏箧衣一眼神色如常："箧衣谬赞了，孟某也不过是尽忠职守罢了。"他像是不欲多言，转而说道，"你若是有什么疑惑，可以来问我。若是想看书，也可去云家的藏书阁。"

苏箧衣一脸受宠若惊："如此，学生便先谢过孟大人了。"又好奇云家的藏书阁，"传闻云家藏书上万，云姑姑真是幸运，能够随时随地有好书看。"

孟愈轻笑像是听到了什么笑话："云家藏书确实不少，不过师父并不爱看书。"孟愈话锋一转，"好在如今朝堂平静，权势最大的枢密使霍家和丞相计家交好，于我们这些普通臣子，倒是可以安心不少。"

苏箧衣对孟愈的话很是认同，心中暗暗点头："孟大人所言甚是，没有党派之争和钩心斗角，臣子会有更多的精力做自己的工作，然而只有储备足够的知识才能够做好自己的工作。"

孟愈拿了茶壶为苏箧衣又续了一杯茶,他目光认真地看着清冽飘香的茶水:"你看这茶水,清香扑鼻又让人觉得宁静如斯。但若急着入口,便会感知到其沸腾炙热。其实朝局亦是如此,看起来平静如许,也许是暗流涌动,谁也不知日后会发生什么。"

等到茶水近乎满溢孟愈方才收手:"你日后为官,首要任务自然是尽职尽责。别的事多留神,亦没有坏处。"

苏箧衣诧异之余心中又很是感动,她真诚地朝孟愈拱手作揖:"多谢孟大人指点。"

孟愈摆摆手示意苏箧衣不必如此客气。

与此同时有小丫鬟拎着食篮,仪态端庄地进来:"孟大人,苏公子,姑姑特意吩咐厨房做了几味特色的点心,请二位品尝。"

云以游不是和叶濯在登瀛楼相约吗?难道他们已经回来了?还是说她有未卜先知的能力,就连晚上孟大人会和自己夜话的事也能提前算到?

孟愈倒是一脸平静:"放这儿吧。"指了指两人之间的茶几,又对苏箧衣说,"师父府上的厨师比皇宫的御厨还要厉害几分,能端得出来的点心都不会太差,你尝尝。"

苏箧衣依言拿了一块,果然味道清新不会甜得腻人又自带独特风味:"果然美味。"

小丫鬟摆完东西便悄然退下,孟愈并没有用茶几上的点心,只是看着苏箧衣各取了一样品尝,并换了话题:"箧衣,你这个年纪,应当是第一次离家?这几天可还习惯?"

孟大人这是在关心我的生活吗?不会是老爹跟他说过什么托付照顾的话吧。压下心中的猜测,苏箧衣语气轻松:"想家什么的倒还真没有,新的地方新的人,我现今只觉得新奇。"

孟怀瑜点点头颇有几分长者的意味:"这就好。不过也不要忘了给苏大人报平安。"

苏箧衣呵呵一笑耸耸肩:"我老爹没了我这个负担,现在指不定在哪儿游山玩水呢。"

孟愈沉吟:"牵挂肯定还是有的。怕只怕是……树欲静而风不止。日后,除了后悔,再无他法。"

听到孟愈话中陡然而生的几分凄清,苏箧衣猛然记起孟愈自幼父母双亡。而自

第二案 佳人误

己虽然母亲早亡，但却有父亲多年呵护照顾……如今在他面前这般身在福中不知福的姿态，只怕会勾起他伤感……自知失言，苏箧衣暗自悔恨。

发觉苏箧衣的沉默，孟愈看了她一眼："箧衣不必多想，孟某没有其他的意思。只是看到——"

苏箧衣急急打断孟愈的话："箧衣没有多想，反倒是万分感谢孟大人一语点醒梦中人。"

孟愈点头："这便好，少年离家，自是艰辛。孟某又是受人之托，这些不过分内之事。再者，令尊神机妙算，素有清正廉洁之名，孟某一直很是敬仰，如今能帮苏大人照顾他的公子，孟某很是荣幸。"

苏箧衣倒是没想到孟愈竟然对自己老爹的评价这么高，她傻笑一声："老爹是提刑使，孟大人说的这些其实都是他该做的，不足以被孟大人如此称赞。"

孟愈叹息一声语气带着几分怅然："做好分内之事，谈何容易。若所有人都在规矩内行事，天下也就不再会有什么罪责了。"

苏箧衣闻言正色道："我苏箧衣若日后为官，定先做好分内之事。"

孟愈看她一眼轻笑起来："如此，孟某便记下苏兄今日此诺了。"

苏箧衣重重地点头认真地看向孟愈："承此一诺，必不相负。"

孟愈看着苏箧衣目光中的真挚和决心，心中某个地方的某些坚守突然微微撼动了起来。在苏箧衣的身上，他仿佛看到了自己年少的模样，一时思绪万千。

反倒是做出承诺的苏箧衣，这才意识到自己有些激动了。为了化解眼下过于严肃的气氛，苏箧衣主动打破沉默换了话题："孟大人，不知贤妃娘娘和您，还有七爷是——"

孟愈回过神来回答苏箧衣的问题，微蹙了眉头："只是自幼相识罢了。"

真的只是自幼相识吗？怎么感觉贤妃在登瀛楼见你时的双眼都在发光呢？苏箧衣心中依旧存有疑惑，但孟愈不欲多谈的意味明显，苏箧衣自不会再三追问。

外面的更声由远及近地传来，孟愈瞥了眼门外的夜色："今日和箧衣你相谈甚欢，竟是都忘了时间。更深露重，今晚就先到这里吧。"

苏箧衣点点头就着孟愈的话起身："如此，学生便先告辞了。"

孟愈也跟着站起了身，他朝苏箧衣微微颔首："早点休息。"

两人一前一后离开了厢房，在拱门处分道扬镳，一东一西，各自回自己住的院落。之前退下的小丫鬟重新出现在厢房外，很快房间里的烛火熄灭，小丫鬟端着茶盏点心出来，又关了门，缓步离开。

四周迅速静谧下来，细微的虫鸣声也能听得仔细。

一道修长的身影，缓缓地从一侧不起眼的小径走出，华服玉带，手中把玩着一颗洁白无瑕的玉珠，赫然正是早先在登瀛楼等云以游的叶濯。他的身上带着淡淡的酒气，目光忽明忽暗地看着已经紧闭门扉的厢房，月光不知何时被厚重的阴云遮掩，叶濯脸上本就晦暗的表情越发飘忽起来，很快他潇洒转身，沿着来时的小径疾步离开。

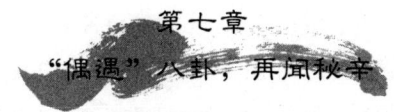

第七章
"偶遇"八卦，再闻秘辛

和孟愈相谈甚欢，苏箧衣不出所料地失眠了。而失眠的结果就是彻夜推理赵修媛的案子，根据已知的线索，赵修媛到底是毒发还是病死，尚不能确定。若是照此说来——不能致命的毒药，引起疾病暴发而亡，反而是比较合理的结论。而此案最棘手的问题之一，就在于拥有杀人动机的人太多了。而且若是谋杀下毒，毒发需要时间，知道嫌疑人的时间安排也没用。唯有检查到罪犯那里遗留的毒药，或是找到谁曾经购买、配制过毒药，才能找到凶手。

看来明天还是要再去医馆看看，这是苏箧衣睡过去前的最后念头。苏箧衣这一觉越睡越沉，睡梦之中恰与孟愈把酒言欢，神思心绪之间越发忘记分辨到底是梦境还是现实。第二日又是被表妹叫醒的，洗漱用过点心，苏箧衣便准备出门到越州比较大的几个药店询问一番。

不料，她刚从后院拐出来上了走廊，便见到迎面晃过来的叶濯。叶濯今日穿月牙白锦袍，剑眉入鬓，此时手上一把玉坠檀香的扇子在修长的指尖，越发衬托出他的矜贵尊荣。

"是你啊，苏箧衣——怎么哪儿都有你。不过倒也算是缘分。"一直到苏箧衣走近，叶濯才微微低头，像是这才发现她。

苏箧衣心中阵阵黑线，这句话我也想说好吗！我只是苦命地要继续出去帮你查案，不小心碰到了而已，不过嘴上还是恭敬非常："七爷说笑了，学生只是随便逛逛。"

叶濯撇了撇嘴："随便逛逛，我说你啊，巴结王爷什么的——做得也太明显了吧。连理由都这么牵强，这里四处都是走廊，有什么可逛的？"

苏箧衣："……七爷，您过虑了，与您深交，长久来看实在是一点好处都没有。"

看着一脸无所畏惧的苏箧衣，叶濯不但没有生气，反而轻笑一声："胆子倒是不小。你虽是说着没什么好处，但本王可总是遇着你。"

苏箧衣抬头直视叶濯："因为，并不是为了什么好处啊。您出来看风景，我出来透透气，在这里遇上了，便聊两句，如是而已。若是什么事情都要找个理由，定个目的，也太累了。"

这回叶濯毫不客气地笑出声来："呵呵，有意思。本王突然觉得你这种人……倒是适合去修道。"

苏箧衣弯腰作揖，一板一眼："……七爷您过誉了。"

叶濯转身改为和苏箧衣并行而走："不过和你这么说说话，确实是觉得很轻松。不由自主，就会多说两句——似乎，你这个特质很适合去审犯人。"

会这样吗？我没有什么特别的感觉……而且——苏箧衣摆出一副诚惶诚恐的样子："七爷明鉴啊，箧衣绝对没有把您当作犯人对待！"

叶濯拿着手中的扇子在苏箧衣肩上敲了敲："量你也没有那个胆子。走吧。"

走吧？叶濯他是要让我跟他一块行动的意思吗？苏箧衣跟在叶濯身边，很快出了云府，到了越州郡最繁华的街道上。也不知道这位王爷今日葫芦里到底卖的什么药。不过越州素来富庶，应该有不少好玩的供他消遣吧。

"苏箧衣，你都不问问本王要带你去做什么吗？"

苏箧衣配合地问："不知七爷要带在下去做什么？"

叶濯皱眉对苏箧衣鹦鹉学舌般的回答不甚满意："越州郡有趣的地方不少，你难得来一次，难道不想好好逛一逛吗？"

苏箧衣想到悬在心头的案子诚实地摇摇头："赵贵妃的案子还有一些疑点需要去求证，在下虽然不能仔细观赏越州郡的风光，但并不觉得遗憾。"

"有什么疑点要求证吩咐手底下的人去做就是了。"叶濯漫不经心地望着人来人往的前路，"苏箧衣，你要学习的不只是查案，还有驭下。如果每个案子每个疑点都要你亲自去求证，就算你断案如神，也是枉然。"

虽然很想反驳但好像他说的也没有错。苏箧衣心中思索了半晌："那不知七爷是否已经为在下找到了人选？"

叶濯哼了一声，傲娇地摆摆手，不过眨眼的工夫，便从一旁的巷子里走出两个穿私服的侍卫："王爷。"

叶濯看了苏箧衣一眼："有什么事吩咐他们去做。"

苏箧衣见叶濯的态度没有更改的余地，只能硬着头皮和两人详细交代了今日自己准备去调查的事："……总之，就拜托二位了。"

两个侍卫面无表情，领了任务后，朝着苏箧衣弯了弯腰，转身便消失在了两人眼前。苏箧衣看着消失的二人，这二人身手迅速，不苟言笑，看起来不像是朝廷征召的官兵，他们……应该是叶濯的私人护卫吧。

"现在没事了吧！"叶濯转身朝东边走去，"今日本王心情好，免费给你做向导，带你去看看越州最好玩的地方……说不定，还能碰上有趣的事呢。"

叶濯的步子很大，此时的他，看起来一点都不像那个在云中行宫脸色苍白、身体孱弱的北宁郡王。苏箧衣小跑着跟上他的脚步："什么有趣的事？七爷，您以前来过越州吗？怎么看起来对越州这么了解？"

叶濯打开手中的扇子，一副风流公子的模样："本王虽是第一次来，但毕竟来了几天了……半日车程内的地方，基本也都玩遍了。"

好羡慕啊……每天除了玩就是在玩的路上。

苏箧衣小声嘀咕。

"不玩才奇怪吧？所谓及时行乐，是也。"叶濯驻足在一处卖小点心的摊贩处，随手给小贩扔了一块碎银子，等接过包起来的点心后，转身递给了苏箧衣，"诺，本王特意买给你的，记得吃完！"

看着递到自己手上，还冒着热气的糕点，苏箧衣原本心中对叶濯的那些腹诽突然消散而去。其实，叶濯他就是嘴毒了点、脾气阴晴不定了点……其他的好像都还可以忍。

苏箧衣捧着点心一脸动容认真地往嘴里塞。

而叶濯走在前面，接连走过了两个石拱桥，最后在穿城而过的江边停下脚步。叶濯抬头望了望已到天际正中的日头："都这个时候了，她今天应该不会来了。看来没有八卦看了。"

苏箧衣咽下最后一口点心好奇地凑过去："看八卦……等等，你说的她……难道是——"

"霍晴啊！"

苏箧衣:"……其实我以为是云以游的……"

"云以游?"叶濯笑得像是听到了最好玩的笑话,"她能有什么八卦?更何况得罪了她,没有她给我情报,我还怎么玩?"

苏箧衣一脸羡慕:"你居然拿情报网搜集八卦玩……你知道云以游一份情报卖我五百两吗!"

叶濯看苏箧衣的目光像看傻子一样:"你不会真傻到去买了吧?"

"当然没有!不过贤妃娘娘又是怎么回事啊?"苏箧衣懊恼叶濯的目光,声音不由地提高了几分。

叶濯耸耸肩:"苏箧衣,看来你也有同好啊!"

同好?好奇一下贤妃娘娘的八卦就算是同好吗?苏箧衣耸耸肩道:"是啊,我就是八卦党!"

周围的人因苏箧衣大方坦承的话投来好奇的目光,叶濯扫了一眼看过来的人,佯怒道:"喊这么大声做什么,街上的人可是都在看你。"

苏箧衣跟着回头看过去:"看就看呗。八卦的天赋是与生俱来的……七爷,您还是说说贤妃娘娘到底有什么八卦吧。"

被叶濯调动出来的好奇心不容易压下去,苏箧衣干脆"狗腿"到底,决定趁着叶濯心情不错的时候,满足自己的好奇心。

叶濯看了眼对自己笑得灿烂的苏箧衣清了清嗓子:"霍晴和怀瑜本就是青梅竹马,霍晴没进宫时,孟家老太太还跟霍家提过,想让霍晴做自己的孙媳。结果霍晴还没及笄,就被送进宫里了。"

没及笄就入宫!这不就是打孟家的脸么?苏箧衣着急地问:"还有呢还有呢?贤妃娘娘到底是不是心甘情愿做后妃?孟大人至今没有娶妻……难道也是因为她?"

见苏箧衣满脸的好奇,叶濯的心情越发愉悦起来,他也不卖关子,顺着苏箧衣的问题继续道:"有意思的地方就在这里……其实霍晴和怀瑜之间根本什么都没有。会有什么青梅竹马的说法,也只是怀瑜心善,帮她掩盖些事情罢了。"

苏箧衣却觉得事情没有这么简单。

有什么能比……后妃和近臣之间的桃色往事更需要掩盖啊……

"所以……孟大人喜欢霍晴么?霍晴到底要掩盖什么事?"

"霍晴十四岁就入宫了,霍家为什么这么急着把小女儿送进宫?"

苏箧衣皱眉苦思:"断了她小女儿家的念想,为家族巩固实力?"

叶濯高深莫测地摇摇头:"怀瑜真的想要霍晴也没有那么难,可惜,霍家的事啊,你想不到的。哎,太复杂啦,这权贵圈里腌臜得狠,也只有本王我算是出淤泥而不染啦。"

苏箧衣目光复杂地看了叶濯一眼,眉宇间透露的意味非常明显——七爷您这句话的可信度……啧啧,就有点令人怀疑了。叶濯并未看到苏箧衣的这点小表情,反而目视远方,一脸正经地感慨:"所谓人如其名,出淤泥而不染,濯清涟而不妖。"

说什么厚颜无耻还真是夸他了……这简直自恋没有下限呢。

叶濯夸完自己后,一脸的意犹未尽,啧啧感慨:"本王特意起了个大早,没想到还是没赶上,哎……"

怎么听他话里话外的意思,今天像是特地来看孟大人和贤妃娘娘的八卦呢?苏箧衣还在消化刚才听到的信息,不光是孟大人和贤妃娘娘之间的"情感"纠葛,还有孟愈话里话外透露的内里并不怎么和谐的霍家,以及孟愈和贤妃娘娘的关系所影射的站位……想到叶濯的话说得很是隐晦,几乎都是放在了八卦之中,但又不能让人忽视……这样看来,所谓纨绔的叶濯,倒是越发让人看不透了。

叶濯收回远眺的目光,瞥了一眼站在自己身边发呆的苏箧衣:"既然八卦没得看……苏箧衣,本王带你去下一个地点!"

苏箧衣随口问道,去哪里?

叶濯朝她眨了眨眼,周身的气息瞬间又变得慵懒而纨绔了起来:"当然是好玩的地方。"

看着叶濯的目光,苏箧衣第一个念头,就是叶濯初到云中时问自己有没有什么"好玩"的地方……想到这,苏箧衣双手抱胸义正词严:"不去!我洁身自好!"

叶濯被苏箧衣突如其来的喊声吓了一跳,他狐疑地瞥了苏箧衣一眼,在看到苏箧衣的模样后,非常不客气地大笑出声:"苏箧衣,你的思想太邪恶了!"他晃了晃手中的扇子,率先拐进了一条小巷,"本王只不过是要带你去看越州本地的一个风俗节日罢了,有集会和烟火。既然你拒绝的这么果断……"

苏箧衣早在说完后就察觉到自己反应有点过,这会见叶濯毫不犹豫地离开,她连忙小跑着跟上:"七爷,等一下,我、我……我想去!"

苏箧衣跟在叶濯屁股后面,绕着小巷子七拐八拐,直到她气喘吁吁,心中开始质疑叶濯是不是不认识路的时候,终于柳暗花明,两人拐进了一处不小的广场,广

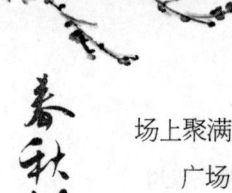

场上聚满了看热闹的人。

广场中央说书的、唱戏的、杂耍的,甚至还有品药行医的,全都聚在一块,场面尤为壮观。苏箧衣左摇右晃地避过来来往往的人群,等终于跟到到叶濯身边后,胳膊突然被叶濯抓住:"跟着我,咱们去里面看。"

叶濯手上的力道不小,苏箧衣感觉自己身体上的力道完全被叶濯控制了,只能任由他拉着挤过人群,最终站到了最前面,获得了最佳视野。

"怎么样,跟着本王有意思吧。"叶濯剑眉飞扬,神采奕奕。

苏箧衣心中道一声无聊,嘴上到底还是附和着说了许多叶濯喜欢听的话。两人站在这里看了一会:"你在这等着,本王去去就来。"

叶濯交代了一声,就朝着对面走过去。苏箧衣循着叶濯的身影看过去,对面有不少的书摊,还有算命的,卖小吃的。叶濯去那里做什么?难不成他见到了熟人?会是孟愈吗?或者是云以游?以他上次登瀛楼对贤妃娘娘的态度,如果是贤妃娘娘的话,他应该会直接视而不见吧。

苏箧衣猜了一圈最后一个也没有猜对。

当她见到叶濯拎着一摞书回来的时候,险些惊讶得眼球掉出来:"七爷,您这是——"

叶濯晃了晃手上的书,毫不犹豫地丢给了苏箧衣:"这个啊,送你的。"

苏箧衣手忙脚乱,勉强接住了被某人直接丢过来的一摞书,心中满是疑惑,叶濯他好好的送我书干什么?

"本王看你最近都没有看书了,是不是从云中出来的时候忘带了?"叶濯睁着眼睛说瞎话:"现在有书了,晚上多读书,本王还等着你高中呢。"

苏箧衣:"……"

苏箧衣就这样抱着一摞不算轻的书,被叶濯半强迫一直逛到入夜时分才打道回府。到了晚上苏箧衣回到房间,将这摞书堆在墙角,恨不得再也不要看到,然后倒头就睡。在越州郡抱着一摞这么重的书靠双腿逛了一天……这样的游玩,真是令人难忘!

第八章
真凶自首，案不成案

接下来的几日，苏箧衣再也没有从走廊走过，她担心再次遇到不按牌理出牌的叶濯，如果叶濯一时兴起，再拉着她出去逛一次越州郡，她觉得自己一定会'出师未捷身先死'，默默无闻地牺牲在越州郡，根本没机会去看一眼京城的天。

而赵修媛案子的疑点，叶濯派出去的两个手下也早就向苏箧衣复命了，据说确实有人去买过毒药，但去的人什么相貌、什么口音，卖药的小童都已经记不清了。倒是门口摆摊的大爷说记得那日买药之人出门往西而去了。

苏箧衣又去了行宫一次，向霍晴求证内宫之中是否有宫女、太监或是侍卫曾经外出购置过药物。霍晴不愧是最盛宠的妃子，手段雷厉风行，但可惜的是全部排查了一遍依旧没有什么有价值的线索。

赵修媛的案子彻底卡在了这里。

苏箧衣这几日把自己关在书房，一遍又一遍重复推演赵修媛一案的各个环节。终于一个非常接近真相的推理在她的脑海中成型，接下来只需要去寻找证据来验证这一推理。

这日临近晌午，书房外有规律地响起了敲门声。苏箧衣头也不抬地回了一句："我一会就过去，让表妹先用饭吧。"

门外的人没有如往日那般应上一声就离开："苏公子在吗？我家主人今日在府中设宴，请您前去。"

苏箧衣从一堆线索中抬起头来，她的脸色有些苍白、黑眼圈很厚重，但眉宇间的神采却十分精神："云姑姑今日在家？我这就过去。"

苏箧衣离开书房，和候在门外的丫鬟一块到了前厅。果然正厅之中摆着一桌酒菜，热气从菜品之中徐徐而上，而云以游就坐在主位上，笑眯眯地看着苏箧衣走进来。

"云姑姑。"

云以游挥袖招呼苏箧衣坐下："难得空闲，便喊你一块用饭，没有打扰你破案吧？"

苏箧衣摇头："箧衣本就准备出来用饭了，姑姑相邀算得上及时雨了。"

云以游给苏箧衣倒了一杯清酒："浅饮一杯如何？"

苏箧衣没有推辞端起酒杯敬云以游。几杯清酒过后,苏箧衣见云以游面色放松,想起心中一直想问的麦角一事,斟酌了一番后开口:"姑姑,有一味药材一直想要请教您——您知道麦角么?这味药有什么功效?"

云以游把玩着手中的酒杯,语气很是随意:"麦角——你这是发现什么了?"

云以游这么问……果然"麦角"和"孕妇"之间有联系么?不过目前线索不足,还是不要妄下定论了,苏箧衣思索之间:"偶然查到,现在还需要更多信息。"

"麦角此物——味微苦,性平,有毒。"

"有毒?!"

云以游看了一眼面带异色的苏箧衣,语气未变倒是又多说了几句:"有毒与否,在于剂量。世间的药材没几个不能要人性命,世间的毒药也没几个不能治病。治头痛的方子偶尔会用到麦角,听说也能催产和止血,不过用得极少。服药后归肝肾经。不过此物若是用的过量,五脏六腑俱会受损。其余的,我也不是很清楚了。"

赵修媛私自服用的麦角有催产的功效,如果过量又会产生毒素,这样一来赵修媛的死因……苏箧衣在脑海中不断推翻之前的推断,又在重组着新的可能性。思索之间手上下意识地想要拿笔记下,等碰倒了桌边的酒杯,才意识到自己还在前厅同云以游用饭。

苏箧衣站起身来歉意地朝云以游作了一揖:"云姑姑,箧衣刚刚突然想到了一些重要线索,要先回书房——"

"家主!"从外面急匆匆进来的管家打断了苏箧衣的话,"行宫那边传来消息,杀害赵修媛的凶手已经自首了。圣上已经亲自结案了。"

"自首?!"

苏箧衣和云以游同时惊呼出声,只不过两人心中所思所想并不相同。云以游只是一刹那的诧异,投射到其面部表情上,也不过是挑了挑眉便神色如常了:"没想到犯人这么沉不住气。"她站起身来,像是也准备离开,临走前对苏箧衣道:"既然案子已结,那趁着这几日老七和怀瑜空闲,你们在越州好好玩上两天吧。"

苏箧衣敷衍地点点头转而看向管家:"不知自首的是什么人?"

管家:"据说是平日里和赵贵妃关系很差的一个后妃。圣上亲自下令,带回京城问斩。"

云以游啧啧两声:"带回京城处置……看来这位后妃的家族也要完了。女人的冲动和嫉妒啊,真是可惜。"

苏箧衣却一脸严肃:"可是凶手……并非是她。虽然她自首了,但是,可能连她自己也不清楚——凶手,并非是她。"

云以游脸上闪过一丝异色,随即沉声道:"箧衣,此事不可多言,你随我来书房。"

叶濯和孟愈竟然也都到了书房。叶濯懒洋洋地靠在太师椅上,手里拿着一本古籍,翻动得极快。而孟愈则站在一副前朝名画前,观摩得很是认真。云以游带着苏箧衣进来后,叶濯将手里的书啪的一声丢在桌子上,懒洋洋又不耐烦地看了两人一眼。

孟愈则眉头微皱,目光若有所思地看向苏箧衣,有什么话要对苏箧衣说,又欲言又止。

云以游找了个舒服的位置坐下,目光缓缓地从三个人脸上扫过,将苏箧衣刚刚的话说给了两人听。云以游刚说完,就听叶濯轻哼一声:"为何会连她自己都不知道,自己是不是凶手?"

苏箧衣心中思绪复杂,面上也显得一派严肃,语气里带着几分无奈:"真正的凶手……大概,该将其称之为,命运。首先可以确定的是,这位来自首的后妃——罪不至死。因为她的手中,并非两条人命。她给赵贵妃下毒,但胎儿并非在母体内被毒死,而是生产后死亡。谋杀皇亲的重罪,是可以洗脱了。但是所谓先天不足……难道不正是因为他的母亲中了毒而亡,才影响了他——而后又因中毒早产,才让他夭折?关键在于——毒药致死在此案中没有因果性。毒药致死,是必然的,但是在此案中和赵贵妃的死,没有因果性。赵贵妃的死和早产,都并非因为中毒。而是因为,麦角。据赵贵妃的宫女所说,赵贵妃生前为了催产,服用过麦角。除了人证,赵贵妃生前头痛,头痛消失的时间,和服麦角的时间吻合。故此,她不当服用麦角的信息,是可信的。"

对于麦角的事云以游最有发言权:"治疗头痛,确实和麦角功效相符。而麦角,也确实不是孕妇该随便使用的。"

苏箧衣继续说出自己的推断:"麦角此物能够催产不假,但使用时间和用量都极为严苛。赵贵妃确实中毒了,她死前的呕吐腹泻,都是她盲目服用麦角中毒之后的症状。"

云以游却在这时提出了质疑:"即使如此,麦角此物的毒性,不足以致命。"

苏箧衣叹息一声,语气里带着几分悲悯之意:"所以,是命数。普通孕妇即使

服用麦角，也不会危及性命。赵贵妃不顾御医劝告，擅自服用，恐怕也是知道这一点。然赵贵妃身体远差于常人。消渴，肝肾虚弱，还有服用麦角暂时压下的头痛眩晕，在她麦角中毒症状出现之后，牵一发，动全身。先是昏迷，而后脉象渐弱——乃是体内衰竭之征兆。乱用麦角，五脏皆损，这样的人，是经不起任何变数的。压垮她的最后一根稻草正是——那碗补药。"苏箧衣看了书房里沉默的三人一眼，继续道："世间的药材没几个不能要人性命，世间的毒药也没几个不能治病。云姑姑，您是这样说的吧？最后要了赵贵妃的命的，正是那一碗参汤。"

云以游并未正面回答苏箧衣的话，而是沉吟一声："人参活血……所以，胎儿早产。"

苏箧衣摇摇头："不止如此。活血之后，是内脏血崩。"

云以游紧皱的眉头在苏箧衣说完后，缓缓松开："原来是这样。"

苏箧衣想到那个自首的妃子，想到又要有鲜活的生命在律法的名义下死去，不由情绪低落了几分："只可惜检验赵贵妃的尸体的时候，没人敢毁坏尸身……所以真正的死因，竟不可考。若是可能，现在进行复检……也许能够得到真正的结果。"

自苏箧衣开始分析后保持沉默的孟愈终于开口："自首的妃子是圣上亲自定下的死罪……无力回天了。"

苏箧衣见孟愈开口，心中不觉升起了一丝希望："孟大人，若箧衣的推断没错，此人罪不至死。若是怀疑不能洗清——箧衣知道入土为安——那也该对赵贵妃，重新验尸。"

不等孟愈回话，叶濯就已经先一步出声掐断了苏箧衣内心的期冀："不可能的。对贵妃掘棺剖尸？开什么玩笑。何况那人死罪是陛下亲口定下，若要更改，将皇室尊严置于何地？"

本就情绪低落的苏箧衣，在听到叶濯的皇室尊严后，不由地反驳出声："为了皇室尊严，就要再多一条人命？"

叶濯看了苏箧衣一眼，声音淡然而掺杂着一丝冷意："苏箧衣，不说现在的一切都只是你的推理……就算赵修媛真的是死于麦角，但身为宫妃，有了毒害妃子、皇子的心思，就已经足够判她死刑了。"

苏箧衣并不这样想。

难道律法的意义不是寻找真正的凶手，还事情以真相，还所有人以清白吗？

就在她准备反驳叶濯的时候，云以游打断了两人的话："没有什么好辩驳的。

那人毕竟杀心已起，也是罪有应得。若你说赵贵妃的死是命数，她的死罪便也是命数——明明再等半日，等到你的调查结果，她便就此清白了。"

云以游的话让苏箧衣一时无言以对。

云以游扫了苏箧衣一眼："这件事就此为止。箧衣，你这几日也累了，就在府里好好休息吧。"

"是……"

第九章

蔽芾甘棠，召伯所茇

赵贵妃的案子不了了之，苏箧衣接连几天都沉着脸闷在房间里。表妹匣玉每日换着不同的法子来劝慰她，都没办法化开苏箧衣心中的疙瘩。

苏箧衣这几日不止一次地想，如果自己所学所做，最终都无法让真相大白于世，那么是非黑白，公平与不公平又还可以用什么来鉴别呢？她甚至认真地思索过，如果去行宫面圣，将事情的来龙去脉呈给陛下是否可行。

然，她苏箧衣行走于天地之间，看似一人，但身后却是苏氏偌大的家族。何况，赵修媛一案是叶濯和孟愈托付给自己追查，倘若自己真的去面见圣上陈述案情，这又会给叶濯、孟愈甚至云以游带来什么风险呢？

老爹教导自己的时候，常常挂在嘴边的便是为官无小事，牵一发而动全身。如今自己看似一人，实则和孟愈、叶濯等人相互牵扯。自己对于真相、律法的坚持，原来这么快便要面临不同的抉择和审视了吗？

苏箧衣陷入了更加复杂的纠结之中，她忘记了日夜黑白，忘记了吃饭睡觉，只一遍又一遍地翻看着自己已经看过无数遍的律法。

这天午后，匣玉的劝慰再次宣告无效，她垂头丧气地从苏箧衣房间里走出来。

"箧衣……还是不愿意出来吗？"孟愈站在苏箧衣的房外，向开门出来的匣玉询问。

匣玉多看了几眼俊朗出尘的孟大人，点头道："是啊，那位无辜身死的后妃，

对表哥来说,是很大的打击。"

她更在意的是无辜之人的生死吗?

孟愈微垂眸沉吟片刻:"不知孟某可否进去见一见箧衣?"

匣玉下了台阶,给孟愈让路:"孟大人您尽管去,表哥可能正需要您去点醒他呢。"

孟愈微微颔首,推门进了苏箧衣的房间。苏箧衣正坐在书桌前奋笔疾书,然孟愈近前一看,只见苏箧衣一遍遍写的都是重复的一句话,"蔽芾甘棠,勿剪勿伐。"

"蔽芾甘棠,勿剪勿伐,召伯所茇。昔日召伯德政,后世书生学子无不对其尊崇有加。箧衣你思召伯……归根结底还是赵贵妃和萧昭仪的事没放下吗?"

苏箧衣混沌而又纷乱的思绪,因孟愈的声音,而恍然回神。看着不知何时出现的孟愈:"孟大人……"

孟愈目光严肃而认真地看着苏箧衣,问出心底的疑惑:"箧衣,身为旁观者,你究竟在忧心什么?"

苏箧衣深吸了一口气:"应该是因为我没能让真相昭告于世吧。所谓刑狱使,大概是最无奈的人吧。从一开始就不能阻止死亡,只能面对死亡,甚至……宣判死亡。不过我并没什么愧疚和不满,我也没有善恶是非的观念。其他所有的事,都与我无关。我能做的,我要做的,就是找到真相,然后依律审判。"

"依律审判吗?"孟愈轻声呢喃了一句,他正色问苏箧衣:"这个案子到目前为止仍然存在的疑点,你清楚吗?"

苏箧衣点头。

"是。就是因为疑点未解释清,我才不能释怀。尸检有纰漏,只能推断赵贵妃死因——可是推断终究只是推断。她到底是不是因为血崩而死,她到底有没有喝下毒药?若真是血崩而死,那萧昭仪的罪责便极轻。若是服下毒药,那死因断定更要慎之又慎。服毒会死,是必然。但若死因是血崩,因果性中断,便不是杀人。若毒药必然导致死亡,因果还在,现今的判定才算合理。其中御医的责任也必须考虑。"

提到御医,孟愈目光暗了几分语气也透着严厉:"郭御医的责任,也是逃不掉的。"他顿了顿,语气平缓了几分,"明明是因为县府验尸不当,才造成今日局面——你也依然如此自责吗?"

"我没理由要求别人——我只能让自己强大到不会让这种事情再次发生。在那之前,我会一直,自责下去。"

孟愈看着苏箧衣,只觉得眼前这个年纪轻轻的少年公子,正在一次又一次改变着自己对他的看法。此时此刻，见到这般正色的苏箧衣，原本心中酝酿好的几句劝慰突然间失了颜色，孟愈沉吟半晌最后只是道："既然如此，那你便记住这个感觉。"

苏箧衣疑惑地看过来。

孟愈淡声解释："你的一切愤怒和不安，都源自对自身弱小的恐惧。"

"那些杀人者也是一样吧。恐惧于自己的弱小，却把这份不安迁怒于比自己强大的人。"苏箧衣说出心中感慨。

孟愈未回答苏箧衣话中的不确定，只是继续道："所以杀心，是最丑恶的情感。但是见识的这种丑恶越多，就越知道生命的珍贵，也就越敬畏。"

听孟愈这般说，苏箧衣忍不住再次嘲弄起自己的所求来，看来所谓执法者，还真是理想主义者啊。孟愈不置可否，只是目带鼓舞地看着她："在你有能力改变一切之前，坚持下去就够了。"

苏箧衣认真地思索着孟愈的话，房间里突然静了下来。

这次苏箧衣眉宇间的愁绪渐渐褪去，突然，她轻笑了一声，语气里带着几分调侃地问坐在一旁的孟愈："孟大人是不是担心我会去莽撞地面见圣上请求重审？您放心吧，在还没有足够强大之前，箧衣不会轻易做以卵击石的傻事的。"

孟愈并不否认，好看的眉毛上挑了一下："那看来孟某的担心倒是多余了。"

苏箧衣的心情渐渐平静下来，她感激地看向孟愈："不会！能得孟大人教诲，箧衣十分感激！"

熟料，见到恢复正常的苏箧衣，孟愈的脸色并未放松下来，反而越发正色和严肃了几分："其实……孟某更希望你能谨记另一件事。"孟愈顿了顿，对于即将说出口的话，此时依旧存有几分犹豫，"尽量不要和我师父，扯上什么关系。"

苏箧衣心中一惊，心底升起新的疑惑："孟大人的意思是？"

孟愈轻叹一声："十七年前，云家进献药材，救了中毒的阿濯。但是命是救了，毒却一直还在——不是不能治，而是……"

"箧衣明白了。"看来有些事，比她想的还要复杂，幸好自己没有真的冲动行事，苏箧衣默默记在心中，对于孟愈的欲言又止，她没有不识趣地继续探究。

苏箧衣暂时放下了对真相的追求，她将赵修媛的案子记录在自己随身的册子上，时不时警示自己，努力变得强大，勿忘初心。箧衣心之所求，非一案真相大白于天下，而是律法公正严明，案案得以还原事件之本质。

　　心中想通之后，苏箧衣也终于意识到自己一连多日不在状态，让表妹匣玉有多担心了。苏箧衣为了感激表妹的贴心照顾，特意拜托总管从外面买了许多越州的特色小吃，专程给匣玉送去。

　　匣玉见苏箧衣恢复过来，一直提着的心终于放了下来。

　　"表哥，你知不知道这几天你都要吓死我了！"

　　匣玉拉着苏箧衣进屋后开启了碎碎念的模式："你看看这才刚到越州，你不过办了个女人的案子，就变成这样的。若是到了京城，像那话本里写的，要办冤案、大案的时候，你岂不是要掉半条命了？！"

　　苏箧衣轻松一笑："表妹，害你担心是我不对。不过你放心吧，我已经想明白了，以后不会再发生这样的事了。"

　　匣玉心中并不相信："表哥，要不咱们还是回老家去找姑父吧。反正还没到京城，就算咱们现在要走，想必孟大人也不会把你如何。"匣玉心中越想越觉得去京城是一件凶险万分的事，她伸手扯着苏箧衣的胳膊，"表哥，咱们明天就去向孟大人告辞吧——"

　　苏箧衣哭笑不得，她一直知道表妹喜欢平稳安定的生活，但自己不过因为赵修媛的事而低沉了几日，便给表妹带来这样的打击……看来等到京城安定下来后，要好好考虑一下表妹的未来了。

　　苏箧衣又劝慰了匣玉几句，最后哄着匣玉尝了尝点心，等她从匣玉处离开时，已经是月上中梢。

　　苏箧衣看着清清如洗的月色，一时兴起忍不住轻吟出声："明明如月，何时可掇……"

　　不料心中一番意境还未抒发出来，就听到熟悉又傲娇的声音："这几天看你一直心不在焉，今天怎么了，居然有兴致跑来这里吟诗？"

　　苏箧衣蹙眉，看着突然出现在自己面前的北宁郡王叶濯："七爷您这完全不是在安慰人吧？！"

　　叶濯撇撇嘴："你从哪里看出来，本王是来安慰你的？"

　　苏箧衣叹息一声，倒也没有真的指望叶濯来安慰自己："……也无所谓了，反正都过去了。"

　　叶濯啧啧两声，目光锐利地打量着苏箧衣，将她从头到脚看了个遍："看来怀瑜功不可没啊，能够把你从低迷的士气中拉出来……只是，你这会儿在本王面前还装失意——道貌岸然虚情假意两面三刀也不过如此吧。"

苏箧衣面露纠结："七爷……你至少用错了两个成语……"

叶濯将苏箧衣的直言不讳当作耳旁风，他朝苏箧衣招了招手："你跟本王过来。"

认命地叹息一声，跟在叶濯身后，一路进了当初和云以游相谈时的凉亭。

"苏箧衣，你想开棺验尸吗？"

叶濯如此直接的问题，让苏箧衣愣在原地，她没料到叶濯会这么问，也不好揣摩叶濯问这句话的意义何在。

叶濯看着站在自己面前一脸纠结的苏箧衣，又语不惊人死不休地道："其实想要开棺验尸也不难，只要你求本王……本王不介意帮你在皇兄面前说几句话，满足你这个心愿。"

苏箧衣到底还是从叶濯桀骜不驯的语气里听出了几分"试探"。他应该也是在担心自己会不会去求见皇上，做出什么傻事吧。突然有什么东西堵在她的心口，闷闷的，她叹了口气，道："七爷……您放心，我是不会求您的。"

"你是不愿意求我，还是不想开棺验尸？若不是怀瑜的劝慰，恐怕你早就去面圣捍卫你的真相了吧？怎么如今反倒——"叶濯突然顿住，随即恍然大悟，"本王知道了！在你心中，为了真相而死，和为了真相放弃尊严，一个名传千古，一个遭人唾弃。况且，你是早就看得明白，皇兄必不会为了这种事杀你，如果他真的这么做了，那么下个月国子监就该为你追赠名号再立个碑了。"

叶濯的话让苏箧衣心中恼火，只觉得自己捍卫真相的浩然正气被眼前之人曲解："我并非为了虚名！我当然知道活得越久，官做得越大，才能帮到更多的人。我只是有自己的原则罢了，只求身前身后皆无愧于世。"

叶濯嗤笑一声："众人皆醉我独醒，你就抱着理想溺死吧！你口中的身前身后无愧于世，不就是希望后世记住你？若后世之人只记住了你，而忘记了刑法的公正，那才是你真正的悲哀。若后世之人忘记了你，却铭记着你所处时代的律法，这才是你该高兴的事。"

叶濯的话在苏箧衣心中激起了不小的波浪。

若后世之人只记住了我，而忘记了刑法的公正，是我真正的悲哀；若后世的人忘记了我，而铭记了这个时代的律法，才应该高兴。这不正是我心中一直惴惴而为思索明朗的所求吗？叶濯他说得如此轻松，到底是他听别人说过，还是这也是他心中所想呢？

叶濯目光清冷看着坐在自己身旁陷入沉思的苏箧衣："再问你一次，你想要什么？"

苏箧衣毫不犹豫地回道："辨明真相，依律审判。"

叶濯挑眉："若律法无理呢？"

律法无理？！

苏箧衣第一反应便是摇头："我不知道。我不知道若没有律法可依，我该怎么做。但是至少有一点——我绝对不会，以我个人来审判案件。"

叶濯无意和苏箧衣继续讨论这般严肃深沉的话题，他换了个姿势靠在柱子上，又回到了原来的话题："总之你别再满脑子都是开棺验尸，本王就放心了。闹大的话，事情会变得非常麻烦的。"

夜风徐徐吹上凉亭，叶濯站起身："越州的天气也凉起来了。"

苏箧衣奇怪地看向叶濯，天气凉？有吗？虽说如今已是夏末，但越州地处南方，天气一向温暖，饶是在凉亭之中，她依旧身上有几分薄汗……叶濯却说天气凉，看来他的身体状况真的很差了。

叶濯并不知道苏箧衣这会儿的思绪已经转移到了自己的身体状况上。他活动了活动双手，不雅地打了个哈欠："行了，本王要回去休息了，你也早点回去吧。"

"七爷慢走。"

叶濯下了凉亭，眼见着就要拐出走廊，他又突然停下了脚步，转身看向苏箧衣："苏箧衣，你再过来一下，本王突然想起来还有点事忘了告诉你了。"

苏箧衣满头黑线还不得不一路小跑过来："七爷您吩咐。"

叶濯微眯着眼："霍晴那个女人……进京后，你离她远点。"

苏箧衣暗道，怎么最近认识的两个女人，叶濯和孟愈都在警告我要离她们远点呢？

"七爷多虑了，本来我也没理由和一个后妃有联系吧……不过，您刚说贤妃坏话，人就到了——"苏箧衣最后的声音是从牙缝里蹦出来的。

苏箧衣看着缓缓走近的霍晴，心中诧异，总觉得这会儿突然出现在云府走廊的霍晴来者不善。霍晴只带了贴身的丫鬟，看她来的方向，应该是刚从云以游的书房或是孟愈的院子出来，这会儿和苏箧衣她们一样，都要经过这条走廊回自己的房间或者是离开云府。

霍晴像是早就看到了凉亭里的两人，她面上带着端庄得体的笑，缓步上前："真巧啊，北宁郡王殿下。马上就要启程回京了，听陛下说，您也一起回去呢。不过看起来这次,你还是没从云以游那里拿到药——"

霍晴明明脸上带着端庄得体的笑意,说话的语气也温柔和善,偏偏话里却藏着锐利的刀锋,直直朝着叶濯最薄弱的地方拔刀而上。

叶濯冷哼一声,所有的情绪都外露在表面:"有闲工夫担心我,不如考虑考虑你自己。你爹还活着,陛下绝对不会对霍昙动手的。或者说——你不如掂量掂量,在霍曾那里,你重要,还是他的嫡长子重要。"

这还是苏箧衣第一次见识到气势凌人的叶濯,她站在叶濯身侧,目光认真地打量着叶濯,总觉得这样的叶濯,让人感觉不那么真实。

霍晴脸上的笑容刷地褪去,她警告地看着叶濯:"少管闲事。这么关心朝堂上的事,你不担心陛下容不得你?"

对于霍晴的威胁,叶濯像是听到了什么好笑的笑话:"我爱打听闲言碎语、闺阁秘事,也不是一天两天了——皇兄再怎么恨铁不成钢,也不能因为这种事,不认我这个弟弟吧?"

论嘴皮子上的功力,很显然霍晴的道行被叶濯落下了一大截,最后霍晴也只是狠狠地留下一句威胁:"小心点别露出狐狸尾巴,不然我一定狠狠踩住。"

"原话奉还!"叶濯连连冷笑着。

看着霍晴带着丫鬟离开的身影,苏箧衣这会有点怀疑叶濯让自己离霍晴远点的其他含义了……不会是他不喜欢人家,所以也见不得别人和霍晴关系融洽吧。转而又往两人谈话的深处想了想,看来霍晴这个宠妃的势并未辐射给霍家,那么……霍晴在后宫的势力到底又和外朝的哪方联手了呢?

微信扫码进入《春秋判》的推理世界，向作者提问，看独家番外。

第一章
终入京，成监生

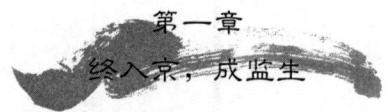

在越州郡停留半月，赵修媛一案最终以后妃自首、圣上亲自定夺宣告结束。苏篚衣在追查赵修媛一案的过程中，对云以游、叶濯和孟愈等人及其背后错综复杂的势力开始有所了解。也正是赵修媛一案，让苏篚衣心中一直坚守的准则越发清晰。

为官者，一为生民立命，二为天地立心，三为万世开太平。她苏篚衣幼承父训，饱读子史经书，于刑狱一事有着与生俱来的热忱和抱负。不求无愧于心，只求能让经手的每一个案件都能被还原以真实面貌，不被权贵所扰，不被贫困所固，但求身前身后能用一己之力，为大周律法增砖添瓦；待后世传唱，能推崇这个时代的律法公正、朝堂清明、世间难有冤假错案，便足矣。

苏篚衣心中大定之后，反倒将原来叶濯送自己的那摞书从墙角搬到了进京的马车上，每日都躲在车里埋首苦读。景康帝的御驾在前，白日里叶濯和孟愈经常被圣上喊到御驾之内伴驾。不过往往是两人一块进去，过不了多久便能听到御驾之内景康帝低沉带着几分气恼的斥责声，之后便是被训得灰头土脸的叶濯一脸郁闷地从马车上跳下来。

前几次苏篚衣还会下车去"安慰"叶濯，等到后来，听孟愈淡淡解释了几次叶濯是因何被圣上骂下马车后，苏篚衣便再也不下车去安慰某人了。

"阿濯问圣上可不可以在临近的城池停留，他想去见识一下当地有意思的地方。"

苏箧衣深深地了解叶濯口中有意思的地方是何种地方，她干脆躲在自己的马车里读书修文，对每日被斥责下马车的叶濯视而不见。而在圣驾之后的一众妃嫔的轿子，则基本上是安静无声的。就连之前和叶濯剑拔弩张的贤妃，一路上也没有见她下过轿。

就这样在路上晃晃悠悠了十来天，一行人终于进了京城。京城门外，是早就接到消息前来恭迎圣驾的各路大臣。苏箧衣等人则早早地被孟愈吩咐手下安排从侧门进了城，先一步去了客栈。

"距离科考的日子没有多久了，你先好好休息几日，回头我派人将国子监读书的名帖给你送去。"

"箧衣多谢孟大人。"

孟愈因为要去景康帝身边伴驾，只匆匆和苏箧衣交代了几句，权当告别。原本后来被景康帝勒令乖乖待在马车里的叶濯也要去伴驾的，但叶濯一进京城，就借口有事，甚至还不等景康帝从圣驾上下来，就偷偷溜了。孟愈不仅要伴驾，还要帮叶濯打掩护。

苏箧衣和匣玉二人坐在马车上，先一步进了城。一路上都对京城没有什么期待的匣玉，这会儿听到京城大街上热闹的吆喝声，终于坐不住地伸手掀了一角窗帘，偷偷地打量着京城的一草一木。

"表哥，京城的房子都好整齐啊。"

"你看那个小姐，她的头饰真漂亮。"

"这是什么味道？好香啊！"

匣玉被京城各式各样的繁华景象折服，忘记了之前的惴惴不安，她有些兴奋地催促着车夫快点赶车，大有一副到了客栈就要出来逛的架势。

"表妹，你平日里没事可以经常出来转，但是千万要记得，遇到那些看起来就油头粉面的公子哥一定要绕着他们走！"

"京城不比云中，再加上老爹那个不靠谱的早早辞了官，京城之中多的是凤子龙孙，要是你被哪个纨绔子弟相中了，表哥我不好解救你啊。"

匣玉不耐地伸手打断苏箧衣的话："表哥，你唠唠叨叨的烦不烦啊！该行事小心的应该是你才对吧！"

两人在马车上就这件事探讨了一路，最后也没有个结果。幸好到了客栈，她们

第三案 飨盛宴

要忙着搬行李洗漱用饭,这才勉强结束了这个话题。在客栈休息整顿了一番后,匣玉敲开了苏箧衣的房门:"表哥,咱们出去逛逛吧。"

苏箧衣正在整理自己一箱箱的书,但凡是读书人都有点嗜书如命的小癖好。这不,苏箧衣整理着偶然翻开了一本书,竟然干脆坐在旁边津津有味地读了起来,将剩下的已经打开的书晾在了那里,一直到匣玉进来,还在房间里堆着呢。

"表妹你自己去吧,我这本书还没看完呢。"

匣玉皱眉在房间里来回跳动着,艰难地避过一地的书,终于到了苏箧衣的身边,她一把抽走了苏箧衣手里的书,看了看书名:"这本前朝的史书你不是看了十遍了吗,怎么还看啊?难道你看不烦吗?"

苏箧衣伸手拿回书,继续翻到刚刚看的地方:"表妹,这你就不懂了吧,这些书都是百看不厌的,每次看都有新的感悟,你看这段话上说——"

眼看着苏箧衣又要给自己讲解之乎者也,匣玉连连后退:"打住打住!你自己慢慢在这里看吧,我要出去逛街了。"

匣玉放弃了拉苏箧衣一块出门的念头,自己带了两个小厮,准备在附近好好转转。

一直到匣玉在外面逛完回来,苏箧衣还没有看完手中的书。她房间的烛光一直亮到了后半夜。等到看完书后,苏箧衣才打了个哈欠,感觉困意袭来。她简单地洗漱了一下,上床睡觉。

结果——

苏箧衣跟着一众身穿朝服的大臣进了朝堂,景康帝面沉如水地坐在龙椅上,目光微眯盯着苏箧衣,让她不由自主地浑身打了个冷战。

这到底是梦境还是真实的?

苏箧衣狐疑地来回看去,在一群朝臣的前面见到了身穿绛紫色锦袍的叶濯,他朝自己嘲弄一笑,紧接着他的身侧,穿着红色臣服的孟愈也扭过头来,皱眉看着自己,脸上带着浓浓的失望和诧异。

苏箧衣心中的大石头猛地下沉,发生了什么事?

身后突然有巨大的力道推了她一把,苏箧衣扑通一声被摁着跪在大殿之上,残存的理智让她匍匐在地,恭敬地对景康帝问安:"臣苏浣叩见——"

岂料她的话还没说完,就听到周围传来阵阵的冷笑声。

苏箧衣低着头，想要努力回忆起点什么，偏偏脑袋里一团迷雾。

终于，高坐在龙椅上的景康帝说话了："罪民苏浣，明知故犯，违逆人伦，扰乱朝纲，更有欺君罔上之罪。苏浣，你可认罪？"

欺君罔上？苏箧衣低头看到自己未曾束胸，凌乱的头发四散。原来她女扮男装的事情被发现了！苏箧衣猛地抬头，脸上挂着藏不住的惊恐："微臣……"

景康帝冷哼一声："你还有什么资格称臣？传令刑部，此人按律当斩，其他罪责，由刑部定夺。"

还有其他罪责？苏箧衣跪下力争："陛下，苏浣本心原是为国效力，女扮男装亦是一意孤行，与家人无关，求陛下——"

然而，景康帝只是面色阴沉地看着她，毫不犹豫地挥挥手："把她带下去！退朝。"

守在外面的御林军悄无声息进来，一人一边，从后面将苏箧衣拖了下去。双臂之间被禁锢的真实力道，让苏箧衣的精神紧绷到极点，她刷地从床上惊坐起来！

周围黯淡的光线昭示着天色未亮，屋子里还散发着她临睡前点燃的安神香的味道。苏箧衣抬起自己的双臂看了看，有下意识地抱住自己的胸……吓死了……幸好只是个梦……进京第一天就做这样的梦，看来还是太紧张了。

本来是想多些经验，才决定来参加今年十月的科考的，现在看来，真该听老爹的话，安心读书，三年之后再考。离科考就剩一个多月的时间了，我真的能够考中吗？其实我才十六，又是第一次，就算考不中也没什么——可若是真的考中了……梦里的事……迟早瞒不下去的。可若是为了安全就此放弃，又太不甘心！

"到底……怎么办才好。"苏箧衣重新躺下，却睡意全无，盯着头顶的纱帐，低低叹息。

苏箧衣因为梦中之事愁闷了几日，最终心中抱负战胜了生死之事，苏箧衣不再纠结此事。国子监入学的名帖，果然如孟愈所言，在她们住进客栈的第二日便有人送了过来。苏箧衣收到名帖后，下午就去了国子监报道。

表妹匣玉住在客栈专门为女眷开辟的小院里，一应生活还算方便。两人每日一起用早、晚饭，中午苏箧衣便留在国子监和同班的朋友一起用饭。不出几日，便也结交了不少志同道合的朋友。

这天，国子监休课，苏箧衣被表妹匣玉拉着给老爹写完信后，准备出门去经常

听同窗说起的揽云轩看看。据说揽云轩是盛京很出名的酒楼，临河而建，其整体是由一艘大船改建而成。

倘若人在船上赏窗外景色，可谓是步步皆景。

苏箧衣在大街上转悠了近一个时辰，拐错了好几次，才终于找到了传说中的揽云轩。看着停靠在岸边的巨大船楼，苏箧衣被其壮观、奢华的外观所折服。

"果然是盛京揽云轩，不虚此名啊。"

白日的揽云轩更受学子们的欢迎，多了几分清幽雅致，三五个一张桌子，点上一壶清茶，手上拿几卷书，便可消磨一下午的时光。苏箧衣在门外站了片刻，才缓步进去。一入内，便听到不绝于耳的丝竹之声。

"苏箧衣？你竟也来了，真是好巧。"

苏箧衣闻声望过去，就见一个穿宝石蓝长袍的男子快步朝自己走过来，她定眼一看，认出了来人——霍昂，字永谦，枢密使霍曾的嫡次子，也就是贤妃娘娘霍晴的哥哥。现今尚无功名，也在国子监念书，上课时便坐在自己前面，也准备在今年科考的时候下场一试。

苏箧衣入国子监时拿的名帖是孟愈亲自写的，再加上老爹虽然辞官，但怎么说也曾经是正三品的官员，所以在国子监倒是有不少人愿意和她交好。

这位霍昂便是其中之一，作为枢密使霍曾的次子，没有继承家业的压力，可以说霍昂的生活过得很是肆意。

"是永谦兄啊！"

霍昂走到苏箧衣身边，一副东道主的样子，带着她往里面进："别人来揽云轩，都是为了此处的画舫雕楼，金粉华灯，白天来的，除了那些穷酸书生和我霍某人外，你还是我见过的第一个。"

"揽云轩夜夜笙歌，自是风景独好。"苏箧衣走在霍昂身边，目光打量着揽云轩的内部装修，总觉得这风格……似曾相识的感觉，"小弟初到盛京，觉得什么都新鲜，白日里的景色，也是百看不厌。"

霍昂带着苏箧衣上了三楼，推开其中一间包厢的门，里面桌子上摆着上好的茶水点心，几本书随意地摊开在桌子上，屏风后面清晰的琴声传来，苏箧衣看过去，若隐若现之间，是一个淡雅出尘的女子轮廓。

"不嫌弃的话，今日就和愚兄一起消磨时光吧。"

苏箧衣拱手笑道："永谦兄美意，小弟怎敢嫌弃！"

两人一前一后落座，前面是别出心裁的窗户，刚好能够看到绵延的江面，以及对面浅山之上的庙宇亭楼。

"箧衣，看你神色轻松，真是一点都不像下个月就要科考的人。"霍昂哈哈一笑，"不过也无妨，你年龄还小，机会多的是。不像我，虚长了你六岁有余，一直蹉跎年华，一事无成。"

苏箧衣安静地听霍昂发牢骚："永谦兄自谦了，谁不知道永谦兄是京城有名的才子，只不过因无家业负担，所以行事多了几分洒脱肆意，之前又一直未曾下场，这又怎么能算是蹉跎年华一事无成呢？"

霍昂被苏箧衣说得哈哈大笑起来："箧衣你真会说话，不过看到你，为兄还是忍不住感慨，年轻真好啊！"

苏箧衣又看了霍昂一眼，总觉得霍昂像是有什么心事："永谦兄如今年少风华，怎生出如此伤春悲秋之感？"

霍昂面带几分纠结："我是真在羡慕你，你家中还未给你定下婚事吧？我本来两年前就该成婚，我以专心科考为借口才拖到今年，那边的女孩子也已二十了……今年想来是肯定拖不下去了。"

原来是不想成婚啊！

不知道是嫌弃女方容貌平淡，还是霍兄早就心有所属了？不过枢密使大人亲自定下的婚约，想必应该是门当户对，倘若霍兄真的心有所属，恐怕退婚也并非易事。苏箧衣斟酌着开口："都说洞房花烛夜，金榜题名时，永谦兄怎会如此排斥？"

霍昂叹息一声："也不是没有那些让人头疼的传闻——但是其实，我就是不想听从父母罢了。"

苏箧衣沉吟了一番，想到从小对自己宽容宠爱的老爹，忍不住道："婚姻大事，若是能自己做主，确实是人生一大幸事。毕竟婚姻是自己的，而非父母的。人生苦短，若不为了自己而活，事事依照父母的安排，又有何意义呢？"

霍昂震惊地看着苏箧衣，他从未想过竟能从苏箧衣口中听到这样一番话。只不过想到自己这几年迟迟不肯成婚，和父亲时不时的抗争，神色又是一黯，轻叹一声："这也只是霍某自己任性罢了。若真能自己决定，我是定不会早早任由家父定下这门婚约的。如今只怕宁家姑娘的声誉早就和我息息相关，故给自己划定了今年的最后期限。想通了固然最好，想不通便也认了。"

霍昂的话还算有几分担当，苏箧衣心中暗暗对他肯定了几分。复又问道："不

第三案 绘盛宴

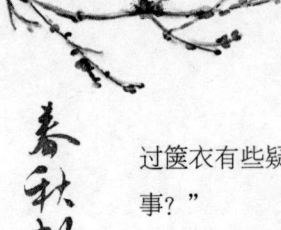

过簇衣有些疑惑。您没有见过婚约者么？若是恰好合了眼缘，岂不是两全其美之事？"

霍昂摇摇头："和宁家姑娘无关，我只是……说句大逆不道的话，我只是不想听我父亲的话。他不疼惜子女，我又为何要顺从？惠城公主几年前指婚给我大哥，偏偏结婚之前薨了，我父亲为了向皇室示好，让我大哥以夫妻身份守孝，如今他都二十四了还未再婚。我二哥虽是庶出，父亲也安排他娶了知谏院的小女儿。至于我大姐，他当初和丞相一起喝多了，一句话就嫁出去了。更别提十四岁就被送进宫的晴儿……"

原来这位霍家二公子平日看起来潇洒肆意，其实心思也非常细腻了。能够因为兄弟姐妹的事而对父母感到失望，可见他内心其实是非常重视亲情手足的。

苏簇衣沉默下来，却又听霍昂语气失落地抱怨："他准备拉拢京兆尹，便给我安排了宁家的这门亲事。反正他本来也不指望我这个次子能有什么作为——晴儿的事实在是太过分，我无力阻拦，那就无论如何也要给他添点堵。"

"外人只见霍家权势，却不闻——"苏簇衣一时没有忍住，有感而发。

霍昂摆摆手情绪平稳了几分："你也别误会什么，晴儿在宫里什么情形我不知道，起码我大姐和二哥对婚事都很满意。也许父母确实了解子女，能安排得当，但我——"霍昂突然苦笑起来，"有些事情一旦想过一次，就再也忘不掉了。"

苏簇衣："……"

以前总听老人说家家有本难念的经，果然是至理名言。像叶濯、霍昂之流，不是凤子龙孙，便是权贵子弟，偏偏皇权倾轧、家族兴衰让这些人从出生起便背负了更重的使命。有的是缠绵病榻的身体，有的是被规划好不能出错的人生……这样看来，虽然我苏家也算得上是大家族，但能遇到不按牌理出牌的老爹，也是我苏簇衣这一生之幸了吧。

"霍兄还是放宽心思为好，倘若不能撼动家翁的决定，不如努力改变现状，或是提前认识一番未来的妻子，或是努力调试自己的心态，总要在自己力所能及的范围让自己心情愉悦才是。"

"贤弟说得不错，如今为兄也算是想通了。"霍昂站起身走到窗边，目光扫过江面，"天地之大，我霍永谦一人的喜怒又算得了什么？我时时不忿自己的人生被规划，其实宁家姑娘又何尝不是呢。比起她来，我身为男子，境况还要更好一些。"

· 96 ·

苏箧衣也跟着到了窗边,她刚在窗边站定,便见到窗外江岸上,一艘私家船舫从东向西而过,一个青衫女子站在船舫前面,身后跟着几个小丫鬟。明明几个人之间身姿相差无几,但青衫女子出尘的气质却让人无法挪开眼。

"游船上的那位青衫姑娘,真是好看。"苏箧衣啧啧称叹。

"舫边人似月,皓腕凝霜雪……这句词改了一个字之后意境差好多……不过赞美美人,也还说得过去了。"霍昂的目光一直追随着行过去的船舫,直到船舫在江面越行越远,青衫女子的身影再看不见后,他方回过头来,"箧衣贤弟,能不能帮为兄一个忙?"

苏箧衣:"嗯?"

霍昂面上带了几分羞赧之意:"方才那个女子,霍某会去查查她到底是谁……查清之后,你能不能帮在下联络联络?苏公子年纪轻,不会让人误会,家中又有个表妹……"

苏箧衣一脸促狭:"哦,所以永谦兄方才是——一见钟情了?"

霍昂单手握拳放在嘴边佯装咳嗽:"咳咳。"

苏箧衣看着面上早已没有之前那些愁绪的霍昂,心中不免腹诽,方才扯了一大堆悲春伤秋的,其实都是编的吧!所谓"不是没有不好的传闻",我看传闻才是真的吧!拖着不结婚就是玩惯了不想负责吧!

不过——我赌五文钱的——按照话本小说的剧情,刚才那个妹子就是宁家小姐的可能性极高!

想到这,苏箧衣目光带着几分戏谑地看着霍昂,也不知道他有没有想到这一点。

"举手之劳,又是成人之美,箧衣绝不推辞。"

霍昂并未在意苏箧衣的目光,反倒是准备这就离开去查那青衫女子的身份,急急地和苏箧衣告辞:"那等苏贤弟有空,便来霍府找我相商吧——真是多谢,多谢!今日霍某还有些事情,就此别过,改日再见。"

看着霍昂急匆匆离开的身影,苏箧衣只觉得好笑,作为一个旁观者来讲,还真是挺好奇他们这段故事的走向的……

不过两日,霍昂便在国子监下学后拦住了苏箧衣,他拉着苏箧衣进了国子监专门给学子准备的书房里,关好了门之后,才面带复杂之色地对苏箧衣道:"贤弟,为兄已经查过了,那天那个姑娘……"霍昂扶了扶额,叹息一声,"她竟然是宁虞!"

我说什么来着,我就说那十有八九是宁家小姐吧!被你拖着不成婚好几年,也

第三案 飨盛宴

该是反击的时候了。苏箧衣面上多了几分笑意，对自己当时的猜测结果很是满意。

霍昂疑惑地看着笑而不语的苏箧衣："贤弟，你笑什么？"

苏箧衣听到霍昂的问话，脸上的笑意及时收住连连摆手："没什么没什么。"心中却还在想，按照表妹爱看的那些话本的剧情发展，接下来应该就是皆大欢喜直接结局了吧？霍永谦的主角光环这么强的话，似乎今年能中状元呢……

心中补脑了一番，苏箧衣面上却仍是一本正经："永谦兄，既然你看上的女子恰好是宁姑娘，岂不正是好事？为何你还是如此快快不乐。"

霍昂愁苦一笑，脸上带着几分嘲弄："世间哪会有这么巧的事？只怕这根本就不是巧遇，是我父亲安排。不过这样也罢，若是那个宁虞的主意——这样的女子我更不能娶了！"

苏箧衣："……永谦兄，人家玲珑心思千百转也都是为了你啊！"

霍昂摇头，语气激动了起来："连我这个她要托付终身的人是个什么样子都不知道，就选定容貌作为自己的筹码——我都替她不值得。贤弟，这月十五，柳城公主归省回京，借北宁郡王的宅子办游园会，宁虞想来肯定会去——你能不能带着你表妹，帮我把这封书信给她？"

苏箧衣一头黑线，我长得很有红娘相吗？不然为什么鸿雁传书这种鸿雁要做的事，要拜托我？

"霍兄自己去送岂不是更好。"

霍昂苦笑着解释："若是托我父母去送，肯定会被拆了信看。我自己直接去见她，又显得太过鲁莽。若是晴儿在，我肯定就让自家妹妹帮忙了——"

见霍昂解释得清楚，又一脸为难地看着自己，苏箧衣心中一软，只能暗自叹息一声应承下来："那事先说好，这信的内容，我肯定不看，宁姑娘那边我只管送信，一个字都不说。这事情变成什么样，恕箧衣概不负责。"

霍昂听苏箧衣答应了下来，面上一喜，连连给她作揖："这是自然，苏公子的为人，永谦自然信的。那就劳烦苏公子了，十五日北宁郡王府，千万别忘了！"

霍昂说话间，竟是从袖子里直接拿出了一封早就封好的书信。苏箧衣接过书信，心中不免嘀咕，合着你是早就料到了我会答应，竟然连信都准备好了。认命地收起书信，苏箧衣和霍昂这才从书房离开。

第二章
初识白子乌，比赛被组队

"再过几日柳城公主就要到京城了。听家母说，这次为迎接柳城公主而办的游园会，其实是柳城公主早就吩咐过的，准备为其胞弟北宁郡王叶濯选亲的选亲宴！"

"这算什么，你我都是男儿身，还能变成女儿家去争北宁郡王妃的位置不成？"另一个学子接话，"不过我倒是听说，昨日太常寺外张贴了一则公告，说是要征集诗词文赋问题，以供游园会上使用，这倒是个能够出风头，混眼熟的机会。"

"这个什么征集比赛，若是赢了，会在达官显贵中名声大噪吧！"

又有耳尖听到的学子好奇地凑了过来。

就坐在这些人前面不远处的苏箧衣，也将这些听在耳中，心里暗自嘀咕，太常寺作为七寺之一，隶属于礼部，一向是管理宫廷庆典和礼仪之事的。如果没记错的话，如今太常寺少卿应该是枢密使霍家的长子霍昱吧。

如今这些学子想要去参加比赛，想必是想通过霍昱的门路，提前一步打通世家子弟的交际圈吧，也算是一条可走的捷径了。

说起这位即将回京的柳城公主，就多少有点让人唏嘘了。这位公主其实命很苦，几年以前苗地有动乱，当地望族在朝廷军队被打得落花流水的时候，倾囊相助，这才解了苗地之乱。之后，圣上为了安抚臣民之心，便把当年的柳城公主嫁给了平乱有功的望族子弟。

自此，柳城公主远嫁苗地，离京城是一去三千里。

苏箧衣感慨之余，又听闲聊的几个人准备去太常寺报名参加这次的征集比赛。苏箧衣翻了翻桌上的书本，最终没有忍住，也准备过去看看凑个热闹。去太常寺的路上，她心中不免嘀咕，回到京城已经有半个多月了，倒是一直没有听到别人八卦孟大人和叶濯的事，他们最近都在忙什么？也不知道什么时候能再见到他们……唔，还是只见到孟大人好了，至于傲娇、幼稚且脾气暴躁的叶濯，还是算了。

太常寺门口早就挤满了人，不光是国子监的学子，还有京城其他有名的书院，以及从江南、西北等地上京赶考的学子，此时都汇聚在国子监门口，争先恐后地传阅议论着此次诗词文赋征集的事。

第三案　飨盛宴

苏箧衣在人群外沿徘徊了一会,发现自己的小身板想要挤到前面去有点难。就在她纠结是否先回去,等过几日人少些了再来的时候,就听到身后有人喊自己的名字。

"苏箧衣!"

"苏浣!"

接连两声,苏箧衣循着声音转身,便看到手上拿着一张告示走过来的白子乌:"你也是来看这个告示的吗?"白子乌说话的同时,将手上的告示递给了苏箧衣。

苏箧衣接过告示:"谢啦。这次的征集应该会有不少人想参加吧。我就是来看个热闹,参不参加倒是无所谓。"从头扫了一遍告示上的内容,苏箧衣又将告示还给了白子乌,"倒是白兄,才华横溢,若是不参加不免有些埋没才华了。"

白檀,字子乌,出身越州。他和云以游交情不菲,从越州离开的时候,云以游就特地叮嘱过自己,若是在国子监遇到一位叫白子乌的同窗的话,可以相互照应。只不过,这些日子接触下来,白子乌给苏箧衣的印象无外乎是说话超没礼貌,狂妄得很,不过偏偏他的文章也是好得没话说!因为有实力,礼仪这种事自然也就次要了些——反正自己是不会随便得罪他。

白子乌没有接苏箧衣还回来的告示,而是微皱眉头:"出一百道题,两个时辰就够了。只是比赛规则,必须两人一组——"

苏箧衣哦了一声,不明白白子乌这话里话外的意思到底是参加还是不参加。岂料,白子乌竟然正色看了她一眼,随后说道:"苏箧衣,报名登记这种琐事就交给你了。太常寺若还有什么情况更新,也由你来跑腿。"

慢着!这是什么情况?我好想没说要和你组队参赛吧?!苏箧衣还没有问出心中的疑问,白子乌就已经转身离开了太常寺:"好了,就这样了,你在这里看着吧,我回去出题了。"

看着走得潇洒肆意的白子乌,苏箧衣看着手上的告示很是无奈。难道……我看起来天生就像是小厮的命?给叶濯煎药、给霍昂当鸿雁传书也就罢了,组队参赛竟然只让我负责报名!苏箧衣心中不平了半晌,最终还是自己说服了自己——罢了,罢了,反正出题的事,白子乌也不用我插手,我也算捡个便宜,这次就姑且听他一次。

太常寺的门被聚集的学子堵着,后来从里面出来一队卫兵过来维持秩序,有些对官兵畏惧的胆小者都迅速撤退,还有一些无所畏惧的则主动上前攀谈,想看看能不能获取更多的内幕。

"官兵大哥，请问这个比赛要在哪里报名啊？"

"报名？三天后才开始正式报名。"

三天后才开始报名？那我还在这里做什么，还不如到别的地方去逛逛。苏箧衣将手里的告示收了起来，转身离开了太常寺。时间还早，不如去揽云轩转转，还没有见识过晚上奢靡香艳的揽云轩，今天晚上没什么事，不如就在揽云轩多待一会儿吧。

苏箧衣从太常寺离开后慢慢悠悠地去了揽云轩。

时间把握得很好，到揽云轩外，正赶上天际大片火红的残阳与一望无垠的江水相接，既让人生出一股子悲壮苍凉来，又不得不感慨这独好的绝美景象。待残阳尽数没入水中，苏箧衣才意犹未尽地进了揽云轩，在一楼寻了个清静的地方，点了一壶清茶。

她的位置靠窗，只要略微偏头，便能够将江天一色的夕阳美景尽收眼底。

揽云轩此时正在开门迎客，是一天中最热闹的时候。房间里的丝竹之声也不再是上次听到的清雅之风，反而多了几分缠绵和暧昧，更像是靡靡之音。不少锦袍的公子少爷，相互在大厅见礼，又各自进了早就包下来的包厢，清雅的女子抱着琵琶、瑶琴等乐器鱼贯而入。

待到夜色渐浓之后，江边两岸竟然点起了大红灯笼，将江水照映得越发缥缈出尘。之后，从揽云轩的后面不断有小船或小画舫泛于江上。

京城名流权贵之间的笙歌艳舞这才刚刚开始。

苏箧衣在揽云轩一直坐到戌时，才心满意足地起身离开。其间因为她的位置隐蔽，又是在最便宜的一楼，所以有些国子监的公子、少爷之流的同窗并未发觉她。一直到苏箧衣结账准备离开的时候，才和几个恰好有事离开的同窗打了照面，三两句匆匆寒暄过后，苏箧衣走出揽云轩的大门，望着灯火通明的京城夜色，心中一片清明。

三日后，苏箧衣再次来到太常寺，因为上次被白子乌"一锤定音"拉了做凑数的队友，所以苏箧衣今天是专程来跑腿报名的。苏箧衣是用过午饭后到的，不出她所料，太常寺门口果然又早就挤满了跃跃欲试的学子。

来的路上，苏箧衣恰巧碰上了同窗的时雨苁和魏千行。

时雨苁身材高瘦，穿月白色麻布长袍，眉目入鬓，身上不像其他学子那般是檀

第三案 飨盛宴

香或墨香味，反而多了几分庙宇之间的高香味。魏千行身材略矮，方脸爱笑，对谁都亲热得如同亲兄弟。

魏千行率先上前和苏箧衣打招呼："苏公子，你也要参加这个征集？我还以为你只爱看律法奇闻，对这些事没有兴趣。"

苏箧衣看着从另一条路上结伴而来的两人，朝他们抱拳浅笑："是魏兄和时兄啊！我确实没什么兴趣，只是——恰好参加。"

魏千行走过来后前后张望了一番，面带疑惑："苏公子，你的搭档呢？"

不用找了，白子乌那个家伙逮住了我给他跑腿，又怎么会来这里亲自报名呢，哼哼！

苏箧衣心中嘀咕完，朝魏千行笑眯眯道："是白子乌。我则是负责专门给他跑腿的……"

魏千行一听白子乌的名字，啧啧艳羡："竟然是白子乌！我要是能和白子乌搭档……"魏千行的话最后消失在嘴中，他侧头朝时雨芨一笑，"幸好雨芨也很厉害！我也负责跑腿就好了。不过说起来，太常寺这边应该不会有什么有用的消息了吧，想摸清对手情况，还是要多去写意阁走动走动。"

写意阁？写意阁不是京城有名的书店吗？听很多人都提到过呢……好像孟愈他也曾经提过，苏箧衣笑了笑，"多谢魏兄提点了。"

就在魏千行还要说什么的时候，时雨芨淡声插话："快点报完名还要回去准备题目呢。"

魏千行朝苏箧衣抱歉地笑了笑："苏公子，咱们快走吧。"

太常寺门口等着报名的人排了足足两条长队，苏箧衣和魏千行、时雨芨足足排了半个时辰才终于把名报上。这期间，魏千行充分展现了他超长的社交能力，几乎站在前面排队的大半学子，他竟然都能叫得出名字，搭得上话。反倒是时雨芨，面色一直沉着，周身散发着生人勿近的气息。

苏箧衣排队的期间，观察了二人一番，只觉得这俩人竟然能够搭档，也是蛮神奇的。

报完名苏箧衣便要回客栈继续温书，结果魏千行拉着苏箧衣，热情地邀请她一块到写意阁去打听打听比赛的小道消息。

"魏兄，我真的不去了。"苏箧衣拒绝。

"去吧去吧，反正你回客栈也没啥事，咱们还能顺便去揽云轩赶个夜场。"魏千行拽着苏箧衣的胳膊不放。

"可是……白子乌说他负责出题,其实之后没我什么事了,所以——"苏箧衣还想拒绝,对于魏千行身边站着的全程冷脸的时雨苁,她一点都不想靠近。

"苏兄,这就是你狭隘了吧!就算不是为了比赛的小道消息,也可以去探听一下科考的事啊!距离科考开始就剩半个月的时间了,主考官是谁,最近圣上更关注哪方面的政事……这些说不定都能在写意阁打探出来的!"

科考的事?

说起来自己最近虽然一直在温书,倒真的是没有关注这些……既然这样的话,那还是去一下吧。苏箧衣被魏千行说服,跟两人一块去了写意阁。

写意阁的历史由来已久,据说其背后的东家是历代大周最有名的贤臣逸士,所以写意阁中的书籍种类丰富,尤其是时政类的参考书目每三年都会更新一次,每一朝都有不同的典籍重新收录该朝真实的史料。写意阁坐落在皇城边上,可谓是实打实的天子脚下。

山庄式的建筑风格,不同的院落展示售卖的是不同类型的书籍。每个院落之中都辟有三四间空闲的房屋供在这里休息的顾客看书、饮茶。

苏箧衣三人到写意阁后,马上便有小厮将三人迎了进去。

"看三位书卷气十足,想必是来看科考相关的书目的吧?"

"你这小厮眼力倒是毒辣!"魏千行哈哈一笑。

三人被带到了写意阁最外面的一处大院子之中,院落正堂是三间大开着门的书屋,里面摆放着各式各样的参考书。

"三位里面请。"小厮引着三人入内,"两侧还有休息读书的地方,三位可以慢慢看,等离开的时候小的再来为三位服务。"

没想到写意阁的布置这样独到,倒是和其他的书店不同。不过这么大的屋子里面密密麻麻都是书,真是让人兴奋啊!说起来好像我也好久没有添置新书了,干脆今天多买几本好了。苏箧衣和魏千行说了一声,便自己先进去挑选用得着的书籍去了。

魏千行见苏箧衣神色轻松越发感慨,和白子乌一组就是不一样啊,苏公子看起来一点都不急着翻书找典故。再看时雨苁,在苏箧衣离开的同时也转身离开,朝着另一边走去,很快就埋首于图书之中。

魏千行两边望了望,也不知道想到了什么,最后选择了苏箧衣过去的方向,

103

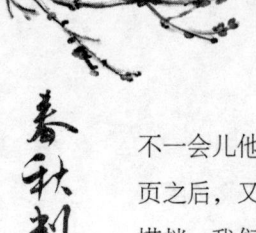

不一会儿他又出现在苏箧衣身边，随手从书架上抽了一本书，魏千行随意翻了两页之后，又和苏箧衣攀谈起来，"说起来苏公子你真是好运气！有白子乌这样的搭档，我们这些想要借此出名的学生简直没法和你们比——白子乌可是丞相计家的亲戚啊！"

原本认真看书的苏箧衣愣了一下，她抬起头看了一眼魏千行，忍不住心中嘀咕：没想到白子乌竟然有这种背景！怪不得那么狂傲。

不过是真的吗？以前我可从来没听说过。

魏千行见苏箧衣只是看了自己一眼并未回话，再接再厉地道："文赋比赛这件事，他大概太想夺头名，所以才去丞相府走动，因此被人看见了——不然大家还真的不知道。"

拜访丞相府被人看见？不少人都去过吧。苏箧衣心中思量了一番，倒觉得白子乌那种人，怎么都不像是能够去祈求人情。她有些迟疑地开口："也许他是有其他的事呢？"

魏千行轻嗤了一声："不信？苏公子你可以自己去丞相府问问，而且我觉得说不定还能遇上白子乌。"

没想到魏千行知道的竟然这么多，看来能参加科考的每个人都不容小觑啊。他将白子乌的事这么直白地说给自己听，到底是真的纯好心还是也有自己的打算呢？如果他说的都是假的还好，但如果是真的……看来我还是要抽空去丞相府看看。

这次的文赋比赛虽说是为了柳城公主的游园会添砖加瓦，但谁知道太常寺有没有把这个文赋比赛的事情严肃对待呢，万一要借机整治不当竞争，被牵连可就不好了。

在写意阁选了十来本新书，苏箧衣和小厮写了客栈的地址，让他派人送回去。自己则趁着还有时间，一个人绕去了丞相府。原本苏箧衣心中是一百个不相信白子乌会做走后门这种事的，但是耳听为虚，眼见为实，事实便是，她前脚刚到丞相府，后脚就看到白子乌从另一边进了丞相府的侧门。丞相府资历不浅的管家亲自出来迎接的白子乌。

苏箧衣蹲在丞相府对面的一条小巷子边上，没想到魏千行的消息竟然是真的，这真是不服不行。今天我就在这里等着白子乌，一会等他出来了，要亲口问问他到底是怎么回事才行。如果他真的是去走后门了，那我苏箧衣就算是被太常寺的那些高大威武的士兵打板子，也要去把今天的报名取消掉。如果不是，那我心中也稍定几分，下次再碰上魏千行也能有话可说。

白子乌进去的时间并不长，不过两盏茶的工夫，白子乌就出来了，依旧是那位管家亲自笑眯眯地将他送了出来。白子乌像是很不耐跟在自己身后的管家，也不等管家说完话，他就摆摆手大步从丞相府门口出来了。

一直到白子乌经过这条小巷，苏箧衣才找准时机，伸手将白子乌拉进了巷子里。

"苏箧衣？！"白子乌被人拉了一把，先是心中疑惑，等看清楚拉自己的人是苏箧衣后，他挑眉面露不悦地看着苏箧衣，"你怎么在这里？文赋比赛的规则你搞清楚了吗？那些题目什么时候上交？"

明明是我来找你兴师问罪的，为什么现在总觉得场子又被白子乌抢走了呢？苏箧衣心中诽腹，还是听话回复道："从报名之日起就可以上交了，十三日截止，然后十四日审核并公布结果。"

白子乌掏出几份折好的纸张递给苏箧衣："正好我带着这些题目，你尽快去太常寺交了吧。不过审核是什么规则？太常寺那些家伙不学无术，恐怕到时也是有眼无珠。"

这么快就出完了？

苏箧衣有些狐疑地接过白子乌递过来的题目："审核是这样的——每组的百题中抽取十题，匿名张贴在太常寺外，只要看过的人都可以去领取票纸投票。最后票数最高的人优胜，太常寺最后会从所有票数高的组别内选题。"

"听起来还挺公平的，难得我还让舅父帮我盯着点，别让什么人做手脚。"白子乌罕见的没有再奚落嘲讽太常寺那群不学无术的家伙。

"没想到子乌兄还颇有好胜之心。"

原来他到丞相府不仅不是走后门，而且还要杜绝别人走后门！

苏箧衣原本想要问的事有了答案，便不再纠结。她的注意力放到了白子乌给自己的题目上，不知道白子乌都出了些什么。

白子乌挑眉，周身尽是化不开的狂傲之气："我有实力，就应得。只是还要费些心思确保公平，美中不足啊。"

苏箧衣连连点头："是啊，是啊！这世道有时候，也不是有实力就能万全的。"

白子乌轻哼一声："世间自有天道——靠着投机取巧、阴谋暗算得到的东西，总有一日要加倍奉还。"

第三案 飨盛宴

没想到白子乌虽然看起来狂傲，竟然也相信天道公平，看来他这个人除了狂一点让人不喜外，其实也蛮可爱的嘛，苏箧衣忍不住赞叹起来："说得好——凛凛有道君子哉。"

白子乌瞥了苏箧衣一眼，并未因苏箧衣的夸赞而欢喜："本来世之常理就该如此，为何如今做到常理，却该让人惊叹夸赞？江河日下！"

这个人真是的！夸他都不行……这人还真是……算了，既然他没有走后门，我此来的目的也就完成了，还是早点回客栈等着收我的新书吧。等明日再去太常寺把他出的这些题目集子上交了，我这跑腿的差事也就应该可以圆满卸任了……苏箧衣心中暗自嘀咕。

回到客栈，正好赶上写意阁来送书的小厮。看着自己又收的新书，苏箧衣心情愉悦，回到后院和表妹匣玉一起用晚饭的时候，不由得多吃了两碗。

"表哥，我看你这几日经常出去，都去了什么地方啊？"匣玉给苏箧衣夹了一块红烧肉，讨好地看着苏箧衣，想要从她口中知道一些京城不一样的趣事。

"就是在揽云轩和写意阁。"苏箧衣完全没有接收到匣玉的信号，她的目光全都放在了碗边的新书上。这本书是三年前的状元编纂的学习笔记，里面很多要点都总结得非常到位。苏箧衣被书中的要点迷住，甚至连菜也不夹了，只机械地将碗里的米饭往嘴里送。

突然，眼前的书被一双纤纤玉手抽走了。

"表哥！"匣玉嘟囔着嘴，面带怒色，"你白天出去上课就算了，晚上回来也不陪人家说说话，你不知道我在客栈很无聊吗？"

苏箧衣皱眉，对匣玉的无聊实在不能感同身受。

"姑父前两天的来信你也不回，一直拖拖拖，你让我怎么和姑父交代。"匣玉说着就要抹眼泪，"就应该听我的，跟姑父一块回江南老家，现在正是江南好时候，如果是在江南——"

"停停停！"苏箧衣认错告饶，"表妹我错了，你刚刚说要给老爹回信是吧。你稍等片刻，我这就去回啊！"苏箧衣将自己的手解救回来，一边朝匣玉赔笑一边往外退，等到退出房间后，长舒了一口气，"也不知道老爹到底为什么要让匣玉跟我一起来京城，不会是专门派匣玉来管着我的吧！或者说匣玉其实是老爹的小眼线？！"

苏箧衣叹息一声，迅速遁回自己的房间。

回到房间后，苏箧衣本想继续看书，更衣的时候突然想起来白子乌交给自己的题目，心中的好奇又陡然升起，苏箧衣打开了折好的几页纸，粗略看了一遍后，苏箧衣忍不住大声惊呼，这白子乌不愧是越州才子，果然是博学多才，对经史子集的熟悉程度，怕是明经科也不在话下！至于他引用的典故，她平时读书都没注意过，其中还有一些少见的民俗习惯。

其中有一道出自《逍遥游》的题目，竟是考大椿以三万两千岁为一年。

若是常人，大概只记得之前的名句吧。

他甚至还问到了流觞曲水的起源，若非博学，真不知这原本和祭祀有关。

苏箧衣又忍不住细细地从头认真地看了一遍题目，竟然有小一半的题目自己都没有听说过。原本看书的念头放弃，苏箧衣干脆翻箱倒柜寻找出处，一直到后半夜，才堪堪将白子乌这一百道题目的答案和出处校对完。

"白子乌的才学，怕是我再寒窗苦读十年也有所不及吧。"苏箧衣悻悻着将题目重新收好，"幸好我志在刑狱，不然若是同居朝堂，争夺丞相的位置，想必都不用开战，就能被白子乌轻而易举地踩在脚底吧。"

苏箧衣带着对白子乌深深的敬佩入睡。

第二日，苏箧衣依旧是上完上午的课后，下午去太常寺交题目。今日太常寺门口恢复了清静，之前上百的学子挤在一起的盛况没有了，有的只是零星的几个人在报名。

苏箧衣一路畅通无阻地到了交题目的地方，意外地发现正在那里交题目的竟然是魏千行！而魏千行显然也很快就发现了她，"苏公子这么早就来交试题了？"

苏箧衣看了一眼登记本，上面竟然已经有不少小组交了题目："我倒是不觉得很早，大家不也都交了吗？难道还要压着期限上交？"

魏千行耸耸肩："也对，什么时候交，对你们都无所谓——此番头名，你们已是志在必得了吧。"

苏箧衣没有正面回答魏千行的问题："既然参加了比赛，那就要全力以赴。不过，肯定没有魏兄说的这么肯定——"

魏千行一派笑意，目光中带着几分深意，看着苏箧衣，压低了声音道："有丞相替你们打点，还有什么不确定么？可是都有人看到你和白子乌出入丞相府了……

有人都已经心灰意冷,要弃权了。"

明明就是魏千行建议我去丞相府,以小心白子乌做些不当之事,如今却成了我和白子乌一同托人情?如今看来,他口中所谓的流言,只怕也是自己放出去的吧。看来这才是魏千行昨日和自己说那些话的真正目的,这一招下来,不仅让我和白子乌多了作弊的嫌疑,更为他们扫清了许多劲敌……看来这魏千行素日里笑眯眯的,其实也是个深藏不露的笑面虎啊!

压下心中的揣测,苏篋衣不卑不亢,面色一派沉静:"魏兄说笑了,这题目最后是要过柳城公主的眼,谁敢乱来?何况公道自在人心,在下也信得过子乌兄的真才实学。"

见苏篋衣一本正经,说话的语气也严肃而带着几分警告,魏千行目光收敛了几分,笑意却是不减:"苏公子这么严肃做什么,在下只是提醒你小心流言罢了。投票之日,这些题目都要张贴投票,想要作假也是难事。十四日投票之日,参赛的组别每隔一个时辰,可以查看一次自己的票数。到时苏公子别忘了来太常寺。"

苏篋衣躬身谢过魏千行:"篋衣在这里就先预祝魏兄、时兄取得好成绩了。"

第三章
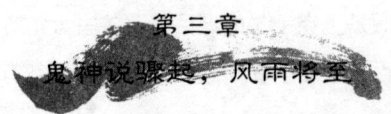
鬼神说骤起,风雨将至

征集比赛的事随着题目交上去后告一段落,苏篋衣的生活重心再次回归到国子监中。就这样又上了近十日的课后,国子监需要夫子讲解的课程差不多都结束了。剩下的距离科考不到十几天的时间,则留给学子自由支配,可以留在国子监按照上课的时间正常温书,有什么疑问就到隔壁去找夫子询问。但想要夫子主动指导,则想都不用想了。

不过因为每日继续到国子监正常上课的学子比较多,所以夫子专门指派了两名监管秩序的学生,负责维持教室里的秩序,给在这里温书的学子创造安静的条件。当选的两名学生都是刚正不阿、性格略有几分古板的人,只要有人迟到,一般都不会再允许你进去,只能明日早来。

偏偏,就是这样的人,在他们面前,竟然也能有意外。

而这个意外，就是时雨苁！

这日，时雨苁又迟到了，他匆匆进来，由于座位在后面，所以一路走过去的动静不小，很多人都抬起头，略有皱眉地看了他一眼，时雨苁走到自己的座位上朝众人略一作揖："在下今日又来迟了，抱歉中途打扰了大家。"

看着这个同样出身越州，来自云家书院的时雨苁，苏箧衣面露几分不解，也不知道他到底有什么特殊，竟然能让那两位同窗每每破例放他进来。苏箧衣想了一番没有什么思绪，正准备继续埋首书中苦读的时候，坐在苏箧衣隔壁的魏千行却突然往她身边挪了挪，小声道："苏公子这一脸疑惑的样子——你是不知道雨苁去做了什么吧。那可是正事中的正事。"

苏箧衣侧头看了魏千行一眼，也不知道这家伙这么好心是又有什么阴谋，不过她还是接话问出心中的疑惑："什么事能坏了国子监的规矩？"

魏千行笑了笑："你初来京城，又是第一次科考，不知道是应该的。传言有考生名落孙山，失意自尽，化作冤魂，每逢科考之年，就要带走几个考生性命。"

苏箧衣撇撇嘴一脸的不相信："若是如此，那真是恶鬼——只是这种事，是真的吗？"

魏千行越发正色，声音更低了几分："你来之前，国子监内曾有学生自戕，据说就是被鬼附身。如今还在养伤，今年的科考肯定是完了，不过好歹留了性命。"

这也太神乎其神了吧？孔子曾经说过，子不语怪力乱神！这样的事，与其说是鬼神所为，我更愿意相信是这位学生压力太大，苏箧衣将自己的想法说了出来："应该是因为压力过大吧。"

魏千行摇头，脸上竟然多了几分惊恐的神色："你这是没见当时的情景罢了！那可是连夫子都提心吊胆的大事呢！正是如实，恰巧时家是江南郡有名的修道世家，时雨苁虽是科考，却略通驱魔之术。他姗姗来迟，想必方才又是在这里发现了什么不干净的东西。"

略通驱魔之术？

苏箧衣偷偷看了时雨苁一眼，他已经摊开书认真复习开来。

"时雨苁就是赶在那些'不干净'害人之前，前去收服了？如此说来是保护了所有同学……怪不得大家都很敬重他，就连那么古板的两位同窗也能给他大开方便之门。"

魏千行手里多了一个香囊，递个苏箧衣让她仔细看看："不止如此，他还会给

第三案 饕盛宴

同学一些护身的东西，比如我这个香囊。不过他说此物制备极其麻烦，原料难得，不是每个人都能送的。我记得你是孟大人举荐入的国子监，进京之前又曾在越州见过云以游，应该和他关系不错吧，你也向他去要一个吧。"

云以游倒是跟我提过白子鸟，但是时雨苌？他来自云家书院还是到国子监之后才听人提起的。不过既然魏千行这么说了，肯定不会是空口说白话，看来时雨苌应该也和云家有联系了。苏箧衣脑海里飞快地捋了一遍魏千行话里的信息，这才接了一句："我倒是不信这些……"

魏千行撇撇嘴，对苏箧衣的反应有点不满："你们这些人，自以为心思清明，却不知正是被迷了心窍。不过时雨苌若是给你什么，怕被别人看到了不好，别在国子监内和他搭话，他常去明月楼，你去那里碰碰运气吧。"

苏箧衣看向魏千行，他的手里还拿着刚刚给自己看的香囊……怕被别人看见了不好，自己却大庭广众地给我秀自己的香囊，这人真是还……不过虽然自己并不在意这个什么香囊，不过关于闹鬼的事，也不排除有什么人为因素吧，如果有机会遇到时雨苌，还是找机会好好问他比较好。

本以为话题可以这样结束了，没想到魏千行竟然又啧啧赞叹道："时雨苌自己也要科考，却每每耽误自己的时间被除鬼魅……就连夫子对他也是赞赏有加。"

原来时雨苌迟到的事夫子也知道：可是竟然还会赞赏他？！他明明是违反规则了！且不说是不是真的去祓除鬼魅，时雨苌此人平日里看着面沉如水，不爱和人搭话，但没想到本质竟然是如此的……心思活络。

择日不如撞日，苏箧衣和魏千行结束谈话后，心中便暗暗决定傍晚就去明月楼碰碰运气，看看能不能遇到时雨苌。因为心中装了事，所以苏箧衣的复习质量有几分下降，最后她干脆合上了科考的复习资料，转而看起了一本从写意阁新买的近三年的刑狱案倒录。果然还是和案子有关的内容更吸引自己啊，苏箧衣暗暗感慨，很快便投入其中，一直到日落黄昏，身边的学子走得都差不多了，有人见苏箧衣还埋首在书里，才过来提醒她。

"苏兄，你还不走吗？"

苏箧衣从书本中抬起头来，这才发现窗外的天色已经暗了下来，合上书伸了个懒腰："没想到时间过得这么快，竟然都天黑了。"站起来和提醒自己的学生一起离开了教室，"兄台，多谢啦！"苏箧衣和对方在国子监门口告别。

她左右看了一眼，最后朝着东边走去，明月楼正在国子监的东边。

明月楼是除皇城塔楼以外,京城第一高楼,从最顶层可以俯瞰京城。虽然主要做酒食生意,但因其层层叠进的独特设计,以及盛京城史无前例的高度而闻名大周。但凡来明月楼的人都想要到明月楼的最高楼——观星楼一游,只可惜明月楼每高一层,接待客人的档次便高上一分,传闻明月楼的最高楼观星楼只有景康帝以及当时陪同景康帝的贴身近臣上去过。至于有没有和老板关系好,偷偷上去体验的就不好说了。

云以游一到明月楼,就闻到扑鼻的酒菜香味,十分诱人。果然是盛京第一楼,除了楼高之外,其他地方也优秀得无可挑剔了。苏箧衣一进去就有小厮迎了过来,她一边应付小厮,一边在一楼的大堂之内搜索起来。时雨苠会在哪呢?依着他的性格,虽然看起来孤僻深沉,但办的事其实又是打破规则和引人注目的,这样的人,真实的性格其实应该是张扬的吧……那他应该会选一个大家都能看到又不会太庸俗的位置。苏箧衣按照自己的揣测,果然在靠西边的一处宽敞的长桌上见到时雨苠。

"我看到了同窗,先过去打个招呼,一会儿再喊你点菜哦。"打发了小厮,苏箧衣快步走到了时雨苠身边,脸上摆出惊讶的表情,"雨苠兄,好巧啊!"

时雨苠抬头看向苏箧衣,面上闪过几分惊讶和隐晦的打量。不过他的反应很快,下一秒便挥了挥衣袖,邀请苏箧衣一块坐:"是苏公子啊!没想到你我今日竟能在这里遇见。"时雨苠给苏箧衣倒了一杯茶,目光若有所思地看过来,"苏公子你能得云家家主赏识,在下早就想与你深交,只是在国子监内你都是埋头苦读,在下当真不好意思打扰。"

苏箧衣接过茶水呵呵笑道:"哪里!哪里!明明是时兄在国子监里忙得很,在下不好意思攀谈。"她一边说一边观察时雨苠的面色,试探着继续道,"说起来,今日见到雨苠兄,箧衣正好想借机问问国子监闹鬼的事。"

时雨苠端着茶杯的手顿了一下,目光轻飘飘地在苏箧衣脸上瞥过:"闹鬼的事?原来苏公子也在担心这件事么?在下会做辟邪的香囊,只是今日没带在身上——改日在国子监送与你好了。"

没有说闹鬼的事,是故意避开了还是真的不知道什么所以无话可说呢?

苏箧衣不动声色向他道谢:"那真是多谢了——只是除了佩戴香囊,还有什么做法,能防止被鬼魅附身加害?"既然他不愿意谈闹鬼的内情,不如就从解决的方法上问得详细些,不知时雨苠会如何回答,会不会露出破绽。

时雨芨多看了苏箧衣一眼，对苏箧衣的问题表现得很有兴趣，认真地给苏箧衣解释了起来："科考之时，人自然会紧张，生出许多负面情绪——这便是引得鬼魅上身的根源。除了佩戴辟邪之物，保持心思清明，才是最重要的。"

把考生的压力和鬼魅联系起来了吗……倒是自圆其说，就算想反驳，也会被"信与不信"这种借口堵回来。时雨芨造这种势，想做什么？

苏箧衣心中暗暗思量着。

时雨芨像是未察觉苏箧衣的沉思，又道："其实最危险的还不是国子监，而是这明月楼。在下时常来这明月楼，便是想找到鬼魂的根源。"

苏箧衣挑眉目带疑问地看着时雨芨："雨芨兄这话的意思是说闹鬼一事的根源其实是在明月楼？但明月楼是盛京除皇城塔楼外最高的楼了，若是鬼魅在明月楼作祟，那妖气岂不是已经笼罩了整个京城？"

时雨芨低低叹息一声："都说'望断明月楼，一跃解千愁'，那个恶鬼最初就是在明月楼坠楼自尽。而后被害的学生，也都是在明月楼丧命。"

如果真的有鬼，那明月楼竟然能开到今天，也是真了不起了！

苏箧衣小声嘀咕了一句。

时雨芨却板着脸正色道："商家运作之事，自有其中规矩，不是你我这些读书人需要知道的。"时雨芨说完顿了顿，目光看向大堂里来来往往的人，语气里带着坚定的正义之气，"在下来这明月楼，只想祛除妖魔，救人性命。若是坐视不理，此恶鬼吞噬活人，道行高深，恐怕真会——以明月楼的高楼为据，在京城散布鬼气。"

苏箧衣压下心中的质疑，一脸崇拜地看向时雨芨："时兄当真责任重大，箧衣敬佩不已。"

时雨芨："不敢不敢，分内之事。香囊一事在下明日去国子监的时候便给苏公子带过去。"

苏箧衣作揖再次向时雨芨道谢："那就明日国子监再见了，在下再次谢过雨芨兄了！"

和时雨芨告辞后，苏箧衣便离开了明月楼。明月楼高昂价格的菜单，对于苏箧衣这种有个不靠谱的辞官的老爹的穷苦学子来说，实在是太奢侈了。比起在明月楼享一顿口腹之欲，还不如省下银子，去揽云轩多喝几杯茶，看一会儿风景来得有趣。

从明月楼回客栈的路上，刚好会路过揽云轩。苏箧衣原本计划着进揽云轩坐一会儿，结果都到了揽云轩门口，才发现自己钱袋里没有银子了……还是就沿着江边走一走，看看风景随便逛逛就回去吧。

苏箧衣默默地安慰自己，抬脚准备继续往前走。

"哟——这不是那个苏、苏箧衣吗？你不好好准备科举，跑来这里做什么？"一身绛紫色锦袍，手拿玉扇，头戴宝冠的叶濯步履慵懒地从街边一辆马车上跳了下来，他朝着苏箧衣站的地方走过来，身后跟着几个沉默寡言的侍卫。

叶濯走到苏箧衣身边后，啧啧打量了她一番，一脸嫌弃地用余光看着苏箧衣："想要玩乐的心本王也不是不理解……只是你孤！身！一！人！前来，也未免太可怜了吧。"

没想到今日竟然在这里遇到了叶濯，只是原本遇到叶濯的激动心情，已经在叶濯开口的瞬间消失得无影无踪……这个傲娇的家伙说起话来还真是一如既往的毒舌，真让人不愿意搭理他！

苏箧衣认命地默默叹息一声，毕恭毕敬地上前给叶濯行完礼后，才故作一脸忧伤地道："是啊是啊我也好同情我自己啊——在这揽云轩门口徘徊良久……进去呢，人家都是成双成对三五成群。不进呢，逡巡于此，更显孤独。末了，还要被同是孤！身！一！人！的您嘲讽。"

叶濯眉毛上挑，不仅没有生气，看上去心情还很是愉悦，他好说话地看着苏箧衣道："既然你这么惨了，本王就稍微发发善心，考虑和你吃个饭好了。"

苏箧衣翻翻白眼，想到自己空空如也的钱袋，视死如归地道："回七爷的话，在下实在没钱，准备今晚吃西北风呢。"

苏箧衣的话音刚落下，两人的身后突然冲过来一个衣衫褴褛的小男孩，他直直地撞在苏箧衣的身上，然后又转了个弯，迅速离开。苏箧衣被男孩撞得浑身一晃，还是叶濯好心伸手拉了她一把，才勉强站住。

"现在的孩子真是的，走路应该小心一点啊，要是摔伤了怎么办？怎么都这么冒失呢——"

苏箧衣的碎碎念还没说完，就听到叶濯的冷笑声："起码人家比你聪明。"说着目光瞥了一眼苏箧衣的腰间，苏箧衣一时没有明白叶濯的目光到底是何意，"被撞的人是我又不是你，怎么感觉你比我还生气呢？再说，您又拐着弯说我笨，我招您惹您了？"

叶濯看着苏箧衣嫌弃的目光更加赤裸起来，脸上的笑意也更大，他答非所问地

· 113 ·

继续说道:"在揽云轩门前也敢这般放肆,看来本王是该找找京兆尹了。"

苏箧衣一脸懵,京兆尹不是负责盛京治安的吗?我只是被撞了一下,也值得麻烦京兆尹?不!?不对,是有人在揽云轩门口撞了个人,也值得兴师动众地找京兆尹?七爷就可以任性吗?

见苏箧衣还是没有意识到刚刚那个男孩的目的,叶濯最终还是无语地给她解惑:"苏箧衣,睁大你的眼睛看看你的钱袋还在吗?"

钱袋——不见了?!

苏箧衣终于明白叶濯刚刚一系列的反应是怎么回事了。下一刻突然想起来钱袋里面根本没有银子,不由心中窃喜……然而这份喜悦很快就被下一个认知淹没,刚刚那可是个孩子,这么小出来做偷盗之事,不是从小孤苦无依,应该也是家境艰难吧!

苏箧衣不由轻叹一声:"若是里面有些零钱倒好了。"

叶濯一脸见鬼的表情:"苏箧衣,像你这种立志入职大理寺的人,竟不想着惩处这种行为还同情起小偷了?"

苏箧衣摇摇头:"我爹常跟我讲,刑律的存在不在于惩罚,而在于惩戒——虽说要让违法者付出代价,但根本目的是让罪犯和他人不敢再犯。因此,违法行为的危害性和判刑的震慑力,是量刑时候都要考虑的。这些孩子的行为……只是谋人身上所带零钱,危害性小。而且就算是再怎么惩罚,只要他们吃不上饭,穿不起衣,就还会再犯。这固然是纵容和伪善,可是律法毕竟,只是最后的那张网啊。"

叶濯意外地发现自己竟然有几分认同苏箧衣的话,他有些不自在地清了清嗓子:"难得听你说点有道理的话。不过你毕竟也是丢了钱袋……去揽云轩吃饭记我账上就好了。"

叶濯这种霸道多金的属性,有时候其实也蛮可爱的!尤其是在他说可以记他账的时候,这应该就是和土豪做朋友的感觉吧。苏箧衣心中升起了一股欢欣,看来今日真是塞翁失马,焉知非福啊。

"还不跟上!"叶濯率先进了揽云轩,见苏箧衣还站在原地发呆,语气不善地喊她。

苏箧衣回过神来应了一声,亦步亦趋地跟在叶濯身后。

叶濯径自上了揽云轩的三楼,果然是专门的包厢和已经准备好的饭菜。看来叶濯虽然名声纨绔肆意,但在盛京还是很吃得开的,尤其是这种等级划分很清晰的地方，叶濯能够有这样的待遇和服务，足以看出叶濯的身份地位。

苏箧衣忍受着饭桌上时不时抽风挑剔的叶濯，倒是借机品尝了一顿平时自己很难尝得到的揽云轩的大餐。等到吃饱喝足，又在叶濯跟前"伺候"了一会儿，叶濯难得好说话地早早放了苏箧衣回客栈。

和叶濯告别后，苏箧衣在回去的路上不免想到了孟愈。

自从进京之后，好像一直都没有再见到过孟愈了。都说他是天子近臣，想必每日都很忙吧！也不知道什么时候有机会再见到……苏箧衣心中平添了几分惆怅。

第二日，苏箧衣依旧到国子监去温书。今天时雨茇竟然没有迟到，甚至比自己来得还早。苏箧衣一进教室就注意到了正在和别人说话的时雨茇，也不知道他还记不记得香囊的事。苏箧衣这边念头刚刚想起，时雨茇竟已经结束了那边的聊天，手里拿着一个香囊，递给了苏箧衣："苏公子，这是香囊，你且收好。"

苏箧衣连忙接过，认真地欣赏了一番后连连道谢："时兄竟惦念若此，箧衣真是不知如何道谢才好。只是国子监里大家都有了么？若是还有人没有分到，是不是先给那些压力比较大、容易被附身的人比较好？"

时雨茇浅笑一声："苏公子真是善良之人，若是如此，鬼魅也会怕你三分。不过不必担心，科举将近，此事耽搁不得，我已经赶制足够香囊，分给大家了。"

苏箧衣继续拿着手里的香囊，故作好奇地追问："这个香囊，很难制作吗？"

时雨茇不疑有他，浅显地给苏箧衣解释了几句："香囊只是在布店买的小玩意罢了，关键是里面的符灰——做辟邪的符咒很费心力。烧化成灰这个步骤，也有很多要在意的地方。"

苏箧衣连连点头一副受教的样子："竟是如此……想必时兄此番，已是建下大造化了。"

时雨茇客气了两句，便回自己的座位上温习功课去了。

苏箧衣坐到自己的位置上盯着手里的香囊发呆。

虽然嘴上对时雨茇很是恭维，但鬼魅一事，还是觉得有很多蹊跷。有机会的话，还是应该好好查查到底是什么在装神弄鬼，这背后又有什么目的……现在国子监的人，无论是夫子还是学生，大部分都好像已经被时雨茇洗脑了，看来科考的压力让考生们的心理变得更加脆弱了呢。

虽然也有几个不以为然的人，但依旧拗不过大环境。看来有时间的话，还是要

再去明月楼调查一番，只是听时雨茨的意思，他最近应该都会在明月楼寻找恶鬼，如今他风头正盛，看来要先等一等了，等他折腾完了，在秘密去明月楼调查一番吧！

苏篌衣心中暗暗下定了决心，平日里便也开始有意无意地留意和明月楼以及闹鬼有关的信息。

第四章

九月十四日，诗词文赋征集赛投票最后时限结束，比赛进入了最终统计阶段。几乎是算着时间，第一轮票数出来的时候，太常寺门外已经被赶来的学子站得满满当当。就连从报名开始就没露面的白子乌，今天也早早就出现在太常寺，并在苏篌衣到了之后将她喊到了身边。

这会儿，苏篌衣和白子乌就站在离榜单最近的地方，两个人的票数目前是最多的。苏篌衣心中真是激动，不过转念一想，光是白子乌那一百道引经据典、大部分连自己都不知道的题目，就绝对能够碾压众人了。一直到午时过后，眼看着最后一轮的票数更新结果就要出来的时候，唱票核对数据的地方突然传来一阵哗然。

白子乌皱着眉头，并未抬头去看。

反倒是和他一块的苏篌衣，好奇地凑了过去，然后就看到魏千行不知何时凑到了主持选拔的霍昙身边，他脸上带着笑意，眉宇间一片正气，偏偏说的话在苏篌衣听来，并没有那么地"正气浩然"："霍大人，学生因看重这个比赛，所以今日一直在投票处查看。虽说可能有些小人之心，只是还真有些特别的发现。"

霍昙的相貌要比霍昂更立体成熟几分，上唇两侧蓄着短胡子很有威严。他听到魏千行的报告，微微皱眉，目带鼓励地看向魏千行："哦？你发现了什么事？"

魏千行面露正义地扫视全场，当他的目光和苏篌衣相对时，魏千行面上竟无分毫慌张，反而朝着苏篌衣颔首，之后一派坦然地对霍昙回禀道："回大人，是刷票！学生发现，有那么三五个人，来来回回多次取票，而这些票，最后都投给了一组。当时只是留意究竟是哪一组——现在揭榜，原是白子乌苏篌衣那一组。"

霍昙皱了皱眉像是突然想到了什么："此次投票，只要投票者在票面上写下自

·116·

己姓氏就可，确实有刷票的可能，的确是我们考虑不周。我去问问分发票面的人，是否遇到有人经常来取票。"

霍昙从后面问完结果回来后，再看向魏千行的目光里便多了几分赞赏："你说得不错，发票的人确实觉得有几个人经常出现。"说话间，目光朝着苏箧衣和白子乌望了过来，"白子乌，苏箧衣，你们是否确实找人刷票？"

还不等苏箧衣有所表态，就听身边的白子乌冷笑一声："哼，栽赃陷害也做得有点水平吧？我的题目放在那里，长眼睛的人都看得出来是最好的。何况，我要找也是去找丞相帮忙，还要找几个路人刷票？"

道理是这个道理！只是这种语气太得罪人了吧？就算霍昙想直接无视这件事，现在也不可能了吧……苏箧衣此时只想扶额长叹，看来老天是公平的，给你了一个聪明的大脑之后，总会拿走点什么，所以说白子乌他从小就没有情商这种东西……果然，苏箧衣还没想好怎么给白子乌补救，就听到魏千行又给霍昙献计道："学生觉得，霍大人不如派人查看一下票面笔迹，是否有多张相同吧。就算有再多理由不做，做了也就是做了。"

霍昙点点头语气平淡地看了在场的人一眼："本官方才去询问票面一事之时，已经让他们重新验票了。"

霍昙的话一出，魏千行马上便意识到刚刚自己是多此一举了，但面上并不见懊恼，反而语带笑意地道："霍大人思虑周详，学生佩服！"

白子乌很是不屑魏千行的嘴脸："哼！"

他甩了甩袖子，就站在霍昙对面，脸上带着绝对的自信。

无形之中，空气中弥漫起淡淡的火药味，苏箧衣头大地站在白子乌身侧，想要劝他又一时不知道从何下手。

不一会儿，便有士兵拿着检验的结果给霍昙送上来，霍昙接过来一看顿时冷笑连连："结果出来了……白子乌，苏箧衣，你们的票里，确实有大量字迹相同。这回你们该无话可说了吧！"

白子乌轻蔑地扫视众人，依旧是一副目下无尘的狂傲模样："扣除那些无效的票，也该是我赢。"

霍昙皱了皱眉，并未因白子乌狂傲的语气而与他斤斤计较，只是目光重新扫过新的结果："很遗憾，是魏千行和时雨茇的组别第一。"

白子乌身体一震，原本胜券在握的脸上闪过震惊和质疑，他上前两步，像是要

亲眼看一看数据,但残存的理智幸好让他及时顿住了脚步,不过嘴里质疑的话却已经说了出来:"这绝对不可能!!"

霍昙坐在主位,面上虽官威尤甚,但在和白子乌言谈的时候,又表现出对白子乌的忍让和安抚。苏箧衣有些狐疑地看着霍昙,总觉得他此时此刻的举动,带着复杂的目的。

"你们该是第二,只是因为刷票这件事,只能取消你们的参赛资格。念在你们皆是初犯,此事我不会声张,你们的题,我也会采纳一部分。"

白子乌连连冷笑最后目光定格在魏千行身上:"不必了!我千算万算,竟不知还可以有这种肮脏的勾当——都是一群狼狈为奸的败类!"说着,白子乌拂袖而去,竟是一点面子也不给霍昙留。

苏箧衣讪讪地叹息一声,上前两步朝霍昙见礼:"呃……那个……霍大人,子乌兄他为出题目,着实耗费了不少心血。如今有些气急,您千万别在意。"

苏箧衣说话的时候目光直视霍昙,并不看他身边大出威风的魏千行。

"我知道,年少气盛,总要吃些亏才能成大事。"霍昙附和着叹息一声,对苏箧衣的语气很是和善,"只是可惜了这次,你与白子乌都拿不到名次了。"

苏箧衣本来也没想参加,有没有名次倒是没有什么关系。不过从这次比赛,倒是看出了不少名堂。

慢慢退出了人群后,苏箧衣心中暗自思量着今日的事——霍昙虽然面上表现出对白子乌处处忍让迁就,但是最终做出的决定却是将白子乌的成就狠狠地贬在了地上。霍、计两家互有姻亲,按理说他明知道白子乌是丞相的亲戚,不说寻思偏袒,也应该是力求真相才对。但今日霍昙的这一手,看似对白子乌网开一面,实则所有的好处都被魏千行和时雨苃占了去……看来这霍计两家也许并不像大家知道的那么融洽啊……又或者是霍昙别有算计?

唉……苏箧衣心中长叹一声,不管是哪一种,以后白子乌和魏千行、时雨苃的仇怕是结下了。也不知道白子乌这般心高气傲的人,会不会睚眦必报?若是他日后真给魏千行使绊子,自己倒是乐见其成——毕竟区区诗赋比赛,就能费下这么多心思暗害他人,足见品行之龌龊,日后还是少和他来往的好。

从太常寺离开后,苏箧衣本是想去劝解一下白子乌,熟料却在国子监扑了个空,据守门的小厮说,白子乌根本就没有回来。他不会直接去丞相府告状去了吧?感觉白子乌不像能做出这种事的人啊……难道是借酒消愁去了？算了算了，既然找不到，我还是先回客栈吧，明日就是柳城公主的游园会了，我还要去给霍昂跑腿送信，今天这一天折腾的，还是早点回去养精蓄锐吧！

隔日，苏箧衣起了个大早，收拾妥当后便准备出门。

不料刚出门口就被匣玉拦住："表哥，你是不是要去游园会？"

苏箧衣点头："不错。"

匣玉一脸笑意眨着眼讨好地望着她："表哥，你带我一起去吧，人家还没有见识过王府的园子呢。"

苏箧衣一脸为难，若不是要给霍昂送信，这种没什么意思的游园会她是绝对不会去的，尤其是游园会游的还是叶濯的北宁郡王府……再说如今老爹辞官，自己又无功名，表妹虽然长得不是绝美，但也出尘雅丽，万一被哪个权贵少爷相中了，自己可是没有筹码护住表妹啊。

思索至此，苏箧衣咬咬牙拒绝道："表妹你有所不知，我今日是受人所托帮忙去送点东西，送完我就回来了！"见匣玉一脸失望，苏箧衣连忙补充道："等我回来了，我陪你出去逛街可好？"

匣玉不情不愿地点点头："那好吧，表哥，你早点回来啊！"

苏箧衣连连保证，直到匣玉满意之后，才顺利离开了客栈。

今日的北宁郡王府门外停了数十辆马车，管家带着一并小厮站在门口迎接前来赴会的夫人小姐、公子少爷。苏箧衣孤身一人到北宁郡王府外的时候，碰巧旁边一辆刚到的马车停下来，从马车上拥簇着下来三四个活泼俏丽的少女，她们咯咯笑着，被管家恭敬地迎了进去。

到苏箧衣的时候反倒显得孤零零有些另类了。

不过苏箧衣手中的名帖是霍昂亲自送到的，级别却是一点都不低。管家看了一眼，马上就吩咐小厮带着苏箧衣到公子少爷聚集的地方去。苏箧衣跟着小厮进入王府后，粗略观赏了一番叶濯的府邸，一眼望去，第一感觉便是大。亭台楼阁，假山流水，视野十分广阔。

但是再往园子深处走去，苏箧衣突然发觉，这偌大的园子里，竟然很少有值钱的物件。像什么名贵的花草、珍稀的鱼种抑或是陶瓷摆件，都看起来很陈旧又或者很平常。看来云以游说叶濯穷，说得一点都没错啊。空有这么大的院子，却什么好东西都没有。

两人一前一后走了一盏茶的工夫，渐渐能够听到院子里夫人小姐的笑闹声，苏箧衣突然哎哟一声："劳驾请问茅厕在哪儿？"

小厮回头为难地看着苏箧衣："苏公子，您没事吧？"

苏箧衣摆摆手："你告诉我接下来的路怎么走便是了，我一会上完茅厕自己过去，你回去忙你的去吧。"

小厮原本想要陪着苏箧衣去茅厕，奈何苏箧衣一脸纠结，最后直言自己不习惯有人在外面，最后小厮只能详细地给苏箧衣指了路才离开。

等到小厮离开后，苏箧衣从茅厕的另一边偷溜出来，循着女眷的声音在园子里绕了两圈，终于在一处地势颇高的亭子上看到了那日的青衫女子——宁虞的身影。

见到要找的人，苏箧衣松了口气，她左右看了看，周围倒是没有其他人，果然是天助我也。苏箧衣连忙加快了脚步，准备尽快将手里的东西交给宁虞，岂料她刚到亭子脚下，旁边突然跳出来一个小丫鬟，拦住了苏箧衣的脚步："这位公子且留步——若是想去那边，可得答对这些问题才行。"

苏箧衣反应了半天才回过神来，差点忘记了，今天的游园会好像是个变相的相亲大会……男女双方想要说话，还要先考验一下彼此的才学，柳城公主就是会玩。但自己又不是来相亲的，应该不用回答问题吧："这位姑娘，在下不去那边，只是有封信要送过去——能不能劳您帮忙？"

小丫鬟翻翻白眼板着脸道："答不对问题，信也是不能送的。"

苏箧衣无奈地抬头看了看就坐在亭子上的宁虞，下次见到霍昂，一定要让他好好谢我才行！最后，苏箧衣认命地道："……问吧。"

小丫鬟手里不知何时多了许多纸团，只见她随便选了一个展开后问道："流觞曲水，游心翰墨，实为雅事。不过最初，在上巳节的这一风俗，是为了——"

苏箧衣："既在上巳节，这个风俗最初为是为祓除不祥。只是最早的起因，众说纷纭，未有定论。"

小丫鬟又挑了一个纸团展开："且听下一题——古书中云，朝菌不知晦朔，蟪蛄不知春秋。人之一生，一年为春秋。而同一篇目中提到的大椿之寿，则是——"

这不是白子乌出的题目吗？

没想到霍昙那日并不是说说，真的继续用了他的题目，只是霍昙越是如此做，白子乌怕是更加气愤吧。叹息一声，苏箧衣答道："大椿之木长于上古，八千岁而叶落，以三万二千岁为一年。故曰，八千岁为春秋。世人无朝菌之荣，徒望大椿之寿，舍本逐末，妄逆天命，不亦悲乎。"

丫鬟脸上终于多了几分笑意："公子果然博学多才，答得真是漂亮——公子可以过去了。"

苏箧衣松了一口气，若是这小丫鬟真的把手里那一堆纸团都展开来考问自己，恐怕今日的任务是完不成了。幸好、幸好都是她之前做了功课的！苏箧衣别过小丫鬟，径自沿着曲折的小路，上了假山之上的凉亭。凉亭之中，只有宁虞一人，她的面前摆着一壶清茶，手上有一册游记的书卷。

远看便已经漂亮出尘了，如今近观，更是令人心动，就连我这个'假'男人都忍不住心中小鹿乱撞了。能够同这样的姑娘订婚，霍昂真是上辈子积了大福了！

"宁虞姑娘——"苏箧衣上前两步见礼。

宁虞听到来人的脚步声后放下手上的书卷，面带疑惑地看过来。

只见她一汪秋眸浩若星子，高挺的鼻梁，小巧红润的薄唇……果然是盛京之中继宠妃霍晴后，又一风头无两的大家小姐。

"你是？"

"在下苏箧衣，受霍昂所托，给宁小姐您送一封信。"

宁虞的目光闪了闪接过苏箧衣递过来的信："是他啊。"

看着当着自己的面就拆开看信的宁虞，苏箧衣一脸无奈："呃，虽然不知道霍公子写了什么，但是您不觉得回去再看比较好吗？"

宁虞神色淡然："我二人早有婚约，能有什么事是见不得人的？"将手中的信粗略看过后，宁虞心中略微满意了几分，看来霍昂这个人，倒是比我以前想的要有趣得多。原本只是两家互利的事，之前只当是爹爹和霍大人之间利益未谈妥，所以才迟迟不将婚事提上议程，如今看来，多半倒像是霍昂这个家伙折腾的。

不愿意听从父母的安排随便娶妻，却又不敢直接来退婚。所谓的不认命，也不过是给我写了一封信。宁虞心中又浮现出淡淡的不满，她将信收好正色看向苏箧衣："只一封信算得了什么？霍昂难道不知道有什么事还是当面说清楚了比较好？！"

宁虞的语气中透露着果敢的主见和胆识，苏箧衣忍不住暗叹，看来这个宁虞，比想象中要……高冷得多啊。

宁虞见苏箧衣沉默不语，语气缓和了几分，带着几分恳求之意："不知苏公子能否帮在下向霍家带个话——廿一明月楼，我在那里等着霍公子。"

苏箧衣面露纠结！我可以说不吗？话本里的红娘不都是姑娘身边的丫鬟么！还

是我看起来真的一点主角光环都没有？罢了，好人做到底，还是一会儿帮她去霍府给霍昂送个信吧。

"宁姑娘诚意相托，在下自是尽力帮姑娘将话带到！"

宁虞见苏箧衣答应下来心中很是感激，亲自为苏箧衣倒了一杯茶："苏公子的恩情，宁虞日后定会相报！"

苏箧衣摆摆手："宁姑娘客气了。没有其他事的话，在下就先告辞了！"

宁虞身边的小丫鬟一路恭敬有加地送苏箧衣离开了北宁郡王府。

出府的路上，苏箧衣耳尖地听到有丫鬟小厮时不时地议论和惊呼——"王爷还没出现？""是啊，就连孟大人都说有事来不了了！""那今天来的那些贵女们岂不是要失望了？""谁知道呢，不过我刚去送水果的时候，偷偷看了一眼，那些国子监的学子也个个都风度翩翩！"。

叶濯不在府中？

孟愈也没出现？

柳城公主回京，为她举办的接风宴游园会，这两个怎么看都属于主角的人竟然不陪在身侧，也不知道柳城公主会不会生气。不过叶濯那个家伙傲娇又任性，明知道这是给他相亲的宴会，不来也蛮正常的，可是孟大人也没来，是不是最近朝廷上很忙？

苏箧衣去霍府的路上心里胡乱揣测了一通，最后低低叹息一声，看来到京城之后还是出去交际得太少，对于朝堂上的最新动态根本无从得知啊。还是一会儿问问霍昂啊，不知道能不能从他那里打听到什么有用的信息。

而话题中心的两个主角，此时俱在明月楼。

明月楼摘星楼，一张巨大的软榻之上，一青丝散落的男子斜靠在上面，手上端着一杯酒，面上微醺，但目光却依旧清明。

"每回都搞得这么兴师动众，女人就是麻烦。"叶濯不满地嘟囔着嘴，又自己灌了自己一杯。

坐在软榻对面一方茶几后的孟愈，姿态优雅地冲着茶水，茶香味冲散了房间里的烈酒味。这会儿听到叶濯的话，他也只是微微挑眉："阿濯，你是应该选个王妃了。"

叶濯嗤笑一声："我听到了什么？孟怀瑜！你刚刚竟然劝我娶妻？别忘了咱俩就差了半个月，我要是娶妻了，你也跑不了……还是说，其实是你想要娶妻了？"

孟愈神色平和地给自己倒了一杯茶，轻抿一口，眉宇间一派轻松。

"阿濯，你知道我的，罪臣之子，又何必殃及儿孙呢。"

对于孟愈的话，叶濯脸上闪过嘲弄的笑："都多少年的事了，再说你现在官居要位，哪有什么罪不罪的名头，就是给自己找借口罢了。"说着他突然低低叹息了一声，"怀瑜，其实你不必如此。你身体健康，就该娶妻生子，体验这人生的不同经验……不像我，不定哪天就两手一挥要下去见老头子的人，娶了谁家的女儿，那不是咒人家吗？"

"阿濯，你的身体——"孟愈的话说到一半戛然而止，两人的目光在半空相视，旋即互相平静地收回了目光，依旧是一个潇洒肆意地喝酒，一个淡雅出尘地品茶。

只不过各自的思绪却越走越远，思索着过去与未来，也多了诉说不清的惆怅。

到了霍府，苏箧衣报了自己的名号，直接被管家迎着带去了霍昂的院子。另一边早就有小厮先一步去回禀霍昂，还不等苏箧衣走到，霍昂已经大步迎了出来。他面上带着喜色，说话间又有几分紧张，拉着苏箧衣一路回到自己的院子里，才忐忑地开口问道，"贤弟，那封信的事——"

苏箧衣将宁虞的反应一五一十地告诉了霍昂，最后郑重地传达了宁虞的嘱托："宁姑娘邀你廿一在明月楼相见，她说有什么事还是当面说清楚比较好！"

霍昂突然大笑一声："原来宁虞竟然是这样的性格？太好了，宁虞我是娶定了——若父亲知道想象中聪明漂亮言听计从的儿媳居然是这般，一定会后悔。"

难道你决定娶宁虞是因为发现她不是个乖乖听话的儿媳？只是为了对抗你的父亲？

"霍兄，你这样是不是在利用宁姑娘？您毕竟是枢密使大人的亲儿子，在家中再怎样都不会被为难。而宁姑娘——虽说也是个聪明人，但若真是被存心刁难……"

霍昂一怔，他倒是从未深想过这些，原本简单的想法被打散，他垂眸思索了片刻："这……贤弟着实比我看得通透。"他面上闪过纠结，最后豁出去般地看向苏箧衣，"贤弟，不知明月楼之事，能否请苏公子与在下同去？若霍某说了什么考虑不周之语，拜托贤弟帮忙圆场了。"

霍昂这个家伙看起来心思灵活，怎么到了感情上这么楞呢？人家宁姑娘的意思明明是约他两个人一起，他竟然还要带着自己这个外人去，这不是破坏气氛吗？罢了罢了，看在这家伙心思澄澈，又对朋友很够意思的分上，就再帮他这一次吧！

第三案 飨盛宴

· 123 ·

"君子成人之美，在下一定帮人帮到底。"

苏篋衣笑眯眯十分好说话地应承了下来。

霍昂松了一口气："如此多谢贤弟了，二十一日明月楼，莫要忘了！"

苏篋衣翻翻白眼，你是主角好不好，让我记清楚算是怎么回事啊！没有再纠结这个话题，苏篋衣转而问出了自己心中所想："霍兄，不知最近朝中是否有什么大事？"

霍昂不疑有他偏过头想了想："大事？好像也没有吧。"霍昂招待苏篋衣进书房去欣赏他的藏书，走到门口的时候一拍脑袋，"哦，我想起了，好像前几日听父亲说过，自从陛下从越州回来后，对国库的管控更加严格了。"

对国库的管控？是经济上出状况了吗？之前叶濯他们到云中赈灾的时候拿的银子并不少啊。不过朝堂之中风云诡谲，看来太多东西自己还看不透啊！

见从霍昂这里打听不出其他的信息后，苏篋衣便不再多问，和霍昂一起欣赏了他的藏书后，苏篋衣记挂着今日答应了表妹的事，很快便从霍府告辞回了客栈。

第五章
牵线结良缘，揽云轩三人游

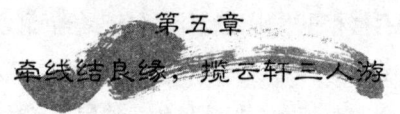

在盛京持续热闹了小半个月的游园会顺利落幕，诗词文赋征集中获得第一名的时雨茇和魏千行两人在游园会宴上出尽了风头，听说有不少家世不错的人家开始打探两人的门风，大有要将女儿嫁过去的意思。反倒是白子鸟，接连多日都不见踪影。

而让那些世家贵女遗憾的则是盛京有名的少年英才孟愈孟大人以及今上唯一留在盛京的北宁郡王叶濯，双双缺席了游园会，原本抱着偶遇或者一见钟情的小女儿家心思因此碎了一地。

游园会结束后，科考的日子也越来越近。

到了二十一这日，苏篋衣本想找个借口推脱了去，不想霍昂竟然一大早跑到客栈门口等人。最后，苏篋衣只能一脸黑线跟着霍昂去了明月楼。上午明月楼里人不是特别多，苏篋衣和霍昂进去后没多久，就见那日送自己出府的小丫鬟从一旁拐了出来："两位公子请这边走。"

苏箧衣看着丫鬟朝来时的路走去，心中不免有几分诧异，难道说宁虞都没有定个包厢？就准备在这大堂之中和霍昂相见？到底是没有想到，还是因为足够自信所以无所畏惧呢？苏箧衣走在霍昂后面，心里默默嘀咕，宁姑娘你可千万别介意我……就把我当作空气就好了。

走在前面的霍昂眉头微挑，下意识地打量了一番大堂的位置，欲言又止。

宁虞站起身朝两人见礼后，浅笑着问："两位可是在奇怪我选的位置？不是担心两位举动不够君子，而是既然说的也不是什么唯恐隔墙有耳的事，又何所谓人言可畏，不如就选在这种敞亮的地方。"

霍昂恍然大悟，看向宁虞的目光更热切了几分："宁姑娘果然蕙质兰心。不止考虑周全，又进退有度，倒是让霍某自愧不如。"

宁虞不由多看了霍昂几眼，若是但论他的容貌家世，霍昂在盛京的世家之中绝对是佼佼者，但想到自从两家定下婚约后，霍家一直未有议亲的举动，尤其是在看过霍昂的信后，宁虞对霍昂的看法便复杂了一些，她招呼两人坐下，浅笑着："不知霍公子此言……是客套还是真心实意地称赞？我本来以为这番表现，还能让你坚定退婚的想法呢。"

霍昂一脸的着急，如果不是苏箧衣在后面轻咳一声提醒他淡定，恐怕这会他已经站起来冲到宁虞身边去表衷心了："宁姑娘可是误会了什么？在下对于婚约这件事确实处理不当，但若是有什么不利于姑娘名声的传闻，也绝不会坐视不理。"

宁虞并未因霍昂的这三两句话而感动，反倒是无所谓地笑了笑："霍公子你还真是个好人啊——若是有那样的传闻，让我宁虞无人敢娶，倒称我心意。说句实话，是我不想嫁。"她目光清澈地看向霍昂，"再退一步说——若是有人会因为流言嫌弃我宁虞，我宁虞也看不上这随波逐流人云亦云之人。"

霍昂越发被眼前的女子所折服，语气也越发真诚起来："宁姑娘，在下并非赞美或是戏言，霍某只想说句真话，宁姑娘的想法着实异于常人。"说着他顿了顿又道，"原本霍某一开始知道宁姑娘这般的想法的时候，是觉得与宁姑娘这样的人成亲也不错，能够让父亲搬起石头砸自己的脚。后来……多亏了苏贤弟的提醒，霍某不应该为了自己的抗争而无辜连累宁姑娘，更何况如宁姑娘你这般的女子，早就让霍某的心不知不觉地沦陷了。"

宁虞因霍昂的话先是气愤，之后是淡然，一直到霍昂说完她才轻哼一声："为人父母，讨儿媳妇，自然都是想要越优秀越好——只是有时，未免自相矛盾得可笑！

第三案 飨盛宴

既想要儿媳聪明伶俐，又不想她有自己的思想，忤逆丈夫公婆。既想要儿媳高贵大方，又想要她在家中低眉顺眼，谨记三纲五常。说句难听的话，他们只是在儿媳身上看见自己的孙子——至于那个女人自己是个什么样子……能传宗接代罢了。"最后她面露坚毅，正色看着霍昂一字一句地道，"霍公子，我宁虞装一个好儿媳，不难。但我宁虞决不愿做一个那样的女人。"

霍昂并为因宁虞的话而变脸，反而一脸满意地轻笑："巧了，我霍昂也不愿娶个那样无趣的人。人只活一次，不做自己，还要做什么？何况，若连自己的事都考虑不清，又怎能设身处地为别人着想？故而才有那种操纵子女的父母，才有那种对别人指手画脚的庸人。"

霍昂的这番话，终于让宁虞坚定的心有所动摇。她默默地看着霍昂，我一个女子，为了自己的利益这么想就罢了！没想到他竟然也能有这样的想法，也还真是难得。

霍昂像是被宁虞认真打量的目光所鼓励，竟是继续说道："若世道容不下特立独行的女子，自然也会排斥想法不同的男人。哪有什么性别之分，每个人都有成为少数者的时候。我霍昂又不单是在婚约这事上有反骨，从小各种各样的事，没少挨打。"

这回宁虞轻笑着附和道："其实从小挨打这种事，我也……"

坐在两人不远处的苏箧衣一直观察着两人的发展走向，眼见原本有些古怪的气氛已经消散，两人之间越发熟稔亲密，看来应该是互相满意了吧。那么应该没有我这个'小厮'什么事了吧，反正也是被当作空气，不如就趁这个机会悄悄溜走吧。

悄无声息地离开的苏箧衣一路走出了明月楼，外面天高云淡，初秋的风清爽宜人。不知为何，想到楼内相谈甚欢的二人，苏箧衣心中惆怅起来……都说人生能遇一知己不易，若是还能结为夫妻，也算是上天垂爱了吧。而像我这样的异类，怕是只能在理想和知己之间选其一吧。

若能有一个女子也能随意做官的世界，该多好！

游园会过后，匆匆回京的柳城公主再次匆匆离开。饯行宴依旧是在北宁郡王府举办，这一回不同于上一次的游园会，邀请的是盛京的学子、夫人小姐。这一次的饯行宴去的大多数是达官显贵。

苏箧衣不愿意待在国子监听那些学子八卦饯行宴中可能会发生的事，干脆来了揽云轩，说不定还能趁机打探出点关于跳楼学子的事呢。苏篚衣这回没有选在一楼大堂，而是上了二楼，正准备选个包厢，再喊个弹琴的姑娘过来趁机打探消息的时候，却猛然瞥见两道熟悉的身影，一前一后正往楼上走。

叶濯？孟愈？

今日是柳城公主的饯行宴，他们一个是柳城公主的亲弟弟，一个是柳城公主的表弟，难道不应该陪伴在柳城公主前后吗？

苏篚衣的脚步快脑子一步，悄悄跟了上去，结果她才抬脚走了两步，就听到走在前面的叶濯毫不客气地抱怨道，"叶汀终于要走了啊……又是游园会又是饯别宴，本王的王府真是要被她玩坏了。"

孟愈无奈地忍住笑意："游园会本来也是为了你吧——结果你竟然毫不领情。"

叶濯哼了一声："我领情，别人也不领情吧——怀瑜，你不觉得北宁郡王妃这个名号，听起来就很短命吗？再者……那个游园会你不是也没去吗！"

孟愈一脸严肃像是在回忆那日的事："那日我有公务在身。"

叶濯毫不客气地大笑起来："公务？堂堂御史中丞大人被本王拐带着吃喝玩乐，也属于公务？怀瑜，本王犯下此等扰乱朝纲祸害朝堂之罪，真是好害怕啊。"

这个叶濯脑子里到底装的都是什么啊，这样的话从他嘴里说出来，我怎么竟然一点都不觉得惊讶呢。苏篚衣站在原地发呆，一点都没察觉到自己已经被两人发现了。直到孟愈清冷而又独具魅力的声音传来："篚衣——你也来揽云轩了，真是好久不见。"

叶濯则恨不得用鼻孔打量人，看着苏篚衣满眼的挑剔，等苏篚衣走近哼了一声："在本王和怀瑜身后鬼鬼祟祟的，苏篚衣你什么时候又学了新本事啊！这回不会又没带银子吧？"不等苏篚衣回话，叶濯自顾说道，"罢了罢了，谁叫本王心善呢，今天就允许你继续蹭饭了！"

应该是你又想找人伺候吧！苏篚衣在叶濯身后挤眉弄眼，虽然这家伙脾气很臭，但每次也没有真的把人如何，如今苏篚衣的胆子也练得越发大了起来。

苏篚衣的小动作，都被孟愈的余光收进眼中。孟愈心中失笑，但并未多言。三个人先后进了包厢里，知道叶濯和孟愈要过来，早就有人候在桌边。叶濯随手拿过菜单交给苏篚衣："就快考试了，你还这么瘦，今天多吃点补补身体，想吃什么随便点！"

苏篚衣见叶濯、孟愈二人径自坐下，是真的要让自己点的意思，她便放开了胆

第三案 飨盛宴

子,掀开菜单认真地看过后,开始点菜:"香荠白鱼、灌汤包、白鱼和灌汤包……"这些貌似都是盛京的特产呢,话说我来了这么久还没有吃过。有人请吃饭的感觉真好!说起来还是承蒙他们两人照顾了,虽然他们应该也不在乎。不过等到以后我自己有了俸禄,还是回请聊表心意。

认真点菜的苏篋衣并没有发现叶濯和孟愈看向自己的目光。孟愈有些意外地看着苏篋衣,没想到这位苏公子看起来瘦弱又清心寡欲,倒是个嗜吃之人,也不知道他点这么多一会儿能不能吃得完,孟愈的心思转了一圈,给自己和叶濯倒了一杯茶,拿起茶杯掩饰自己刚刚的失态。

叶濯则面带嫌弃地看着苏篋衣,没想到这家伙口味也这么一般,难道不知道世界上最难吃的就是特色菜吗?还有为什么要点两份白鱼?那玩意刺那么多,鬼才吃呢!

等到一桌子菜上来后,苏篋衣终于察觉到了不对劲。

只见坐在自己身侧的两人,一个拿着筷子百无聊赖地拨弄着最近的一盘菜,另一个甚至连筷子都没拿,一直在那里品茶。苏篋衣一脸茫然地看向两人:"七爷、孟大人,你们怎么不吃?"

孟愈微微颔首语气平和道:"来时孟某已经用过饭了,不过是被七爷顺便拉到这里小坐一会儿罢了。"

叶濯则是轻哼一声:"你看本王长得像吃货吗?这些都是你点的,你要负责吃完,快吃吧!"

苏篋衣苦笑着看向叶濯:"七爷,您别开玩笑了,在下就算有三个胃,也吃不下这么多东西啊!"

叶濯翻了翻白眼:"多吃点,吃完了好帮本王去干活。"

干活?帮你?

苏篋衣顿时觉得这根本就是一顿从天而降的鸿门宴啊!被叶濯奴役,能有什么好事吗?苏篋衣不敢多想,还是及时享受眼前的美食吧。于是她不再纠结,一个人吃得很是愉悦,每道菜都尝了味道,最后选了两道最喜欢的就着米饭吃得干干净净。

苏篋衣吃饭的时候,身边两个人就有一搭没一搭地闲聊。叶濯吐槽柳城公主事多,孟愈安抚;叶濯吐槽盛京无聊,孟愈安抚;叶濯吐槽……

总之,到后来,苏篋衣总觉得两个人的画风看起来怪怪的。

等她吃饱喝足放下手里的碗筷后,旁边一直懒洋洋眯着眼的叶濯突然精神起来："吃完了？那就走吧！"说着他便站起来准备带苏箧衣离开。

孟愈伸手拦住叶濯："阿濯，就算让箧衣帮忙也不急在一时吧，这会儿公主的架撵应该还没有出城呢。"

叶濯皱眉，不过还是坐了下来："唉……女人真是麻烦。"

一直到日暮西斜叶濯方又站起来，语气带着点不耐："现在应该走干净了吧！"这回孟愈没有阻拦他，只是自顾看着手上的茶水。

叶濯见孟愈没有说话，径自走到苏箧衣身边敲了敲她的桌子："走吧，苏箧衣，跟本王干活去！"

苏箧衣认命地站起身，朝孟愈见礼告辞，一脸苦逼地跟在叶濯身后，一路跟着他回到了王府。

叶濯回到自己的王府，看着还未拆干净的装饰物，脸色很臭，不过转身看一眼跟在后面的苏箧衣，他的语气又轻快了几分："知道为什么本王喊你来吗？因为——真的只有你，叫你来就会来啊。"

苏箧衣："……合着就是柿子捡软的捏，你还敢再厚颜无耻一点吗？！"

叶濯翻了翻白眼："要不是叶汀在我这里折腾了两次，我也不会这么急着收拾。"

苏箧衣却觉得叶濯的宅子太大了些，就应该多点人气："柳城公主办的游园会和饯别宴都是为了七爷您的终身大事打算，其实我觉得公主在这儿挺好的，你这么大的园子还有点生气。"

叶濯转过身，英俊的脸上挂着邪魅："苏箧衣，你胆子不小啊，连本王的终身大事都敢掺和！"说着指了指一边的花盆，"把这个碍眼的给我搬一边去，难看死了。"

苏箧衣认命地去搬花盆了。

叶濯竟然饶有兴致地跟在她身后，在苏箧衣气喘吁吁的时候突然来了一句："你知道王府闹鬼吗？"

苏箧衣手上一抖，险些把抱着的花盆扔了，七爷，您不觉得在别人背后突然出声比闹鬼更可怕吗？！淡定下来后，苏箧衣配合着露出惊讶的表情："不是吧？这里还闹鬼？！"

叶濯挑眉像是在审视苏箧衣现在的表情是真是假："你尸体都看过不少了，怎么，难道还会怕鬼？"

苏箧衣呵呵假笑了两声："七爷您就是故意吓我吧——我是真的不知道有什么

第三案 飨盛宴

鬼能比你还恶劣。就算本来有鬼也被你吓跑了吧？"后面两句她说的声音很小，尤其是在叶濯脸色越来越黑之后，干脆直接都咽进了嘴里。

搬完花盆两人继续走，一路上叶濯时不时地指挥苏箧衣去干这个干那个。

难道这么大的北宁郡王府都没有小厮丫鬟管家的吗？我苏箧衣好歹也是三品大员的独子唉！先是做鸿雁然后又做跑腿的现在干脆做起了小厮……什么时候才是我苏箧衣的出头之日啊！心中愤愤的苏箧衣多数时候沉默不语，低头做事。但叶濯却并不满意她的沉默："苏箧衣，你生辰是什么时候？"

苏箧衣狐疑地看着叶濯，并没有马上回答，反而脸上带着非常明显，就是为了让叶濯看到的戒备！叶濯耸耸肩，很有耐心地解释道："毕竟你也是抽空来帮我忙——到时送你份贺礼。"

送我贺礼？苏箧衣心中松了一口气："七爷您早说啊——十月初十。"

叶濯挑眉算了算："十月初十？那不正是殿试放榜的日子？——能不能入仕，就看那时的结果了。"

苏箧衣也跟着叹息了一声："是啊，也不知是哭着过生日还是笑着过生日。反正我再这么不务正业下去一定会哭得很难看！"

"哈哈哈……"一旁的叶濯突然大笑起来，一边笑还一边用手指着苏箧衣，"哭着看榜的苏箧衣！现在想想就好有趣啊！"

要是我现在打死叶濯算不算正当防卫？！苏箧衣愤愤地嘀咕出声，熟料叶濯的听力竟然好得出奇，他轻哼一声，心情愉悦地道："算行刺。"

为了尊严我也要考个好成绩！苏箧衣在心中暗暗发誓。

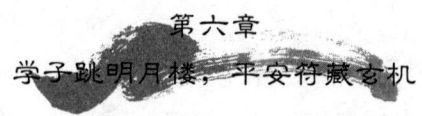

第六章
学子跳明月楼，平安符藏玄机

科举的日子越来越近，苏箧衣每天除了去国子监向夫子请教学问外，大部分时间都留在客栈里温书。然而盛京之中关于明月楼恶鬼的流言却越来越多，尤其是在国子监更多的学生出现胡言乱语、被鬼附身般的表现后，能够驱除恶鬼，无偿派发辟邪香囊的时雨苳就更受追捧和称赞了。一时间，时雨苳在盛京的声势甚至盖过了这里的世家子弟。

就在时雨茂的声望上升到一种令人咋舌的程度时，明月楼再次出事——魏千行在明月楼跳楼自杀了！

苏箧衣赶去明月楼的时候，很多同窗都聚集在明月楼外，议论纷纷。明月楼暂时被封，除了官府的人外，其他人只能在外面看热闹。

明月楼出事，对揽云轩来说应该是从天而降的大馅饼吧——明月楼被封了，目前看来在揽云轩也许比直接在明月楼更能打探到明月楼那些负面的消息。

苏箧衣心中思量了一番，转身去了揽云轩。这日的揽云轩，座无虚席，甚至还有不少人在外面排队等着。

"苏箧衣？你再过几天就要考试了吧，怎么还来这里闲逛。"

苏箧衣后退几步抬头望过去："七爷，出了那么大的事，人心惶惶，在下念不下去书，索性来这里看看风景，静静心。"

有叶濯的吩咐，揽云轩的小厮拨开人群，毕恭毕敬地将苏箧衣请上了楼。苏箧衣进去的时候，叶濯已经从阳台踱步到了室内，他懒散地坐在太师椅上，微眯着眼看着苏箧衣走过来："说是看不进书去……其实是心里痒痒，想要查魏千行的案子吧。"

苏箧衣尴尬地笑了笑："呃……七爷慧眼如炬，能识破在下的小心思，着实佩服。不过说起来，明月楼出人命，不是一次两次了吧？会不会和揽云轩有关？七爷，若是我想问问揽云轩和明月楼的事，能不能借您的名头？"

叶濯坐正了身子打量着苏箧衣，目光带着几分苏箧衣看不透的复杂。

难道我说错话了？苏箧衣被他看得心中忐忑："那、那什么，我就是随口一说罢了——七爷您若是不答应，也别往心里去，箧衣真的无意冒犯。"

叶濯突然收回了目光轻笑一声："你以为——这揽云轩是谁的产业？"

苏箧衣一愣有些迟疑地道："唔……揽云轩……揽云……难道是云家？他们家商行那么大，在京城有间酒楼也不奇怪。"

叶濯嗤笑一声："揽云轩，是在本王名下。"

苏箧衣听完叶濯的话，只觉得心中阵阵天雷滚过，她一脸赔笑地看着叶濯："七爷！我、我刚才什么都没说！什么揽云轩和明月楼的竞争！我什么都不知道！这种案子刑部自会审理，箧衣绝对绝对不会做些多余的事！！"

叶濯摆摆手，打断了"强行"表忠心的苏箧衣："明月楼是云家的没错，你若

131

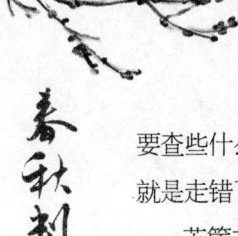

要查些什么，也算是帮云以游的忙，能做到的话，去做就是了。不过怀疑揽云轩，就是走错了路。"

苏箧衣见多了叶濯阴晴不定的情况，并未因他这一句话就掉以轻心，反而故作一脸疑惑地道："怀疑揽云轩？谁做的？我怎么不知道？"

这回，叶濯似笑非笑地看着她。

苏箧衣被看得头皮发麻，在叶濯的审视下正色道："七爷，我是真的在怀疑明月楼一事，并非偶然。因为在那之前，曾有人暗示过我，明月楼会出事。"

叶濯挑了挑眉毛："若说有人引导，我倒是一点都不意外。"

苏箧衣想了想，还是如实将时雨苌一直以来的所作所为告知了叶濯。

叶濯听完哼笑："了不得，国子监今年还出了个神棍。皇兄最近有些修道炼丹的意愿，此人怕是前途无量。他送你的辟邪之物，可有带着？"

苏箧衣点点头："带了。"说着从衣袖里拿出一包用厚油纸包得严实的东西，她小心翼翼地打开油纸，里面的香囊露了出来，"七爷，在下倒是从不信鬼神这些东西，这香囊之内的辟邪之物我之前闻着有股药味，索性找了油纸将其包了起来。"

叶濯接过香囊随手从桌上拿起水果刀，三两下就把香囊挑开了。

"百合、刺五加、合欢花、茯苓、远志、柏子仁、酸枣、朱砂。还有这个香味是……安息香。香囊用安息香熏过了。"

苏箧衣见鬼似的看着叶濯……竟然一一认出来了？！

"倒都是安神的药材没错，说是驱邪也无不可。不过这些黑色的东西是——"叶濯用手里的刀子拨弄着其中黑色的东西，眉头微蹙，像是从未见过。

苏箧衣探头过去靠近了闻起来，有股子烟灰的味道："这应该就是时雨苌说的符灰。"

叶濯目光微沉："符灰啊。随便烧点什么纸也是这个样子。你去拿碗水来——再找碗酒，越烈越好。"

苏箧衣认命地出去唤小厮送酒过来，很快一坛子多年陈酿被抱了过来，苏箧衣拿了桌子上的茶碗倒满递给叶濯。

叶濯看也没看继续吩咐："把灰等分，然后分别倒进去。"

唔，等分有点困难啊……取差不多的分量分别倒进去也可以吧？

符灰被分别倒进了四个茶碗里，但却并没有什么反应，苏箧衣端起其中一杯摇晃起来："咦……好像变少了。"

叶濯走上前看了一眼，表情晦暗不明，苏箧衣猜不出他在想什么。只听叶濯吩咐旁边候着的小厮将茶碗端下去："应该不只是符灰。这件事你暂时别管了，安心科考。"

难得听到叶濯说这么感动的话，唔，还是听他的吧，虽然很想帮魏兄找出真相，但眼下还是科考更加重要，毕竟有了功名之后再追查要比现在方便多了。

科考开始前一天，匣玉专门为苏箧衣在客栈定了一桌酒席。虽然桌子上只有她们表兄妹两人，略显凄凉，但匣玉捧着一个匣子，苏箧衣打开一看，里面是这段日子和老爹往来的书信。匣玉专门将匣子放在苏箧衣身侧，还在她旁边多备了一副碗筷。

"姑父说了，让我一定要在你考试前，给你饯行！"

又不是出远门，我只是走三条街去国子监旁边的考场参加两天考试而已，不用这么浪费吧，自从老爹辞官后，咱们的银子很宝贵的啊！更何况，表妹你这么挥霍，以后嫁人了会被婆家嫌弃的吧！

匣玉给苏箧衣倒了一杯酒，眨着眼神秘兮兮地道："表哥，这坛子酒可是姑父亲手交给我的，他再三叮嘱了，要今天给你喝！"

苏箧衣喝了一口，没尝出什么特别的啊。

结果就听匣玉又道："姑父说了，这是姑妈在你出生的时候，催着他亲手酿的女儿红！原本应该是等你出嫁的时候再拿出来的，但姑父觉得如果这样的话，这坛酒可能这辈子都不能重见天日了，所以就改主意了，决定在你考试前拿出来喝了，还改了名字，叫状元红！"

苏箧衣已经咽下去的酒险些又吐出来，什么女儿红、状元红的，老爹还能不能更不靠谱点，什么叫等我出嫁这坛酒可能会一辈子不见天日，想说我嫁不出去就直说好了……真是很不想承认老爹说得对！

苏箧衣和匣玉没吃两口，院子外面就传来一阵喧嚣。苏箧衣刚准备出门去看，孟愈和叶濯两人就已经推门进来了。

"七爷？孟大人？"

叶濯率先进屋，他走了两步就停下来，扫了一眼桌上的酒菜撇了撇嘴："苏箧衣，你这日子过得不错啊……有酒有菜……怎么每次见到本王还哭穷呢？"

来盛京两个多月，就奢侈了这么一回，还被你撞见，我的运气特差了点。

· 133 ·

孟愈轻笑了声，将一个礼盒递给了苏箧衣："祝你明日一切顺利。"

苏箧衣诧异地接过盒子，打开一看，里面竟然是一支品相上佳的湖笔，她激动地看向孟愈，"这……孟大人，这礼物……"

孟愈摆摆手云淡风轻地道："这是我当年考试用过的，也算得上是特别的祝福了吧。"

苏箧衣被感动得无以复加。她的样子在叶濯眼里，很不成"体统"，他轻哼一声，突然用手中的扇柄敲了敲苏箧衣的头。

苏箧衣不明所以："七爷，您在做什么？！"

叶濯脸不红气不喘一本正经地道："开光。"并且一脸我这礼物要比孟愈的一支笔强太多的样子看着苏箧衣。

苏箧衣很有觉悟地没有反驳叶濯的话，很是恭敬地邀请二人一起用饭。叶濯虽然一脸嫌弃，但却饶有兴致地坐下，将一坛状元红都喝光了。反倒是孟愈，只略坐了一会儿，就被找来的孟山叫走了，据说是明月楼的案子有了新线索，大理寺找孟愈过去旁听。

苏箧衣心中很是好奇，但明天就是科考，她只能眼巴巴地目送孟愈离开。

叶濯喝完酒后，又调侃了苏箧衣几句，便也离开了。叶濯走后，苏箧衣重新拿起孟愈送的湖笔爱不释手："表妹，明日我就带这支笔去参加考试了。"

十月初十，是苏箧衣的生辰，也是科考放榜的日子。

一大早，苏箧衣就从床上爬了起来，匆匆吃过早饭后，她就朝城门口贴皇榜的地方等着去了。等到贴榜的人将榜单逐一贴完后，苏箧衣很快在上面发现了自己的名字。

"二甲第三十二名！哈哈，我中了，我中了！"苏箧衣看了好几遍，开心得跳起来，"名次又不会很靠前，不会点为翰林学士，应该能直接分到大理寺或是刑部做个小官吧，嗯，完美！真是完美！"

在朝廷分配职位前，应该都没什么事可做了。之前魏千行的案子也不知道进展到什么程度了。苏箧衣心中这样想着，脚下也不由自主地朝北宁郡王府走去。叶濯说让自己先安心考试，意思应该是考完试就能参与了吧，现在正好去找他问问进展。

苏箧衣到王府的时候，叶濯正在看今年科考的榜单。管家带苏箧衣进来后，他的目光从榜单移到了苏箧衣身上，"你这家伙原来脑子这么好用，真没看出来。果然人不可貌相。"

苏箧衣："呵呵，这都是托了七爷的洪福。"拍完马屁，苏箧衣话锋一转，"七爷，不知道明月楼的案子最近有没有新进展？"

叶濯放下手上的榜单看了苏箧衣几眼："你对案子的热爱，还真是让本王刮目相看。"拿起手边的茶水喝了一口，才慢悠悠地回道："可惜了，没有什么新线索，再加上科考刚结束，朝廷上下的心思都在此次的官员任免上，明月楼的案子暂时压着了。"

压着……有多少案子是因为时间过长而耽误了查找证据，从而埋没了真相。苏箧衣心中有些失落，但自己如今的身份，又没办法公然参与，看来只能悄悄去查了。想到这，苏箧衣准备向叶濯讨个保障，结果还没开口，就听叶濯随口问道，"对了，丞相有个外甥今年中了探花，计家今晚摆了宴——你父亲和计洛鸿早就相识，这是计家给你的帖子，被本王一块儿收下了。"

给我的帖子为什么你要帮我收下！苏箧衣心中翻了个白眼，结果叶濯丢过来的请帖，果然上面写着自己的名字。

又听叶濯说道："你没有马车吧？晚上我接你一起去好了。"

苏箧衣狐疑地看了叶濯一眼，怎么感觉中举之后这家伙对我的态度都好转了！苏箧衣没有拒绝："那就多谢七爷了！"

第七章

金榜题名，卷入诡异宴会

华灯初上，叶濯的马车就到了客栈门口，小厮一溜烟跑进来请苏箧衣出门。这还是苏箧衣第一次坐叶濯的马车，等她上去后才算是真正见识到了叶濯奢侈的生活——内里宽敞不说，竟然是珍贵的紫貂毛坐垫，有茶盘、棋盘，袖珍的博古架，燃着檀香，桌上更是摆着热乎的糕点。

苏箧衣看了半晌，云以游说他穷得还不起钱，王府虽大却破，但揽云轩是他的产业，平时见他吃喝也是极尽挑剔，如今马车更是奢靡得很，这家伙到底是穷啊还是穷……啊？

"会下棋吗?"叶濯懒洋洋地靠在榻上,伸手指了指棋盘。

苏箧衣点点头端了棋盘过去。

结果连着下了三局,都是连十步都没过叶濯便完胜了,输的人还没有泄气,叶濯就毫无负担地扫了棋子:"不下了!真无聊,连十步都过不去,亏你还是云中才子。"

她明明棋艺很好的,连老爹都下不过自己。虽然第一局的时候有意相让,但是后面两局我明明是全神贯注的,为什么会突然间被杀得落花流水?!她更委屈好不好,明明是不学无术的纨绔王爷,棋艺突然这么好,一点都不合理!

撤了棋盘,苏箧衣旁敲侧击着想继续追问魏千行的事,可惜叶濯兴致不高,后来竟然当着她的面睡过去了。苏箧衣一口气憋在胸中,干脆掀了窗帘去看外面的风景。结果这么一看,叫她看出了问题。马车什么时候出城了?他们什么时候上山了?计家的宴会怎么会在山上?

原本睡着的人像是听到了苏箧衣心中的疑惑,闭着眼睛开口道:"这是他们家在京郊的宅子。这儿是灵山山上,山腰还有座灵山寺。"敢情他根本没睡着只是不想和她说话了!

苏箧衣:"这晚宴吃完了恐怕还得住下来吧。"

叶濯睁开眼轻哼一声:"一会儿小心点,计家的晚宴没有那么简单。"

又过了半盏茶的时间,马车到了计家别院门口。车夫将帖子递了上去,叶濯和苏箧衣则下了马车准备进去,不料小厮看完帖子却将人拦了下来:"等等,您是——"

他竟然拦住了叶濯!

苏箧衣惊地站在了原地,一脸看傻子一样看着小厮。

叶濯连连冷笑:"你算什么东西,也敢拦本王?"

没想到这小厮竟然很是大胆,叶濯都自报家门了,他还是不放行:"原来是北宁郡王殿下。小的不敢拦您,只是我家大人吩咐了必须要有请帖才能——"

叶濯语气不善:"灵山本来就是皇家的地界儿,先帝恩德,准了计家在这儿做了地契盖了屋子,如今到不让我这叶家的人进了?丞相大人倒真是不把本王放在眼里——"

门口的争吵声很快引来了别院里的主人霍明珠,也是计家的大少奶奶,她带着丫鬟走了过来:"这是在吵什么?……原来是北宁郡王殿下。"

叶濯扫了来人一眼:"计夫人……本王能不能进你们计家的门?"

霍明珠语气平和带着笑意："王爷说的是哪里的话，原是我们觉得您不会对这些感兴趣，您既然来了，便是贵客。"

苏簏衣一直站在旁边没有出声，刚刚这出戏怎么看都是叶濯没有请帖被拦下了。但是如果他没有请帖的话，又是怎么扣下自己的请帖的？

有霍明珠同意，小厮毕恭毕敬地退到了一旁。叶濯拉着苏簏衣并未给霍明珠面子，率先进了别院。苏簏衣心中有疑惑，偏过头一直瞅着叶濯，越看他越觉得自己被骗了！他根本就没有请帖，却想来掺和计家的宴会，竟然还利用我！真是……我从未见过如此厚颜无耻之人！

叶濯拉着苏簏衣走到无人处，才轻哼一声："苏簏衣，把你那副表情给本王收起来，别以为我不知道你在想什么。"

叶濯："晚上有空了再跟你解释……你先好好瞧瞧，来的都是些什么人。"

进了宴客厅，一眼就看到在招呼客人的计洛鸿，计洛鸿是计家长子，现任三司提点，霍明珠就是他的妻子，也是霍家长女。计洛鸿身后跟着计家次子计冰，而霍明珠身边则站着计家长女计曳。

霍家也来了不少人，长子霍永延，三子霍永谦都到了。霍永谦此次考中二甲第三十一名，金榜题名不说，今天来竟然还带了未婚妻宁虞！此时两人坐在一起，不知道低头说着什么，宁虞脸上绯红一片。

今天的主角则是丞相的外甥，考中探花的白子乌。他此时正被同榜的学子拉着道贺，苏簏衣一眼看到的就有时雨茇，时雨茇是二甲第三十三名。只不过他虽然站在白子乌身边，却一句话也没和白子乌说，不知道在想什么，脸上挂着几分恍惚。

在计洛鸿的招呼下，苏簏衣同叶濯一块儿落座，酒菜开始往桌上端。这时，门口传来喧哗声，苏簏衣和叶濯同时看过去。

叶濯看到来人轻笑一声："啧……这两个人一起来了，还真是一场好戏。"

苏簏衣脸上带了几分诧异，"孟大人今年是副考官，又是御史中丞，会被邀请也无可厚非……只是贤妃……"

叶濯哼道："要不然怎么说有戏可看呢？"

那边计洛鸿和霍明珠早已迎了过去，只不过计洛鸿和孟愈是你来我往的寒暄；反观霍明珠和贤妃二人，脸上虽然挂着笑，但气氛却没由来地紧绷着。两人没有说几句，就见贤妃走到孟愈身边伸手扯了孟愈的袖子："走吧，怀瑜。"

· 137 ·

苏箧衣瞠目结舌！这也太明目张胆了吧！她不怕死，孟怀瑜也跟着她瞎作吗？！

叶濯见她的模样一脸嫌弃："愚蠢。当然是要做给别人看。"

苏箧衣狐疑地看向叶濯："给谁？"

叶濯冷笑，目光扫过霍永延："自然是，这里所有姓霍的。"

除了贤妃和孟愈拉扯的动作吸引了不少人的目光外，整体的宴会还算没有什么波澜。霍永谦和宁虞就坐在苏箧衣对面，两人朝着苏箧衣挤眉弄眼，席间敬酒的时候，霍永谦第一个跑来和苏箧衣喝酒，结果苏箧衣连一口都没喝完，就被叶濯将酒杯抢了下去。

"酒量不好还喝酒，喝醉了本王不管你！"

七爷，你就说你什么时候管过我！

因为叶濯的反对，霍永谦不再拉着苏箧衣喝酒，和苏箧衣又说笑了几句，就去找别人喝去了。苏箧衣认识的人不多，再加上身边这尊大佛动都没动，她也只能跟着坐在座位上，不能喝酒，那只好多吃菜了。苏箧衣吃得肚子都鼓起来了，这计家的厨师水平倒是不错。

酒宴结束后，天已经完全黑了，果然是没办法下山了。本以为计家会早早派人带大家下去休息，结果计洛鸿客气了几句后，竟然把人又请到了大厅。

"今日天色已晚，府内早就为大家准备好了休息的院子。"计洛鸿顿了顿，目光停留在叶濯、孟愈和贤妃三人身上了几许，"此次宴请，除了庆贺表弟子乌高中探花外，其实还有一事。"

霍永谦最先问出口："到底何事？留宿为什么不早告诉我们？我今日是和宁小姐一块来的，她一个姑娘家，怎么能夜不归宿呢！"

计洛鸿看了霍永谦一眼："我已经派人去宁府通知宁大人了，永谦不必担心。其实这次，不光需要大家留宿，还需要大家在别院住上四日。"

孟愈皱眉："四日？"

计洛鸿大笑："倒是要破了孟贤弟入仕以来的全勤记录了。不过这次的事也是陛下授意，你就不必担心了。"

叶濯垂眸像是想到了什么，他单手敲着桌子，问计洛鸿："皇兄这阵子都忙着接见方士，颇有修道的兴趣——这一次，也是和这些鬼神之事有关吧！"

计洛鸿点头："王爷说得没错，这一次的'宴会'，为的是给玄镜找到主人。"

霍永延突然站起身来，脸上挂着吃惊和一抹喜意："玄镜！我霍昙也自诩是玩古董的行家里手,却不知——玄镜这东西,竟真的存在于世?"

计洛鸿:"永延当真是懂行之人,也不枉我特意让明珠请了你来。上个月,国子监有个学生在明月楼跳楼自杀的事——诸位应该都有耳闻。陛下近年来似乎颇信鬼神之说,而刑部至今也没查出个结果……前几日有位道人向陛下进献了这枚玄镜,言下之意,是这玄镜若能找到新的主人,便可重新恢复神力,照耀天光,驱除鬼气,护佑京城。"

叶濯突然大笑出声:"哈哈哈,我皇兄——计大人,我皇兄召见你的时候,不会真的是这么同你说的吧?"说完又像是自己想通了连连点头,"也对也对,你也没那个胆量假传圣意。"

计洛鸿的脸色有些难看,不过他很快就收敛下去,依旧带着笑和大家解释:"那道人同时留下了找寻主人的方法——在这灵山上,以玉牌为令,完成仪式。仪式最后的胜利者,就是玄镜的新主人。"他说这话的时候,已经有下人端了数个玉牌上来,"诸位放心,说是个仪式,其实也就是游玩罢了。这里有很多枚玉牌,玉牌上刻的字便是大家要在仪式中担任的职位。一会儿大家随机抽取,便决定这接下来的四日里的新身份了。"

说到这计洛鸿顿了一下,目光扫向叶濯和贤妃:"幸好玉牌本就有余裕,今日虽多来了几位,但并不影响游戏。大家每人拿取一枚,切记,不要将自己的身份透露给他人。"

这里除了贤妃就叶濯的名头最大,虽然他没有收到请帖,是死皮赖脸进来的,但叶濯毫不心虚地第一个上前去选了玉牌。他自己选了不算,还一本正经地喊苏箧衣也过去拿。苏箧衣被赶鸭子上架,第二个去选了玉牌后,低着头迅速回到座位上。

等所有人都抽完后,计洛鸿方又道:"方才说了大家不可透露自己身份,但是有一位除外——是谁抽到了'判官'?"

苏箧衣看了看自己手中的牌子总觉得有些古怪,她站起来:"计大人,是在下。"

计洛鸿点点头:"是苏公子啊……这样的话,你就没有资格竞争玄镜的新主人了。你的责任就是维持这个仪式的正常进行。每日辰时,由你到各人屋中检查情况,并召集大家。"

苏箧衣了然地点点头,听计洛鸿继续讲解规则。

"之后大家依旧在这里集合。接下来在下就要讲解,这个仪式,究竟是怎么回

第三案 飨盛宴

事了。大家拿到的玉牌称号，模拟的是一个小国。数量最多的是普通百姓，余下，还有三人为'刺客'。三位刺客已有编号，按照编号先后顺序，在三个晚上依次行动，随机选取一个人，在其脖子上留下墨痕，宣告对方死亡。"

孟愈若有所思的开口："三个刺客彼此也不知真实身份，误伤同类，都有可能？"

计洛鸿点头："没错。夜间除了当日刺客，其他人不准活动。第二天由判官检查之后，宣布某人遇刺，而后大家重新聚在这里，一起找出谁是刺客。被大家认定为刺客的人，就要被处决，即亮出身份出局。而没有被大家找出的刺客，就会成为最后的赢家。新主人就在现今的三位刺客当中，就是不知，他们三个当中的谁，或是有没有人——能够在仪式中取胜了。"

叶濯转着自己手中的玉牌漫不经心地问道："只是除了刺客和百姓——似乎还有别的身份。"

计洛鸿轻笑："北宁郡王这样说，就不怕暴露自己的身份么？是这样的，除了刺客和百姓，玉牌还有国王、国师、守卫和御医。这四个人会在第一夜结束后将身份告知判官。判官在听取大家意见，决定处决某人之时，必须优先听从国王意见。而国师有权知晓这四个职位分别是谁。守卫可以指定下一晚不能杀死谁，当然是由判官宣布。而御医有一次机会，救活夜晚被杀，或是白天被大家指定处决的人，当然，这一次机会唯独不能对自己使用。"

叶濯啪的一声将玉牌按在桌上："原来我抽到的是这么个东西。计洛鸿，本王当然不怕暴露身份——本王一开始就没打算，按照规则好好陪你们玩。"他将玉牌扔在了之前的盘子里，"倒还真是有趣，堂堂王爷，做了个御医。"

计洛鸿只目光微闪了几分，便又是一副泰然自若的模样了："王爷这般……御医不算重要角色，倒是影响不大。余下还有些琐事要交代。这座府邸位于山上，为了这仪式，已经遣散所有仆从，四日之后，才会有马车上山将大家接走。食物和水不用担心，只是要劳烦各位吃得简单些，并且自理起居了。大家应当已经明晓，刺客才是仪式的关键。所以请三位刺客认真考虑刺杀对象，并且掩盖自己的身份。"

表面上是要遵从景康帝的命令，为玄镜找到新主人。只是景康帝，到底有没有更深的意图？不过就算是没有……我们也不得不像提线木偶一样，认真完成仪式。只有北宁郡王摆明了是来砸场子的。不过也只有他这样身份地位的人，才有胆量这么做吧？而其他人甘愿认真地做这么无聊的事，又到底有没有自己的意图呢？

"苏箧衣，别发呆了，跟我过来。"叶濯站在门口喊人。

凭什么你让我走我就跟你走,我现在可是判官!你不过就是个区区御医罢了。

见苏箧衣还站在原地发呆,叶濯叹了口气认命地走回来,伸手在苏箧衣头上拍了一下:"你这家伙,是看准了本王有求于你,故意的是吧?"

苏箧衣抬头看着叶濯:"这次的事七爷你不请自来,肯定事先知道什么。你想要知道得更多,就要依靠我帮你查咯?"

叶濯轻笑一声,目光不闪不躲,任由苏箧衣审视:"知道还不跟上!"

说事难道不应该去书房那种庄严肃穆的地方吗?到他房间来是怎么个意思!苏箧衣多了几分"警惕",直到跟着他绕过屏风,见到了已经坐在那里的孟愈和贤妃,心中的紧张感才消退下去。苏箧衣跟着叶濯坐了下来。

叶濯一坐下就问贤妃:"霍晴,你到底为什么过来?"

孟愈也在问贤妃:"陛下到底知道多少——陛下究竟是什么意思?"

霍晴娇笑一声:"饶了我吧,你们两个一起来审我,多少年没有过的架势了。还真是难得的同心协力呢。我为什么而来——霍家这一辈,除了我那庶出的二哥,可是都到齐了。我若不来,哪里算得上是团圆?倒是你们两个——"

叶濯审视了霍晴半晌这才对孟愈道:"明月楼的事,云以游是无论如何都要查到真相。之前皇兄见那些方士,又将某物托付给计家的事,她有所耳闻——之后就勒令我,无论如何也要搅进来。怀瑜,你也是吧?"

孟愈点了点头:"师父确实也是这么同我交代——看着计家这次会有什么举动。明月楼出事暗中牵扯了不少人,陛下也不是真的相信那些方士——也只是顺水推舟,想卖个大人情。"

苏箧衣下意识说出了心中推测:"也就是说陛下怀疑,进献'玄镜'并且要求举行仪式的方士……和之前散布流言、造成魏千行死亡的根本就是同一伙人?"

叶濯看了她一眼:"思路很清楚啊,苏箧衣——也不枉云以游特意跟我们嘱咐了,计家的事要把你也带上。"

孟愈点点头:"此事交给计家——不知陛下到底是对计家有所怀疑还是对计家信任有加?"

贤妃接话:"我只知道计洛鸿是知晓陛下真意的。"

苏箧衣:"计洛鸿并没有拿到'判官'身份……若陛下不怀疑计家——那么这场仪式最后的胜者,获得玄镜并且为京城祛除鬼气的那个人,就有可能是真正的幕

后操纵者？"

叶濯："若是如此，当真功劳一件，还能一举成名——这么说来，苏箧衣，像你这样的新科考生，倒是最有动机。"

新科考生哪里会有这样的人力物力来造势。

霍晴突然换了话题，她望着叶濯问道："说起来，云以游打算亲自来京城吗？"

叶濯哼了一声装作没听到，还是孟愈回道："早就动身了，若是行程顺利，说不定这四天一结束，就能见到她。"

霍晴脸上挂着笑意，但说出的话却让人觉得她的笑带着几分苦涩："既是如此，也不知这后位还会不会继续悬下去。不过谁知道呢，永远都是得不到的才是最好的。若轻易得到，陛下也不会惦记这么多年。"

叶濯冷笑："这种事不要乱说。"

苏箧衣感觉自己好像听到了什么了不得的大八卦。见空气中的氛围又要凝固，她连忙转移了话题："对了，你们都是什么身份？"

孟愈直接将玉牌递给她。

守卫吗？和孟大人的感觉还真像——"孟大人要指定保护谁？"

孟愈轻笑一声："剧情的'保护'罢了。那就我自己吧。"

贤妃咯咯笑了起来："一个御医一个守卫，你们两个真是——我还有事，要先走一步了，怀瑜，要不要一起？"

苏箧衣好奇地看着这两人，也不知道圣上是怎么想的，贤妃娘娘和孟大人这么明显的"余情"难道只有我和叶濯知道？孟愈迎向苏箧衣的目光，眉头微蹙，像是知道苏箧衣在想什么一样，只不过他并未解释，反倒应贤妃的话站了起来，"既如此，我也先回去了。"孟愈走到门口，又顿住脚步，看向苏箧衣，"箧衣，你不如趁着晚上这段时间，去看看大家都住在什么地方。这样明日一早，不至于出什么差错。"

叶濯轻笑一声语气很是尖锐傲慢："孟怀瑜，你不会以为但凡和本王沾边的人都和本王一样笨吧，苏箧衣她要是连这点事都不知道，她还查什么案！"

自己说自己笨，七爷您确定您是真的不笨嘛？苏箧衣都不忍直视叶濯，只低着头任由两人"过招"。孟愈听过叶濯的话，只目光复杂地看了他一眼，什么都没说便走了。

待房中就剩下苏箧衣和叶濯二人后，苏箧衣也拱手准备跟叶濯告辞。

"走吧走吧，现在就咱俩，还做那些虚礼，你不嫌无聊吗？"

叶濯竟然开始解自己的外衣，朝着床铺走过去，苏篌衣看了两眼猛然意识到自己竟然还在！连忙转过身去快步往外撤："篌衣知道了，七爷您早点休息吧，明天见！"

冲出了叶濯的院子苏篌衣长舒了一口气。

这家伙太变态了吧，我还在房间呢他竟然就脱衣服！幸好什么都没看到，不然晚上一定得做噩梦啊！不想了不想了，还是趁现在天色没有太晚，在府中转上一圈摸摸地形吧！

苏篌衣开始在别院中转悠，心中想着来别院的这些人的目的。叶濯和孟怀瑜来此，是因为要帮云以游调查。而霍晴虽然语焉不详……但肯定也有自己的目的。计家除了皇命外，还有什么缘由呢？霍家应邀，当真一点风声都不知道？余下的客人又都有什么目的？

贤妃和孟愈一前一后从叶濯的房间出来。

孟愈目光明灭不定地看着走在前面的贤妃："娘娘，你要做的事大可再等等，为什么一定要这次——"

霍晴猛地停下脚步，头上的朱钗因为停得急了叮咚作响。她好看的凤眼之中带着血丝，眉宇间的戾气是在房间时不曾出现的，她走到孟愈身前仰头看着他："怀瑜，你总是让我再等等，可是我等得够久了，再也等不下去了！若是再等下去，我的心就再也留不住了，它就要被仇恨吞噬，变得空荡、凄冷……"

孟愈低低叹息一声，他看到的霍晴虽然衣着华贵，但却面带迷茫和痛苦。以前那些回忆涌上了心头，他再说不出制止她的话。

霍晴突然握住了孟愈的手："怀瑜，我上次说的那件事，你想好了吗？"

孟愈没吭声，但紧皱的眉头显示了他心中的情绪。

霍晴却执拗地看着他："怀瑜，来不及了！云以游她在暗中的动作你不是不知……皇上他早就生不出儿子来了，在云以游动手之前，只有这么做，我们才能稳胜。怀瑜，你到底在犹豫什么？"她说着说着面上一变，"还是你……嫌弃我脏了，所以不愿意……"

孟愈打断她的话："别说了，这件事，我要再想想。"

第三案　飨盛宴

第八章
霍少离奇死亡，箧衣女儿身难藏

翌日，苏箧衣最先起来，按照规则，她要去一个个叫人……时雨莐和白子乌已经到正厅集合了，两个人都没和苏箧衣说自己的身份，应该不是国王或国师了。

苏箧衣朝霍永延的院子走去。

"霍大人，辰时已到——"

房间内还闪烁着烛光没有人应声，苏箧衣拔高了声音："霍大人？"

"呵呵……没想到啊……竟然不只是我一个人想要杀你……那我就只好……再补几刀了……"

补刀？这个声音怎么和贤妃的声音这么像，贤妃在里面？！

苏箧衣连忙踹门而入，进去就见霍永延倒在地上，身边尽是血迹。霍晴正持刀立在一侧，笑得很是疯狂。

苏箧衣倒吸了一口气："贤妃娘娘，你、你杀了霍永延？"

"哈哈哈……我倒是想杀了他！可是他已经死了！只是不再刺他几刀……实在难解我心头之恨！"

"出了什么——"孟愈从外面进来，他身后跟着叶濯，"一大清早就这么吵，不是说好了不可以——"叶濯的话在看到霍晴之后变成了连连冷笑，"呵呵，霍晴，你在这儿……这么看来你终于忍不住出手了？"

孟愈和叶濯见到眼前的景象并未吃惊，尤其是叶濯的话，怎么听都好像对贤妃的行为早有心理准备。苏箧衣心中暗叹一声："七爷、孟大人，还请您二位先将贤妃娘娘带到正厅，让她冷静一下。我去通知其他人。"

很快计洛鸿等人就随苏箧衣来到了霍永延房内。

反应最激烈的是霍明珠，此时见到霍永延的死状，咬牙切齿地要找贤妃算账："霍晴，你还真不愧是那个贱女人的孩子——"

霍永谦和计洛鸿一人一句劝慰霍明珠。

计洛鸿几声叹息后便恢复了镇定，他看了众人一番："没想到事情会到如此境地，看来这个仪式不得不中断了。这几天不会有人上山，只能派人去通报了。在此之前，贤妃娘娘，恐怕不得不——"

霍永谦忙道:"我去找人上山。至于晴儿,让宁虞和她在一起吧。"

霍明珠不满:"永谦,那可是杀了你大哥的人,你还敢让宁姑娘和她在一起?若是依我看——"

霍永谦一脸正色地反驳:"晴儿首先是我妹妹。我也不相信她会杀了大哥。"

一直未说话的宁虞也开口劝说:"贤妃娘娘毕竟是宫中之人,不能坏了规矩——正好贤妃娘娘那间屋子比较大,就让我和计曳一起陪她好了。"

计洛鸿看了霍明珠一眼,目光中带着安抚:"那便麻烦宁姑娘了。只是永延的房间那里……山下来人之前,还是看护一下为好。苏公子——你此番中举,过阵子会补选到大理寺任职,你就先行此职责,看管案发现场吧。"

苏箧衣点头答应。

众人先后从霍永延的房间离开,苏箧衣待人都离开后重新进了房间,从床头查起,一丝一毫没有放过。但整个屋子检查下来,没有丝毫的破绽,除了霍永延在地上的血迹外,唯一可疑的线索便是贤妃手中的刀。

到了午时出去报信的霍永谦回来了。

计洛鸿将所有人召集到大厅,霍永谦站在他身边苦着一张脸:"下山的桥被破坏了。是从对岸被破坏——看不清楚是什么手法什么时间。"

计洛鸿叹息一声:"既然这样……那看来这三天里,谁也进不来,谁也出不去了。"

贤妃不顾霍明珠恨不得杀死她的目光,大乐道:"三天?哈哈哈哈……如今初秋,等到三天之后,霍昙的尸身都该烂掉了吧?真好啊,死后都不得安宁!"

霍明珠:"霍晴你——"

贤妃一脸笑意,眉宇间的舒畅是以前不曾见过的:"不过没有亲手了结了他,心中还是有点遗憾。"

苏箧衣打断贤妃得意的挑衅,正色询问:"娘娘,您到底为什么去了霍永延的房间?当时房内又是怎样的情形?"

霍晴将手中的玉牌扔到众人面前:"我是第二顺位的刺客。本想着今晚以这个身份让霍昙放松警惕,而后杀了他。但是真是一刻都不想多等……终于决定提前动手,还是晚了一步。"

苏箧衣看着玉牌上的刺客二字:"这样的话……凶手应当也是'刺客'。只有

这样,霍昙才会毫无防备地开门……"

这时人群中一直面带忐忑,目光里有藏不住的惊恐的计曳说话了:"我、我是第三位的刺客……那个、我虽然是刺客,但是……人不是我杀的。"

苏箧衣根据现有的情况分析:"第二位是贤妃娘娘,第三位是计姑娘……凶手应该就是第一顺位的刺客。不过现在这里,肯定已经没有这个第一刺客了。如果不出意外,凶手一定偷走了霍永延的玉牌。霍永延深夜遇害,这里所有人都没办法提供不在场证明。霍永延也正因遵守规则……才给了凶手可乘之机。计大人,仪式水很深啊,您可知进献玄镜的所谓方士是何来历?"

计洛鸿一脸为难:"计家只是奉陛下之命行事。其中是否有内情,我计家并不知道!"

回去的路被断,众人只能暂时留在别院。贤妃和霍明珠站在两边,一笑一哭,情形很是紧张。见商量不出什么,计洛鸿又说了几句,便请众人各自回房,并吩咐了小厮将饭菜送到各自房中。

"苏箧衣,跟本王过来。"回去的路上叶濯朝苏箧衣招了招手。苏箧衣看了看身侧的孟愈,面带纠结地朝叶濯走了过去,"七爷,您有什么事?"

叶濯扫了她一眼,昂了昂下巴道:"回房间再说。"

叶濯并未叫孟愈一起,苏箧衣抱歉地看了一眼身后的孟愈,然后一路跟着叶濯进了房间。早就有小厮将午膳送了过来,叶濯让苏箧衣等在外面,自己进内里换了衣服才出来。

苏箧衣看着坐下嫌弃地拨弄着饭菜并未吃的叶濯,脑门一阵阵抽痛,想到如今的突发状况忍不住问道:"七爷,贤妃娘娘和霍永延……不对,她和霍家,到底什么仇什么怨?"

叶濯放下筷子饶有兴致地道:"交换吧。你告诉我方才查出了什么,我就告诉你霍晴是怎么回事。"

苏箧衣没有犹豫:"霍永延是被砚台砸中后脑而死。为了方便"刺客"划下墨痕,每间房内都备了笔墨。凶手应该是让霍永延转身,说是画墨痕,而后杀害了他。现场没有争斗痕迹,那一击也确实是致命伤。至于贤妃娘娘'补刀',伤口都没什么血迹,那时人已经死了很久了。而玉牌,也如预料的一样,不见了。"

叶濯若有所思地点点头:"霍晴那边,她和霍家的其他几个人不是一母所生。

她娘是续弦,是扶正还是另娶的,就不清楚了。而且,在她很小的时候就死了。怎么死的也说不清,就和霍曾第一任夫人一样……总之恩怨难说。在外面是风风光光的霍家二姑娘,不过在家里日子应该不好过。三年前霍家出了一件很不光彩的事——霍永延玩死了家里的一个丫鬟。"

苏箧衣回忆着关于霍家的事:"我记得贤妃娘娘说了'杀人偿命'这句话。所以这个丫鬟和她关系很好?但也不至于疯癫至此……"

叶濯眼皮子都没抬语气很是平常:"因为霍永延那天晚上想要的人,本来是霍晴。"

苏箧衣大惊:"什么!那是他妹妹啊!"

叶濯看她一眼:"很震惊吗?霍晴——很漂亮啊。"

苏箧衣翻了个大大的白眼:"您能这么了解霍永延的内心活动真是了不起。"

叶濯耸耸肩并未因她的话而不快:"那个丫鬟大概是她娘给她选的,本来就和霍晴关系很好。替了霍晴这一遭,结果丢了性命。新仇旧恨——若不是因为这个念头,霍晴也不会拼了命地争宠。而且她对霍永延……一直还颇为暧昧。大概是想让景康帝替她动手。不过这就是高看了她自己了。她可能也是觉得此路不通,这回才想亲自动手。"

看来这十有八九就是贤妃的动机了,就不知道她是否还隐瞒了其他事,总觉得贤妃守着宠妃的名号,做事应该不会这么粗暴才是。

叶濯问到了自己想要的信息,便不客气地打发苏箧衣离开。苏箧衣临走前默默运气,不断地安慰自己,不和这个小气的家伙一般见识!

忙了一上午,苏箧衣早就饥肠辘辘了。回去的脚步也不由自主地快了起来。结果速度快了,刚拐过走廊,就和迎面过来的人撞到了一块。

"哎哟!"

"苏公子?没事吧!"

时雨茇后退了几步,站定后并未呼痛,反而关心地问苏箧衣是否撞疼了。苏箧衣这才看清楚,来人竟是时雨茇,她摇摇头:"没事,是我走得太急了,时兄,你没事吧?"

时雨茇摇摇头:"我没事。对了,苏公子,不知案情调查得怎么样了?"

苏箧衣并未隐瞒实话实说:"没什么进展……我准备回去吃个饭,再去贤妃娘娘那里问问。"

时雨苠目光一跳朝苏簏衣笑了笑："碰巧我要去找计公子，能路过贤妃娘娘的院子，不如我帮你先捎个口信，免得一会儿突然过去唐突了贤妃娘娘。"

苏簏衣有些犹豫，但时雨苠说的也有几分道理，便朝时雨苠道谢了一番。

两人就此道别，时雨苠朝计冰所在的院子走去，苏簏衣则回到了自己的房间。不料她推开房门竟见到门缝内不知何时被塞了一张纸——"别信任何人"。

虽然只有短短五个字，但从笔迹上看，却出自五个不同的人。掩盖得这么刻意，到底是欲盖弥彰还是善意提醒？别信……是说这个案子里的口供，还是说不能相信任何人的话？

就着纸条用完午膳，苏簏衣没有耽误工夫，再次出门去了贤妃的住处。贤妃的院子很大，位置静谧，但有宁虞和计曳陪着，按理说应该有说话声才是。苏簏衣走进院子后，外面不见一人，贤妃的心腹丫鬟不知道去了哪里。

苏簏衣走到门口，心中涌起不太好的预感，正准备先去旁边的侧屋看看，就被人从后面捂住了眼睛和口鼻。头好晕……迷药吗……是谁？

苏簏衣再次醒来的时候，伴随着阵阵头痛。

宁虞惊愕的喊声从旁边传来："贤妃娘娘……苏公子……你们——"

我们？苏簏衣狐疑地偏过头去，这一眼看去，身上迅速升起阵阵冷汗！贤妃？我怎么会——

苏簏衣来不及搞清楚状况，外面便传来了时雨苠的声音。

"遍寻不到苏公子，只有贤妃娘娘的房间未查了——希望苏公子不要遇害才好啊。"

宁虞担忧地望着苏簏衣："怪不得方才时雨苠便召集大家过来！苏公子，你——你是藏起来，还是翻窗户？他们来，我就说没见过你！"

苏簏衣苦笑一声："多谢宁姑娘了。不过，还是不要牵连你了。"

这时霍明珠已经推门而入，正好看到还未来得及收拾的苏簏衣："天哪——"

时雨苠跟在霍明珠身后一脸的惋惜："中午见苏公子的时候，他只说有事要问贤妃娘娘——说贤妃娘娘无罪的，也正是苏公子——看来二位之间果然还是……有些秘密的。"

随后进来的孟愈和叶濯此时脸上的表情也很是诧异。

苏簏衣定定地看了时雨苠一眼："人来得真齐——让你费心了，时兄。"

时雨苠此时一脸的正义："苏簏衣，你倒是一点都不害怕。通奸之罪，又是和后妃——当然了，这里人不多，帮你瞒下，也不是难事。"

霍明珠和他一唱一和："此事事关皇家尊严，怎可任意妄为？"

孟愈打断霍明珠的话："此事必有异状——箧衣，你遇到了什么事，怎么会出现在这里？"

叶濯的目光在时雨茇身上停留了不少时候，之后他看向苏箧衣，脸上看不出喜怒："苏箧衣，你把这件事，仔细解释清楚。有什么事本王给你做主！"

苏箧衣心中感动两人对自己的信任："有劳七爷和孟大人了。"说罢，她对着时雨茇冷笑两声，"起因如何经过如何，有什么区别？与陛下的爱妃睡在同一张床上，这样的结果……不就足够了么？就算是什么都没做，男女之间，也洗不干净。可若我——"她深吸一口气，语带嘲讽地对着众人道，"是个女子呢？"

"你说什么？！"

在场好几个声音同时质问过来，其中叶濯和孟愈的声音最大。

苏箧衣面色平静，语气中带着几分硬气："女扮男装参加科考，欺君罔上扰乱朝纲之罪，我苏箧衣认下。只是其他罪名，何况还连累了他人，恕我绝不低头。事已至此，劳烦计夫人和宁姑娘帮我验个身，可好？"

宁虞怔愣在原地回不过神来："苏公子，你……是女子？"

苏箧衣朝她苦笑两声："是啊！我早想过会被发现，只是没想到……会是这样的方式，来得这样快。"

霍明珠和宁虞一起验明了苏箧衣的女儿身后，计洛鸿再次被人请来，苏箧衣和贤妃之间的罪名虽然不能成立，但苏箧衣恢复性别后，也失去了继续追查此次案件的机会。她被计洛鸿"请"到了房间待着，待此间事了再亲自向陛下禀明情况。

苏箧衣独自躺在床上，一会琢磨案子，一会又走神思考着自己的前路，心中百感交集。她就这样保持一个姿势在床上静静地发呆，就连晚饭都没有用。

叶濯来的时候，苏箧衣还仰躺在床上盯着帐子发呆。

"苏箧衣……你还真是个让人刮目相看之人。"饶是知道了苏箧衣的性别，叶濯也没有因此有所避讳，他径自走到苏箧衣窗边，眼神是熟悉的嫌弃。

苏箧衣没吱声。

叶濯又问："云以游是不是……一开始就知道了？"

苏箧衣还是没说话。

叶濯哼了一声坐在床边瞪着她："打定主意不说话了？"

第三案 缮盛宴

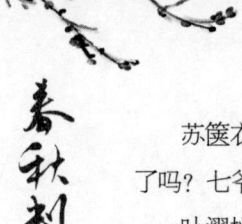

苏篋衣破罐子破摔多了几分任性："我能说什么？反正一切不都是，到此为止了吗？七爷若是想来嘲笑我，还是免了吧。"

叶濯挑眉，连连轻哼："到此为止？你还真是任性，苏篋衣。你既然熟悉大周律法，那本王问你，到底有没有哪一条哪一例，白纸黑字写着女子不能在朝为官？"

苏篋衣忍不住看了叶濯一眼，认真过了一遍律法，沮丧地摇摇头，并没有明确表明女子不能为官的条例。

叶濯见她总算有了点反应继续说道："这事并非没有转圜余地。闹鬼的案子，计府的案子，你若能寻得真相，再替我做一件事的话，本王保下你的官位，不是什么难事。"他说完这话，又停顿了一番，握拳轻咳了一声，语气越发狂傲地道，"就算必须恢复女儿身，不能做官，本王保护你一辈子又何妨？"

苏篋衣尚沉浸在失落中："那又如何。保下官位，但是别人已经知晓我的身份，又怎还会——"她突然顿住，见鬼一样看向叶濯，保护我一辈子？这家伙是随便说说的吧？他知不知道什么叫保护一辈子？难道还想把我从小厮变成丫鬟啊。

"时雨芨陷害你这事也不是没迹可寻……我问了怀瑜，这次科考补选为官的，恰好录到二甲三十二名。时雨芨是三十三名，他之前任何一个人出了事，官位就能轮到他。这家伙为了自己早入仕几年，就毁了别人前途。之前他那装神弄鬼的香囊里，放了不少药材。看来时雨芨也是个懂药的，不然也没本事就这么药晕了你。"

苏篋衣有气无力地道："明知是他陷害，又能怎么样呢？看霍明珠的态度，他们应当早就勾结在一起，他害我，霍明珠害贤妃娘娘。而霍明珠可是计夫人，在她家中布下的局，怎可能找得到证据。"

"你还真是冷静得可怕。不过本王可不想就这么算了。反正这次的两个案子，一时半会儿也找不到真凶，云以游那边，我没办法交差。正好，既然时雨芨跳得这么厉害，让他去顶罪就是。"

苏篋衣疑惑："顶……罪？"

叶濯哼了一声："怎么，你还要以德报怨，给他洗刷冤屈不成？"

这回苏篋衣没有再躺在床上，她挣扎着坐了起来目光认真地看着叶濯："我若毫无证据便断言他清白无辜，才是以德报怨。子曰，以直报怨，不管对方敌友……我能回报的，唯有真相。"

叶濯不赞同她的"原则"："你若只看结果，那结果便是坏人受到了惩戒——是因为什么原因受到惩戒，又有什么关系？"

苏箧衣摇头，立场很坚定："我不管时雨芨是什么穷凶极恶或是心思歹毒之人，不管他何方神圣，我都要依法行事。你就当我，是非不分，善恶不明，迂腐愚钝，不近人情，无理取闹好了。"

叶濯轻笑起来："你还真就是无理取闹，方才是谁在说，一切都算了？"

苏箧衣心知叶濯是想给自己打气，感激地看着他道："虽然不想承认中了你这拙劣的激将法。但是……我本就知道我的做法是离经叛道——世人笑我轻我，侮我谤我，但我在乎的，只有我自己的原则。就算以后的事我无能为力，但是在这几天里，我要面对的就只有计府这个环境而已。不过十几个人，我应当还不会被身份地位限制住吧。"

叶濯见苏箧衣振作了起来，方才满意地拍拍手，他站起身准备离开，走到了门边像是想到了什么，又转过身来："对了，你既然决意查个清楚，那本王再告诉你一件事。方才给你验身，只有霍明珠和宁虞……计曳死了。"

第九章
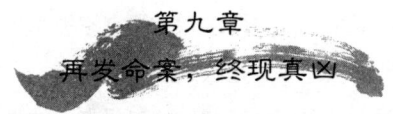
再发命案，终现真凶

接二连三的命案让众人人心惶惶。可怕的是，暂时大家都出不去，而凶手就在众人之中。

于是叶濯站出来说要让苏箧衣继续查案，便也没有人反对，毕竟苏箧衣在众人中算是最没有嫌疑的人了。有她去调查，凶手也许也会收敛一些。苏箧衣暂时恢复自由后，第一件事是亲自检验计曳的尸体，第二件事便是去找宁虞了解计曳的情况。

穿了女装的苏箧衣，和宁虞互相对看，两个人都有些尴尬地站在原地傻笑了一会儿。最后还是宁虞率先打破了沉默："苏公子——哦不对，现在该叫你苏姑娘了。"

"宁姑娘莫取笑在下。不论苏某是公子还是小姐，人都没什么不同。"

"宁虞明白。"宁虞笑笑开始陈述案情，"计曳昨日就有些奇怪，一直有些心不在焉，言语之间遮遮掩掩的，似乎是和什么人约在她的花园里见面。"

和人约在花园相见？计曳出现在宴会之中，最大的可能就是丞相想为女儿选乘龙快婿。计曳的心不在焉，应该也和小女儿心思有关，如此一来，约见之人的范围

就小了很多。

宁虞见苏箧衣低眉深思的样子，几度欲言又止，最后还是决然劝道："苏姑娘！这里的案子，你当真决定追查？"

苏箧衣坚定地点点头："事关人命，箧衣定会追查到底！"

宁虞脸上有敬佩也有担忧："苏姑娘你收到我的纸条了吗？"

"别信任何人"——是你？

宁虞点点头："我爹平日不愿与我说朝堂之事，但我多少也能听到一些，最近亦听永谦说了不少……这宅子里的人，根本就不该凑到一起。面子上一片和乐，内里……"她叹了口气，"如今死的人一个姓霍，一个姓计。虽说霍家的大女儿嫁进了计家，合二姓之好。若二者势均力敌，互相牵制或是彼此一心都不是难事。问题就在于，霍家根基不稳——"宁虞话锋一转，"苏姑娘可知孟大人身世？"

二十年前孟家的灭门案？

据说是孟大将军贪污了军饷，先皇震怒，抄了孟家满门，最后只有在狱中出生的孟愈和其身为长公主的祖母被赦免。只是如今的命案和二十年前孟家的事有什么关系？

宁虞给苏箧衣解惑："孟大人登科之时，是霍家提携颇多，引他做了门生。"

孟大人受过霍家提携？从他和贤妃娘娘的关系来看，确实是不一般，不过孟大人会和霍家结盟吗？苏箧衣试探着道："你的意思是，结党之嫌？"

宁虞点点头："不错，如今朝中已隐隐有二分之势——譬如云家，算是皇商第一大族，便和计家往来最深。陛下这次把事交给计家，颇有试探计家底细的意味。"

苏箧衣一头雾水："所以，宁姑娘，你的意思是——"

宁虞担忧地看了苏箧衣一眼直言道："苏姑娘你挤进这一番电光火石，恐怕只能身为齑粉了。这两家本该敌对，此次却均是受害者，不是他们互相争斗两败俱伤，就是还有更可怕的一方与他们同时为敌。千万小心，苏姑娘，不要被人利用，莫名其妙地就站了队伍。"

宁虞的话让苏箧衣心头闪过阵阵凉意。

从宁虞处离开，叶濯竟然等在门外。苏箧衣再看到叶濯，心中好奇起来叶濯他又是哪一派的？是和孟大人一起和霍家联盟？还是和云以游一起支持计家？说起来叶濯此次支持自己追查下来，表现得和之前在云中的纨绔肆意很不相同，到底哪个才是真正的他？

叶濯多看了苏篋衣几眼，只觉得穿了女装的苏篋衣，怎么看怎么奇怪，眉眼太过于英气，目光太过于深邃，完全无法将她当成养在深闺人不识的女儿家看待。

"苏篋衣，验尸验得怎么样？"

苏篋衣叹息一声："幸亏我身份揭穿了，不然计曳可真是冤到连尸都验不了。计曳是极其恶劣的他杀——先被人迷晕，而后被按在水中溺死。"

叶濯轻哼一声："又是迷药！那个时雨茇之前装神弄鬼，香囊里的东西含了许多药物，这次不会又是他做的吧！"

苏篋衣倒不认为时雨茇会去杀计曳，"时雨茇既然已经和霍明珠联手了，应该不会再用迷药去杀计曳，霍明珠知道他的底牌，如果是他做的，等于亲自将把柄送到霍明珠手上。"

叶濯沉默起来。

到现在为止，已经出现了三个遇害者：霍永延，计曳，还有最初的……魏千行。仅从死者这一角度，暂且割裂为三个案子。毫无疑问，魏千行的死导致了这个仪式。而若没有这个仪式，凶手就没有杀害霍永延和计曳的机会。

但这三个案件看起来又并非一人所为。

魏千行案，凶手隐于幕后，是他杀还是自杀，都没有定论。而霍永延和计曳的死……从作案手法来看，凶手似乎"兴致"很高。生怕别人不知道这是惨烈的凶杀案，简直是对执法者的挑衅。这其中的杀意差别太大。

苏篋衣陷入沉思，喃喃自语的样子让叶濯没由来有些担心，她这个样子，真是一点也不像女儿家。"你这么设身处地考虑凶手的想法，不怕自己也……沉溺其中吗？"

苏篋衣一怔随即笑着摇头："仅仅是诡计的话，要多少有多少——真正能杀死人的，只有杀意。我只是在思考诡计罢了，那份杀意，我是碰触不到的。如果刚才的推论正确……那么现在潜藏在府里的真凶，绝对是个可怕的人。他利用了第一个凶手的布局。"

叶濯："利用……也许他们是同盟也说不定？"

苏篋衣否定了叶濯的推断："独断专行，果决狠辣，这种人不可能会和别人合作。第一个凶手利用魏千行的精神压力，对他予以影响和暗示，最终导致了他的'自杀'。第二个凶手利用仪式的规则，用砚台一击砸死了霍永延。而后，又杀死了计曳。看似没有问题，除了……动机有问题。魏千行的死，是借了'闹鬼'的势，可

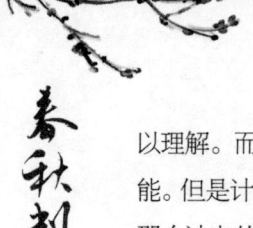

以理解。而霍永延此人性格放荡,依靠霍家权势做了什么得罪人的事,也是大有可能。但是计曳……就算有什么人恨她,同时她与霍永延结仇的可能性,也太小了。那么计曳的死,凶手是——"

苏箧衣思索得太过入神,险些撞到假山上。多亏了叶濯好心拉她一把,他拉着苏箧衣坐到了旁边的凉亭,招呼人倒了两杯热茶过来,拿了一杯塞给苏箧衣,自己喝了一口,满意地舒了一口气,这才道:"与其这么艰难地揣测凶手的想法,不如早点确定下到底谁是凶手。宅子里总共也只剩十一个人,除去你我,只剩九个——"

苏箧衣顺着叶濯的思路开始对众人进行一一排除。

霍晴的动机也很明显,她想杀霍永延却晚了一步。

至于孟愈,云以游的委托是其一,但总感觉云以游并没有像信任叶濯一样信任他。孟愈的目的,是提醒霍永延小心霍晴。初十晚上霍晴和霍永延之间定有争执威胁。而孟愈早早就回了房,他的房间和霍永延房间在一个院子,大概是等他回来提醒他。

计家的人,尤其是计洛鸿,他的目的是最不可抗拒的——皇命难违;霍明珠这"计夫人"的身份依傍于计洛鸿存在,同进同退,她并无谋划和选择的余地;计冰和计曳姐弟两个……若本来只是个普通宴会,那计冰是要接触国子监的一些前辈;计曳么,寻个如意郎君——也就是,和她约的人咯?

霍家——霍永延因为长于古物鉴赏,又是姻亲关系,起初的"家宴"邀请他,自然无可厚非。霍永谦是应届举子,又是计家姻亲。他本就是不愿意被束缚的人,又和宁虞一块出现,很可能是单纯地将宴会当作了谈情说爱的地方。

这样一来,剩下的就只有——时雨茇和白子乌。

时雨茇此人,和魏千行的事脱不了干系。再加上之前他在盛京的声势,不难推测,向皇帝进言的方士很可能与他有关。自己散布闹鬼的传闻而后自导自演,让自己成为玄镜的继承人,从此名声大噪。不过也正因此,他应该不会是犯下凶杀案,最不愿意破坏仪式的人应该就是他了。

至于白子乌,是最没有世俗动机的人,如果不是那场比赛,没有人知道他是计丞相的外甥,而他去找计丞相,不仅不是为了走后门,还要求计丞相杜绝其他人走后门。如果他有嫌疑的话,那么动机应该……很特殊!

这样看来,只能在凶手再次动手的时候,守株待兔了!

苏箧衣自凉亭和叶濯分开，直接回了自己的房间。不想刚拐进院子就见到站在房外的孟愈，他像是等了许久，苏箧衣走过来他也没有马上发现。

"孟大人？"

苏箧衣有些诧异，上前了几步后又想起自己如今恢复了女儿身，便停下了脚步带着几分忐忑地看着孟愈。这种忐忑，是面对叶濯时不曾如此强烈的。在叶濯面前她有一种无论自己是男是女，在他眼里她都是苏箧衣的奇怪的安全感，叶濯虽然喜欢调侃自己，却不会在意其他。而亦师亦友又老道睿智的孟愈，会怎么看待自己呢？

良久孟愈方才叹息一声："孟某是真的没想到，云中才子苏箧衣竟然会是女儿身。"他看着苏箧衣，眸光深处闪过一抹遗憾。

"孟大人，对不起。是我骗了你。"苏箧衣感到很愧疚，孟愈之前对自己的教导与栽培已经有提携的意思了，如今她，是让他失望了吧，"可我并不是有意……"

"苏姑娘——"孟愈打断了她的解释，又像是还不太习惯这个称呼，他停顿了一瞬方才继续道："如今你既已恢复了身份，还是远着点朝堂上的纷争比较好。"

原本的忐忑和紧张此时化为失落，原来他认为"女儿身"就该安守本分么？苏箧衣看向孟愈："孟大人，你的意思是不愿箧衣再继续追查下去了？哪怕真相已经很接近——"

孟愈再次打断苏箧衣的话："真相固然重要，但真相由什么人什么时候查出也不能小视。我只是担心你这般孤勇向前，固然能查出真相守住你的信念，但同样也会因此承受和失去更多的快乐，难道你真的愿意在你苏家的头顶悬上一把刀吗？"就像云家那般……孟愈在心中长叹。

苏箧衣听出了孟愈话中的关心，但同样又因孟愈的不支持而感到难过。

"孟大人的关心，箧衣心中感激。但若让箧衣就此放弃寻找真相——箧衣做不到！"苏箧衣一脸坚定。

孟愈深深地看了苏箧衣一眼，眉宇之间多了几分薄怒："是不是阿濯答应保你，所以让你觉得孟某所言不过是危言耸听？"他的表情收得很快，苏箧衣根本没有察觉。

苏箧衣摇摇头："七爷只是骂醒了走进死胡同的箧衣而已，箧衣追查此案，并非因为无所畏惧，而是在箧衣心中，有比性命和家族更重要的事！"

孟愈皱眉目光跳了跳："比家族和性命更重要的事？就是你的原则？哪怕你的

155

原则和皇权冲突,你也要继续下去吗?"

苏篋衣摇摇头:"不!不是篋衣的原则!而是律法的原则,律法本就是为了追查真相,维护公平正义而生。篋衣只是想还律法以清明,想向天下百姓、向后世之人证明,我大周律法之清明公正!试问孟大人,这样的原则又怎会和皇权冲突?唯有律法之清明公正,才能更好地守护皇权!"

苏篋衣的话虚得有些离谱。

倘若是换作他人孟愈一定嗤笑一声,当作对方的官面文章。但此时说出这些话的是苏篋衣,从认识她开始,就一次次被她的"原则"和"坚守"所震撼,此时孟愈的心中像是有什么新的东西冒出头来,又像是有什么一直守护的东西摔倒。他没有再劝说苏篋衣,几乎是有些失礼地"落荒而逃"。

凶手一直没有再出手。

从第三日的下午、晚上到第四日的早上,都安静得让人害怕。到了正午时分,计洛鸿再次将所有人召集到了正厅之中:"这次发生了太多事……不过总算都要结束了。如果运气好的话,现在说不定已经有人在修复断桥了。府里还剩最后一餐,大家多少吃一些,别坏了身子。"

霍明珠亲自带了丫鬟到厨房去监督饭菜,等到饭菜上来后,她身后的丫鬟还端了一壶茶水:"原本这最后一日,是备了一坛好酒给大家庆祝的。只是如今谁还有兴致……以茶代酒,也算是……慰故人。"

霍明珠先给自己倒了一杯轻抿了一口,以示茶水无事。

已经是最后一天了,凶手真的就此罢手了吗?看着霍明珠,苏篋衣突然心脏突突直跳……总觉得有哪里不对!

"别咽下去!"

她还是晚了一步,霍明珠口中的茶水早已入腹。此时听苏篋衣大喊,她吓得手中茶杯瞬间摔落在地。不过几个喘息的工夫,霍明珠便如同那落地的茶杯一般,双手捂着肚子,也痛苦地摔倒在地上。

一直陪着叶濯和孟愈说话的计洛鸿,此时惊慌地冲了过来:"明珠——"

苏篋衣走过去查看茶水,霍明珠的丫鬟此时紧张地解释着:"夫人刚刚泡茶的时候就已经尝过了,怎么还会——"

"这里所有的菜、茶水……全都不要再碰!好一个罗网……我还在想谁会是下一个被害人……竟然一个活口都没打算留！"

苏篋衣捡起碎落在地的茶杯，断裂的某块杯沿处还能看到残余的白色粉末。

"白子乌！"她突然看向白子乌喊道："还不快点拿出解药！"

被点到名的白子乌一直坐在人群后面的椅子上，这几日来他的存在感并不强烈。再加上他本来就性子狂傲，不愿与人交流也是常事。几乎没有人会在第一时间将凶手和他联系到一起。

白子乌对着苏篋衣连连摇头："苏篋衣，你气急败坏的样子太难看了——你这样朝我大喊大叫，是有什么证据证明是我做的吗？"

苏篋衣看着他："我承认我没有想到这最后一步，你的犯案手法我也找不到证据。是我输了……但是我的推理，不会有错。最初杀死魏千行的凶手，并不是你。京城闹鬼传闻，为方士进言造势的魏千行的死，都是时雨茇造成。"

时雨茇一直和计冰站在一起，这会儿见苏篋衣又将自己扯了进来，并不见慌张反而语气很强硬："苏篋衣，你说这话是何意？"

苏篋衣认真打量着时雨茇，目光中带了几分钦佩。这个时候还能这般镇定，不愧是轻而易举将魏千行哄骗跳楼的人物。只不过……他运气不好，遇到了自己！苏篋衣目光猛地一变，语气也铿锵起来："什么意思？意思就是你要为魏千行的死负责！"

时雨茇面不改色只狠狠地盯着苏篋衣。

苏篋衣飞快地给其他人解惑："在国子监的时候，时兄你便给每个考生送了可以避鬼的香囊。香囊里面都有什么，你不会忘了吧！除了安神的药材，那看似简单的符灰之中却巧妙地掺进了可以乱人心神的药物，可以看出你是个制药的高手。魏千行吃住都和你在一起，早就对你马首是瞻。在他身上发挥作用的药量，要比常人多上数倍！魏千行跳楼那日，你定是对他说了很多心理暗示的话，引得魏千行情绪激动，之后控制不了自己跳楼自杀。"

时雨茇眉心微跳但面上依旧镇定。

苏篋衣话锋一转："你出身越州修道世家，进献玄境的那位道长，应该也是你时家的人吧！你借明月楼闹鬼的传言，不仅铲除了可能会排在你前面的学子，更趁机揣摩出了几分陛下想要兴道教的意思。你趁机联系家族中人入京献玄境，借道士的口让陛下安排了这么一出好戏。"

"简直荒唐！我时雨茇何德何能可以让陛下为我安排这一出戏？"时雨茇语气

第三案 饕盛宴

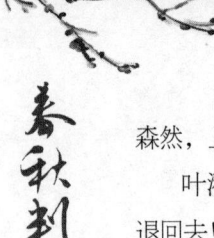

森然,上前两步直逼苏箧衣。

叶濯将手里把玩的扇子朝着手边的桌子狠狠敲了两下:"不是你,你激动什么,退回去!"

时雨芨碍于叶濯的话只能愤愤回身。

苏箧衣感激地看了叶濯一眼继续说道:"你不仅想获得陛下的重用,更想攀附上霍家,而霍大公子精通古玩,变相可以提升玄境一事的真实度。其次,一旦你顺利成为玄境之主,便能通过玄境和霍大公子搭上关系,从而上了霍家的船。"说到这儿,苏箧衣惋惜地摇摇头,"可惜啊!可惜!这么天衣无缝的计划,偏偏早就被别人识破了去,不仅被识破了,还被那个人利用,真是螳螂捕蝉黄雀在后啊!"

"那个黄雀又是谁?"霍永谦最沉不住气,率先开口质问。

孟愈也看了过来目光复杂,语气里带着几分落寞:"若不是女儿身……"他的话没说完便没了音,"苏箧衣,你说的那个人,是谁?"

苏箧衣只当没听到孟愈的感慨,手指向一直站在人群中的白子乌:"对时家最为了解的人莫过于同样出身越州,又在越州书院同你一起学习过的白子乌了!计家知晓此次仪式的全貌,以白子乌和计家的关系,他掌控全部计划不是难事。故而按照第一顺位刺客白子乌原定的计划,会在第一晚杀死霍永延,第二位刺客轮空。而后会在第二晚杀死第三顺位刺客——也就是计曳。杀死计曳,扰乱视听,又因为他和计家的关系,可以从凶手中排除。"

时雨芨早已被苏箧衣扰乱了心神,听到是白子乌破坏了自己的计划后,更是双眼通红一脸怒气地等着白子乌。

而白子乌并未施以时雨芨一丝目光。

他依旧一脸狂傲地站在苏箧衣面前:"你推理得很精彩,继续说下去,让我看看你能想到什么地步。"

苏箧衣此时早已冷静下来,没有了之前追要解药的气急败坏:"可是时雨芨也在执行他的计划,他求取计曳不成,便对计曳下了迷药,想以此手段污她清白。但计曳那晚早就约了'心上人'——也就是白子乌!时雨芨临时改变计划想要陷害白子乌和计曳,而白子乌不想在那时引人注意,也不想回应计曳的爱慕。只能提前执行他的计划,溺死了昏迷中的计曳。"

时雨芨和白子乌,一个想要飞黄腾达,将计曳视为踏脚石;一个虽然动机不明,但同样将计曳的一片真心当作空气,出手将人杀害。只可怜了计曳……

苏箧衣面上闪过哀色，她看向白子乌和时雨芨。

这两人一个早已经冷汗连连，一直低着头。而之前和他相谈甚欢的计冰，此时愤怒非常，若不是霍永谦一直拦着他，计冰早就冲过来和时雨芨扑打在一起了。

苏箧衣环视众人，所有人面上带着惊恐和不可置信。

只有叶濯和孟愈不同，叶濯依旧一副无所谓的模样，孟愈则沉思不语。

"霍永延和计曳的死让大家提高警惕，不敢单独行动。但这又怎么会难道你呢！"她看向白子乌，"在水源和食物里下毒，最后杀死所有人。每一步都算得如此完美。白子乌，你不愧是越州才子，新科探花！"

白子乌叹了口气："我原本期待你能说出什么样的话来，原来只是'推理'而已。人的猜想，不在规则之内。"

苏箧衣并未因白子乌的嘲讽而沮丧，她反而走向时雨芨："时雨芨，事到如今，这是你唯一将功补过的机会了。白子乌了解你，你也了解白子乌——他的动机究竟是什么，恐怕在场的所有人中，只有你最清楚了！"

时雨芨诧异地抬起头，他的目光从苏箧衣身上慢慢移向白子乌。脸上闪过几分疑惑，很快他像是想到了什么，瞪大了眼睛："白子乌，你恨霍家——应该是因为你家的那一间古董铺子，当年霍家大少爷看上了铺子里的东西，强取豪夺，导致你父母双亡，家道败落。"

白子乌轻笑一声，看向苏箧衣的目光多了几分赞许："倒真是被你反将了一军，竟然想到让时雨芨来对付我。既然被你抓到了纰漏，那整件事便不再完美，那我认输好了！"他顿了顿，语气变了又变，"不过我还是很开心！目的已经达到了。规则之外的东西，我便用规则之外的手段清除。霍永延和霍明珠，他们死有余辜！"

"他们确实死有余辜，你替天行道，做得好！"安静地大厅内，贤妃的笑声异常突兀。

春秋判 锦屏风 第四案

微信扫码,加入《春秋判》推理圈,揭秘第二结局,听配音番外。

第一章
###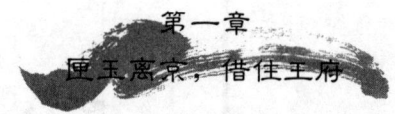
匣玉离京,借住王府

黄昏时分,别院外传来阵阵喧哗声。京兆尹宁大人亲自带人进了别院,他的身边还跟着景康帝身边的得力总管太监,二人奉了皇命亲自来迎接玄境的新主人。计洛鸿此时早已不复第一天时的神采,丧妻丧妹之痛,尽在眉宇之间,整个人看起来疲惫不堪。

孟愈和叶濯先他一步出来迎接来人。叶濯走在孟愈前面,脚步慵懒,眉宇间带着几分不经心。他见宁大人同总管太监走近,才又往前走了两步:"宁大人,你总算舍得出现了。"

听到叶濯责问的语气宁士霖并未惊恐,反而像是未听到,径自看向孟愈及其身后的计洛鸿,"计大人、孟大人,下官奉命来接玄境的新主人进宫面圣,不知玄境的新主人是——"

孟愈眉头微皱看了一眼身侧精神有些恍惚的计洛鸿,只得上前一步:"宁大人,别院这两日——"

别院发生的事,在孟愈口中,只三言两语就将重点交代清楚了。宁士霖面上染起了凝重,时不时看一眼苏箧衣,目光之中带着几分复杂。身为宁家未来的女婿,霍永谦带着宁虞也走了过来,像是在向宁士霖报平安。只不过,这时候宁士霖根本没工夫管这些。

他了解了事情的来龙去脉后,立刻吩咐人去押时雨芨和白子乌,准备将二人带去大理寺。又派了人去霍家报信。至于自己，则要和孟愈一块儿回宫禀告情况。

反倒是叶濯，在被宁士霖赤裸裸地忽视后，直接甩袖子走人了。苏箧衣留在原地，本以为宁大人会找自己问话，不想他一通吩咐下来后，就要和孟愈先一步离开。被留在原地的苏箧衣，尴尬摸了摸鼻子，硬着头皮一路小跑去追叶濯的马车了。

她到马车跟前的时候，叶濯正好探出头来，见到是她，嫌弃地哼了一声："果然是做了女人就变得磨磨叽叽起来，还不快上马车。"

苏箧衣嘿嘿一笑正准备上车，身后却传来宁虞的喊声，她朝叶濯双手合十作了个揖，让他等自己一会儿，转身迎着宁虞走过去："阿虞，怎么了？"

宁虞看着苏箧衣，又看看马车上的叶濯低声道："箧衣，如今你恢复了女儿身，再同北宁郡王坐一辆马车，你的名声——"

苏箧衣疑惑之后恍然大悟。

心里感激宁虞的关心，但身后却传来叶濯不耐烦的催促，想到自己还有事想要同叶濯说，苏箧衣抱歉地看了宁虞一眼，还是乖乖回去上了车。叶濯坐在马车上颇为满意苏箧衣的识趣，宁家那小丫头当自己耳聋吗？

苏箧衣坐上马车后长舒了一口气，若有所感。

"死里逃生一次……总算是结束了。以后绝对不要在什么都没搞清楚的情况下就赴宴了！"

叶濯用扇柄敲了敲她的额头："救了大家的命，还这么没精神？别太贪心。"

苏箧衣使劲摇头："我才不贪心，我能做的是找到罪犯——挽救人命这种事……还是交给神明去做吧。"她说完后，面带疑惑地看向叶濯，"七爷，发生了这么大的事，也不见你有任何讶异之态，还真是心如磐石啊！"

叶濯冷笑一声目光嗖嗖地射过来，但见苏箧衣缩了缩脖子很没骨气地往旁边躲，他又笑了起来："我心如磐石又如何——有这个工夫，还是想想你自己的问题吧。计洛鸿会将事件过程上报，你的过，你的功，都会告知皇兄。"

苏箧衣脸色平静，自己选的路有什么结果早就有所预料。

叶濯本是想等苏箧衣变脸，求上自己一求，熟料苏箧衣摆出了一副壮士割腕的模样，心中不由气闷。但偏偏他在苏箧衣面前又总是忍不住想要说点什么，干脆咽下了心中这口闷气正色问她道："苏箧衣——你确定，你要继续这条路吗？"

苏箧衣重重点头毫不迟疑："我确定。以后，也绝对不后悔。"

叶濯用一种复杂的目光审视着她，最后若有所思地承诺道："明日本王带你入

第四案 锦屏风

宫,你,本王保下了!"

入宫?入宫面圣?

苏箧衣面上不显,心中却一阵吃惊,她原以为最多也就是朝堂之上百官议论自己的事的时候,叶濯任性一把,帮上自己一言,但他这么正经八百,一副要单独去面圣求情的架势,苏箧衣突然有点招架不住了,尤其是叶濯最后那句"你,本王保下了!"听得苏箧衣心脏跳个不停,有一种"卖身"的感觉!

叶濯一眼就看出了苏箧衣的迟疑,他淡声解释:"不出意外的话,皇兄知道了你的'事迹',也是要召见你的。与其让你真正应付那样的局面,倒不如直接去求他的恩准。有旁人替你说情,他倒是未必一定会见你了。"说着他又看了看今日重新换回了男装打扮的苏箧衣,提醒道:"不过你明天记得——换回女装吧,也尽量正式些,既然别人已经知道你的真实身份,再穿男装也太奇怪了。"

苏箧衣一脸无语:"你要求好多啊,其实就你觉得奇怪吧!"

叶濯撇嘴:"还不是你自己惹的事儿。"

苏箧衣投降:"好好好,都是我的错——不过七爷,我感觉,对于我的身份这件事,你都不怎么惊讶啊!"她好奇地看着叶濯,说实话,叶濯从头到尾都没有一点吃惊的模样,她都有点怀疑是不是云以游早就把自己的身份告诉叶濯了!

叶濯看白痴一样看着苏箧衣:"我惊讶什么?你这种没脑子的人,当然做得出来这种事。"

苏箧衣赔笑两声果断换回之前的话题:"还是说刚才的事吧。说起换女装,还要正式一些——"

叶濯一脸恍然大悟外加嫌弃地看着她:"别告诉我你没有正式点的女装。还是你根本连女装都没有?"

苏箧衣认命地点点头,她做了十几年公子没有女装也不奇怪吧,再说女装那么麻烦她还不会穿呢。

"我、我今天回去就问问我表妹!"

叶濯直接靠在了软榻上,一副被苏箧衣气得脑门疼的样子,他嫌弃地啧啧起来:"你可真行啊苏箧衣!罢了,云以游应该前两日就已经到京城了,待会让她带你去挑衣服好了。"

云以游?感觉是比表妹要靠谱一些!

苏箧衣这边还在神游一会儿见到云以游后要说点什么,就听到叶濯又嘱咐自己道:"你既然决定为官,就要在京城长久住下了吧。你找到住处之前,住在王府就是了。一会儿你回你住的那个客栈就收拾收拾东西,明日搬到王府去住。你应该也没多少东西吧。"

住王府!

说起来自己现在的境地,好像如果继续住在客栈是不太妥当。若是自己去买院子,又是一大笔花销,既然这家伙今日这么好心,干脆答应下来好了,不仅有住的地方,还能顺便抱大腿,安全感一下子就提升到了新高度啊!想到这,苏箧衣毫不犹豫地点头:"好呀好呀!我还在发愁要怎么找住处呢——这样就不必着急,可以慢慢找了。"

叶濯见苏箧衣这般模样眼皮子抽抽地跳:"答应得异常痛快了吧……我怎么突然有点后悔了。"

苏箧衣一脸感谢地望着他:"七爷你提出来就是为了让我拒绝的吗?虽然知道你突然这么好心,肯定是要回报。但也不至于我把命赔进去,别的么,若我能做到,本来也是愿意帮你的。至于其他的事……随别人怎么说吧,反正不得罪你这件事比较重要。"

叶濯被苏箧衣的论调打败,心中倒是真的舒畅了不少,他轻哼一声语气也温和了几分:"你倒也不用担心什么,我十一月以前就会离京去越州过冬。明年天气转暖才会回来。你可以在王府'当家做主'小半年。"

苏箧衣听他这么说,有点开心又有点失落。

马车驶入盛京城内已是掌灯时分,叶濯吩咐车夫一路将苏箧衣带到了成衣铺,也不知道他什么时候吩咐人去通知的云以游,等苏箧衣被叶濯催促着进去时,云以游已经等在那里了。三人寒暄了几句,叶濯就借口困了要回府休息先走了。

云以游拉着苏箧衣足足逛了三条街,光是买了衣服还不够,又给她买了头饰首饰,还有胭脂水粉!苏箧衣看着眼前一堆瓶瓶罐罐,无力吐槽。

云姑姑,箧衣不会用啊!

云以游并不理会苏箧衣一脸的纠结,直到自己觉得满意了才放她离开。

苏箧衣抱着一堆东西回到客栈的时候已经半夜了。原本以为表妹早就睡了,苏箧衣进去的时候脚步放得很轻,不料她刚黑灯瞎火地摸进房间,下一秒房门就被推开了。

苏匣玉又惊又喜地扑了过来："表哥，你总算回来了！"她抱着苏箧衣又跳又叫，过了半晌才发现不对劲，"不对，表哥你——"

苏箧衣泫然欲泣地望着匣玉："匣玉，这几天发生了好多啊……我好想你！"

苏匣玉连连摇头怔愣着终于找到哪里不对劲了："不，等等，你——怎么变成女人了？！"

苏箧衣低头看了一眼自己身上被云以游强迫换上的女装，语带无奈长叹一声："唔……这就说来话长了……"

苏箧衣拉着匣玉坐下后，慢慢将这几天发生的事告诉匣玉。

苏匣玉听过后一阵后怕："竟然发生了这么多事……那你——那我们，还能继续留在京城吗？"

苏箧衣毫不犹豫地点点头："当然啦，我也要继续做官的。最坏可能会治罪，也可能是补去做宫里的女官吧。总之已经取了功名，我亦是进退两难。"

苏匣玉看着苏箧衣欲言又止，眉宇间的纠结藏都藏不住。

"匣玉，你的脸色看起来很不好，怎么了？"

苏匣玉避开了苏箧衣伸过来想要关心她的手，她勉强笑了笑带着几分嗔意："还不是心疼你。"

苏箧衣不疑有他，凑过去抱住匣玉拍了拍她的头："表妹，你别担心，这有什么，老爹估计早就料到会有这么一日。为了不让我牵连他，当初才匆忙辞官。最坏结果就是我被遣返回老家。反正不管是回老家还是在京城，我绝对不会忘记答应给你找个好婆家这件事的！"

说到这里苏箧衣忍不住好奇八卦起来："话说，匣玉，在京城这么久，你有没有听说过哪家的公子还不错？"

苏匣玉瞪了过来："表哥，你都这样了还不正经！"她像是害羞了，站起身要出去，"你先休息会吧，我去给你煮点夜宵吃！"

本来不想表妹大半夜再去折腾，但这话苏箧衣还没说出口，肚子就不争气地咕噜噜叫起来了。她只能干笑着眼巴巴地看匣玉出去。匣玉离开后，苏箧衣直接躺到了床上，准备小憩片刻。可惜，肚子叫得越来越响，她一丝困意都培养不出来。

不到半个时辰，苏匣玉就端了还冒着热气的夜宵进来。

"表哥，来吃啦！"

苏箧衣从床上飞坐起来，看着笑意盈盈望着自己的匣玉，总觉得这次回来，表妹有些不对劲。等走到桌边，见到海碗里乘着的汤圆后，苏箧衣惊讶地叫出声来："竟然是汤圆？匣玉我真是太爱你了！"

苏匣玉轻笑："小心烫。本来是放榜那天就包好了，准备给你吃——结果你没有回来，就留到今天了。"

苏箧衣筷子猛然停住，不！等等……匣玉……都好几天了，这个汤圆真的还能吃吗？

苏匣玉无奈地看她一眼："骗你的啦。之前包好的都已经坏掉了……我是重新准备的，不然怎么会去这么久。"

苏箧衣一听，马上闷头吃了起来，接连入口了三四个，这才囫囵着和匣玉说话："表妹你好贤惠！真是舍不得把你嫁出去。"

苏匣玉坐在苏箧衣身边，看着苏箧衣吃得热火朝天，心里却越来越复杂。她犹犹豫豫地说道："嗯，表哥……其实，我刚才去了这么久，也是因为在想一些事情，所以做起饭来就有些慢了。"

苏箧衣并未察觉苏匣玉语气中的复杂之意，只当表妹还是在和自己开玩笑，顺口叹息一声道："表妹，你自己有心事还来照顾我，你也真是……不像是我妹妹，倒像是我姐姐。"

苏匣玉蹙了柳眉正色道："苏箧衣！苏浣！你认真一点！"

被接连喊了两个大名，苏箧衣哪能听不出来事态的严重。她吧嗒一声将筷子放在桌上，认真地看向苏匣玉，不知道她到底有什么事要和自己说："匣玉？"

苏匣玉见苏箧衣正色看过来又有些紧张："表哥，你一定不知道吧，我从小就一直很羡慕你。"

苏箧衣摆摆手，以为表妹又要多愁善感："你是说读书入仕这件事么？匣玉，真的不是老爹偏心我，而是——"

苏匣玉打断她的话："不是这个。我不怎么喜欢像你那样刻苦念书，识字读书这种事，我更愿意看些传奇话本。若硬要我去读书，我是觉得不如绣花来得快活。我是羡慕你，一直以来，都这么心思澄明。只看到你自己的目标，旁的事，统统与你无关。恼的时候觉得你是傻得可憎——但是也希望这样的你，能够没有牵绊，无所顾忌，最后……达到你的目标。"

苏箧衣的心渐渐沉了下去，她有些拿不准匣玉为什么会说这些："匣玉，你……"

苏匣玉再次打断她："说了我方才是在考虑这些事啊！姑父让我和你一同上京，

第四案

锦屏风

167

也是希望我能想清楚这些事吧。我想清楚了，也就该走了。"

苏簏衣一下子站了起来，面上带着震惊和不舍："你要走？"

苏匣玉说完心中压着的话后，整个人轻松了不少，她点点头，面上也带了几分快意："我去找姑父啊！他都不操心你的婚事，居然还把我的婚事也扔给你——哪能让他落得清闲，我可要好好麻烦麻烦他。"

苏簏衣不舍地嘀咕："我不觉得你麻烦啊……"转而又想到自己如今的境遇，突然觉得表妹离开京城也好，免得被自己连累，"不过也好，我终日查案，说不定什么时候就会得罪人。若到时候害得你也——"

"表哥，你说什么呢！什么连累！若是你再乱说话，我就、我就……"匣玉说着就红了眼，面上尽是对苏簏衣的担忧，"表哥，我走了以后，你要好好照顾自己，尤其是恢复了女儿身，不比从前，和你那些同窗相交的时候要注意些，你……你的闺誉……"

闺誉？这东西和自己真的是一个世界的吗？

苏簏衣心中偷翻白眼，但却也被离别的伤感所影响。这次匣玉说的话她都认真记了下来。心中很是失落，不知此次一别，什么时候才能再和表妹相见。

第二章
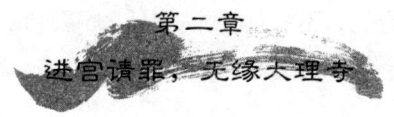
进宫请罪，无缘大理寺

彻夜叙话，直到天明时分，苏簏衣才略微眯了一会。但很快就被叶濯派来的小厮带去了王府，叶濯要带她进宫面圣。苏匣玉留在客栈收拾行李，等苏簏衣的事尘埃落定，就准备离京回江南老家。

苏簏衣随小厮到王府后，便被告知王爷还未起床。苏簏衣满头黑线，自己都没起床，还要把被人这么早喊来，真是任性。她一路腹诽准备去前厅等人，却在院子里碰到了云以游。她今天没戴面具，苏簏衣差点没认出她来。

"簏衣，唔果然，换了衣服，整个人的感觉都不一样了。说起来，你来得真早——也对，关乎你的终身大事，你不可能不上心。"

终身大事……为什么听起来这么奇怪。

"云姑姑早啊……不过您……"

云以游浅笑一声伸手摸了摸自己的下巴:"你说面具么,夜里睡觉自然是要摘的,现在还没来得及戴。何况又没有外人,也算透透气了。"

苏箧衣仔细看了又看,云以游和自己的母亲以姐妹相称,可见年纪并不小了,但她的皮肤却白皙水嫩,一双英眉配上略带沧桑又睿智的眸,既让人如沐春风又让人心中紧张,这种复杂而又矛盾的感觉,奇迹般地糅合在云以游一人身上,增添了许多的神秘。

"唔,还是第一次见您真容——怎么说呢,比我想象的要年轻好多!"

云以游脸上的笑意更浓:"就算你这么说我也不是很开心……因为我确实比你想象的要年轻很多。"

原来摘了面具,她其实是很爱笑的人。不过真实的年龄……果然还是不要问了。苏箧衣心中压下一个疑问却又浮出另一个:"您这次上京,是住在王府吗?"

云以游:"对。阿濯除了住的地方大一点,也没别的便宜可占了。"

还真是商人的思维。

云以游一眼就看穿了苏箧衣的心思:"我比阿濯大方多了。能住在他这里,我可是用揽云轩的经营权换来的。"

揽云轩和明月楼……看似是竞争关系,说到底都是一家!不过随随便便就送了一家酒楼,云以游还真是财大气粗。

苏箧衣想到这,不免看云以游的时候,很是崇拜。

云以游诧异:"怎么这副神情——你也想要?"

苏箧衣连连点头,怕是傻子才会不想要吧:"我是很想要,不过我有自知之明,怕是没有经商的天赋,不过说起来,您在京城没有自己的住处吗?"

"云家在京城当然有自己的府邸。"原本云淡风轻的云以游,此时脸上多了几分黯然,"只是我父亲死在那里,我不想再去了。"

"呃……抱歉。"

云以游的黯然来得快也去得快:"没事,十几年前的事了。时辰也不早了,阿濯要是再不起床,怕是今天都没时间入宫办你的事了。往日也就罢了,今天是之前答应了你——这么不把承诺当回事,我可不记得我是这么教他的。走吧,和我一起去叫他。"

叶濯他不是昨晚早早就回府睡觉了吗?为什么会睡到现在?还有,云姑姑说要

第四案 锦屏风

· 169 ·

去叫他是什么情况,以前也就罢了,现在我可是女儿身啊,这样怕是不太好吧……表妹的啰唆总算有几分效果,苏箧衣心中多少有几分记得,遂跟在云以游身后走得很是纠结。

幸好叶濯已经起来了,两人走到一半就有人过来请二人去了饭厅。

这是苏箧衣第一次见识叶濯的饭厅,不同于之前设宴的大厅。此处饭厅就设在叶濯的住院之内,算得上是叶濯的私人小灶。一进去,就见到叶濯坐在正中央,桌子上摆满了各式各样的早点。叶濯手上拿着筷子,但却耷拉着眼皮,微低着头,像是在打瞌睡。

"早上好啊,小濯子。"云以游进去后毫不客气地找了个顺眼的地方坐下。

"早。"叶濯胡乱点头。

不早了吧!等等!小濯子!这次居然坦然接受了这个称呼没有反驳!苏箧衣惊讶地看过去,云以游扫了一眼苏箧衣的神色,轻笑起来,"他现在智商没上线。积攒了什么仇什么怨,尽可以报复他,反正他一会儿也不会记得。"

苏箧衣小心翼翼地试探道:"真的会不记得吗!打他可以吗!"

云以游大笑起来:"看来怨气不小啊,箧衣。阿濯确实是越来越不可爱了!小时候多听话啊,趴在药房的桌子上跟我一样一样认药材,记错了就乖乖让我捏脸。哪像现在,一句话气不死你就算他白说。"

被议论的某人依旧神游在外,还打了个哈欠:"好困啊!"

云以游挑眉伸手在他头上拍了一掌:"困还起来?终于不任性了。"

叶濯突然抬头,目光在四处看了一遍停在苏箧衣身上:"这个人是谁,我不是和苏箧衣约好了吗,她还没来?"

云以游面带审视,最后偏过头和苏箧衣道:"唔,应该还没醒。你喊下小濯子再试试!"

苏箧衣试探着喊道:"小……"

"苏箧衣!不要以为穿得好看了些我就认不出你!"说完转头瞪向云以游,"本王一直醒着!"

苏箧衣与云以游相视一笑。

大周的皇宫沿用的是前朝旧址,在其上加以修整,占地面积不断扩大,建筑风格也增添了许多大周皇族的要求，亭台楼阁，碧瓦青砖，都带着浓郁的皇权气息。叶濯带着苏箧衣过了太和门，径自到了皇帝上朝的大殿外，这才招手让小太监将苏箧衣带去了平日群臣议事的偏殿，自己则直接去见景康帝了。

领路的小太监充满好奇地看着苏箧衣，周围经过的宫女、侍卫，也都投射过来好奇的目光。苏箧衣抬头看了看大殿之上的瓦当，上面的云纹因着上午的阳光熠熠生辉，但这份光芒并未让人心头舒畅，反而越发凸显出皇宫之内压抑的气氛。

苏箧衣在偏殿等了不到一炷香的时间，就听到门外传来叶濯的说话声，他的声音带着几分不耐烦，和他交谈的声音偏老了几分，苏箧衣刚走到门边想要听清楚是在说什么，叶濯便已经从外面推门进来了。

"知道本王来了？这么迫不及待？"

谁迫不及待了！这话苏箧衣没接。

见苏箧衣不吭声，叶濯撇了撇嘴暗道这女人特不识趣，本王为了你的事起了个大早，现在对本王说几句好话都不乐意。不过他还是亮出了手中的令牌："诺，给你讨的圣谕。既是你的免罪令，也是你的开恩令。"

苏箧衣脸上一喜伸手去接，岂料叶濯却收回了手。苏箧衣有些呆愣地看着叶濯，见叶濯挑眉看着自己，苏箧衣先是费解，随后方后知后觉道："也对，御赐的东西，我也供不起，就劳烦您帮我看着了。"

叶濯手腕一翻将令牌又收了起来："终于有点聪明的样子了。不过你就彻底安心好了，计洛鸿肯定讲明了你的功劳，又有云以游的面子在，孟愈也站在你这边，我这次还托霍晴说情，皇兄很痛快地就答应了。你就再等几天，等着你的任命诏吧。"

没想到竟然麻烦了这么多人为我说情，如今又这么轻松就处理好了，本该松一口气才是，为何心中反而愈发不安了呢？

叶濯一眼就看穿了苏箧衣的担忧，他抬手又要用扇子敲醒苏箧衣的榆木脑袋，却又停了停，只是轻轻点了一下她的额头："别摆出一张苦瓜脸，难看得很。你觉得这是关乎一生的大事，对别人来说，不过是举手之劳的小事。尤其是对我皇兄，那更是一念之间，一句话而已。"

苏箧衣点点头，这家伙说得好像挺有道理的，哎，看来我还是把自己看得太重要了一些，其实我这条命重不过鸿毛而已！

"回去吧。你还要搬家呢！"

叶濯见苏箧衣想明白了，也不再多言。当先离开了偏殿，准备回去补觉。苏箧

第四案 锦屏风

衣连连应声，紧紧跟在叶濯身后，二人一路离开了偏殿，眼看着就要到太和门了，后面却传来一道尖锐的请安声。

"贤妃娘娘安康——"

苏篋衣脚步一顿下意识想要停下，岂料叶濯依旧大步朝前走，像是根本没听到身后的声音。就在苏篋衣准备紧跟叶濯脚步，装死到底的时候，叶濯还是被叫住了。

是贤妃亲自开口。

"七爷难得入宫一次——不去太妃那里看看吗？"

拦住叶濯的不仅是贤妃，还有贤妃派出来挡在叶濯前面的贴身宫女。叶濯迫不得已转身应对，看着贤妃的表情带着几分怒气和不屑："关你什么事？"

贤妃这才走近到叶濯身边，她的目光更多地落在了苏篋衣身上，带着探究和审视："苏姑娘今日这打扮倒是很有大家闺秀的样子。"

叶濯看霍晴语气奇怪，上前一步略挡住她看苏篋衣的视线。霍晴笑着看向叶濯："怎么不关本宫的事了？七爷还真是过河拆桥，刚刚让我替你们求情，这会儿就这么冷漠。我可是好人做到底，顺便和钟太妃说你进宫了，还是为了一个小姑娘——七爷真的不去你母妃那里看看吗？"

叶濯轻哼一声："本王去不去是本王的事，倒是你，我看自从霍永延死了——你是人逢喜事精神爽啊！"

贤妃脸上挂着掩饰不住的笑意，只不过这笑意并未达眼底，反而在和叶濯交锋的时候，带着几分恼怒，"哪里的话，本宫开心的时候……就不想看着别人也一样开心。"

叶濯眯着眼看着贤妃阵阵冷笑。

贤妃像是故意来叶濯面前"耀武扬威"的，说完这些就带着人趾高气扬地离开了，她的背影看起来像是一只打了胜仗的将军。

苏篋衣看了看离开的贤妃，再看向冷笑的叶濯："七爷……"

"霍晴就是半个疯子——别和她计较。"叶濯突然朝苏篋衣说道。

苏篋衣看着明显被贤妃气得有些脸青的叶濯……这是自言自语还是自我安慰？

叶濯虽然脸色不好，但倒是很快就收敛了下来，并未发作起来。贤妃早就走远了，叶濯看着前面巍峨的皇宫，目光明灭之间，不知道有什么心事一闪而过。就在苏篋衣以为叶濯会将贤妃的话当作放屁，继续出宫的时候，却听叶濯道："我去我母妃那里看一下，很快就回来——罢了，肯定不是很快，让你等不知要等到什么时候，你自己也没有出宫令牌，和我一起去吧。"

苏箧衣看着一脸不耐的叶濯心中诧异，按理说叶濯是先皇最小的皇子，出生没多久先皇就过世了。他和钟太妃母子的关系不是应该很亲密才对嘛？怎么叶濯好像并不乐意入宫去看钟太妃？而贤妃和霍家的内斗已经公开化，这样的一个宠妃来"督促"叶濯去尽孝，到底是和钟太妃关系密切还是另有目的？苏箧衣忍不住开口劝叶濯："七爷，虽然不知道你为什么不想去，也不知贤妃娘娘到底有什么意图。不过七爷你应该不愿让贤妃娘娘得逞吧？再者说……有什么事，拖着也不是办法。"

叶濯饶有兴趣地看了一眼苏箧衣："苏箧衣，你今天格外——机智啊。"

苏箧衣抬头挺胸目光灼灼地看了叶濯一眼，一脸我一直都这样的表情。

叶濯被她自信的模样逗得轻笑起来，他伸手揉了揉苏箧衣的头发低声道："那一会儿不管发生什么事——你都要陪我好好应付过去。"

苏箧衣一脸苦恼，她极力缩着头想要避过叶濯的蹂躏！她今天可是穿的女人的衣服，梳的女人的头发啊，高高的发髻本来就让她提心吊胆了，叶濯竟然还上手！他揉完了之后，我还能出去见人吗？！

钟太妃住的会宁殿就在太后的慈宁宫旁边，先皇的妃子大多数在先皇过世的前后几年去世了。如今后宫内除了太后外，便是生有叶濯的钟太妃这位先皇的旧人了。

苏箧衣一路目不斜视，跟在叶濯身后，途径御花园和其他宫妃的殿宇外的时候，时不时有宫女在见到叶濯和身后的她时，目露诧异，甚至有大胆的还聚在一起窃窃私语。到了会宁殿，叶濯并未直接进殿见钟太妃，反而捉了在外面晒太阳的一只小猫。

此时抱着猫的叶濯，脸上温柔得腻死人！

"小君……好久不见了啊。"

苏箧衣站在叶濯身后，精确无误地看到这只叫小君的猫，是多么地排斥叶濯的"温柔"，它一直在咕噜咕噜地叫着，试图从叶濯怀里逃出去！

还是从殿内出来的钟太妃解救了它。

"濯儿，你从云中郡回来这么久了，都不知道进宫来看看母妃！"

叶濯看到钟太妃，马上收起了脸上的"温柔"，有气无力地行礼："儿臣拜见母妃。"

苏箧衣也跟着上前一步行礼叩拜："臣苏箧衣，见过娘娘。"

第四案 锦屏风

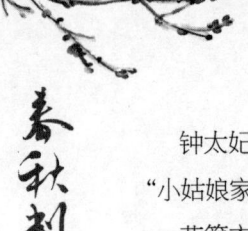

钟太妃看了一眼心不在焉的叶濯,挥手叫苏箧衣起来,目光一直在她身上打转:"小姑娘家的,免礼——晴儿和我说过你的事了,倒也是传奇。"

苏箧衣只低着头恭敬地附和着钟太妃的话,没有过分热络也没有过分敬畏。钟太妃见苏箧衣有些"木",也失了说下去的意思,她将注意力重新放回到了叶濯身上:"濯儿,你今天不是该去宝文阁念书吗?"

叶濯挑眉像是在认真回想:"今天吗?不是吧!我刚从皇兄那里出来,如果今天有课的话,皇兄会告诉我的!"

钟太妃因叶濯的话,目光跳了跳,像是在极力压着情绪:"濯儿,你怎么还是这般浑浑噩噩,再过三个月你就二十一了,也该有个成人的样子——虽然陛下说过你的婚事全凭你自己的意思,可是你还准备玩到什么时候?"

叶濯看了钟太妃一眼,语气很是漫不经心:"多谢母妃关心。怀瑜也没有成亲,您还是先替他着急吧。"

说到孟愈,钟太妃眉宇间露出慈爱之色,带着些微的痛意甚至红了眼眶,只听她长叹一声:"唉……怀瑜那孩子,姐姐把他托付给我,我也一直是将他看作自己亲儿子,你们表兄弟两个倒好,沆瀣一气,什么时候少让我操点心?"

说着她脸上又挂了几分薄怒:"你姐姐九月回来的时候,专门为你们办的游园会,你们俩是统统不见人影。"

叶濯在钟太妃说话的时候,目光一直若有似无地看着她。此时,见钟太妃将话题扯得远了,他抿了抿嘴敷衍道:"我那会儿忙着去宝文阁念书,哪里有游玩的心。"

钟太妃一脸恼怒地瞪着叶濯:"现在你倒是会用这话搪塞我……你每个月能去几次宝文阁?"

叶濯并未吭声。

钟太妃突然目光一跳看向苏箧衣:"还是说,你的意思就是……她?"看着苏箧衣,钟太妃心中细思了一番,三品出身,家世清白,虽说是做了点错事,但陛下也恩准了,应该无什么大碍。想到这,钟太妃便又重新夸起了苏箧衣,"本宫看着,苏姑娘模样也端正,气质也大方……"

叶濯偏过头看了苏箧衣一眼连连点头,很是赞同钟太妃的话。就在钟太妃脸上大喜的时候,却听叶濯道:"是挺好。怀瑜也颇为赞赏这丫头,要不我撮合一下她和怀瑜?"

苏箧衣一脸尴尬,我只想做一个安静的大家闺秀,这都不行吗?怎么突然就说到我了！能不能别这么当我不存在一样地谈论我！不！这不是重点！！重点在于太妃误会太多了吧！她不会误以为我是叶濯带过来……见她的吧！

钟太妃因叶濯的话脸上一顿，目光深处闪过一抹慌乱。深宫中的女人，情绪都掩饰得极好，若叶濯此时不是直直地盯着她的双眼，怕也注意不到这一闪而过的慌意。钟太妃被叶濯看得心中有些突突，她伸手拍了叶濯一巴掌："你这孩子，就知道拿怀瑜做挡箭牌——人家还有燕国长公主给他操心呢。罢了罢了，这种事不多说，母妃就说一点，别坏了人家女孩子名声。"

钟太妃虽然嘴上这般说，但到底还是用余光在打量苏箧衣。她看苏箧衣面上微红，眉宇间有几分羞恼，心中原本的那点担忧终于稍定了几分。

只不过，母子俩的气氛又变得干巴巴的。叶濯像是树桩子一样站在那里不动，钟太妃因着上一个话题心中生了几分恼意，幸好她身边的管事姑姑上前两步，在她耳边小声嘀咕了几句，算是救场了。果然，那管事姑姑说完，钟太妃脸上又重新挂起了慈母的笑，她关心地看着叶濯："王姑姑已经给你准备好了你爱吃的菜，中午就留下来陪母妃一块用饭吧。"

叶濯看了一眼王姑姑，脸上多了几分笑意，只不过他并未答应："我师父前日刚到京城，今儿说好了给她摆宴。"

这就是拒绝了。

钟太妃也没有挽留，只道："原是你师父重要。罢了，本宫今日也算得了个好消息，放你去吧。"

什么好消息！

合着还没忘了我这茬儿呢！

一直试图成为空气的苏箧衣，心中忍不住咆哮起来。

叶濯听到钟太妃放人，立马转身就走，只是等他走了两步见苏箧衣还留在原地不动，脸上带着几分恼意，走到她身边，低声道："走啊，还等着本王拉着你走吗？都说了让你配合……要怪就怪霍晴咯。"

苏箧衣心中郁闷得要死，却又没用勇气和叶濯顶嘴，只能在脚底下发泄心中的闷气，将石板路走得当当响。对于苏箧衣这点小心思，叶濯只当有趣轻笑一声随她去了。

这回总算顺利出宫了。

第四案 锦屏风

走出皇宫大门后,苏箧衣长舒了一口气,终于出来了!

出了皇宫,那种危险的压抑感消失了,苏箧衣感觉自己像是重新活过来了。不仅如此,大脑也清醒了不少,原本在会宁殿的几分疑惑,此时便很想找叶濯给自己解惑。

苏箧衣跟着叶濯上了马车,早已酝酿好措辞的她,无所畏惧地问出了心中的疑惑:"七爷,您好像和钟太妃不是太亲密啊?"

叶濯懒洋洋地靠在榻上,对于苏箧衣"胆大包天"的问题他并没恼怒,反而饶有兴致地问道:"哦?你哪只眼睛看出来得本王和母妃不亲密啊?"

苏箧衣认真地看了一眼叶濯,见他脸上并没有什么怒意,反而看自己的目光像是在鼓励自己说一般,便大着胆子说出了自己的观察:"总觉得不管是七爷您,还是太妃,有些奇怪呢。"

"这不很正常么,谁会喜欢我这样的儿子。"叶濯无所谓地自嘲,从一旁的抽屉里拿出一碟点心,津津有味地吃了起来。

苏箧衣安慰地拍拍叶濯的肩膀:"毕竟还是亲生的儿子,哪有母亲真的嫌弃自己的孩儿。尽管七爷你性格不好又太过任性,活脱脱一个纨绔子弟。只要你日后痛改前非……"

"苏箧衣!你怎么像个女人一样絮絮叨叨的!"叶濯额头青筋直冒。

"回七爷,臣本来就是女人啊。"苏箧衣这会倒因为是女儿身而有些得意了,看到叶濯吃瘪她就开心。

叶濯忍无可忍,将她丢下车。

"回家收拾你的行李去!"

"本王给你三天时间,打包好滚来王府!"

第三章
叶濯受伤,心有所思

苏箧衣陪着表妹在京城转了两日,给老爹买了不少礼物。分别的日子总是到得极快,苏箧衣觉得自己好像还没有做好准备,表妹匣玉便已经坐在了马车上,朝自己挥手,要离开京城了。从云中一路到京城,自己忙于查案和考试,总是把表妹扔在客栈或后院，说好的带表妹玩遍京城，给表妹找个好婆家，都没有实现。反倒是表妹，一直在默默地照顾自己。

想到这些，苏箧衣看着表妹的马车越走越远，再也忍不住红了眼眶。

表妹离开后，苏箧衣将自己的行李打包分类好，去北宁郡王府报了个信，带了几个侍卫帮忙，不到半日的工夫，就将东西都搬进了王府。

她正式借住到了北宁郡王府，也算是正式抱起了叶濯的大腿。

不过叶濯除了在苏箧衣搬进来的那日喊她一块用了晚饭外，便一直神龙见首不见尾。据说是在为去越州做准备，至于做什么准备，苏箧衣就不知道了。

她在王府的日子和不在王府时的日子并没有多少不同。每次抱着前朝以及当今的律法钻研，或者去叶濯的书房找几本闲书解闷。每隔几日，苏箧衣会出府继续在揽云轩坐上一下午，但关于白子乌等人的事，竟是一点新的风声都没有传出来。

表妹匣玉安全到了江南老家，苏箧衣收到了匣玉和老爹的信，只不过没了匣玉在一旁监督，苏箧衣回信的速度又慢了下来。

这日，苏箧衣总算给老爹和匣玉写完了回信，刚拜托了王府的小厮帮忙送去驿站，就见管家急匆匆地跑来喊她："苏姑娘，圣旨到了！"

圣旨？一定是圣上颁布任命诏书的！苏箧衣激动起来，这下总算是要尘埃落定吧。如果是去大理寺的话，白子乌和时雨茇的案子应该是我接着审，没算明白的账咱们接着算！

苏箧衣和管家快步回到王府外院，宣旨的内侍见到苏箧衣很是客气："久等了，苏大人——准备好了，就请接旨吧。"

苏箧衣和管家一前一后跪在地上，内侍尖锐地嗓音宣读着圣旨。

"奉而诰命：今特命尔任正八品度支判官。尔贪黩偾事，国典具存，法不轻贷。尔其慎之，故谕。"

不是说好了刑部或是大理寺……为何是……户部度支？！这不是分管财政的吗？而且度支判官，我记得也只是些文书类的工作，我二甲出身，为何只是个正八品闲职？

苏箧衣原本激动的心情瞬间沉了下来，还是管家在后面小声提醒，她才回过神来，连忙谢恩接旨。

"臣苏浣领旨。"

苏箧衣领旨后，管家便上前一步代替苏箧衣谢过内侍，并且悄悄塞了一个满当

第四案　锦屏风

的荷包过去。内侍满意地带人回宫复命去了，苏箧衣手上捧着圣旨，心中多了几分失落，果然还是容不下我是女儿身吗？不能入大理寺，那我什么时候才能再有机会实现我的理想？

想着想着苏箧衣又笑了笑，也罢，和其他人相比我能以女儿身做官，已经是皇恩浩荡了，理想之事，还是以后徐徐图之吧。

苏箧衣这边刚说服了自己，并准备将圣旨收好后，就出门去散散心，王府外院就再次传来阵阵喧哗声。

"不好了，不好了！"

一个小丫鬟急匆匆地冲进来，险些和苏箧衣撞到一起。

苏箧衣伸手扶了她一把，这才认清来人："我记得你今早是在云姑姑身边，怎么回来了？"

小丫鬟一脸慌色："殿下受伤了！"

今日一大早，她就被叶濯叫了起来，并被告知叶濯要今日一大早就出发去越州，喊她起来是赏脸和她一起吃顿早饭。苏箧衣几乎是"伺候"了叶濯一个早上。原本应该有的几分离别的伤感，都被叶濯的任性和刁难折磨没了。甚至叶濯带人坐马车离开的时候，苏箧衣还长长地舒了一口气。

可是……现在是在怎么回事？受伤？

是遭遇刺杀了？还是马车撞到人？又或者出京之后遇到了盗匪？

苏箧衣想事情的工夫，小丫鬟已经拎着裙角跑掉了。苏箧衣回过神来后，也跟了上去。叶濯此时早就被人簇拥着扶进了房间。苏箧衣去的时候，云以游刚从里面出来，她又戴上了面具，苏箧衣看不出来云以游的表情，不过她的脚步并不急缓，和往常没什么差别，苏箧衣稍微放心了几分。

"你来得正好，进去看看阿濯吧。"云以游朝苏箧衣点点头，"我还有事要忙，先走了。"

苏箧衣连话都没说出口，云以游就自顾离开了王府。她原本还想问问叶濯到底是怎么出事的呢？里面很快传来叶濯的叫声："苏箧衣，还不进来？在外面要晒人干吗！"

听着叶濯中气十足的声音，苏箧衣心中松了口气。她推门进去，屋内叶濯半靠在床上，身边站了三四个贴身伺候的丫鬟，尤其以之前匆匆离开的丫鬟脸上最为紧张。她几度伸手想要去扶叶濯的胳膊，但却又害怕叶濯的黑脸，不敢真的动手。

苏箧衣见丫鬟这般模样，原本放松下来的心又提上来了几分。

"七爷，您……怎么会突然就受伤了？"

叶濯看了苏箧衣一眼："你过来。"说着又伸手指着其他几个人，"你们都出去。"

其他几人都很识趣地行礼告退，只有那个小丫鬟，一脸担忧地看着叶濯几乎是一步一回头地出去的。苏箧衣心中暗道，这小丫鬟不会是喜欢叶濯吧，她脸上的担忧，怎么看都觉得超越了主仆的情分……

"苏箧衣，你又在心里编排本王什么吧？"叶濯的声音从身边传来，苏箧衣一个回神，就看到叶濯高深莫测地看着自己。苏箧衣连连摇头，"没什么，就是在想七爷您伤得重不重？怎么没请太医？"

叶濯并不相信苏箧衣的话，不过苏箧衣这么说在他听来心里还是舒服了不少。他默了默才道："本王没事……装病而已。"

苏箧衣原本只当他是没有受什么伤，但现在——装病？这就有点让她吃惊了："……为什么要装病？不去越州，七爷您的身体岂不是会更差？"

叶濯冷笑一声："幸好本王没去，要是本王去了，那才是真正的有去无回呢！"

苏箧衣能够感受到叶濯在生气，他的心情似乎很差，就是不知道到底经历了什么。对了！今天孟大人不也出京了吗？他不会也出事吧？苏箧衣下意识问出口，说完之后又马上意识到，叶濯他是装病，也就是说根本就没什么事，那孟大人应该更不会出什么事才是了。

果然，叶濯听到苏箧衣的话，连连嗤笑，最后目光有些凉地看着她："你的孟大人好好的，这会儿早就离京城百八十里了，你的担心他是感受不到了。"

苏箧衣悄悄地用余光朝叶濯扫过去。

也不知道这家伙今天到底怎么了？像是吃了火药一样，感觉自己说什么都是错，要不还是赶紧找机会撤吧！

"苏箧衣，你今天的任命状出问题了？"叶濯突然转移了话题。

苏箧衣马上反应过来，她将稍早前接到的圣旨以及上面的意思告诉了叶濯。

叶濯听后沉吟了半晌："三司……看来也不是真正打压你，也就是个警告吧。小心做事，别再出错就好。"

"警告……我什么？"

叶濯看着一脸疑惑的苏箧衣，只觉得这个女人虽然在案件推理上光芒毕露，

第四案

锦屏风

但她的政治敏锐性还真不是一般地弱。也不知道苏启到底是怎么想的竟让她来混官场。

见苏箧衣还是一脸迷惑,叶濯好心提点:"皇兄这是一石三鸟。"

还是听不懂啊!苏箧衣一脸无辜地看着叶濯。

这回叶濯冷笑一声:"听不懂就不会自己想吗?本王还要'养病',你先出去吧。"

苏箧衣眨眨眼,不明白叶濯为什么发火,只能乖乖告退:"好。"

果真是喜怒无常啊,还是自己回去慢慢想吧。

苏箧衣一连将自己关在房间里了四五天,才终于揣摩明白了叶濯口中景康帝一石三鸟的算计——不能去大理寺,最直接的后果就是自己不能再接触白子乌及时雨茇的案件。景康帝为什么不愿意自己接触两人的案子呢?难道说这个案子背后存在不能追查的事?

苏箧衣忍不住又重新推敲起白子乌的目的。

霍永延喜好古玩,因为看中白家当铺的某件物品而导致了白子乌父母被害,祖传的当铺被霍永延占有。白子乌一开始通过正当途径试图让霍永延为其罪行负责却失败,这是源于霍家的权势。白子乌因此相信规则之外的人或事,便可用规则之外的手段来处决。

他将自己变成规则之外的处决者,进京之后做了一系列的布置,最终在计家别院完成了自己的目的——毁掉了霍家。他的计划谨慎而又完美,几乎是以一己之力颠覆了朝堂的格局,尤其是以后——霍家失去了精心培养的继承人,贤妃和霍家内部矛盾明朗化,而计家也因此和霍家产生了无法缓解的矛盾。

那么看起来非常明朗的"真相"背后到底有什么是景康帝不愿意让人继续查下去的呢?

苏箧衣绞尽脑汁,最终意识到,也许这件白子乌一直叫嚣着要用规则之外的手段来惩罚霍家的完美计划,并非真的只是他凭借一己之力的单纯"报仇"!

白子乌虽然不需要时雨茇那样的同盟,但他未必就真的是孤身一人。

苏箧衣意识到,也许是自己从一开始就想错了!

时雨茇想要攀附的最终目标是景康帝,想因此封侯拜相,但是很明显时雨茇的手段并不高超,没有真的获得景康帝的青睐。从始至终景康帝真正利用的,也许根本就不是时雨茂,而是白子乌!

一开始景康帝打着为玄镜选主人调查明月楼的说法不过是障眼法。他真正的目的是利用白子乌瓦解计家和霍家的同盟,同时折损计、霍两家的未来力量。也许按照景康帝原本的计划,计家别院中的所有人,除了白子乌之外都会殒命。之后,自会有景康帝手下的其他人为白子乌制造清白的证据。

不知道景康帝除了给予白子乌以规则之外的方式报仇的承诺外,是否还对他有其他承诺?

想必只要不是什么太过分的要求,景康帝都会答应吧。

打着彻查明月楼的名义,利用白子乌的"复仇",一下子打击了朝野中两方势力,又拉拢云家……怪不得是一石三鸟。

而叶濯、孟愈和贤妃是整个计划中的意外。

叶濯说是云以游让他混进去的,显然云以游事先就得到了不少的风声。那么她让叶濯去计家——是真的非常信任叶濯,觉得有他在就不会发展成最差的局面。那么云以游到底想要让叶濯做什么呢?是挽救这些人的性命,还是暗中执行其他目的?

孟愈也是受到云以游的吩咐出现的,但宁虞曾经说过,霍家在孟愈出仕的时候对他有恩,孟愈除了执行云以游的命令外,应该还准备提醒霍家众人,但他并不知道对方何时以什么样的方式下手,所以晚了一步。

那么——贤妃出现在计家又是为了什么呢?

对于景康帝来说,贤妃这样的存在,难道不是既可用来打击霍家,而且本身又是霍家的把柄么?是霍晴和霍家的关系不是想象中那么差,还是说——霍晴对于景康帝来说,作为一个威胁的程度,已远大于她的利用价值?

又或者,二者兼有?

贤妃和霍家不和,也就是说她是一个没有家族助力的"宠妃",这样的一个宠妃,到底有什么地方会让景康帝忌惮呢?

景康帝在打压霍计两家的同时,大张旗鼓地卖了云以游人情——而云家最多的便是钱财,难道景康帝很爱钱吗?景康帝想要获取云家的钱财去做些什么呢?

不过对霍家和计家的势力进行了制约之后,景康帝势必要为自己的亲信势力铺路吧。三角关系最为稳定,而其中占得鳌头的又是自己的人……真是理想的局面啊。

第四案 锦屏风

只是……景康帝选择的人，又会是谁呢？

苏箧衣终于想明白了景康帝的一石三鸟，但也同时深深地意识到了自己的政治敏感度是多么低。事关案件的推理，她可以轻而易举地列出种种可能，但牵扯到政治手段的纠纷……她竟然绕了一圈又一圈！

尤其是当意识到，不管景康帝选择的亲信是谁，都不会是自己的时候，心中既失落又松了一口气。很显然，自己的表现并未获得景康帝的认可，甚至在景康帝眼中，自己很可能成为不能够揣摩圣意，甚至会拖他后腿的"笨官"！

但从另一方面来讲，景康帝为了巩固自己的皇权，就伙同白子乌用规则之外的手段来草率地决定别人的生死，将律法和规则置于局外，这让苏箧衣心中很是怅然。如果连在位的君王都不愿意使用守护他的国家的律法，那么下到文武百官、天下百姓又怎么会去相信？皇权置于律法之上，以帝王喜好来决定生杀和真相，又怎么能有河清海晏的太平盛世？

第四章
###
林氏当街喊冤，状告贵人

转眼就到了十一月，盛京城内原有的各种风声都渐渐过去。白子乌和时雨茇的案子，很少再有人提起。孟愈去了秦州还未回来，而"受伤"的叶濯，经常见不到人。

苏箧衣揣摩明白后，难得主动开始给自家老爹写信。

信中除了对最近生活的记录外，着重写出了自己对景康帝一石三鸟的推敲，以及自己没有去成大理寺的遗憾。苏箧衣在信中向老爹提出了很多以前从未想到过的政治上的疑惑，同时也对当下皇权和律法的碰撞表达了自己的看法。

洋洋洒洒几页纸，不仅是家书，更是苏箧衣第一次切实地因政治而产生的深度思考。

她期盼着老爹能够给自己解惑，为自己的理想送上一盏明灯。

但盛京离江南上千里，想要收到老爹的回信，应该是在正式去户部入职之后了吧！苏箧衣将信封好，依旧是交给了之前负责送信去驿站的小厮。回房后，彻夜未眠的苏箧衣准备睡个回笼觉，结果她刚收拾好躺床上，就听到门外传来激烈的狗叫声。

"汪汪汪——"

"汪汪——"

苏箧衣用被子罩住头,想要隔绝外面的叫声。岂料狗叫声更加尖锐更加急促起来,她在床上无奈地滚了两圈,这才披散着头发下床想要去看看到底是从哪来的疯狗!推门出去,苏箧衣很快就在窗边找到了一直狂吠的狗。

奇怪,窗户上有什么能让它一直狂叫?苏箧衣关上门从里面踱步到窗边,仔细检查了半天,并没有什么收获。她忍不住拍了拍自己的脑袋,果然是许久没查案太无聊了吗?所以连狗对着窗户叫都想查一查……不过狗叫声实在太过"激烈",就连许久未露面的叶濯都被狗吠声引了过来。

"苏箧衣,你是不是杀人藏尸了,为什么大黑会在你的院子里抽疯?"叶濯懒洋洋地走进院子,身前三四个护卫戒备地看着还在狂吠的黑狗。

苏箧衣推门出来完全忘了自己还披肩散发着,她狐疑地观察了一会还在狂吠的黑狗,然后脸色有些难看地看向叶濯:"它一直冲着窗户叫,可是那里根本就没有人!屋里屋外都是什么都没有!都说动物通灵——七爷,你说我这个房间里会不会有什么啊!"

叶濯打量了几眼苏箧衣嫌弃地道:"都什么时辰了,本王都起来了,苏箧衣你竟然还没有梳洗……你是不是最近太闲了?"

苏箧衣愣了一下,这才反应过来自己此时的"着装",她脸上一阵红一阵白,幸好自己睡觉也不会拆束胸,不然就真的糟了!

"七爷,我昨晚一夜未睡,刚刚只是想睡个回笼觉而已!"

叶濯撇了撇嘴听着狗叫,突然笑道:"你想睡回笼觉?那本王知道了,大黑应该只是想吃回锅肉。"

如果大黑真的想吃回锅肉,也应该是去七爷你的窗外狂吠才对吧!

叶濯打断苏箧衣的心理戏,继续嘲笑她:"苏箧衣你一个审案的人胆子怎么这么小?每天想着去大理寺,你不知道那地方冤魂太多,大家都是避着走的吗?"

苏箧衣"强弩之末"的反驳:"那,那又如何!我既秉公执法,身自清正,鬼神也是要敬三分的!"

叶濯一副若有所思的样子:"说的也是。说起来怀瑜那边也是一样,御史台——你知道御史台又叫什么吗?"

第四案 锦屏风

苏箧衣："乌台啊。"

叶濯一脸正经八百地给她解释："是啊，因为乌鸦太多。御史台关押的那些犯人要是一不留神死了，就直接扔到后面的院子里去，久而久之竟然养了一堆乌鸦——吃的都是人肉，毛色看上去都和别处不太一样。"

苏箧衣只觉得自己昨晚吃的红烧肉这会全都回到了嗓子眼，她艰难地扯了扯嘴角："七爷……我们，换个话题吧！"

叶濯见苏箧衣这般，毫不给面子地哈哈大笑："我是猜到为什么大理寺不收你了——大理寺之前也有两人被鬼魂吓过，若你去了，再添一个，合称'大理寺三怂'，多好的名头。"

你才怂呢！你全家都怂！

叶濯将苏箧衣嘲笑了一番，才以一副是你求本王，本王才救你的姿态，吩咐身边的护卫将一直在狂吠的狗带了下去。苏箧衣谢过叶濯本想再回房继续睡，结果却被叶濯拉着出去吃饭。

叶濯在揽云轩定了一桌酒菜，苏箧衣跟着他到了之后，只当叶濯又是让自己跟着"伺候"的，熟料进去后竟见到霍永谦、宁虞二人。苏箧衣一脸诧异地看着两人，叶濯这才"后知后觉"的开口："他们一定要给你庆祝，本王被他们缠得不行了，只能带你过来了。"

他们要给我庆祝，为什么要去缠你？苏箧衣默默地了解真相了，不会自己搬去王府后，有人来找自己，都要经过叶濯的筛选吧……

在揽云轩庆祝过后，又过了几日，便到了正式入职的日子了。度支判官的官服已经有人专门送来了，而苏箧衣在和叶濯认真"长谈"之后，才知道早在前几日就有同僚递帖子要给苏箧衣接风，他给拒绝了！是的，没有告诉苏箧衣，直接以北宁郡王的名义回绝了。

苏箧衣愤愤地瞪了叶濯很久，但是叶濯一副我是七爷我说了算，你想说什么都憋着的模样，最终苏箧衣惨败而归，只能默默地去贿赂大门口的小厮，以后有什么给自己的帖子，都来告诉自己一声！就算她有心抱叶濯的大腿来曲线救国，为自己的理想而奋斗——但是！自己主动抱和叶濯伸出来主动让自己抱，是非常不一样的吧！

这天苏箧衣起了个大早，换好官服后，就出发了。

顾远早就接了上级的吩咐，要招呼新来上任的苏篋衣。苏篋衣一进度支司的大门，顾远就迎了过来："你就是新来的度支判官苏篋衣苏姑娘吧！在下顾远，字春风，大人专门吩咐我来带苏姑娘熟悉环境！"

顾春风……有点想笑怎么办！不行不行，一定要忍住。苏篋衣朝顾远拱了拱手："正是在下，唤我篋衣或苏浣就好，姑娘什么的就不用这么客气了。"

顾远悄悄打量着苏篋衣。

苏篋衣轻咳了两声："那个，春风兄，您是来指导我的？"

顾远回过神来耳边微微泛红："哦，是这样的！你在度支司的工作还是比较简单的，抄写或是计算，每旬要完成的任务都会放在你这里，你只要按照要求完成就是了。认真工作一定有回报。如果工作任务不重，或是你有要事——也可以找人聊聊天，或是出去逛逛。不过被上司发现了，你今天就算旷职。"

顾远给苏篋衣介绍平日工作的同时，顺便带她在户部衙门转了一圈，最后将苏篋衣领到了她办公的地方："就是这些了，度支司虽然是个清水衙门，但也有好处，就是清闲一些。"顾远将房间里的柜子打开，指了指里面的卷宗，"这里都是需要你刊校抄写的卷宗。"

他又给苏篋衣示范了一番要怎么刊校抄写，苏篋衣上手后，顾远便借口有事离开了。

苏篋衣看着满满一柜子的卷宗，看来自己这一个月都不会无聊了。

在度支司忙活了五六天，同僚也差不多都认全了，但大家像是因为之前被叶濯拒绝留下了阴影，所以苏篋衣来了小半个月，都没有人主动提出要带苏篋衣一块儿吃饭相互认识一番。

苏篋衣乐得不用应酬，只每天忙碌地抄卷宗，偶尔和顾远打听一下最近有没有什么大事。日子平淡但过得却一点都不慢。十一月的盛京，天气渐渐凉了下来，苏篋衣一直在数着日子等老爹的来信。但老爹的回信已经迟了多日了，也不知道是不是还没收到信，还是老爹出去玩不在老家了。

这日，苏篋衣照常去度支司点卯，路过大理寺的时候，下意识地看过去，却见大理寺大门紧闭。苏篋衣叹息一声，这几日大理寺一直这样，也不知道是不是发生什么事了。

苏篋衣见路上两侧没人，忍不住走到大理寺门口，想从门缝里往里望一望。结

果她刚摆好姿势，就听到后面有人喊自己。

"苏大人，早上好啊。"

苏箧衣迅速转过身来，就看到宁虞笑眯眯地站在路边看着自己："宁姑娘！可真巧啊。不过你这么早出来是做什么？永谦兄今日也不得空吧。你莫不是还要给他送早饭？"

宁虞被苏箧衣打趣得面色绯红："你想到哪里去了！这里有一家汤面馆，味道正宗，和我老家吴州很像，早晨的第一锅更是人间至味。前几天都陪着永谦，连带早上也赶时间，今天终于清闲，我才来吃点好的。"

解释得还真清楚……我就当没看见你的丫鬟手里提着的准备外送的食盒吧。苏箧衣没吭声，只瞅着宁虞身后丫鬟手里的食盒抿嘴笑。宁虞被她笑得越发脸红，不过她怎么说也是才华横溢的女子，很快就镇定下来，她看着苏箧衣，正色道："衣衣，你现下换了住处，我却总觉得——"

宁虞的话被一个扑过来的女人打断。

女人脸上挂着几分喜意，一把抱住苏箧衣的双腿跪在她面前："这位大人……您可是大理寺的官员？民妇有冤屈，还请大人做主！"

苏箧衣被女人吓了一跳，但她被抱住了双腿想要后退都退不了，只能弯腰想要将女人拉起来："这位夫人，我并非大理寺之人……而且不论你是什么冤屈，大路上拦着朝廷官员，都不是申冤的办法。"

在宁虞的帮助下，苏箧衣将女人扶了起来，此时女人竟是泪流满面眼眶通红："若是还有他法，我又怎会出此下策？我并非民告官，更非民告民，而是——呵，上天无路，入地无门。"

苏箧衣和宁虞对视了一眼，都从彼此的眼中看出了深意，苏箧衣斟酌着开口："不告民不告官，你——"

宁虞递给女人了一条帕子，女人擦了擦眼泪强自镇定着道："我是白子乌之妻林氏，名柒绣，此次……就是为我夫君冤案而来。"

宁虞先皱眉道："你夫君是冤案？我可是都差点死在白子乌手上，你哪来的证据，说你夫君是冤案？"

林柒绣面上带着哀色："我夫君所犯命案不假，只是依我朝律法，主谋罪重，凶手责轻，我也正是为此而来。"

苏箧衣心中一惊，按照自己之前的分析，白子乌的主谋那不就是……如今林柒绣竟要告主谋，难道林柒绣知道白子乌和那位的交易？

宁虞打断苏篋衣的沉思低声和她说道："篋衣，我之前听永谦说，白子乌现下押在刑部。据说只粗粗审过一次，连口供都没录过呢。"已经有好事之人往这边凑过来，想要看热闹了。宁虞思索了一瞬提议道："不如这样，这位——林夫人，你这样苦等也是无用，时候这么早，你也没吃过早饭吧？不如去前面酒楼里，我们坐下细说。"

苏篋衣虽然诧异宁虞的提议，但也觉得在大理寺门口站在谈话不太合适。

宁虞让小丫鬟扶了林柒绣先一步去酒楼等着，自己则和苏篋衣走在后面，并解释道："篋衣你别多想，我就是好奇白子乌这样的人……他的妻子会是什么样的。至少在我想象中，不该是林柒绣这个样子。"

宁虞的丫鬟很是伶俐，先一步到了酒楼，定了一个二楼的包间，苏篋衣和宁虞进去的时候，已经帮着将饭菜点好了。林柒绣见二人进来，又要朝着苏篋衣跪下去，宁虞一个眼神，小丫鬟就将人拉住了。

"白夫人，你先坐，有什么事慢慢说。"苏篋衣安抚了几句。

宁虞给两人倒了茶，见林柒绣情绪安定下来，这才缓缓问道："白子乌自越州而来，那你也是越州人咯？我虽是在京城长大，但是祖籍吴州，吴越两郡自古富庶，应该不会比京城差多少吧。"

林柒绣苦笑一声带着几分嘲弄："自古……没错。只是这三年以来，灾难不断，吴越几乎是颗粒无收。"

苏篋衣皱眉："大周境内，除了吴州、越州和江南三郡，皆是每年粮产刚刚自给自足。这一二十年来，因为刚刚平定西南苗乱，江南的粮食，便都去了苗地。天下粮仓的担子，自是都在吴越两郡。"

这还是她最近在户部抄写卷宗的时候新了解的。

林柒绣目光沉沉的："若是以前，吴越自然担得起这名声，府库丰仓廪实，别说三年颗粒无收，就是五年，吴越也不至饥荒。但一年前，吴越两郡就再无拿得出手的赈济粮了。"

苏篋衣惊讶不相信林柒绣的话："这怎么可能——我前几个月刚刚去过越州，城里什么都看不出来啊。"

林柒绣深深看了苏篋衣一眼："你住的，该是云家的那一边。"

第四案 锦屏风

"是。"

林柒绣陈述越州的事实:"云家的态度一直很明显,每日都会在城郊施粥。但是,吴越的问题,不是他云家的问题,云家的私库和吴越的府库,更是两回事。我夫君因不喜云家态度,便提前上京,第一是为了科举,除此之外,一边调查吴越府库为何亏空,一边也为此谋求出路……我留在老家,给他写信,告诉他吴越情况。他的回信,则告诉我他的状况。"

说到白子乌,林柒绣的声音里多了几分爱慕思念之意:"只是两边都是坏消息不断,今年夏天,我接到他的信,信里说他遇到了贵人,这贵人和他有同样的目的。只要能帮这贵人做成一件事,便是两方互惠。这封信之后就再也没有音信,我算着他科考的日子入京,果然在路上知晓他高中。"

说到这林柒绣又忍不住开始落泪:"谁知到了京城,拜见过他舅父家,才知道他居然犯下大罪……此事绝对是那所谓'贵人'教唆,我夫君……罪不至死!"

苏篚衣忍不住提醒她:"白夫人,白子乌罪至死,不至死,这话,都不是现在该说的。说早了,有害无益。"

宁虞在林柒绣说话的时候一直没有出声,此时她才试探着问道:"你方才说,你不是告民,也不是告官,看来你也是猜到,这贵人,到底有多尊贵咯?"

林柒绣一脸决绝:"管他尊贵如斯,对于我来说,相公被判死罪,便已失无可失,我又怕什么?"

宁虞看着林柒绣,心中对她对白子乌的感情很是感动,她忍不住提醒:"无畏是件好事。不过若我是你,就先在计家安安静静地借住着。对方既然尊贵无比,要保护什么人,也是件容易的事。"

苏篚衣偏头看了宁虞一眼,宁虞倒是好心保护林柒绣,只是这么安慰她……白子乌目前看来已经没什么利用价值了。那位到底要不要留着他,或者物尽其用,利用他再去栽赃嫁祸,除掉什么人。不管那条路,结果都是一样的——必死无疑。

林柒绣到底没告成状,在宁虞的提醒和劝说下,林柒绣失魂落魄地离开了酒楼。宁虞吩咐了丫鬟跟上她,如果没什么事就回来,若是出了什么事就尽快去京兆尹找她的父亲宁大人。丫鬟走后,宁虞才一脸严肃地看向苏篚衣,"万万没想到又是钱的事。前些日子,永谦便是拗不过他爹,被安排进了盐政司。枢密院,中书省,三司,原本三者是不相干的。只是计洛鸿做了户部提点,永谦也去了盐政……真是不知,这两个家族是要做什么了。"

苏箧衣心中暗暗揣摩着宁虞话里的信息,那边宁虞还在叹息:"也无怪得父亲终日没个笑脸,京城当真难居。也不知哪一日,就天翻地覆了。衣衣,你也算是表了态的,千万小心自己,别走得更深了。"说着她压低了声音,在苏箧衣耳边道:"在计家的时候,我给你的纸条你可还记得?"

苏箧衣点点头不明白宁虞为何这么问。

宁虞却面上严肃:"你爹已经辞官,而北宁郡王却把你牵扯到了这件事中,你不觉得他是在利用你吗?"

苏箧衣一怔,要不是被利用那我才要感到担心呢!叶濯他利用我的名帖想要混进去失败,之后需要我的查案能力帮他排忧解难,正是因为我有利用价值,所以他后来才保了我不是吗?

和宁虞解释了几句,见她脸上闪过不认同,苏箧衣也不坚持,但是对于宁虞的关心,心中还是感动非常的。她朝宁虞拱手道谢:"多谢宁姐姐了。这事我会仔细考量的。"

苏箧衣和宁虞告辞后,才猛然意识到自己迟到了!第一个月的全勤记录就这样没了!苏箧衣有点小郁闷,不过很快她的这点郁闷就被林柒绣带来的新线索淹没了。到度支司后,苏箧衣手上虽然抄着卷宗,但脑子里一直在思考林柒绣说的话。

她口中的贵人,应该就是景康帝。

白子乌家人为霍家所害,应该不假,只是他依旧隐藏了更深的原因,看来景康帝不想暴露自己,不想让别人知道,自己做了一套算计。

白子乌的目的,是让景康帝赈灾。

景康帝自然也是想赈灾的,但他给白子乌开出的条件,应该是唯有白子乌做成这件事,他才会去赈灾。

唯有……才……竟然是这样的逻辑关系。

景康帝不赈自己的江山,原因恐怕只有一个——吴越无钱,国库无钱!

怪不得他不想让人知道,这八个字如果被天下人知道了,恐怕会人心惶惶,政权摇摇欲坠吧。这样看来,景康帝要洗清明月楼,讨好云家的理由也就清晰了。

云家,有钱。

只是,景康帝放出的明月楼的饵,似乎不够让云家放出多大的鱼啊。上兵伐谋,

分上中下三策。景康帝以明月楼为饵，想要掣肘和讨好云家，怎么看都是下下策。吴越天灾已有三年，景康帝今年才找到了白子乌，那之前肯定还有别的计划——对啊！景康帝夏时曾亲自去越州云家，会不会景康帝当时其实是亲自去云家"借钱"了？当时赵修媛的死，又会不会也是景康帝为了拿到云家的银子而布下的某个局中的一环呢？不过，不管当时景康帝有什么计划，都可以看出他是失败了！不然也不会有白子乌进京复仇的好戏。

不过牵涉吴越两郡灾情，更事关国库安危，景康帝真的会把筹码全部押在白子乌一人身上吗？如果真的只压在白子乌一人身上，说明白子乌此人胸怀非凡志向，陛下断不会只用他这一次……但是如今虽然大理寺把紧了风声，但白子乌和时雨茇两人的死罪是跑不掉的了。这样看来，景康帝并未出手相救白子乌，那么……计家的宴会上，应该还有景康帝的人在配合白子乌！

那么究竟谁才是景康帝的人？吴越府库，还有国库，为何会拿不出赈灾款项？目前来看唯一的突破口只有白子乌。

景康帝自登机后，除了今夏亲自去越州外，并未出过宫，那么白子乌是怎么和景康帝联系上的呢？如果两人并非直接联系，那么为景康帝筛选出白子乌，又亲自指导白子乌入局的人，就是景康帝的亲信了吧。这个人，又会是谁呢？他对国库空虚一事，又会知道多少？

如今苗地动乱，北方幽族虎视眈眈，云中和吴越同时天灾——国库空虚，好可怕的局势。大周这般困境，孟愈叶濯他们是否知道？云以游是否知道？

而知晓这些的自己……真的做好准备在这个时候深入调查了吗？

第五章

探监遭拒，孟愈初提醒

苏箧衣因心中有事，接连几日都有些心不在焉。就连偶尔来找她调阅卷宗的顾远都看出她状态不佳了。被顾远再三关心后，苏箧衣不得不重新打起精神来，佯装自己对度支司一直不太了解所以有些迷惑。顾远不疑有他，热心地给苏箧衣详细地介绍了一遍。

度支司算是三司之一，朝廷规定中书省是东府，枢密院是西府，而三司独立于这两府之外管理全国的财政。三司分为户部、盐铁和度支三处。户部掌户口及赋税。盐铁掌茶盐矿和交易税收，及河渠及军器之事。度支统筹财政收支及粮食漕运。不过京城以及周边辖区的财政不归三司管辖……国家大事都是东西二府，又分三司，不过唯有京城一带，所有权限都在京兆尹一人身上。

看来京兆尹的权力不轻啊！

顾远继续给苏篋衣解说度支司的事，但没多久就被人叫走了。

苏篋衣无心继续抄卷宗，干脆和隔壁的同僚说了一声，准备去街上转转。盛京的天气虽然越来越冷，但一点都不影响京城脚底下的百姓上街。叫卖的小贩，迎来送往的酒楼，锦衣华服的公子少爷，依旧是盛京繁华风貌的主角。

苏篋衣此时再看这些情景的心情，和初入盛京时完全不同。当时只道盛京是大周的都城，繁华奢靡了些，不过是大周经济繁荣，国力鼎盛的缩影而已。在盛京不过几个月的时间，亲身接触了由帝王一手操纵的棋盘后，苏篋衣对盛京、对理想、对朝堂……的感触，复杂了很多。

路过一家新开张的酒楼，苏篋衣被门外招揽生意的小二拉着送了一份豆腐，说是免费试吃的。苏篋衣吃了一块，口感还不错，就是味道有些怪，不像盛京风味。苏篋衣在小二的催促下给了评价才脱身。

刚刚的小二真是厉害呢，能说会道手段了得啊！回头和叶濯说说，让他把人挖去揽云轩，说不定能给揽云轩的生意添砖加瓦呢。苏篋衣脑袋里胡乱想着，脚步也未停下。

等她拐过这条街突然顿住了脚步，猝不及防地转过身来，苏篋衣目光犀利地看向正对着自己的一个穿黑衣服的男子："你一直跟着我是何居心？"

于飞诧异地多看了苏篋衣几眼，方才恢复往日泰然自若的模样："在下于飞，效力于云家的，家主一直让我留意你——她让我告诉你，如果你需要，我负责的情报网可以提供信息给你。"

原来云以游说的情报网不是骗人的啊！只不过苏篋衣狐疑地看着于飞，总觉得这个悄悄跟在人后面的家伙不怎么靠谱啊！于飞并不知道苏篋衣的心理活动，一本正经地继续和她说："如果遇到什么拿不到的信息……可以去揽云轩找我，按营业价给你八折优惠！"

苏篋衣本来还以为是云以游看在自己早逝的母亲的面子上给自己的好处呢，但

第四案 锦屏风

于飞说的优惠是什么鬼?她板了脸,毫不犹豫地说道:"我老爹辞官了,我又刚上任,连住的地方都是蹭七爷的,根本没钱从你买消息!"

于飞挑眉,家主并未说过她会哭穷啊,不过他很快就思量出了解决方案:"不一定要银子,只要你能够提供等价的信息给我,我自然就会提供你需要的信息给你。"

苏箧衣一时想到云中城的茶馆,那里不就是大家交换八卦的中心地带吗?

"我懂了,就是八卦交换地嘛……"

于飞眉头一抽,感觉若是再和苏箧衣待下去自己很可能会忍不住拍死她,他又叮嘱了一遍头也不回地离开了。

苏箧衣一直在大街上逛到夜色降临,才打道回府。

她回去后才知道叶濯中午的时候匆匆出府,到现在也没有回来。苏箧衣心想,这家伙十有八九是又去享乐了,反正她就没见过叶濯办什么正事。

隔日,苏箧衣沐休。

想到之前林柒绣在大理寺门口抱着自己的大腿要状告……苏箧衣决定去大理寺见见白子乌,顺便问一问审理的进度。苏箧衣并未想清楚自己是否有足够的力量去趟这摊浑水,但她的内心却一直叫嚣着去问一问,看一看。苏箧衣最终决定遵循自己的本心。

大理寺依旧大门紧闭,苏箧衣敲了半天也没有人来开门。苏箧衣站在门口,看着两侧的门柱上挂着的门联,心中升起淡淡的讽意。盛京城,天子脚下,掌管律法的大理寺就是这样秉公办案的?

就在苏箧衣开始思考要不要击鼓喊冤入内的时候,大理寺三四个官员陪着孟愈从马车上下来了。

"苏箧衣?你在这里做什么?"

孟愈?苏箧衣迎了上去,自从他去秦州后便一直没有消息了。也不知道他是什么时候回来了,今日到大理寺又是做什么?

"孟大人……您什么时候回来的?今日怎么也来了大理寺?"

有孟愈在,大理寺的几个官员亲自打开了大理寺大门。苏箧衣就狐假虎威跟在孟愈身后,混进了大理寺。然而当苏箧衣提出想要去看白子乌的时候,大理寺的几个官员都齐齐看向孟愈。孟愈沉吟了一番,拒绝了苏箧衣的请求。苏箧衣想再求情,孟愈打断了她的话转而问道:"箧衣,云中郡的案子,你可还记得?"

苏箧衣一怔不知道孟愈此言何意:"当然。只是那件案子不是已经结了吗?孟大人您突然提起云中一案,不知道是何用意?"

孟愈扫了周围的几名官员一眼,几人识趣地先一步进了府衙。

孟愈就和苏箧衣站在大理寺院内谈话。

"今日为止,云中的案子算是彻底了结了。查到胡维为止。"

苏箧衣皱眉:"仅此而已?"

孟愈点头,他并未在这个话题上多谈,反而正色劝告苏箧衣:"箧衣,想必阿濯应该提醒过你关于白子乌的案子。以你的聪慧应该早就想明白其中的问题了吧。"他审视着苏箧衣的反应,"为什么一定要去做和自己的实力不相匹配的事呢?为了真相一次次主动将自己置于危险境地,这就是你捍卫理想的唯一道路吗?"

孟愈的质问听在苏箧衣耳中很不舒服。她想要和孟愈争辩,但之前离开的官员再次出现催促着孟愈,像是有什么要事等着孟愈指示。孟愈也没有给苏箧衣反驳的机会:"你自己好好想想,我还有事,便先告辞了。"

苏箧衣被大理寺的侍卫态度强硬地请出了大理寺。

看着大理寺再次紧闭的大门,苏箧衣心中阵阵无力。总觉得自从计家别院出事后,孟愈整个人像是大变样了,以前他明明很支持自己的理想的,但是最近,好像一直都在暗示自己不要自不量力去碰触不能碰触的事情。孟愈他到底是单纯地为了不负老爹的托付,要保护自己安全……还是这些事的背后,也有他不想为人所知的秘密?

苏箧衣的大理寺之行宣告失败,她见天色还早干脆在回去的路上找了一家小茶馆,要了一壶清茶几碟小菜,一边用午饭,一边回顾云中的案子。

之前苏箧衣不曾了解京中尤其是景康帝和国库的事情,所以对于云中的案子从未从政治高度去审视。如今,孟愈特意和自己交代了云中的案子查到胡维身上便结束了。又一个不能被深入追查下去的案子,这让苏箧衣不得不揣测是不是胡维的背后也有某个贵人。

尤其是如今霍家和计家实力被重重削弱的情况下,胡维的案子依旧被压了下来,比起计霍两家,苏箧衣更愿意第一时间怀疑这同样是景康帝的手笔。想到这,苏箧衣再次意识到一件奇怪的事——吴越三年的天灾,景康帝根本无钱赈灾,那么为什么云中还未到多么窘迫的地步,就放出大手笔的赈济款?从景康帝想要讨好云家,

第四案 锦屏风

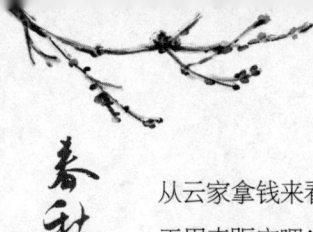

从云家拿钱来看，怎么想都感觉当初云中那笔赈灾银不管从何而来，最终都不会真正用来赈灾吧！

这笔钱在景康帝的棋局里，也许根本就是用来铲除某方势力的！只不过整件事中究竟谁获罪，谁得利，是不是真正按照景康帝的意思进展，这就不好说了。

如果胡维的背后同样也是景康帝的话，那么有些说不通的事也就能够说通了。

胡维盗走赈灾银，倘若赈灾银顺利回到景康帝手中，那么根本找不到赈灾银的叶濯和孟愈这两个奉命去赈灾的钦差，肯定是首当其冲要被问罪的。

孟家和北宁郡王府，虽然看起来一个是罪臣之后，一个是纨绔王爷，但孟家是武将世家，在战场上积累的财富和家底到底有多少无人能至；而叶濯手中有揽云轩，他到底有多少钱，也不从表面来衡量。这样的话，查封北宁郡王府和孟府，再加上原本该给云中的官银，钱，不就有了？

至少够吴越撑过一阵子。

而且那时候……陛下正好是在越州啊。在京城对北宁郡王动手，他自己在越州稳住云家，防止云以游"再救"叶濯一次。不得不说，景康帝的这盘棋下得真是万分周全。一笔赈灾银用两次，除了景康帝自己，恐怕还真没有别人有这个胆子这般欺下瞒上。

而这应该是景康帝为了拿到银子的中策了吧。虽然不知道他最开始的上策是什么。但他的中策很明显也失败了。自己阴差阳错查出了赈灾银的下落，叶濯和孟愈顺利赈灾；而景康帝在越州不仅没有起到牵制云以游的作用，反而很可能被云以游将了一军，失去了自己目前来看唯一的皇子。

如今的景康帝内无继承人，又国库空虚；外还有计霍两家虎视眈眈把持朝政，大周江山灾祸四起，还真是内忧外患，想必他每日坐在龙椅上也不安心吧。

看来自己还在云中的时候，就已经后知后觉地搅进了这盘凶险万分的棋局之中啊。这样想来，景康帝不将自己放到大理寺，还真是理由充足啊。尤其是自己屡屡破坏他的布局，苏篌衣不敢想象景康帝对自己的真实想法。

然而既然事情已经到了退无可退的地步，不妨就放手一搏好了。

想通了其中的因由，苏篌衣原本的忐忑反而通通消失不见了，她重新恢复了战斗力，并找机会又见了林柒绣一面。

最近计府一直在办计曳的葬礼，气氛很是低沉。

苏篋衣是在计府的偏门遇到了准备出门的林柒绣,两人攀谈了几句。从林柒绣的口中,苏篋衣得知白子乌竟是已经写了休书给她,放她自由。林柒绣还提到了计曳,称计曳的身体本身就有缺陷,所以计家并没有外人揣测的那般悲伤。听到这话,苏篋衣不免为计曳戚戚焉,无论身体好坏,离世之后,家人却没有多悲伤,怎么听都是很薄凉的事。

苏篋衣见过林柒绣后没多久,便在揽云轩碰到了云以游。等她和云以游交谈后,苏篋衣心中开始怀疑,云以游可能是特意在揽云轩等自己的。因为她问起了林柒绣的事——

"你最近是不是遇到了一个叫林柒绣的女子?"

苏篋衣老实回答:"是啊,白子乌的妻子。"

云以游讳莫如深地看苏篋衣:"江南林氏,是你母亲的族亲。不过林氏也是很大的世家,不同支系关系极淡,当年先帝林皇后被废,也未牵涉林氏大部分人。至于林柒绣,你该叫她一句表姐。"

原本苏篋衣只当云以游手里有什么关于林柒绣和白子乌的新线索,云以游的话着实让她吃惊了一番。

"还有这么一层关系!"

"早就说了,这些事你跟她说,她也没有什么多余的反应。"叶濯突然从里面冒出来,他依旧摆出一副嫌弃的模样看着苏篋衣,不过话却是对云以游说的。

云以游轻笑了两声无奈地摇摇头:"这回算你赢!"

合着这俩不靠谱的师徒是在拿我打赌吗?苏篋衣鼓起腮帮子,很是不满。

云以游伸手拍了拍苏篋衣的肩:"我还有事先走了,刚刚的话,你不必放在心上,知道就行了。"都不给苏篋衣说再见的时间,云以游就已经推门出去了。

叶濯朝苏篋衣招了招手:"苏篋衣,你今天既然不用去度支司……过来陪我下下棋。"

我还想去逛街呢,不下行不行?苏篋衣眼巴巴地望着叶濯,内心是拒绝的。

叶濯轻哼一声:"你知不知道有句话叫作'人在屋檐下不得不低头'?"

苏篋衣认命地摆好了棋盘,结果只下了一局就再次被叶濯嫌弃:"下得好烂……和你下棋好无聊,还不如我自己玩有意思。"

虽然不愿意承认,但是……这家伙的棋艺确实比我厉害,之前在马车上就已经见识过一次了。不过他是不是记性不好啊,上次明明说再也不和我一起下棋了,刚

刚还叫自己陪他下棋,真是的!

心中不满,但嘴上的马屁还是要多拍的:"七爷你棋艺高超,我比不了。"

叶濯撇嘴:"这都是以前自己和自己下练出来的。"

苏箧衣很是怀疑,她可是没忘在云中的时候,叶濯第一天就和自己打听可以吃喝玩乐的地方,这样的家伙,以前会有耐心自己和自己下棋?难道他不会觉得无聊吗?

"七爷,你十年前就封王立府了,太妃在宫中,没人管你,我还以为你早就玩遍花样了呢。"

叶濯懒散地拨弄着棋子,白色的棋子被他丢在棋盘上,欢快地转着圈,让人眼花缭乱。他的声音懒洋洋像是缺乏生机:"养病的时候当然不能随随便便出门了。而且以前又不像现在是装病,真要出去乱逛,也没有那个力气。"

苏箧衣心中突然闪过一丝明悟,叶濯身上的毒其实一开始就被云以游解了吧。只不过他还是要装病,只有这样才不会被没有子嗣的景康帝忌惮。突然间觉得叶濯看似纨绔肆意,其实也过得很累吧?

她忍不住问:"七爷……这病,你还想要装多久?"

叶濯抬眼扫了苏箧衣一眼,并未因为她这般直白的问话而生气,反而目光复杂地看向窗外,深深叹了一口气:"世间哪有那么好的事,'我以为的'就会成为真相;'我想的'事情就会那么发展。下棋么,走一步,看一步。"

苏箧衣忍不住低喊:"可这不是下棋是搏命啊。"

叶濯的声音里少了几分正值壮年的活力,带着深深的疲惫:"那……活一天,是一天。"

第六章

除夕宫宴,不欢而散

盛京的天气越来越凉,叶濯的房间早早就烧起了碳。他依旧大部分时间躲在王府装病,偶尔会悄悄出门,很少有人知道他的行踪。苏箧衣在度支司的工作基本上就是抄抄抄,到了新年沐休的时候,一大柜子的卷宗,苏箧衣基本上已经誊抄得差不多了。她新抄录的卷宗，被顾远带人密封起来，当作正式的卷宗收起来。

老爹的回信一直没有来。苏箧衣最先怀疑是不是叶濯那个家伙又将自己的信私自拦截了。但等她去旁敲侧击了几次后，被叶濯狠狠地嘲讽了一通，而且还受到了惩罚——本王风流倜傥英俊潇洒，是那种会偷拿你信件的人吗？再说本王看别人的信从来不会忘记还回去，你现在怀疑本王，本王很生气！

苏箧衣足足给叶濯端茶倒水了十天，叶濯才算消了气。

隔日，苏箧衣便收到了表妹的来信，这下越发证明了自己误会叶濯了……表妹在信上说老爹最近不在老家，已经帮忙把信转寄出去了。至于她自己，在老家已经安顿了下来，而且某次去寺庙上香，遇到了一伙流民，后来被一个眉清目秀功夫也不错的公子救了。

再之后……二人互通情意，如今已经到了谈婚论嫁的地步，就等老爹回去之后，对方就要派媒人上门了。信的最后，是表妹语重心长的碎碎念——表姐！现在你女儿身的事早就已经暴露了，既然如此，不如趁早寻个中意的良人，嫁人才是长久之计，不嫁人就没有孩子，没有孩子以后会没人给你养老送终的！虽然我很愿意以后把我的孩子过继给你，但是你如今在京城，孟大人又对你不错，你还是要把握时机珍惜机会才是……

表妹的信，苏箧衣看完发自内心地替她感到开心。只不过珍惜眼前人什么的真是奇怪，为什么表妹会觉得孟愈和我……而不是叶濯和我？还是她觉得叶濯是郡王，身份尴尬，又穷，又臭脾气，所以不合适？其实叶濯他虽然任性了点，人还是不错的，和他在一块儿虽然被欺压，但自己还是很开心是怎么回事？

不对！表妹说的是孟愈，自己怎么跑去想叶濯了！

苏箧衣将手中的信收起来，连连吸气，自己该不会是喜欢那个家伙吧，苏箧衣被自己的想法吓了一跳，赶紧拿起桌上的书逼自己看……不会的！不会的！一定是今日刚伺候完，被他奴役得还没清醒过来！

对，就是这样！

盛京的第一场雪过后，正月正式到来，苏箧衣这样官职低微的官员已经提前放假了。而叶濯养了近两个多月的病也终于有了起色。苏箧衣一次性拿了半年的俸禄，荷包满了，上街的热情也就高涨了。她接连三四天都早早出门，回来的时候手上总会拎着点什么。

第四案　锦屏风

叶濯有天心血来潮到苏箧衣的房间，发现她的房间里竟然摆了不少年货。许是被苏箧衣过年的热情感染，等到苏箧衣再出门的时候，叶濯也出现了，并美其名曰见苏箧衣每日都靠两条腿走路太累了，今天特地恩赐她坐马车！苏箧衣一眼就看穿了叶濯也想要出去逛的真实心思，她并不说破，一整天下来，反而兴致勃勃地拉着叶濯去看自己这几日发现的有趣的地方。

不比叶濯往日里去的奢靡高档的场所，苏箧衣发现的都是京城百姓朴素的乐趣。像是农家巧手制作的白薯干、柿饼，或是某个古老的摊位上，不失精致的对联和福字……叶濯一开始一直皱着眉，虽然未出声，但脸上却挂着淡淡的嫌弃。到了后来，他倒是渐渐被苏箧衣所感染，到了晚上要回去的时候，叶濯心中反而有了几分怅然若失，感慨时间过得太快。

终于到了除夕，这一天，盛京的勋贵世家，以及京兆尹等一众京官，都有资格入宫参加宴会。

白日后宫和前朝都会举办不同的表演，太后或皇后会带着各家小姐赏花闲聊；而皇帝则会带着文武百官、世家子弟在练武场跑马射箭。这日苏箧衣既兴奋又纠结，兴奋的是她终于可以去见识皇宫的宴会，纠结的则是她有些拿不准自己进宫后是应该跟去皇上的阵营，还是应该去后宫……

叶濯无聊地瞥了她一眼："待会你就跟着本王就好了，少想那些乱七八糟的！"

苏箧衣又惊又喜，也不计较叶濯不那么友好的语气："七爷，你说的是真的？我可以跟着你？那岂不是可以吃到更多好吃的了——"

叶濯看白痴一样看她："像你这么蠢的人才会惦记着宫里的吃的……参加年宴的人哪个不是在家里吃好？从御膳房大老远地送到殿里来，还能吃吗。"

苏箧衣依旧很激动："能能能，怎么不能，瘦死的骆驼比马大，就算凉了也是一种风味。"说着她又想到了其他，好奇地问叶濯，"据说世家子弟还要比试骑马射箭，七爷您不参加吗？"

叶濯一脸嫌弃："你是不是今天出门没带脑子？我在养——病——"

这样啊……苏箧衣心中有点遗憾，其实她很想去城楼观赛啊！但如果叶濯不参加的话，自己就要一直跟在他身边，根本没有什么借口能去城楼啊。

叶濯一直磨蹭到中午才带着苏箧衣出门，在马车上他不吝赐教地告诉苏箧衣，只有没见识的小官才会兴致勃勃地一大早就进宫，进宫之后也见不到什么表演，不过是为了找机会更好地贿赂上司。苏箧衣只觉得叶濯将事情看得太阴暗了，难道那些人就不能是和自己一样，纯粹地想要见识一番皇家宴会吗？

过了太和门，便有太监赶过来迎接叶濯。

"陛下已经带着各位大臣去了练武场，七爷您是直接过去还是？"

叶濯瞥了一眼身边还算乖巧的苏箧衣："本王身体不适，还是就去城楼上看皇兄他们比赛就好了。"

去城楼？！苏箧衣眼前一亮，有些诧异地看着叶濯。但叶濯却傲娇地转身，并未看苏箧衣，只在苏箧衣傻乎乎地留在原地的时候喊了一句："还不跟上！"

苏箧衣激动地追上叶濯的脚步："七爷，你真好！"

叶濯哼了一声："你想多了，是本王想看！"

苏箧衣捂嘴偷笑，并不反驳。每每这个时候，她都觉得叶濯这个家伙其实也蛮让人感动的。两人上了城楼，上面还有不少上了年纪的大臣，他们并未热络着来和叶濯见礼，叶濯也并不恼，带着苏箧衣找了个避风的地方，坐了下来，安安静静地看着比赛。

倒是苏箧衣，全程很是兴奋。尤其是当她看到孟愈竟然也在练武场上，而且还在射箭！她不免有些震惊，没想到孟大人看起来是翩翩君子，文弱书生，其实骨子里还是有孟家的热血的，看他射箭的姿势，应该身手很不错啊！

叶濯看了没一会儿就闭目养神去了。

一直到练武场上传来阵阵的号角声，宣告着比赛结束，叶濯才打了个哈欠站起来。

"走吧，晚宴该开始了。"

苏箧衣看了比赛心中无比满足，对叶濯的吩咐也就格外顺从。

叶濯心中暗暗鄙视苏箧衣的"狗腿"行径，但又觉得她对自己狗腿的时候，其实还是蛮可爱的。

景康帝现在后宫陪太后主持女眷的宴会，顺着太后的意思赏赐了几个世家女儿，便带着两个新晋的宠妃一块儿来了前朝的百官宴。众臣在景康帝坐上龙椅后，大呼万岁。景康帝摆摆手没有为难大家，说了几句吉利话，便让大家饮酒作乐。苏箧衣原本坐在靠近门口的位置，等叩拜结束，叶濯打发了一个小太监将她叫到了自己身边："你就老老实实地坐在本王身边，别让别人弹劾你不守礼法。"

苏箧衣并未被吓住，反而说起了最近被弹劾的事："只怕坐在七爷您身边，再

第四案 锦屏风

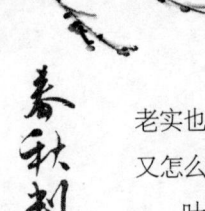

老实也会被弹劾吧！这两个月来新晋的举子都被弹劾了个遍，霍永谦都没幸免，我又怎么能奢求自己没事呢！"

叶濯动手敲苏箧衣的头："笨蛋，没人弹劾你，那是因为本王的面子。你以为让你住进王府，就是给你找个住处吗？"

苏箧衣虽然心中有这么想过，但总觉得叶濯这么一个纨绔七爷的面子并不会辐射到文武百官之中……如今，叶濯承认得这么坦率，她反而忍不住多想起来。

大殿之上，弹琵琶的女子下去后，蜂拥而至了一群衣鬓环香的舞姬。叶濯饶有兴致地欣赏着舞蹈嘴里不忘吐槽："那个女人腰太粗了！皇兄的眼光真是越来越差了！"

苏箧衣给叶濯倒了一杯酒想要堵住他的嘴："七爷您大恩大德，小的我没齿难忘！敬您一杯，祝您——年年有今日，岁岁有今朝！"

叶濯拿着酒杯没喝故意找苏箧衣的茬："有今朝？我天天圈在王府里养病，有什么好？"

苏箧衣眨了眨眼，不确定地回道："今朝有我啊，哪里不好？"

叶濯看着苏箧衣目光带了几分审视，最后慢慢变得幽深了起来："那就算是……没什么不好吧。"

晚宴比苏箧衣想象的要无聊和漫长，说好的御膳，等端上来的时候都已经半凉了，幸好菜色还算丰富。一直到午夜时分，外面按时绽放起了绚丽的烟花，点亮了大半边夜空。苏箧衣有些坐不住，不似之前那般老实，开始悄悄打量着大殿里的官员。

奇怪，不是说贤妃是宠妃吗？为什么今天这样的日子，景康帝却没有叫她？

咦！那不是孟愈吗？他怎么才来？苏箧衣看着跟着内侍悄无声息从一侧走进来的孟愈，只见他面上微微泛红，目光清冷，待到了座位上，挥挥手便让内侍离开了。

苏箧衣悄悄拉了拉叶濯的袖子，低声悄问："孟大人今天还有公务吗？"

叶濯闻言抬头看过去，他手上端着酒杯，恰巧同正好看过来的孟愈目光相对。叶濯突然轻笑一声，像是看到了什么有趣的事，他举着手里的酒杯朝孟愈晃了晃。孟愈面上的红意已经渐渐消退，他端了一盏茶朝叶濯点点头。

很快，便有大臣端着酒杯凑到了孟愈面前，言辞间带着恭敬和讨好。叶濯懒懒地坐在位置上，时不时自饮一杯。苏箧衣看了一眼高位上和美人自说自笑的景康帝，愈发不想在这无聊的宴会上待了，她好想去看看外面的烟花。

"阿濯，箧衣，"孟愈不知何时摆脱了那些大臣，他站两人面前，手上端着一杯酒，"新年快乐！"

苏箧衣有点激动下意识地站起来，很是恭敬地回了孟愈的酒，一口饮尽。反倒是叶濯，仰着头若有所思看着孟愈，良久才慢腾腾地站起来，手上的酒随意地抿了一口："苏箧衣，本王带你去看烟花。"

苏箧衣并未察觉叶濯的不对劲，她高兴地应声，又热情地邀请孟愈一起："孟大人，一块儿去看烟花吧！"

叶濯猛地扭头瞥了孟愈一眼。

孟愈目光清明如斯，故意错过叶濯的目光，他淡笑一声："好啊！"

说着和两人并肩走在一起。苏箧衣看看左边的叶濯，再看看右边的孟愈，心中突然升起了一抹淡淡的喜悦，伴着除夕夜的烟花，让苏箧衣有一种回到了云中城的错觉。

叶濯带着两人一路上了皇宫最高的假山上面的凉亭，坐在凉亭上，可以看到皇宫后山上若有若无的灵隐寺。当一株株绚烂的烟花在天空中盛开又陨落后，灵隐寺的新年钟声在烟花中缓缓响起。

孟愈听着钟声对苏箧衣道："人们都说，在城里这些烟花声里，还能听见灵山寺钟声的人，这一年都会很有福气。"

叶濯冷哼："不过是哄小孩子的话。"

苏箧衣倒是很开心，兴奋地双手交握想要许愿："既然是新年钟声，那就是新的一年了！我希望今年能够去大理寺！"

孟愈棱角分明的脸上带着几分清冷，他听着苏箧衣的愿望，低低呢喃："明年……过几年总会可以的。"

"七爷，孟大人，你们怎么不许愿啊！"苏箧衣许完愿后，兴致勃勃地催促两人也将自己的心愿许下来。

孟愈看着一脸纯粹的苏箧衣，愿望这种东西对于自己来说从来没有什么用处，没有用处的东西，又有什么可在意的？虽然心中并不相信这些，但在苏箧衣期盼的目光下，孟愈还是随口许道："惟愿身边人都平安康健，愿天下河清海晏。"

一声嗤笑在孟愈许完愿望后，非常不给面子的响起。叶濯脸上带着几分戏谑和嘲讽："没想到怀瑜你竟然心怀天下——啧啧！"

苏箧衣今日有些后知后觉，对于叶濯和孟愈之间的火药味，她分毫未察反而兴

第四案 锦屏风

致勃勃地追问叶濯："七爷，你的愿望呢？"

叶濯嘴角的讥笑在苏箧衣炯炯有神的眸光下渐渐消退，他像是认真地在思索，最后低语道："我的愿望……吃好吃的，玩好玩的。"

苏箧衣觉得叶濯是在敷衍自己："七爷，你应该真诚一点！"

叶濯瞪她很是认真地道："我当然是认真的啊。你这种盼着升官的是理想，吃喝玩乐怎么就不能是理想？"

苏箧衣下意识反驳："别人说吃喝玩乐是理想，我相信。你这么说，我不信。我认识你也这么久了，美酒佳肴，笙歌曼舞——我觉得你，明明根本就不喜欢。"

叶濯身子微微一动，心底那股因为苏箧衣的话而升起的感动被他死死地压了下来。长舒了一口气，叶濯的脸上多了几分迷离："曾经，曾经很喜欢。我每天没什么事做，就自己找乐子。只是世间有趣的事儿就那么多，玩得多了，人就越来越难以取悦。很多东西早就玩腻了，但也依然……只有这些可以玩乐。"

苏箧衣听得心中难过，叶濯的语气明明带着浓郁的玩世不恭，偏偏在她听来却充斥着许多的无奈："七爷，难道你没有什么想要的吗？"

叶濯突然偏过头，看着苏箧衣又看着孟愈，一字一顿地道："我想要的啊——我只想要……活得长久。"

孟愈目光微闪地看着叶濯："好玩的东西都玩过了，活久了……又有什么用？"

叶濯轻笑一声，收回了目光，他像是在看烟花，又像是在看烟花后面的夜空，又或者像是在放空自己，目光之中并无什么景色："活着又不光是为了好玩。冷暖悲喜，人世百态，好好看过，再死不迟。生死之外，皆为小事。然而因为这些小事，人才值得活着。"

孟愈再次发问："即使这些小事——即使你看到的丑恶，浑似地狱，你见过的凶狠，枉称人间？"

苏箧衣有些茫然地看着两人，总觉得话题有些跑偏。

叶濯轻叹一声："本王三岁中毒，虽捡回一命，但这病魔又缠了我整七年。终于有同龄孩子一半的力气，却赶上皇兄继位，我出宫立府……一直到我十六岁，从未踏出过王府一步，直到避过我皇兄排除异己的风头。所以不管是什么，只要和我十六岁之前所见不同，我都想看。"

孟愈认真地打量着叶濯，从头到脚重新审视着他。

而苏箧衣则因为叶濯说起了他的遭遇，而心中一阵阵为他感到难过。像是感受

·202·

到了苏箧衣的目光和她的心情,叶濯自嘲一笑,语气里带了几分强硬:"本王从来不觉得自己可怜,苏箧衣你快点把那看可怜人的目光给我收回去!本王只是习惯了孤身一人,虽然无聊了些,但至少不为生计苦恼,也不必做什么违心的事,自始至终,都还是个人。"说着,他竟然一脸认真地扭过头来,"本王从未碌碌如牛马,也从未汲汲如犬蝇。"

叶濯的话狠狠地敲打在苏箧衣的心中。她感觉自己的意识有些不受控制了,她听到自己轻唤:"阿濯。你想看……我陪你去看。"

孟愈猛地看向苏箧衣,目光深处是让人看不透的漆黑。

叶濯被苏箧衣喊得有几分怔忪,他低着头沉默了许久才低低回道:"好。"

后宫御花园,不少嫔妃让宫女掌了花灯,在大片大片的梅花树下游走,她们都打着想要在这个晚上偶遇皇帝的心思。如今后宫无皇后,除夕夜谁能把皇上带回宫中,也就宣告着谁开始得宠。

梅花林的一角,贤妃穿着浅薄的白色宫装,明明已经冻得面无血色,但却依旧让身边的太监捧着披风,不曾穿上。不多时,她身边的心腹宫女急匆匆地过来,低声在她耳边回复了几句。

贤妃的脖颈间带着点点红意,宫女近前说话的时候,飞快地瞥了一眼,又迅速低下了头。

倒是贤妃,虽然面无血色,但开口说话时的声音中,却透露着特殊的慵懒和沙哑:"你办事本宫放心,今晚让她们好好伺候皇上便是了。"贤妃又问,"孟怀瑜出宫了吗?"

宫女摇摇头:"还未离宫,和北宁郡王、苏大人一同去了凉亭上看烟花。"

贤妃眉头微蹙轻呵了一声:"到底是放不下她了吗?"她伸手折了一株开得正艳的梅,轻嗅了一番梅香,原本平淡的目光冰冷起来,"是时候去给钟太妃点暗示了,你附耳过来。"

贤妃在宫女耳边低声交代了几句,宫女越听面上的惊恐越深,最后她勉强收敛了情绪低声应是,又匆匆离开了。

第四案 锦屏风

第七章
苏启来信，事态骤变

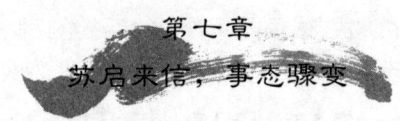

三人一直过了子时才从皇宫离开。苏箧衣是蹭叶濯的马车来的，出了宫门后，她自然是亦步亦趋地跟在叶濯身后。只是，孟愈突然喊住了她。苏箧衣拜托叶濯等自己一会儿，回到孟愈身边，想要问他是否有事。苏箧衣万万没想到，孟愈沉吟再三后，是要劝自己辞官回江南老家。苏箧衣想到之前几次孟愈暗示自己不要插手白子乌的案子，如今又直截了当地提出让自己辞官回乡，苏箧衣第一次意识到，孟愈除了是天下读书人的偶像外，他还是一个浸淫官场多年的高官。他身上固然有读书人的风骨，同时也有自己曾经一度忽视的重臣的种种算计与考量。

苏箧衣和孟愈不欢而散，回去的马车上，一直耷拉着脑袋。

叶濯虽然没有问，但也差不多猜出了孟愈和苏箧衣说了些什么。到了王府，叶濯喊住了苏箧衣给了她一封信："本来本王是想要报上次被你'污蔑'的仇，先在手里拿一段时间再给你的——"叶濯瞥了瞥苏箧衣不怎么好的脸色，悻悻地道，"不过今天是除夕，本王若是不给你信，就要给你开压岁钱了。怎么想还是给你信更划算一些！"

说完叶濯先一步进府，颇像是落荒而逃。

王府中，早有人等在叶濯必经的路上："七爷。"

叶濯顿住脚步，看着和夜色融为一体的黑衣人："什么事？"

来人上前两步，低声在叶濯耳边回禀："贤妃出手了，太妃刚刚砸了一套心爱的茶具，派人去查贤妃了。"

叶濯面上多了几分喜意，他好看的凤眼微眯摆摆手："本王知道了，你去回你主子吧。"

黑衣人应了一声，眨眼间彻底消失在夜色之中。

总算收到老爹的来信，苏箧衣心中的担忧郁闷一扫而空。她迫不及待地回了房间，等到将老爹的信看完后，心情又重新压抑了起来。

"箧衣吾儿，你的情况我都知道了。云中一案不可结案，胡维一案必为大案，京城官员应谨慎调查，需慎之又慎。冰冻三尺非一日之寒，财政一事非几年之利害。

甚疑此事与二十年前大案、十五年前命案有关。信件不甚可靠，不再赘言，吾儿定可自己查清。父在江南郡调查另外一些事情。若有情况，随时通信。

二十年前……老爹那会儿是国子监的学生吧。娘应该……也是。什么大案？难道是说孟家的案子？十五年前又是什么案子？若是在大理寺还能偷偷看看卷宗，现在真是……而且老爹说的胡维的案子不能就此结案，意思应该也是让我去查的意思。和陆庆、胡维有交集的京城官员……会是谁呢？

看来明日要去揽云轩走一趟了，上次那个于飞说他管着云家的情报网，也许能从他嘴里套出什么有用的信息呢。

翌日，苏箧衣早早就到了揽云轩。像是早就猜到了她会来，苏箧衣一进揽云轩，于飞就冒了出来。

"早啊，苏大人！"

今日的于飞穿着平常掌柜的衣服，带着苏箧衣往揽云轩后面走。苏箧衣默默打量着于飞，跟在他身后，心里打着腹稿，一会要怎么说才能够不花银子就问出有用的信息。

"苏大人。你想要问些什么呢？"

苏箧衣直言："你可知道云中郡有一位学者，号为陆烟石？"

于飞背书一般念道："陆庆，字祝之，号烟石散人。在这些文人之中，都叫他陆烟石。祖籍吴州，先帝兴佑五年进士，而后辞官不受，云游四方，这几年在云中郡落脚，做了个教书先生。说这些算是我的诚意——你想知道更多的，就拿出别的信息来交换吧。"

这家伙记性真好还以为他能一口气全背完呢！

沉吟了一下，苏箧衣反问："你想知道什么？"

于飞早有准备飞快地道："陆庆在云中郡遇害一案的详细信息。"

案子的详细信息？！苏箧衣摇头："那都是要封入卷宗的机密，我怎可——"

于飞也不说话，只笑眯眯地看着她。苏箧衣并不吃这一套，她直言："信息既然是要等价交换——我用朝廷的机密，换一个死人的信息，未免太吃亏了。"

于飞微不可见的皱眉："那么苏大人想如何？"

苏箧衣笑了笑："我在调查陆庆——这本身，不就是一个很有价值的信息吗？"

于飞也跟着大笑几声，很快他正色看着苏箧衣："其实最重要的信息已经告诉

你了——陆庆,祖籍吴州。陆庆此人心气颇高,虽然当年名次靠后,对同榜却多有不服,唯有他在吴州的几位同乡,他还算是敬重。文坛画坛,还有书法,吴州的这几位都很有地位,形成的流派小圈子里,自然也有陆庆。若陆庆在云中还和什么人保持着联系,应当就是这几位同乡了。"

苏箧衣下意识地问:"现在的京城高官——有哪些是出身吴州?"

于飞啧啧两声:"苏大人,还要继续交易吗?"

苏箧衣见于飞又用一副要收银子的表情看着自己,心中气结。算了,还是少和奸商打交道——高官的出身,还是很容易打听的。

吴州……总觉得有点印象……

对了!宁虞!遇到林柒绣的那天,宁虞曾经说过她专门去买一家吴州风味的早点——难道和陆庆通书信,胡维的幕后之人,竟然是京兆尹宁士霖?!

顾远曾经说过,京城以及周边辖区的财政不归三司管辖,京兆尹手握独立的财政权限,这样的一个位置,自然是皇帝信任之人。难道就是宁士霖参与进了景康帝的计划?

那宁家和霍家的联姻……就显得有些蹊跷了吧。

看来还是要想办法见一见白子乌才行!

苏箧衣原本以为去大理寺定要又有一番波折,为此她主动和叶濯签订了一系列不平等条约,换取了叶濯的令牌以备不时之需。岂料,等她到大理寺,只是谎称了是林柒绣的亲属,就顺利进了大牢。真是赔本的买卖!怎么就又相信了叶濯的话呢,被他忽悠了不止一次,竟然还没有吸取教训,真是失策啊失策!

跟着带路的狱卒,一路进了大理寺监狱,在关押犯人的普通区域见到了白子乌。看到这一幕,苏箧衣便明白了过来,白子乌的罪名已定,早已算不上什么机要罪犯,如今只是等着行刑赴死了,自然收押看管得松了很多。自己怎么早没想到呢!看来官场的敏感度,自己还是欠缺很多啊。

"有什么话快点说吧。"狱卒转身准备离开,给苏箧衣留出空间来。

苏箧衣往狱卒手里又塞了几块碎银子,狱卒满意地拿在手中掂了掂,不再催促。

清场后,苏箧衣回身细细打量了白子乌一番,只见在狱中多日的白子乌,虽然衣衫狼狈,但眉宇间的狂傲之气分毫未减。他目光清明地看向苏箧衣,神色完全不像是一个杀人的刽子手,反而更像是落难蒙冤的清白书生。

"竟然是你啊……苏篋衣。"

苏篋衣浅笑反问道:"是我让白兄你很失望吗?"

白子乌耸了耸肩,眸光中极快地闪过一抹失望。若非苏篋衣不眨眼地盯着他,怕是根本看不到这一抹失望。自己出现让他失望了……那他又是在等谁?是等景康帝派来救他的人吗?难道……时至今日,他还没有意识到已经被当作弃卒了吗?

苏篋衣收敛了心中的揣度,问出来意:"计家的案子,是谁指使你去做的?"

白子乌居高临下地审视着苏篋衣冷笑起来:"你不会蠢到以为我会为别人做事?又自以为聪明到可以从我这里,问出大理寺都问不出的信息来吧?"

苏篋衣耸耸肩,并不接白子乌的虚招,反而继续放出诱饵:"大理寺问不出来,是因为有人不让他们问。我来这里,是想知道你认不认识京兆尹宁士霖。"

"宁士霖?京兆尹……那个宁虞的父亲?"白子乌言辞之间带着思索,但他在提到宁士霖时,握起的双手却暴露了他的真实情绪。苏篋衣不动声色地轻问:"白兄,真的只是'宁虞的父亲'吗?到了现在你还在试图帮他们遮掩吗?你说只认识宁虞,以宁虞为主体,倒是没错……不过,你若不认识宁士霖,真的会在意那时误入宴会的宁虞吗?"

白子乌眉宇间现出了几分诧异,知道自己不管怎么回答都会露出破绽,他干脆沉默起来,只当听不明白苏篋衣话里的意思。但苏篋衣像是打定了主意要和他在这里耗,一直目光灼灼地盯着他。白子乌还是头一次被一个人越看越心虚。尤其是苏篋衣之前的话,不断地在脑子里倒放。

终于,他意识到苏篋衣之前话里话外的暗示——她在告诉自己,罪行是真的,前路已定,那个人已经放弃了自己。白子乌面上突然狰狞起来,他没有大喊大叫,反而捂着胸口重重地喘气,像是承受不住这一事实带给他的打击。

又过了半晌,才听到白子乌颓丧十足的声音:"你比我想象的要聪明得多。确实是宁士霖和我达成了交易。我的计划里,很多重要的信息,也都来自他。至于他的目的……为了钱。京城,还有周围几个县——他所管辖的这些地区,府库尽空。陛下是知道的。似乎是想让他,戴罪立功。别的事,我想你也应该明白。否则,也不会来找我了。"

白子乌的话彻底验证了苏篋衣心中的揣测。

她看着一下子老了很多的白子乌,心中重重叹息:"多谢了……子乌兄,吴越一事,我苏篋衣固然变不出什么救灾的银钱来。但是,我会让造成此种局面的人,

第四案 锦屏风

付出应有的代价。"

白子乌并不为苏箧衣的承诺而欢喜，反而嘲讽地轻笑起来："呵……替天行道？"

苏箧衣摇头，解释着自己和白子乌对事情不同的看法："并非替天行道，我只是让有罪之人，认罪伏法。"

白子乌第一次认真得打量苏箧衣，以一种足够重视也足够复杂的心情，他不明白这个小丫头身上到底积聚着什么力量，她不仅准确无误地推断出自己的计划，更揣度出了背后错综复杂的交易。假若她不是女儿身……朝堂之间怕是会……

白子乌突然很想问问自己败在哪里又错在哪里。

"我的谋划万无一失，动机出自正义，你到底是为何，从始至终都不认同我？"

苏箧衣点点头，认真地看着他："不错！我不认同你，你会输，便是因为——你不遵守律法和规则！"

白子乌连连后退，并不认可苏箧衣的话。他放肆地大笑，一遍遍大骂霍家及这个几乎被规则之外的"手"所控制着的千疮百孔的世道。白子乌的样子像是着魔了，很快狱卒就赶了过来，将苏箧衣带出去了。

苏箧衣的脑子里一遍遍地回忆着白子乌最后的模样，原本对他的批判少了几分，多了几丝难以言说的叹惜。

接下来的日子，苏箧衣悄悄地查探着京城高官与云中吴越等地的联系，同时也旁敲侧击打听着老爹信中提到的关于二十年前的大案。可惜困难重重，一直到上巳节前夕，苏箧衣也没有获得什么有用的线索。一切都停留在和白子乌的那场谈话上，再无进展。

这日，苏箧衣被叶濯喊去了花园里。

"七爷，您找我什么事？"

叶濯吃着江南新送来的葡萄，十足的纨绔子弟的模样："苏箧衣，你知道上巳节快到了吧！"

"当然知道！三月三！又多了一天假期，怎么会忘记。"

叶濯嫌弃地不愿意看她："你能不能有点人生追求？像我这种十天要翘八天宝文阁的课的人，多淡定。"

首先你已经翘了快要四个月了……其次你也很没有追求！苏箧衣在心中默默腹诽。

"本王在揽云轩留了最好的位置，请你和怀瑜，还有霍永谦和宁虞两个，一起吃一顿。"

苏箧衣倒是很激动，又有好吃的可以蹭："不过您不是对外说一直在养病么？这么出去……没事了？"

叶濯又吃了一颗葡萄，然后嫌弃地朝苏箧衣招招手，让她给自己剥皮！

"病总有好的时候……而且多病之人，才对三月三这种节日最为看重。我摆宴，当然也是在庆贺自己病好了。"

到了三月三这日，苏箧衣被叶濯早早地叫了起来，她还带着几分瞌睡，被叶濯催促着上了马车。一直到了目的地，苏箧衣才彻底清醒过来。

"七爷，我们为什么要来这里？"

看着不断冒着热气的温泉，苏箧衣有些回不过神来。

四五个婢女迎上来伺候叶濯更衣，叶濯就这样当着苏箧衣的面，脱得只剩下单薄的里衣："上巳节，女巫掌岁时被除衅浴，这你都不知道吗？"

"这我当然知道了！但是七爷你真的觉得咱们可以一起沐浴吗？我是女人啊！"苏箧衣再没有什么时候比现在更清醒地意识到自己的性别！很显然，叶濯并未当回事。

叶濯歪着头看她一眼："唉……本王忘了！真是麻烦，都怪时雨芨那个笨蛋，没事去陷害你做什么。害的本王想带个跟班出来放松都困难重重。"

等等！不对吧！就算没有暴露性别！我、我也不能和你一块儿洗好不！不暴露性别难道我就不是女的了吗？苏箧衣愤愤抱胸怒瞪叶濯，越发觉得这家伙在无理取闹。

叶濯挥手招来几个婢女，指挥着她们带苏箧衣去不远处的小温泉里。几个婢女迅速围到苏箧衣身边："苏大人，您的衣服都准备好了，这边走。"苏箧衣被人前呼后拥着去了别处，又被人伺候着泡了一个别开生面的温泉……虽然泡温泉很爽，但到底没被服侍惯……浑身不自在啊！

两人在山上泡了小半天的温泉，午时就在山上用的午膳，都是初春山上新长出来的时令蔬菜。跟着叶濯最大的好处就是有口福，他的嘴很是挑剔，吃的东西都色香味俱全。吃完午膳，叶濯又懒洋洋地要睡懒觉，招呼苏箧衣就坐在床边给他念书。一直折腾到日暮西斜，叶濯才总算收拾好带着苏箧衣下山回程。

傍晚，揽云轩内。

宁虞等人都如约而至，只有孟愈迟迟未到。宁虞频频对苏箧衣使眼色，对苏箧衣和叶濯同进同出又好奇又担忧。叶濯叫人开了一坛佳酿，一时间包厢里酒香四溢。

宁虞："好香的酒味。七爷请客，真是出手大方，这是揽云轩最好的那一批陈酿了吧。总听我父亲念叨，真是买都买不到呢。"

叶濯心情很好，笑眯眯地道："我们四个喝，让怀瑜看着——这种挤兑人的事，本王当然要拿出大手笔。"

说着他给旁边孟愈位子上摆着的茶杯里倒满了酒。

苏箧衣有些不解叶濯的举动。

霍永谦在一旁偷笑："孟大人滴酒不沾，七爷如此这般……真是好兴致，看来今日我和小虞有好戏可看了。"

孟大人不能喝酒？苏箧衣还是第一次听说，之前除夕夜宴请，孟愈明明一直在喝酒啊？像是看出了苏箧衣的疑虑，宁虞悄声给她解释道："每年宫宴，孟大人酒杯里的都是茶水不是酒。"

苏箧衣：这样……真的好吗？

四人说笑了一会，等到热菜上来的时候，孟愈也到了。等到孟愈坐下，叶濯举起酒杯朝众人示意："人齐了就开吃吧。都是熟人别讲究那么多，先喝了这一杯，余下的自己随意。怀瑜，都让你以茶代酒了，第一杯怎么也得一口喝光啊。"

宁虞很配合，我先干啦，敬七爷。

苏箧衣和霍永谦互相看了对方一眼，也默默地干了自己杯中的酒。孟愈不疑有他，拿起茶杯一饮而尽，等到他放下茶杯后，眉头微蹙，像是有什么没有想明白。

叶濯看着孟愈很是体贴地问："茶的味道不对？今年新茶还没上，旧茶都不太好了，我让人去给你换了。"

宁虞和霍永谦小声地嘀咕，在揣测什么时候孟愈会醉倒。苏箧衣也密切地关注了孟愈的变化。但孟愈只是端正地坐在那里，并未有什么异常。

叶濯又问："怀瑜，你真的不用我给你换壶茶？"

孟愈往日里清冷的目光，今日温和了许多，他摇摇头，突然说起了茶的历史："茶者，南方之嘉木也，树如瓜芦，叶如栀子，花如白蔷薇，实如栟榈，蒂如丁香，根如胡桃。茶有九难：一曰造，二曰别，三曰器，四曰火，五曰水，六曰炙，七曰末，八曰煮，九曰饮。既无新茶，八难已难，饮之无味，换又如何？"

叶濯憋着笑一脸意味深长。

霍永谦偷笑:"怀瑜现在都未必知道自己在说什么。"

叶濯又给孟愈倒了一杯,孟愈像是没有看到叶濯手上的酒壶。只听他说道:"阿濯,老规矩,我说典故,说对了,罚你的酒。"

叶濯挑眉非常配合:"饮汾酒当用——"

"兰陵美酒郁金香,玉碗盛来琥珀光。汾酒配玉杯。"

"梨花酒——"

"红袖织绫夸柿叶,青旗沽酒趁梨花。翡翠杯。"

"百年陈酿女儿红——"

"这种酒,太有故事了。闻者流泪,读者不忍,当拍碎封泥,大口饮之。"

叶濯和孟愈的比试越来越激烈,叶濯接连喝酒,虽然身上酒气越来越浓但是面色如常。反倒是只喝了一杯的孟愈,脸色越来越红。苏箧衣有些担忧,趁叶濯吃东西的时候悄声问孟愈:"孟大人,你没事吧?"

孟愈摇摇头朝苏箧衣温柔一笑:"无妨,今日定要让阿濯醉着回去。"

苏箧衣:"……"我看叶濯那家伙清醒得很,倒是孟大人你……不是怎么好啊!

叶濯吃了几口菜,还要和孟愈继续。苏箧衣担心两人的身体,恰巧外面的护城河边聚满了人在放河灯,苏箧衣拉着两人去看河灯:"曲水流觞,这夜色下放河灯,真是曼妙。七爷,孟大人,咱们也过去看看吧。"

叶濯看了苏箧衣一眼,目光带着几分深沉,并未答应。

孟愈则偏过头去在窗边看了一眼,然后对苏箧衣道:"河灯虽美,但并没有你好看。"

苏箧衣心头一惊,只觉得孟愈是真的醉了,恐怕这会都把自己错认成了贤妃娘娘了!

"孟、孟大人……你……你真的喝醉了啊。"

孟愈面上带着几分困惑:"我没喝酒,怎么会醉?"他突然伸手拉住苏箧衣的手,"我今天特别……开心,这是我过得最有意思的一个上巳节——最有意思的一个节。"

叶濯,甚至旁边说悄悄话的宁虞和霍永谦,此时都一脸见鬼地看着孟愈。

孟愈像是忘记了这里还有别人,他拉着苏箧衣的手,一遍一遍地问:"见此良人,云胡不喜?"

苏箧衣:"孟大人——你的诗经已经背串了!你是真的喝醉了!"

孟愈皱眉想要回忆，但脑子里有些模糊，他干脆道："背串了？那就背一遍对的——今夕何夕，见此良人。子兮子兮，如此良人何？如此良人何，我问过自己好多遍，如此良人何？你总让人觉得，你什么都不需要，不需要别人让着你，更不需要别人护着你。"

此时，一旁的叶濯已经一脸黑色了。

宁虞和霍永谦见状况不对，双双机灵地告辞，说是要去下面看河灯。

孟愈依旧拉着苏箧衣的手："你比我清醒，比我坚定，我对你又该如何？大概我也只能，就这么看着你，看着你驱除鬼魅，澄清玉宇，望之凛然。每次你梳理案情，说出自己的判断的时候，都实在是——可爱，很可爱。"

苏箧衣原本只当孟愈认错了人，但是现在他说着的这些，又是什么情况？孟大人这是在和自己表白吗？可是为什么自己像是做错事了一样去看叶濯呢？

叶濯怒瞪苏箧衣："还不放开他！"

苏箧衣很是委屈无辜，明明是孟大人拉着我不放的。

叶濯终于动了，他上前将苏箧衣一把拉到自己身后，单手扶着孟愈。

喝醉的孟愈目光迷离，继续说道："衣衣，你的才华谁都掩盖不了。我不想困住你，更不想让你困扰——但我一直就在你身边，等你愿意的时候，等你准备好的时候，就向我，走近一点。"

"孟山！"

叶濯带着几分薄怒，一直守在下面的孟山应声出现，当他见到自家主子面带潮红，一身醉意后，险些崩溃。孟山几乎是毫不犹豫地瞪向叶濯："七爷，您明知道我家大人不能喝酒的——"

叶濯黑着脸，此时他比任何人都更后悔，不应该让孟愈喝酒的。这个家伙，喝完酒竟然这么大胆，竟然和苏箧衣表白！

"还不带你家主子回去！"

孟山并不惧怕叶濯，但却忧心自家主子的身体，不用叶濯催促就已经扶着孟愈离开了。

一时间，偌大的包厢里就剩下叶濯和苏箧衣二人。

苏箧衣也不知道自己怎么了，被孟大人告白，明明应该心中欢喜的。但这会儿感受到叶濯的怒意，明明自己没有做错什么事，但却有一种自己错了的感觉。苏箧衣越想越觉得这是自己被叶濯压迫久了，都产生了奴性思想了！苏箧衣心中有点泪奔。

"走了，回府！"

叶濯冷静了一会，站起身率先走人。

苏箧衣虽然很想去找宁虞两人，也去放个河灯，但她到底还是没有勇气挑战叶濯，所以乖乖地跟叶濯打道回府了。马车上，苏箧衣试图解释："那个，七爷——"

叶濯打断她的话，语气不悦："苏箧衣，你真是好大的魅力啊，这边抱着本王的大腿，竟然还能引得孟怀瑜跟你表白！这盛京的世家小姐知道了，恐怕都要伤心了。"

她上次和孟大人聊天的时候明明还不欢而散了，而且她跟孟大人根本就没有接触过多少次啊。孟大人会喜欢自己，她也很懵的好不。不过……苏箧衣突然眼前一亮，狐疑地看着叶濯："七爷，孟大人和我表白，你这么生气做什么？你不会是——吃醋了吧？"

叶濯被别人捉住了小辫子一般，气急败坏地道："谁吃醋了！你太自恋了吧，就你这样胸前一览无余的，本王才不喜欢呢！"

苏箧衣下意识地看了看自己的胸，我这是束胸了好不好！我不平！不过很快，她就回过神来，她根本就没有往叶濯喜欢自己这方面想，她想的是孟大人对自己好，叶濯被冷落了，所以才吃醋啊……现在叶濯否认得这么快，又是什么情况？怎么总觉得他是欲盖弥彰呢？

苏箧衣还想继续调侃叶濯几句，但叶濯却突然脸色微变，伸手拉了苏箧衣一把，两人双双从马车上跳了下来。外面，车夫竟然躺在车辕上不知死活，而数十个黑衣人，在叶濯下马车后，迅速冲了过来。

叶濯推开苏箧衣："躲开！"

将苏箧衣推到一旁，叶濯很快被黑衣人包围。他喝了不少酒，饶是暗藏了不错的身手，此时也达不到巅峰状态。叶濯和黑衣人纠缠了不到一盏茶的时候，就已经渐渐落了下风。

苏箧衣在旁边看着干着急，她努力让自己冷静下来，撒开嗓子大喊："救命啊！有刺客！"

叶濯到底还是被黑衣人刺伤了，眼看着又有人拿着剑朝他的胸口刺去，苏箧衣捡起脚底下的砖头，大喊着朝黑衣人扔了过去。片刻的工夫，苏箧衣冲到了叶濯身边，同时也将自己陷入了陷阱。

"笨蛋，都让你走了，你还来做什么！"叶濯胳膊上的伤口不断地冒出鲜血。

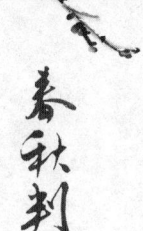

苏箧衣看得红了眼眶:"你没事吧——"

叶濯往苏箧衣手中塞了一块玉牌,推着苏箧衣让她离开。

就在两人争执的时候,旁边巡逻的士兵终于赶了过来。黑衣人和士兵厮杀起来,苏箧衣扶着叶濯上了马车,她将车夫推到地上,自己驾着马车回府。

王府早就接到了消息,马车停到门口的时候,管家正带了人准备前去支援叶濯。这回见两人回来,管家有条不紊地吩咐下人将叶濯扶回房间,又连夜去请了太医给叶濯诊治。一直折腾到天色将明,王府之中才渐渐安静下来。叶濯喝了药,沉沉地睡了过去,苏箧衣在他房间又守了会儿才回自己的房间。

隔日,苏箧衣一觉睡到午后,醒来想起叶濯的伤,她连忙穿衣服想去看看叶濯怎么样了。

不料,有侍女早就等在门外。

"苏大人。七爷说了,让您尽快搬出去。院子已经给您找好了,若您现在睡醒了,我们这就给您收拾东西了。"

苏箧衣回不过神来:"……这,这是怎么回事?"

侍女面色平静:"王爷说了,若您要问为什么,也没什么好遮掩的——昨日夜里,王爷的行踪只有您知道得最清楚,遇刺一事,和您有莫大的干系。"

苏箧衣心中难过:"……他是怀疑我?!"

侍女依旧一副秉公办事的模样:"王爷也只是怀疑罢了,这话也没和外人说。下个住处也给您找好了,没把您直接赶出去晾在街上,已经是仁至义尽了。"

苏箧衣不相信叶濯真的会怀疑自己,她努力让自己平静下来:"阿濯……他的伤怎么样了?"

"和您也没关系了。苏大人,请吧。"

第八章

北宁郡王遭禁,帝王心思新露

一切来得猝不及防。

前一晚还曾一起把酒言欢,隔日便因为一场刺杀而被赶出府去。一直到搬进了新院子，苏箧衣还是回不过神来。虽说叶濯平时任性惯了，但他真的会怀疑自己和刺客有关吗？

苏箧衣想不透叶濯的做法背后到底有什么深意。她暂时在叶濯安排的新院子里安顿了下来。新院子离度支司的距离更近，她每日可以多睡上半个时辰再起床。北宁郡王府再也没有传出来新的消息，叶濯的伤势是否好了、刺客是否查到了……这些苏箧衣一无所知，她甚至拿出了自己全部的家当去找于飞，于飞一脸歉意地拒绝了她的交易。

苏箧衣花了小半个月的时间平复心情，渐渐接受了这个事实。

这日，她照常去度支司点卯，顾远带人抱了一摞去年的财政收入让苏箧衣抓紧时间核对准确。苏箧衣心不在焉地答应了下来，顾远让跟自己来的人把东西放下就出去，自己则留了下来。

"苏箧衣，你最近一直心不在焉，是不是发生什么事了？"

苏箧衣下意识答道："啊？没有啊。"

顾远狐疑地看着她："是吗？"说着像是想到了什么，顾远一脸神秘地和她说道，"那陛下下令封禁北宁郡王府，北宁郡王被软禁的事，你知道吗？"

北宁郡王三个字唤回了苏箧衣的注意力，她抓着顾远质问："你说什么？！"

顾远被苏箧衣吓了一跳："就是北宁郡王的姐姐，嫁去苗地的柳城公主的夫家，在苗地募了私军被查出来了，陛下下旨封了王府。墙倒众人推，又有人参了北宁郡王一本，说去年云中一案结案仓促，北宁郡王作为钦差也有嫌疑。"

苏箧衣脸上一白。

叶濯他将自己赶出王府，会不会是早就收到了消息自己会被禁？因为怕牵连自己，所以才——

顾远见苏箧衣脸色不对，这才想起苏箧衣之前一直住在北宁郡王府，外面早就传过她和北宁郡王之间的事，现在看来，那些传言也并非不可信啊。顾远斟酌着安慰道："不过陛下应当是不信的，北宁郡王只是被禁，并未没被削爵不是吗，陛下何至于不留面子。"

苏箧衣低声叹息："陛下何曾留过情面。"

顾远脸上一僵："苏大人，慎言。"说完这话，顾远便借口还有事离开了。

苏箧衣甚至不知道顾远是什么时候走的，她一直在想叶濯的事。

柳城公主的夫家募兵引发官员参奏,重新引出了云中旧案——景康帝这是又要对叶濯动手了?可是云中一案明明已经结案,胡维都已经处斩,是景康帝自己牵涉其中,故而不愿让人追查,现在提起此事,又是什么意思?

还是因为胡维已死便死无对证,便决意要嫁祸给叶濯了?但是除了胡维,自有其他人可以作证。

云中的案子,是老爹和孟愈、叶濯二人一块儿演的苦肉计,从而查出了胡维。只要老爹站出来作证,叶濯的嫌疑自然就洗清了。只是……如今老爹远在江南,怎么看都远水解不了近火啊!

苏箧衣有些沮丧。

下午从度支司离开后,苏箧衣一直提不起精神来。她下意识地来到北宁郡王府,不等她靠近就已经有皇帝的禁卫军过来赶人:"不能再靠前了!"

苏箧衣看着被禁卫军包围的北宁郡王府,心中升起浓浓的担忧。

她叹息一声,这才回自己的新"院子"。等苏箧衣回去后,就见到一块儿跟着过来照顾她的小厮一脸急色:"苏大人,你总算回来了!有你的信!"

说着,小厮将一封厚厚的信交给苏箧衣。

我的信?苏箧衣接过信一看,上面的落款是江南郡的提刑使。

但……这不是老爹的字么,他应该是认识江南郡提刑使,然后让他帮忙用官驿寄给度支司的我?这么大费周章做什么——

"箧衣吾儿:景康五年、六年吴越税收运往京城国库,宁士霖勾结吴州郡守盗用税收,挪用官银,所用下落不明。这是吴州郡守写下的证词……官印私印俱全……

宁士霖在京兆尹任上,先有渎职之罪,造成京城府库亏空,后又与吴州郡守联系,虚报上交国库的数目,从中牟利。且又在云中与云州县令胡维勾结,意欲窃走官银。"

看完老爹的信,苏箧衣很是吃惊。

云中一案之后老爹辞官,前往江南郡。江南郡西连苗地,东临吴越,莫非,他当时就觉察到胡维和宁士霖的联系,才决意前去彻查此案?可是若依我的判断,宁士霖或许有为自己谋私的行为,京城府库亏空,和他脱不了干系。但是他所犯重罪,必是在景康帝授意之下。

云中是如此,想来吴越一事也必定是如此。

宁士霖不是被盟友背叛,他是被景康帝抛弃了。景康帝如今需要银钱以解吴越燃眉之急，打算从宁家和吴州郡守身上出了吧。

也正是因此，这么重要的证据，才会平安无事毫发无损地送到她手上。

老爹既然已经辞官，又把这么重要的信息交给我……除了能洗脱叶濯的嫌疑外，最重要的是要让我将证据上交吧！

只是在这之前，有些事还是要提前确认一番比较好。

苏篋衣将信和证据贴身收好，并未回房，反而又转身出去了。

她准备去揽云轩找于飞问清楚自己心中的疑惑。

果然，于飞又是一副"早就料到你会来"的模样。苏篋衣心中不禁揣测，会不会老爹做的事其实也在云以游的掌握之中？如果是这样的话，云家的财力和其他势力又到底达到了怎样的程度呢？

"苏大人今天又想问些什么呢？"

苏篋衣深吸了一口气，一脸严肃地道："景康帝要抛弃宁士霖了。所罗织的罪状，一是云中一案，他与胡维勾结。二是与吴州郡守联系，私吞税收。三是任上渎职，贪污受贿。"

于飞挑眉，有些搞不懂苏篋衣的意思："你说了这些，是想知道什么？"

苏篋衣盯着于飞目不转睛："我要知道下一任京兆尹是谁。"

于飞呵呵笑了起来："这就是说笑了，苏大人。我们所言是情报，而非占卜，那就只能知晓已发生的事，而不能预知未来。而且苏大人心中，应当有答案了吧？"

苏篋衣心中一窒，她沉吟了一番重新问道："若依律法，宁家会是什么下场？"

于飞耸耸肩，一本正经地道："主犯挫骨扬灰，男丁或是死罪，或是发配；女子或是死罪，或是没入奴籍。"

苏篋衣神情一黯："宁姐姐……"她突然有些坐不住了，"方才的信息算是赊账，苏某改日连本带利地讨回来，今日，先告辞了。"

于飞喊住苏篋衣："苏大人留步——我家主人让我捎句话给你：苏启迟早会复官。"

苏篋衣看着于飞没有什么情绪的脸，心中并未因这话而欣喜，反而越发沉重了几分。

苏篋衣犹豫了几日，最终还是写了奏折，上奏景康帝，将宁士霖勾结吴越官员

第四案 锦屏风

贪污的罪证交了上去。景康帝破格召见了苏箧衣。这也是苏箧衣第一次近距离得见景康帝圣颜。

景康帝的模样和苏箧衣心中所想有很大的出入,已近中年的景康帝并未显老意,反而比之孟愈、叶濯等人,多了许多岁月留下的成熟韵味。景康帝也并不严肃,反而面上带着几分笑意,哪怕是看到宁士霖的罪证,一直在轻叹,他的眉宇间依旧没有什么怒气。

倘若苏箧衣并不曾知道景康帝的那些布局,她或许会被这样的景康帝所折服。

但此时,听到景康的话,苏箧衣能想到的最好的方法就是沉默。

"士霖终是辜负了朕的信任啊。"

苏箧衣不语。

"不过好在,我朝还是有你苏家这样的栋梁之材。苏浣,你此次立下大功,可想求什么赏赐?"

苏箧衣毫不犹豫地道:"微臣请求调职入大理寺。"

景康帝挑眉,面上依旧波澜无惊:"别无所求?"

苏箧衣语气坚定:"别无所求。品级无关紧要,微臣只想入大理寺。"

景康帝并未犹豫,反而很是痛快地答应下来:"传令,任命苏浣为大理寺少卿,封从五品。"

"微臣谢陛下恩典。"

景康帝并未让苏箧衣告退,反而饶有兴致地提起了苏家往事:"江南苏氏……朕记得,你的祖父做过刑部尚书。先帝在时,就曾同朕称赞,你祖父乃是股肱之臣,一生从无错案,断案如神。看起来,苏爱卿也是继承家风——只是你身为女子,以后便安于大理寺少卿此职吧。但朕期望,你不要因此妄自菲薄,而是要做得更好。"

自记事起,苏箧衣就记得老爹并不爱谈及祖父,他和祖父的一些想法有着极大的冲突。如今,景康帝突然提到自己的祖父,真的只是碰巧想到了吗?还是他又在重新布局?

出宫后,苏箧衣顺利拿到了转任大理寺少卿的诏书。

没过三日,就有朝中重臣当堂上奏京兆尹宁士霖贪污,并拿出了各式证据。景康帝震怒,当场收押宁士霖,着大理寺及御史台联合审理宁士霖的案子。

很快,宁家众人被下狱。

· 218 ·

苏箧衣不敢想宁虞，更不敢想霍永谦。

这是她第一次对自己坚守的真相产生了矛盾心情，心中充斥着许多的愧疚和难过。苏箧衣埋头在度支司办理转入大理寺的手续，并迅速到大理寺报到，朝着自己的理想迈出了重要的一步。

这不过这一步，却并未让她欢欣雀跃，反而心中充满了忧虑。

这天，苏箧衣早早睡下。

到了半夜时分，外面突然传来敲门声。等苏箧衣披着外衣见到了踏夜而来的于飞后很是不解："于飞？这么晚了，你——"

于飞朝苏箧衣拱拱手："苏大人晚上好。我家主人想要见您，也想请您，去见见别人。"

于飞的主人不就是云以游吗？这么晚了她要见自己做什么？还有别人又是谁？苏箧衣沉吟了一番，答应下来。于飞驾着马车将苏箧衣拉到了盛京城西，当她从马车上下来后，被眼前虽然破旧但并不减其恢宏气势的老宅惊住。

云以游从院子里走出来："你来了。"她朝苏箧衣招招手，"这里是云家在京城的祖宅。十六年前我亲手在大门上贴了封条，便一直无人居住，却没想到，也因此派上些用场——若是要藏个人，也没人拉得下脸，来搜我这废宅。"

当苏箧衣看到霍永谦和宁虞的时候，终于明白了云以游话中的意思。

她充满感激地看着云以游想要对她道谢。云以游打断苏箧衣的感激："宁家前几日被抄家，卖出不少人来，我只是捡个便宜罢了。霍三，再过两个时辰，我来接你们。"

霍永谦此时虽面色沉重，但目光闪亮，带着对新生活的向往和期待，他看向苏箧衣低声解释道："费了点波折，救了小虞出来。有些话，我也不知怎么和她说，你同为女子，大概想得比我清楚。而且有些事，你大概也知道得比我详细。"

苏箧衣猜出了霍永谦的打算，但还是多问了一句："宁家如此，你的婚约就算取消了吧？"

霍永谦苦笑："我已经打定主意带小虞走，才会做到现在这一步。"

苏箧衣未再问"若是你走了，霍家该当如何"这样的话。她心中或多或少猜出了几分云以游此番答应帮忙的意思，既能成全一对有情人，又能削弱霍家的势力，一举两得。苏箧衣没有权利评判云以游的做法，她只能朝霍永谦点点头，答应去劝慰宁虞。

第四案　锦屏风

"但愿事事顺遂。明白了,我去……陪她说说话。"

苏箧衣感觉突然肩负了很重的使命,有些忐忑地敲门进去,就见宁虞已经卸下了朱钗首饰,此时穿着朴素的衣着,桌上是收拾好的包袱,随时都可以离开。

"衣衣?你竟然会来……也对,只有你敢来了,毕竟你父亲已经起复,要做下一任的京兆尹了。"

苏箧衣真诚地望着她:"你们既信我,那我一定会来。"

宁虞拉着她坐下,低叹着说出自己一直压在心里的话:"我虽是自诩聪明,但对于朝堂政事,是真傻。父亲赞过苏家,我当初便对你心生亲近。父亲不喜孟家和北宁郡王,我便觉得他们两个都不是好人,还多此一举给你留下字条,让你小心。如今看来,哪是什么喜与不喜,好人坏人……不过就是,立场罢了。但是也有人,不管立场如何,都会陪在你身边。"

苏箧衣敬佩宁虞看得透彻,她努力轻笑:"永谦兄还担心你会想不开,不过你既然看得这么明白,也就不需我说什么了吧。"

宁虞点点头,面上是经历过打击后的坚韧:"道理我自是都懂。但是能寻个人倾诉,终是更好过一些。衣衣,你看这屋里的屏风,绘得如此精致,可是谁知道,后面掩着的是什么?宁家前几天还风光无二,一纸诏书,便把最丑陋的一面翻给天下人看。就连我,都不知道原来父亲竟是做过那么多的错事。"

苏箧衣叹息一声:"歌舞屏风花障上,几时曾画白头人。"

宁虞突然有些嘲讽地反问苏箧衣:"你们在朝为官之人,费尽心力,护着的不过是一扇屏风——又有什么意思?"

苏箧衣一怔,她万万没想到宁虞竟然能将整件事看到这般地步,沉吟了一番苏箧衣只得答道:"山重水复,真假虚实,到哪一层为止,是表象,到哪一层,才能真正触及真相……与其想那么多,不如就护好眼前之事。永谦兄定然也是这么想的。"

她紧紧握住宁虞的手祝福道:"我在京城等你们回来。等你封了诰命的那一日,我定前去拜贺。到时,你与永谦兄的婚贺,麟儿千金出生的贺礼,我一道补上。就算是耗去我苏箧衣三年五载的俸禄,也要一笔一笔给你添置好。"

宁虞被苏箧衣的认真感动得轻笑出声,她不再纠结那些事,只也紧紧回握住苏箧衣的手:"好。你送来多少,我便收下多少,绝不同你推辞。"

两人又说了一阵子悄悄话,天色渐渐微亮了起来,霍永谦在外面催促,要赶在天亮前出京去。苏箧衣和宁虞手拉手走出来,一直送两人离开了云宅,看着他们的马车消失在街道上,苏簇衣才收回了目光。

而云以游,不知何时出现在苏簇衣的身边。

苏簇衣突然很想听云以游亲口说一说救下宁虞的理由。云以游戴着面具的脸上看不出表情,但她低低的叹息,还是暴露了情绪中的疲惫:"理由吗?我这辈子活到现在,最后悔的事,就是十八年前,救了一个人。当时年纪小,不懂得什么叫权力纷争,能看到的就是一个无辜的孩子将要殒命。而我云家药房,挂着悬壶济世的牌匾,又握有能救人一命的解药,怎能坐视不理?父亲一再反对,又同我讲明朝堂局势和云家的处境……"

云以游拉着苏簇衣的手,一边说着一边在云家旧宅子里漫无目的地转着。

"但是我却只认着死理,悬壶济世,本就是以身为药,我为医者,又怎可瞻前顾后,自虑吉凶?后来先帝林皇后因此事被废,于冷宫中自尽,云家便是得罪了林家,得罪了太子。又落下了插手皇室家事的罪名,为天子所忌讳。而云家本就树大招风,也不知是哪年哪月起,就被捧成什么第一世家,觊觎此名的,大有人在。等到兴佑二十年,便只剩下四个字,气数已尽。爵位被削,官位被免,封地被收,世袭罔替的文博侯,就这么没了。先帝仁慈,留了性命,可我父亲因为这些打击,身染重病,休息在京城宅内。"

她指了指正房的其中一间:"那边是我父亲最后的留身之地。云家势去,偌大的京城,饶是我以千金许诺,竟无人敢医治我父亲。而他自己医术再好,又哪来自医的力气?于是我就守着云家药房里无数的药材,守着我父亲——看着他一点点……失了生机。而我又要去怪谁?当然要怪我自己医术不精,可我本不过就是为了经营药材生意才学了这些知识,哪里可能做个大夫?若继续求根问源呢?我自是要怪所有见死不救的人,要怪害了云家的所有人,更要怪当年多管闲事的自己。或者我要好好问问祠堂里的列祖列宗,当年到底为什么要步入朝堂,给天家效力,挣下这么个华而不实的名头,挣下这么多无用的富贵?根本就……问不出答案啊。"

云以游并未进去,只是站在外面看了一会儿,像是在缅怀。

回到前院,云以游原本低沉的情绪恢复了几分,语气里带着化不开的冷意:"后来,我想明白了!我要顺着现在的路,一直走下去。即使明知是穷途末路,我也必须走到底,才算是真正的结束。"

走到底是什么意思?在云以游心中真正的结束又是指什么呢?

苏簇衣斟酌着开口:"令尊当年完全可以拒绝您救人。他若拒绝,或许还有时

第四案 锦屏风

间转圜，谋个全身而退吧。可是，他真的是要用他所付出的代价，告诫你，不要再犯这样的错误吗？"

云以游摇头语气愈发沉重："不。父亲是要让我知道：即使付出这样的代价，即使他从一开始就知道会付出这样的代价——他还是拿出了药材，救了人。而对于我来说，就是洗尽了年少意气、看清了每件事的代价之后，依旧会选择——助人。救人一命，是胜造七级浮屠。而如今，成人之美，何乐不为？"

苏箧衣一时无言。

她一直把云以游定位在难以捉摸的商人、别有目的的云家家主的设定上。但今晚的云以游，完全颠覆了自己对她的认知。自己原本的揣测一下子变得有些小人行径。

苏箧衣忍不住低问："成人之美，谁又成您之美？"

云以游轻笑一声，语气里带着几分解脱和轻松："总有一日，尘归尘，土归土，不过如此。"

宁虞和霍永谦离开了盛京，未来很长一段时间内，他们都不会再回到盛京。二人离开后没几日，宁士霖一案尘埃落定，宁家被抄，宁大人被判斩首，宁家百十来人被判流放。

之后没过多久，景康帝突然下旨，起复苏启，任京兆尹。一时间，来向苏箧衣道贺的同僚、同窗，络绎不绝。

微信扫码进入《春秋判》的推理世界，下载精美壁纸，看独家番外。

春秋判

江山倾

尾声

微信扫码，看独家番外，揭秘叶濯和孟愈的心酸往事。

第一章
叶孟兄弟决裂，箧衣理想梦碎

景康帝颁布诏令后，并未安排人暂代京兆尹的职务，看来老爹应该早就启程了吧，最起码应该很快就能出现在盛京任职。老爹寄出的那些证据，不早不晚刚好是在景康帝封禁北宁郡王府后，苏箧衣很难不怀疑这其实是景康帝和老爹之间的暗号。

以封禁北宁郡王府为暗号，告知老爹是时候放弃宁士霖，来结束胡维的案子，同时查抄宁家，再次获得一笔钱。景康帝和老爹是什么时候开始联络的？他们是一直都有联络的吗？是不是景康帝在让宁士霖做那一切的时候，一直都让老爹在暗中监视，所以老爹才能够拿出那么齐全的证据——而如今，景康帝又安排了谁来看着苏家呢？

赏赐的宅子随着老爹的任命诏一起送来了，既然已经有了宅子，苏箧衣也不能一直赖在叶濯的地盘不走。她准备找机会见上叶濯一面后就开始搬家。

也不知道叶濯他的伤怎么样了？遇到刺客把我推开自己却受了伤，预感到横生变故提前让我离开王府，他到底……我值得他这样做吗？

如今北宁郡王府的禁令已解，还是去看看他比较安心。

苏箧衣选了个连休的日子，一大早就来北宁郡王府求见。
出来见她的竟然是那日将她赶走的侍女："苏大人，王爷说了，不见任何人。"

苏箧衣一脸无所谓地道："一天一夜都没等足，哪算得上有诚意？回你们王爷，反正我苏箧衣最擅长锲而不舍地钻牛角尖。这几日恰好我休假，几天几夜，也都等得。"

侍女深深地看了苏箧衣一眼，转身回去禀告了。

这回，苏箧衣等的时间有点长。一直快到午时，侍女才回来："苏大人，我们王爷让您……去见他。"

一路跟着侍女到了王府的后院，叶濯竟吩咐人将软榻搬到了院子里，此时懒洋洋地躺在软榻上，身边三四个婢女，有的端茶，有的捶腿，还有的在给他剥葡萄。

苏箧衣有些不爽，上前给叶濯见礼。

叶濯微微睁开眼扫了苏箧衣一番，语气带着几分不悦："几天没见你长进了啊，苏箧衣，都学会威胁我了？"

苏箧衣目不斜视一本正经地回道："七爷过奖了，箧衣只是有几个问题想要问您。"

叶濯不耐地皱眉："快点问完就快点走。"

苏箧衣压下心中难过的情绪："你的伤怎么样了？"

叶濯："……快好了。"

苏箧衣又问："上巳那天为什么救我？"

叶濯挥手让身边的人退下，然后朝苏箧衣招招手。苏箧衣心中一直告诫自己要有骨气，但还是忍不住凑了过去，岂料，叶濯懒洋洋地道："本王那不是救你，本来以为刺客是冲着你去的，所以想把你推出去来着。"

苏箧衣猛地看向叶濯，想要从他的面上看出这句话的真假。但叶濯说完就又重新躺下闭目养神了起来，苏箧衣看了半晌什么都没有看出来。但她不愿就此相信："所以那个刺客究竟是谁的人？玉牌是故意留下的，又指向何人？就当我自作多情一次吧，是不是对方料到你会救我，所以一开始冲着我挥刀。如果是这么了解你的人要害你——"

叶濯突然坐起来怒斥她："够了。"

苏箧衣复杂地看着他："好，下一个问题。为什么让我离开王府，还找了个借口来搪塞我？"

叶濯这回直接从软榻站了起来，他指着苏箧衣道："苏箧衣你以为你是谁，用这种口气——"

尾声 江山倾

苏箧衣仰头看着他:"七爷,是我失礼了……是我急躁——但是,我想知道您到底是怎么想的。"

叶濯冷笑:"本王能怎么想?本王惹不起你们苏家——圣上一手提携,本王避之不及。"

场面突然沉默了起来。

苏箧衣心中原本那些因为推测而产生的感动和窃喜,此时全都僵住了。她突然意识到,自己并没有如自己想的那般了解叶濯,最起码,她不了解现在的叶濯到底在想些什么。

叶濯低头扫了一眼苏箧衣,她眉宇间迷茫和难过都收在眼里。叶濯也意识到自己刚刚有些失控了,他重新坐在软榻上,语气平复了几分后才问道:"你前几天见了云以游……她和你说什么了?关于……我的。"

苏箧衣看他一眼:"她说……她后悔——"

叶濯轻笑:"呵,她果然是,后悔的啊。"

苏箧衣的话还没有说完,她还想解释云以游的意思,叶濯挥挥手表示并不想听。

此时门外传来通报:"王爷,孟大人求见。"

"呵,今天真热闹啊。不见。"叶濯语气有些臭。

苏箧衣只当叶濯是不愿意当着自己的面见孟愈,她有些黯淡低声告辞:"我也没什么事了,告辞了——你刚受了伤,早点休息,不要天天熬夜了。"

叶濯最受不了苏箧衣这一副委屈的模样,他喊住苏箧衣:"等等!我……我不是想要避开你再去见孟怀瑜。"

苏箧衣看着他没吭声。

叶濯突然叹息着,揉着额头走到苏箧衣身边,声音里带着浓浓的疲惫:"我现在……遇到很多麻烦,一桩桩一件件,新仇旧账,都赶在这个时候。我没什么心力再去牵扯更多的人和事,也更怕……把别人带到我这种境地。"

是因为害怕连累我,所以才……心中有什么原本就松动的东西,就在这时候怦然塌陷。苏箧衣突然伸手拉住叶濯的手,语气带着自己都不敢相信的温柔道:"七爷,您不是说过吗,活着就是一件再好不过的事。生死之外皆是小事,既是小事,那总会有过去的时候。"

叶濯怔怔地看着苏箧衣,紧紧回握住她的手。

"真是笨蛋！我说什么你就信什么？"叶濯一改之前烦躁的情绪，他看着两人交握的手："好。我去见孟怀瑜，你陪我一起去。"

苏箧衣重重点头。

虽然不知道叶濯他和孟大人到底有什么误会，但只要肯见面应该就能说开吧。在云中的时候，他们两个那么要好，兄弟情义难道就这么不值钱吗？更何况阿濯他本就孤单，若是连孟大人都……那他以后……苏箧衣脑袋里乱七八糟感慨了一堆。

王府会客室，孟愈手捧着茶杯，隔着氤氲的雾气，看到了手牵着手进来的叶濯和苏箧衣。嘴中的茶突然苦涩得无法下咽。他唤着叶濯，目光却一直聚在两人紧紧牵着的手上："阿濯。"

孟愈的目光实在太过强烈，苏箧衣和他的目光对上的刹那，突然便想起了那天孟愈对她的"醉酒告白"，脸腾地红了起来，原本和叶濯紧握的手，也下意识地想要抽出来，但叶濯紧紧地握着苏箧衣的手站在孟愈面前："你来找本王有什么事吗？"

孟愈的目光终于收了回来："没什么大事，今日沐休，我来看看你的伤怎么样了。"

叶濯看着孟愈冷笑起来，情绪有些激动克制不住："同情和怜悯……你总是这样，怀瑜——你凭什么觉得，你有资格摆出这种姿态？"

孟愈皱眉，像是不明白叶濯突如其来的脾气是为了哪般，他看了苏箧衣一眼。但苏箧衣并未接话，只是安静地陪在叶濯身边。见二人如此，孟愈几个思量便明白了叶濯的用意，他目光沉沉地看着叶濯："不想再演了吗？把话挑明了也好。阿濯——我只是想提醒你，就此放弃，才是保命的上上之策。"

不想再演？演什么？苏箧衣的目光在两人之间游移，有什么她不知道而这两人早已心知肚明的事发生？到底出了什么事让他们突然拔剑相向？

叶濯半挡在苏箧衣前面，轻哼着，语气带着以前不曾听过的凉意："以后你还是不要再叫本王的名字比较好。上巳之事，我没死没残，真是让你很遗憾。"

孟愈高深莫测地看着叶濯，像是想看清楚他到底还隐藏了些什么，但叶濯面上只有纯粹的愤怒，他从他的目光中再也探究不出其他的东西，孟愈皱了皱眉，带着几分叹息："阿濯，我自然也不希望你死。"

"但前提是不要碍你的事是不是？孟孟……就算我们放弃了，赢的也不一定会

尾声 江山倾

是你。"一道突如其来的声音从外面传来，戴着面具的云以游推门而入，她的身上带着几分寒气和风霜，站在了叶濯和苏箧衣身边，半仰着头看着孟愈。

孟愈深深地看了云以游一眼，心中原本有的几分疑惑突然就清晰了起来："原来……看来今天是我多此一举了，既然多说无益，在下告辞。"

苏箧衣愈发一头雾水，她劝说叶濯来见孟大人的本意是想让他们解除误会啊，为什么现在会变成这样？还有刚刚三对一时，形单影只的孟愈，让苏箧衣心中不是滋味。她想要挣开叶濯的手，想要问叶濯到底是怎么回事，但所有的话都在叶濯猛地将桌上的茶杯挥到地上后，咽回了心中。

这样的叶濯，突然让苏箧衣有些不认识了。不光是叶濯，还有孟愈和云以游，他们刚刚说的一切，苏箧衣都不能明白，也不想明白。倒是云以游，迅速瞥了两人交握的手一眼，这才对叶濯道："赌哪门子的气，孟怀瑜说的，你自己不是也考虑过吗？"

叶濯深吸了一口气，松开苏箧衣的手，有些失落地坐在一旁："就当我一时天真好了——不到那个位子，没办法安心。"说着，他看向苏箧衣，"都听明白、看明白了吧，这种事，自己知道就好了，别说出去！"

苏箧衣看着叶濯，心中不愿意相信的那个猜测却又逼着她不得不去相信——上巳节的刺杀，难道真的和孟愈有关？那个位子……也就是说叶濯他竟然是要争那个至高无上的位子吗？孟愈刚刚说的那些话，应该也是知道了叶濯的心思吧，他是在劝说还是警告叶濯？看叶濯和云以游的态度，应该是警告多一些吧！那孟愈他又是哪一派的？是陛下的？还是……苏箧衣不敢再深想下去。

四面楚歌……还真是叶濯现在最"好"的情况了。

苏箧衣欲言又止地看他一眼，到底将心里的万千思绪都压了下来，她准备告辞的时候方想起来自己今日来这里还有另一件事要同叶濯说："七爷，我今日来，其实还有一件事……"

叶濯看向苏箧衣等着她说。

苏箧衣低着头不敢去看叶濯的脸："那个……我爹就快进京了，圣上赐了宅子，总在你的别院住着也不像回事，我来就是想先和你说一声，过几日就搬过去！"

叶濯嗯了一声，面上看不出情绪来，苏箧衣莫名就是觉得，这家伙又生气了！

果然，送苏箧衣离开的时候，叶濯语气臭臭的，将人送出来后还不等苏箧衣和他说再见，就甩甩衣袖转身回去了。苏箧衣心中越发复杂起来。

无心在大街上溜达，苏箧衣准备回府仔细琢磨琢磨今日接收到的这些信息。不想她在路上经过一间书屋的时候，却被孟山拦住了。

"苏公子，我家公子想要见你。"

看到孟山，苏箧衣哪能还不知道是谁要见自己。只是想到在王府时孟愈和叶濯的剑拔弩张，苏箧衣心中很是忐忑。她深吸了一口气，跟着孟山进了书屋并且一路拐进了书屋后院。内院的小书房里，孟愈拿着一本书闲看着，待苏箧衣进来后，他放下手里的书。

"你来了。"

孟愈清冷的声音中多了几分不易察觉的暖意。

苏箧衣心中猜测着孟愈会和自己说些什么，并未注意到孟愈的这点变化。她仰头看着孟愈，在盛京的这段时间里，好像还从未认真地这样看过他，原本熟悉的面目，今日看起来，英俊依旧，但却像是有一层薄纱挡在前面，拉开了清晰的距离。

"箧衣。"孟愈低唤她，"坐吧。"

苏箧衣收回自己的目光，乖乖坐在了最靠近门边的位置上："不知道孟大人您找我有什么事？"

孟愈亲自端了一杯茶过来放在苏箧衣的手中，就坐在了苏箧衣的手边，他侧着身子看着苏箧衣："箧衣，上巳节那日我说的话，你考虑好了吗？"

上巳节！

苏箧衣拿着茶杯的手一抖，滚烫的茶水险些洒出来。她揣测了好几个孟愈叫自己来的理由，偏偏没有往这方面想。上巳节他、他表白，不是醉酒了吗，那个难道也能当真吗？

见苏箧衣一直没吭声，面上的表情却又暴露了她的心思，震惊、纠结、犹豫……唯独没有惊喜和娇羞。

"箧衣，你喜欢阿濯吗？"

"不喜欢！谁说我喜欢那家伙了，我才没喜欢他！"

苏箧衣激动得连手上滚烫的茶水溅了出来都没察觉。明明是拒绝的话，偏她每个小动作都暴露了她的口不对心。这一次，孟愈的眸光是真的晦暗了下来，他轻呵了一声，语气里带着浓浓的失意："真是想不到啊，不过是个纨绔的家伙，你们却都——"后面的话他没有再说下去，"苏箧衣，你爹就要回京了，你觉得他会答应你和阿濯掺和在一起吗？"

尾声 江山倾

· 229 ·

"我爹怎么选择是他的事,我的人生怎么走是我的事——这是我爹和我说得最多的话了。"苏箧衣直言。

"苏大人果然有远见。"孟愈赞了一句,"不过,就算如此,若是苏大人知道你选择了阿濯,怕是也要劝你。"

苏箧衣听出孟愈言辞间对叶濯的不支持,虽然自己也还没有完全下定决心要在叶濯的"贼船"上一路走到底,但听孟愈表达对叶濯的不信任,苏箧衣下意识地反问起来:"虽然我不知道大人您和阿……七爷有什么误会。但七爷他并非纨绔不堪,大人您……是不是有点太看不起他了。"

"呵……真是想不到,他到底何德何能,竟能让你为他如此。"孟愈的语气明显带了不快。

"箧衣只是说了自己看到的事实而已,并无其他意思。"苏箧衣一板一眼地解释。

但她越解释,在孟愈听来心中越不是滋味。

"苏箧衣——"此间,孟愈的声音突然低沉了几分,"若是、若是我希望你离开京城,不要再参与这里的事,你愿意离开吗?无论是回老家做回女儿身,抑或是到其他地方做个'探长''军师',你愿意离开吗?"

苏箧衣大胆看向孟愈,想从他脸上看明白这话中的真实含义。

"大人、怀瑜,你这话的意思,是不是觉得箧衣女儿身在这京城除了耽误你们的事,便是再过个十几年也依旧成不了什么大事?"苏箧衣越说越激动了起来,"这已经不是你第一次劝我离开了,我万万没想到,原来少年英才的大人您,竟然也看不起女人,又或者是……您看不上箧衣心中的律法和真相?"

孟愈脸色也难看了起来,剑眉入了两鬓,眉宇间的皱纹暴露了他此刻的情绪。

面对苏箧衣的质问,孟愈将问题又抛给了她:"是又如何?不是又如何?"

苏箧衣站起来不愿意再留在这里:"怀瑜!箧衣最后再这样叫你一回。我不知道你和阿濯之间是什么时候出现了分歧,我唯一知道的是自己的心从未变过。无论是男是女,只要我还有机会在官场之中,我就一定会为自己心中的理想而奋斗,无论接下来京中会发生什么,我都不会因此而退缩。"顿了顿,苏箧衣继续说道:"至于您的真意,箧衣以前有些迟钝不曾往这上面想过,后来开窍了,确实喜欢了人,但不是大人,抱歉了。"

苏箧衣转身欲走,孟愈也跟着站了起来,三两步追过来从后面抱住苏箧衣。

"你说得这么好,说到底不还是因为你喜欢的是他不是我,所以你要留在这里帮他,哪怕会破坏我的计划!"

苏箧衣被孟愈突如其来的一抱吓到,不过她很快反应过来,挣脱了孟愈的禁锢。

"原来在你心中,我苏箧衣就是这样没有原则的人吗?"苏箧衣心中难过,说完快步离开了书屋。

喜欢一个人,想要保护她,想要得到她,难道就是这样的吗?孟愈微蹙眉头站在原地,手上还带着刚刚抱住她时的暖意,但一眨眼工夫,已人去茶凉。他轻呵一声,本就清冷的面目,越发清冷了起来。待转身离开后,本就落寞的背影,也越发落寞了。

三月末,苏启进京,正式接任京兆尹。

觐见景康帝,熟悉京兆尹公务,应酬前来拜见的故交和前来道贺的同僚。苏启一直忙到四月中旬,才终于松了一口气,有时间和自己的女儿苏箧衣好好聊聊。苏启本来想关心一下苏箧衣的仕途,熟料刚开口就被苏箧衣熟稔地掌握了话题主动权,然后话题就有点跑偏了。

"老爹,你知道我去越州后认识了云姑姑,听她提起了您当年和母亲的事。"

提起林翘,苏启面上多了几分怀念之色。

苏箧衣试探地问道:"十三年了啊,老爹,你难道都没有想过再找一个吗?"

苏启轻叹一声:"十三年又算什么。你娘那般聪慧,只可惜去得早,且是女子……若非如此,如今身为一国之相,也未可知。"

苏箧衣看着老爹的神情,他的思念之色并不假,但是……老爹和景康帝的关系,又让她不得不揣测:"爹,这只是你的借口吧?陛下生母是林氏,你不续弦,便不会断了和江南林家的关系。二来也是申明自己没有和其他人结交的可能——"

苏启听着苏箧衣的话,脑门的青筋一阵阵地抖动。

等到苏箧衣说完,苏启一脸愠怒:"箧衣,你在京城半年多,就学得如此?我以前同你分析局势,只是教你识人认人,不是让你学这些钩心斗角的伎俩。"

苏箧衣脸上有愧色,但也闷闷不乐:"爹!我没办法不去多想!因为是你做的,那我就什么都不追究,装出一副什么都不懂的样子?我原以为,我暴露身份时……陛下不追究我的罪责,不免我的官,是因为我的表现,是因为我凭本事考中了举。现在看来,哪里是因为我自己的本事——这不过就是给你和苏家的一个恩惠罢了。"

说着她自嘲地笑了笑:"陛下任命我为大理寺少卿,陛下也说得很明白,从五品对我来说已是尽头。可这个少卿做起来又有什么意思?大理寺少卿有两人,真正做事的也是那一位。我不知是陛下授意架空我,还是大理寺的都看出来我是因为父亲才升到了从五品,觉得我没本事不信任我,不让我做事——"

苏箧衣越说越难过,她认真地看着苏启:"爹!我想凭自己的本事,堂堂正正做个好官……不管我是男是女,也不管我父亲是谁——这有什么错?!"

苏启叹息一声:"箧衣,冷静点。"

苏箧衣并未因苏启的一句话而镇定下来,反而借着这股气势继续问出了心中的疑惑:"你说若娘不是女子,便是相才——她若真执着于此,为何当年她会放弃?"

苏启面上一阵哀色不愿意回忆当年的事:"我认识她的时候,她就已是疾病缠身。……若非如此,她也不会放弃。"

苏箧衣冷笑一声:"原来嫁人也不过是无奈之举啊——那安排了匣玉又是为何?当初我身份被云以游看穿,我惊讶之余,未曾多想,后来却愈发觉得不对——我刚出生之时,母亲并未为我设计为官之路。若她当初就有此想,何不那时就说生的是儿子?后来你们抱养匣玉,视若己出,就是为了用匣玉来骗过那些记得当年之事的人吧?"

苏启看着苏箧衣,这一刻才真正意识到他们的女儿真的长大了。

她懂得利用自己所学的一切来推敲所有的疑问,也敢于追问真相到底是什么。虽然回忆林翘,回忆当年那些事让他心中难过,但苏启还是给苏箧衣解答了她的疑惑:"你说的确实不假。你兴佑十九年出生,兴佑二十一年,你娘才渐渐生出了让你日后为官的念头,继而才收养了匣玉。"

苏箧衣依旧有许多问题:"如此,那直接收养一个儿子,不是更为妥当?"

苏启摇摇头,回忆起林翘当年的话:"女扮男装入朝为官,若是不恢复女儿身份,那便没什么意思——这是你娘当初所说。我也问过你娘为何舍得让你走这条路。她只说有些事,女子才能做到。"

苏箧衣陷入沉思之中。

兴佑十九年自己出生之时,娘还未有此想……兴佑二十一年就……中间发生了什么?难道是兴佑二十年,云家削爵一事?老爹之前在信中提到的十五年前的案子,难道就是云家的事?

苏箧衣问出心中的疑惑。

苏启摇摇头："云家一案，说是案，其实并无什么案子。不过由此一事，兴佑二十年朝堂格局剧变，却是不假。真正影响你娘想法的，该是……先帝在那一年，追封了你祖父，让太子认识了我，又外放我出京任官。现在看来，那已经是将我作为当今陛下的心腹培养了。我当时看不穿这一层意思，但你娘应当是知晓了。"

先帝意欲扶持苏家？

所以娘便笃定我不会因为伪装身份而受罪责，便计划着让我入朝为官，最好能恢复女子身份，再去做些唯有我能做到的事……可是想让我做什么？总不至于真是"改变世人对女子看法"这种虚无缥缈的事吧？

苏箧衣越发搞不明白了。

苏启问她："箧衣，你现今是否做到了，唯有你能做到的事？"

苏箧衣毫不犹豫地摇头，就算是那些案子是我破的，可是换了另一个思维才智同我不相上下的人，亦可以触及真相。而我苏箧衣虽是可称一句聪慧，却断不是天才，能替代我的，自是要多少有多少。只是……老爹对娘的执念如此之深，娘的真正心思却不曾告知他，而老爹亦不曾看破……还是不要纠缠着细问了。

苏箧衣只是摇头，没有再追问母亲的事，转而问起了云家的案子。

"爹，你方才说云家一案并不能称之为案——就算是被冤枉，那也是冤案，你这么说，又是何意？"

虽然不知道苏箧衣问云家的案子是为什么，但他还是如实告诉了她自己知道的事："因为刑部没有结案。有人上了折子，云侯爷就被带去了御史台关押，录了卷宗，至今仍是密封，除了当年审案之人，无人看过。最后也不说有罪，也不说无罪，便以未查清为理由，削了爵免了官。"

苏箧衣恍然大悟，没有定罪所以云家虽然被迫丢了权力，但也将家业保留了下来。

苏启并不在意苏箧衣此时的想法，只是轻叹："没有定罪，才是最可怕的。云家这块肥肉，就看陛下什么时候想吃——以及，还顾不顾吃相了。云家如今是云以游在操持吧，我也是多年没见她了。当初不光是外人不敢接触云家，云家之中，也无人敢做家主。谁做这个家主，以后云家就是败在谁的手里，担了骂名还是次要的，而是以后便绝无被网开一面从轻处置的可能。唯有云以游，我记得当年她连及笄都不到，还是站了出来。想来云以游她是认了吧。"

苏箧衣突然一拍桌子激动地站起来："她认了？！我却不认！规矩何在，律法

· 233 ·

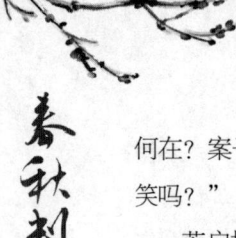

何在?案子起因不清不楚,经过不明不白,十六年卷宗还悬在御史台,这是在开玩笑吗?"

苏启抬头看苏箧衣,对她的冲动有些不满:"有些人,已经不再受束缚了。天家就是规矩,律法也不过是天子之意实行的手段。"

苏箧衣一脸震惊地看着苏启:"原来在爹你的眼里,律法就只是……束缚么。我却以为,那是每个人都发自内心真正敬畏的东西。"

苏启被苏箧衣审视失望的目光看得有些尴尬,他轻咳一声:"箧衣,你娘的事,云家的事,你都问清楚了。还有什么想问的,今日都一块儿问了吧。"

苏箧衣皱眉,很快她又问道:"你把我引荐给孟怀瑜,又是为了什么?有陛下信任你,按理说,我一个人在京城,也能活得很好吧?"

苏启脸上慎重了几分:"孟家。你娘提醒过我,孟家有异。"

孟家有异?这么重要的事只用有异二字概括,是娘也不知究竟何处有异,还是只是觉得有些蹊跷?

苏启起身准备离开,苏箧衣回过神来,望着已经走出去的苏启大声喊道:"老爹,事到如今,我就只有一个想法——唯有你比宁士霖做个更好的京兆尹,才对得起这些,轮转更迭啊。"

苏启的脚步顿了顿,他转身看着苏箧衣,面上晦暗不明:"箧衣,你爹我唯一能做的,不过是比好人更好,比坏人更坏。如是而已。"

苏箧衣想说自己听不明白苏启的话,但心中的难过却根本压制不住。苏启说完之后并未回头,毫不犹豫地离开了。留下苏箧衣一个人在房中久久不能自拔。

离开云中的时候,是老爹亲口叮嘱,让我不忘本心——可是我哪来的什么本心。入朝为官是娘的遗愿,一路查案其实也是受老爹的影响。十几年来,我没见过、也不会做其他事,只能去大理寺。

可天下之大,竟是没有任何我的是真正"我的"!这样的我又哪来的什么本心!查案,查案,一个个查下去。最后却发现太多的人太多的事,根本不在律法之内。天地之间,乾坤朗朗,王法何在,可是那"王",又要我奈他若何?世间污浊,岂是我一个人能洗涤的,就算是为百姓伸张正义,英名传颂——当真虚名一身,大梦一场啊。

第二章
祖父遗匣，惊人真相

苏箧衣在大理寺做了一个月，才终于见到了顶头上司——大理寺卿吴琅。之前他被景康帝派去刑部协助审案，已经连续三四个月没有在大理寺了。这也解释了为什么之前大理寺关押白子乌和时雨茇的时候，很长一段时间大门紧闭。大理寺的当家人不在，大理寺近三个月处于半封闭的状态，景康帝的手笔是越来越让人不敢苟同了。

让苏箧衣诧异的是，吴琅回来的第一件事竟然就是招苏箧衣相见。

"下官苏浣见过寺卿大人。"

苏箧衣到书房拜见吴琅，行礼的时候不忘悄悄打量了吴琅一番。他的年纪和老爹不相上下，但眉宇间的气质却和老爹完全不同。今日的吴琅穿着官服，苏箧衣进来的时候，他正拿着一本典狱法看得津津有味。待听到苏箧衣行礼后，吴琅才将手上的书放下，起身从头到脚打量了苏箧衣一番。

"不必多礼。在大理寺可还习惯？"

这位吴大人的语气还算和善，但威严却不减半分。见一见自己的新下属很正常，但回来第一天就……总觉得他有些试探的意思。

苏箧衣斟酌着回答："唔……除了是女子为官让大家有些好奇外，其他都很习惯。"

吴琅轻笑了两声陷入了回忆之中："我刚入仕时，去的是刑部。那时的刑部尚书便是令祖，教导过我很多。本官亦算作是他的门生。"

祖父？没想到竟然还有这份渊源。只是可惜祖父去世得早，自己并未见过他。苏箧衣脸上带笑，"您若是家祖门生，想必也认识家父咯？家父初归京城，您若是想见他，下官——"

不料，原本笑呵呵的吴琅突然脸色一变，语气有几分强硬地道："不必。"

是我哪句话说得不对吗？吴大人既然是祖父的门生，定是认识老爹的，但我来大理寺任职，老爹从未和我提过吴大人的事，现在吴大人又一脸抗拒自己提老爹……难道他们两个之间有仇？！

吴琅回身从书架之中抽出一个精致的盒子，但因为年代久远，盒子上布满了灰

尾声 江山倾

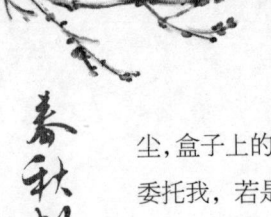

尘，盒子上的铁锁也已经锈迹斑斑了："这个盒子给你。苏大人病故前将此物交给我，委托我，若是苏家有后人居大理寺少卿或是刑部郎中及之上，便将此物交给他。"

苏篋衣接过盒子，最先注意到的是很有特点的锁。吴琅提醒她道："这种机关锁，打开一次就会毁坏。"

好复杂的锁……盒子也并不重，晃一晃也没有声音，里面装的会是什么？

苏篋衣开始好奇盒子里到底装的是什么了。她又听吴琅说道："苏大人避开他人将此物交给我，又费尽周折地交给苏家后人——想必和他生前心心念念的上将军一案有关。"

苏篋衣看向吴琅："上将军？"

吴琅面色平静，像是只是单纯地给苏篋衣解惑："兴佑十五年，左卫上将军孟文朔盗取军饷一案。本来应当三司会审，然而先帝信任苏大人，只交由刑部定夺。这也是苏大人所办的最后一个案子，而后积劳成疾……"吴琅目光带着几分深意地看着苏篋衣手中的盒子，忍不住提醒她道："盒子里断然不是什么好东西。让它永远锁下去，可能也不是件坏事。"

苏篋衣点点头，感谢吴琅帮祖父保管至今又遵守承诺将盒子交给了自己。

不过，此时她心中更震惊的不是盒子里的东西，而是她万万没想到，当年孟家满门抄斩的判决——竟然是祖父做出的。

而祖父叮嘱将盒子交给做到大理寺少卿或刑部郎中的后人，这一点，很明显是为了避开老爹。老爹从来没有主动提起过祖父……祖父和父亲之间不会父子不和吧？苏篋衣突然想到自己刚和老爹吵了一通，看来还真是一脉相承啊。

如今叶濯和孟大人突然撕破了脸，景康帝刚放弃了宁士霖，怎么看这盛京城都危机四伏，还是先不要着急打开盒子了，万一里面的东西真的和当年上将军一案有关，我又要如何做？

盒子很小巧，苏篋衣干脆将随身带着的香囊掏空，把盒子放了进去，随身携带着，等以后有需要再打开。

虽说苏篋衣下定了决心暂时不打开盒子，但接下来的半天，她完全心不在焉，一直在揣测盒子里到底装着什么样的信息。等到了晚上，苏篋衣从大理寺离开后，想起刚和老爹吵过架，担心这个点回去和老爹碰上，苏篋衣干脆朝着揽云轩去了。

去吃叶濯的霸王餐！

今天要一壶酒好了,心情不好,喝杯酒消消愁。

苏箧衣照例只要了一个自己喜欢的菜,比往日多要了一壶酒,正准备自饮自酌的时候,耳边传来熟悉的声音。

"啧啧,苏箧衣你竟然一个人喝闷酒!"叶濯不请自来,坐到了苏箧衣的对面,他有些嫌弃大堂的位置,"这个位置还真是……本王第一回体验啊。"

在这里最能碰到叶濯,苏箧衣心中倒是挺开心。

"七爷,你怎么也来揽云轩了?"

叶濯随手把苏箧衣手边的酒杯拿过来,自己一饮而尽:"查账。不出来露个脸,这京城里的人还真以为本王死了呢。"

苏箧衣附和了一声,自己并不懂做生意的事,这个话题接不下去啊。她拿起筷子夹了一口菜,一脸满足地吃下去:"真好吃……揽云轩的菜,很容易让人上瘾啊。"

叶濯看着自己从来没点过的"平民菜",也夹了一筷子,他眉宇间带着几分邪魅的笑意:"是不错,看来本王要给厨子涨工钱了。"

苏箧衣嘿嘿一笑伸手去倒酒。

叶濯将酒壶抢了过去:"这么好看的姑娘一个人喝酒,就四个字,暴殄天物,白瞎了你这张脸。"

苏箧衣有一瞬的错愕,她看着叶濯指了指自己:"我没听错吧,七爷您夸我好看?"

叶濯撇撇嘴,并不愿意自己隐秘的心思被她看出来,他哼了一声:"就等着你喝得头脑不清,天色又是全黑,拐进小巷被人敲晕,明日大理寺就说不见了苏少卿,就此再也找不着人。"说着叶濯站起来,顺手也把苏箧衣拉了起来,"去王府。想喝多少就喝多少,就是醉死在王府,我也能把你全尸送回苏家。"

不就是喝个酒吗?为什么到了这家伙口中变得这么恐怖!现在说不去还来得及吗?到底,苏箧衣还是被叶濯拉着离开了揽云轩,果然外面他那非常惹人注目的马车早就等着了。两人回到王府的时候,酒菜都已经摆好了。也不知道叶濯身边跟着多少隐秘的手下,他甚至都没吩咐,就已经有人回府通禀了。

只是,苏箧衣看着桌子上三大坛子的酒,脸上有些惊疑不定地看着叶濯。

叶濯拉着她坐下,随手开了一坛酒:"我心里不痛快,你也是心里憋屈。都是觅不得出路的事,那就醉生梦死,又有何妨——醉后何妨死便埋?"

苏箧衣被叶濯说得心中一热,忍不住端起碗大喝了一口,结果差点被呛死:"咳

尾声 江山倾

咳，好辣！"

这么大的酒劲还用碗喝，叶濯他的伤真的没问题吗？

叶濯连着喝了两碗冷笑着："死了才算好。死在酒里，死在美人身边……也不算是荒唐。"

苏箧衣额头突突地疼："七爷！酒池肉林，这还不荒唐！"

不过见叶濯一脸失意的模样，再想想自己的理想和现实的鸿沟，苏箧衣忍不住端起碗一口将酒喝了干净。这一口倒是畅快，落到胃里，已是融融暖意。

叶濯看着苏箧衣，语气轻柔了不少："说吧，大晚上不回家，一个人喝酒，喝了一碗，又一副想哭的样子。遇上什么事儿了？"

苏箧衣轻笑两声："不是今天遇到什么事儿，而是自从云中出来后，便一直都遇着，只是我一直看不穿罢了。昂着头，自然是看不清自己在走什么路的。唯有低下头啊……头抬得再高，还不是要被年岁一点点拖累到尘埃里。哪一朝的举子放榜，不是春风得意，鲜衣怒马，刻碑而还。可是三司大狱里，哪一位落魄臣子，不是当年千金换酒、碧血丹心的少年郎？"

苏箧衣说完，又给自己倒了一碗，仰头喝尽。

"二十年后朝堂之上，我又会站在哪一派，谋划着什么？我是不是也会为了掩盖真正的罪行，影响案件的结果？"她的泪水不受控制地落在酒碗里，"粉饰太平。真的是，粉饰太平。我又何尝不是……被人画了脸谱，穿了戏服，绑了提线。褪去这些装饰，我又算是个什么肮脏丑陋的东西？"

叶濯抢下苏箧衣手里的碗，握住她的手，面带正色地看着他："苏箧衣。你多大？"

苏箧衣有些醉了，她大喊着："我今年十七！"

叶濯轻笑一声："你还知道你才十七。弱冠都不到。"

苏箧衣想要拨开他的手再去喝酒，但叶濯的力道很大，她折腾了半天，只把自己累得气喘吁吁，却未撼动叶濯分毫，苏箧衣有些不快地嚷嚷："别提什么弱冠，老子过的是及笄！要不是被这些破事儿所累，我早就定亲嫁人了！孩子都有酒坛子这么大了吧。"

叶濯宠溺地笑了笑，有些无奈："这什么比喻。……活该你还没孩子。"

此时，苏箧衣的脸上早已湿了一片，不知道是酒水还是泪水。

叶濯站起来，走到苏箧衣身边，将她从椅子上拉起来，另一手毫不犹豫地揽住她的腰。苏箧衣被他拉着站起来，双腿有些站不稳，目光闪烁地看着叶濯，正好望进叶濯的眼里，她突然咯咯地笑了起来："眸色流转，眉目含笑，当真美艳动人——"

后面的话还没说完，就被温热带着几分酒气的薄唇压下了后面的话。

叶濯的目光变得幽深而越发充斥着邪魅之色，他将苏箧衣紧紧地扣在怀中，混着酒气的唇，在苏箧衣的唇上轻轻磨蹭着，像是在品尝着什么独一无二的瑰宝。

苏箧衣感觉自己醉了。不然她怎么会看到叶濯在吻自己？不然为什么自己不仅没有反抗，反而还主动回抱住了他，而且还感觉很享受？

唇齿微麻，身体上的醉意和心间的颤意相互交织，缠绵不已。

直到……叶濯的手游移地越来越深入，苏箧衣的大脑有一瞬间的清醒，她猛地瞪大了眼睛，迅速握住叶濯不安分的手！混蛋！竟然扯我衣服！

但醉酒后的苏箧衣手上根本没有什么力道，她有些着急，索性借着醉意狠狠地朝着叶濯的唇咬了下去。

叶濯吃痛地轻呼一声，松开了苏箧衣："苏箧衣你——"叶濯一口气提在胸口，不上不下，但看着面前身子摇晃的苏箧衣，又发不出火来，只能阴郁着脸擦掉唇边的血。

苏箧衣也清醒了几分，她控诉叶濯："叶濯你这混蛋，你心里不痛快想着发泄，原来不是想靠喝酒，想的是我啊？你这人真是太坏了，从心里就坏了！想我苏箧衣差点两坛酒就卖身给你了！你敢污我清白，我就死给你看！不对，怎么变成我去死了……"苏箧衣使劲摇头，试图保持清醒，她指着叶濯道，"你侵犯朝廷命官，去大理寺治罪！什么清正廉洁，我都不要了，就跟你公报私仇。王爷又怎么样，上了刑还不都是一个样！"

此时苏箧衣衣衫半开，里面的亵衣露出了打扮，从未被人看过的香肩也因为空气中的热意而变得越来越粉。叶濯只觉得自己体内的酒意今天有点大，身体越来越热了起来，他伸手揉了揉自己的眉头："……苏箧衣，跟你商量件事。"

苏箧衣一脸得意："怎么？！怕了？！没得商量！"

叶濯无语地看着她："把你衣服系上。"

苏箧衣愣了一下才反应过来，她大喊了一声色狼，双手并上，想要把自己的衣服穿好。

叶濯见到这样的苏箧衣，忍不住逗弄她："话说你……你为什么要垫胸？"

听到叶濯的问题，苏箧衣倒是一脸委屈，像是总算找到了机会告状："云以游

尾声 江山倾

带我去买衣服的时候逼我的啊……如果我不垫的话就让我自己花钱买衣服。"

苏箧衣胡乱扯着自己的衣服,想要将腰带系好,熟料衣服还未系好,原本串在腰带上的香囊倒是掉在了地上。清脆的响声,一直滚到了叶濯的脚边。叶濯伸手将香囊捡了起来,直接打开取出了里面的盒子:"这是什么?"

苏箧衣往前两步看清楚了叶濯手里的盒子后,不疑有他地回道:"是寺卿大人给我的东西,说是我祖父遗物,他猜可能和孟家的案子有关。"

叶濯挑眉:"和孟家的案子有关?"

苏箧衣耸耸肩,总算把衣服穿好了,她气喘吁吁地坐在桌边,有点头重脚轻:"猜测罢了。关我什么事?反正我是懒得打开。"

叶濯饶有兴致地观察着盒子:"机关锁,不需要钥匙的啊。"

有人送来早就准备好的解酒汤,叶濯喂苏箧衣喝了下去:"把这个喝了,醒了酒,过来把这盒子打开。"

苏箧衣被叶濯强灌进去了一碗臭乎乎的解酒汤,还残留着的几分醉意,让她的胆子极度大,她控诉叶濯是个坏蛋,然后就趴在桌子上睡了过去。

约莫过了大半个时辰,苏箧衣才缓缓清醒过来。额头伴随着阵痛,醉酒后的记忆一点点恢复,苏箧衣面上一阵红一阵白,此时根本不敢回身看叶濯是否还在。

"醒了?"叶濯手上还把玩着那个盒子,"行了就过来把盒子打开。"

苏箧衣听到叶濯的声音,先是心中一跳,等听完他的话后,苏箧衣猛地站起来拒绝道:"你……你要做什么?你和孟大人有隙——"

叶濯哼笑一声:"二十一年的秘密,就悬于此。你真的——不想知道吗?"

苏箧衣:"我……我当然想。"

说是等着苏箧衣打开盒子,其实是叶濯亲手拨动了机关,咔嗒一声,盒子便弹开了。机关锁只能用一次,在叶濯开锁的时候,机关锁就已经毁了。

苏箧衣狐疑地看着叶濯,不是纨绔王爷吗?怎么还会开这么厉害的机关锁?

叶濯没搭理她,径自翻弄这盒子里的东西——几张纸,一块黄帛。

苏箧衣和叶濯互相交换着看着纸和黄帛上的信息,越看苏箧衣心中越震惊,上面记录的事情,实在让人难以置信!

叶濯将这些东西按时间顺序排列好:"黄帛,是漠北被幽族大败的消息。先锋军全军覆没,幽族入州府,如入无人之境,屠城之后,劫走刚刚运到当地的军饷,没办法运走的，统统烧毁。折合银两，六十万两。"

当年被漠北大败的事是人尽皆知的，当时的罪名不是说孟将军通敌卖国吗？没想到事情的真相竟然是——军饷被敌军劫走，整整六十万，这样的国耻，当年如果暴露出来的话，应该会引起慌乱吧！一下子就是一百二十万的差距……幽族没有一鼓作气攻下盛京我都觉得是个奇迹！现在漠北又多了二十年的养精蓄锐——"当年就有了一百二十万的鸿沟，如今过了这么多年，那岂不是——"

叶濯赞赏地看了苏箧衣一眼："一百二十万……你算术学得不错。"

苏箧衣继续翻看剩下的东西，这些都是祖父审案的记录，还有他自己写的记录。先帝压下大败一事，又要祖父调查，唯一经手这笔军饷的孟将军就成了替罪羊——这边是孟家被满门抄斩的真相。

叶濯将东西一件一件收回到盒子里："所以，苏箧衣——你准备怎么办？"

苏箧衣早已忘记了自己之前想要先不看盒子里的东西时的犹豫，她毫不犹豫地道："还能怎么办？这事情一定要告知陛下！不对，不是告知陛下，这事要告知天下！我不敢想我大周的军士将领在不知北幽底细的情况下，日后在战场上会输得多惨！"

叶濯质问她："这东西一旦被别人知道了，你祖父的一世英名，还有你自己的小命，就都没有了。"

苏箧衣非常坚定："我当然知道代价。我若顾惜自己性命，那我才真是疯了。至于祖父声誉——他既然是属意将此物交给苏家后人，那意思很明了。他做错的事，必须要由苏家的人来补偿。他当年病故，莫非也是由此而生心病？"

叶濯有些无奈地看着苏箧衣，既为她的执着而心生喜悦，又为她的追逐而升起浓浓的担忧。叶濯从盒子里抽出一张纸："你就没有考虑过，这东西，可能是假的？起码这张，是说先帝授意你祖父诬陷孟家——"

苏箧衣抢过叶濯手中的纸，毫不犹豫地将它放在烛火中烧掉了："这绝不可能呈上去。此事只是我祖父苏玠当年错判。"苏箧衣觉得自己突然想明白了为什么当年祖父审完孟家的案子后，没多久就郁郁而终了，恐怕祖父他当年就意识到了——错冤了忠臣，这错只能由苏家承担，而这事也注定会让苏家走向灭亡。

叶濯头疼地看着她："我看你是准备破釜沉舟。还好我刚才拿的不是那一张，否则被你这么一烧，你们苏家真是万劫不复。"

苏箧衣不解。

尾声 江山倾

叶濯伸手敲着桌子："这些东西，在我看来，能有半分是真的就不错了。你怎么知道，不会是吴琅特意做了这么个东西，来陷害你们苏家？毕竟你——不认识你祖父的字迹，这上面的私印官印，造假起来，都不是难事。"

苏篌衣："可这黄帛……且不说黄帛常人难寻，这上面的玺印怎会有假？"

叶濯哼道："所以我说有半分真。你以为宁家走了，苏家做京兆尹，这事就算完了？二十年前丢了六十万两银，吴越那是何等的地方——你以为这区区六十万的银子，就让大周近二十年一蹶不振直到今日还需要朝廷补吴越的亏空？"

苏篌衣对税收没有直观概念，但在度支司工作的那些日子，看过的那些账目，六十万绝不至于造成朝廷现在的局面。如果并不是这六十万的事，那为什么大周会穷困如斯？为什么吴越会没钱？国库会没钱？

叶濯的目光变得有些冰冷："你以为这十几年来，皇兄做了多少好事——京郊的行宫，就算是庆历之治，宣宗朝扶持国教时，那都不过是座破庙，可是你看今日……如今之事，绝非一朝一夕，亦绝非一因之果。"

苏篌衣心中一窒，原来是这样吗？吴越当年本就因为六十万两军饷而难以喘息，新帝登基后不思休养生息，反而大肆修建行宫，行事奢靡，导致国库空虚。等到了天灾现世，国库无钱赈灾，吴越云中等地生灵涂炭……景康帝将揽钱的目光放到了自己忌惮的计、霍乃至云、叶、孟等家族身上。

但他的计划频频失利，甚至折损了自己的亲信。

如今吴琅在这个时候将盒子交给自己，是不是景康帝早就算到了自己会将此事上报朝廷。而他便可以借机将人们的注意力，转移到二十年前的事——国库空虚有了新的理由，他也就不用再绞尽脑汁填补国库了！

可就算是知道被算计了又如何？苏篌衣心中无奈一笑，就算明知道前面是火坑，自己也是要跳下去的！

叶濯见苏篌衣明明想通了事情的关联，还是要去送死，连连冷笑："难怪选择你，你利用起来真是方便。"他板着脸教训苏篌衣，"就算你想要将真相告知天下，起码得去伪存真吧？何况你既然不想争任何功劳，这出头之事，怎么也得让给贪心之人。"

苏篌衣皱眉："贪心之人……想给孟家平反的，自然是——孟大人咯。若是孟家平反，算上补偿，别说升官了，直接袭爵都有可能。只是，他不会做的，你都能想到的事，孟大人怎么可能想不到。"

叶濯伸手在苏箧衣额头上弹了一下，语气有些不悦："你这评价真让我寒心啊。还有一个人，对孟家很是在意，而且当年的事，她可比怀瑜清楚得多。"

苏箧衣："唔……燕国长公主？"

叶濯摇头："不，是我母妃。"

苏箧衣皱眉："你母妃？钟太妃？"

叶濯面上并不显愧色，反而将压在心头的事一口气说了出来："孟家的夫人是她妹妹，当年孟家一案，钟氏算是妻族，她可没少从中斡旋，才使得钟氏免受牵连——不过如今看来，先帝终是有愧，恐怕也没想牵连别人。她应当知道不少内情，而且对怀瑜，她也一直很在意。"

苏箧衣听出了叶濯话中的意味，钟太妃对孟大人在意？难道说在钟太妃心中，孟大人比自己的亲生儿子还要重要？但如果不是这样的话，叶濯肯定不会这样说……自己的母亲更在意别人，叶濯的心里，肯定不好受吧。

"可是太妃不好见吧。而且她会帮这件事？只要钟氏安全，她不就没什么牵挂了？"

叶濯看向苏箧衣，笃定地笑了笑："她一定会。"叶濯脸上多了一抹嘲弄的神情，"只是现在我见她也不太容易了。下个月是太后五十大寿，既是千岁节，陛下已经决定大摆筵席，宴请百官——你之前不是在我母妃那儿挂了名了，上次的事——"

苏箧衣猛地看向他，心中一寒："你不会从那时起就在算计吧！"

叶濯摇摇头，很是坦然地道："呵呵，这还真是巧合。你别忘了当时是霍晴逼本王去见她。想来那时候霍晴和孟愈都以为你会选择她们吧！"

贤妃的后盾竟然是孟大人！

苏箧衣豁然开朗，又觉得自己实在是太笨了。之前叶濯不止一次暗示过两人的八卦，自己也曾经看到过贤妃和孟大人亲昵地相处，当时只以为他们是年少时候互相有感情，怎么就没想到这样的后妃和年轻的重臣也是不错的盟友呢。只是孟大人和贤妃结盟，难道是将宝压在了贤妃的肚子上？

但是景康帝登基十多年，一直没有儿子，贤妃真的能生出继承人吗？

而叶濯话里的意思无外乎就是贤妃和孟大人之前想拉拢自己，从而靠近钟太妃。当初的计划因为自己选择了叶濯而失败，但对于叶濯来说，确是阴差阳错的一步好棋。也就是说钟太妃此时并不知道自己和叶濯走到了一起。他是让自己谎称是孟大人的人去钟太妃那里套话？

虽然还不知道叶濯和孟愈为什么突然间撕破脸,但貌似关键就在钟太妃这里了。

第三章
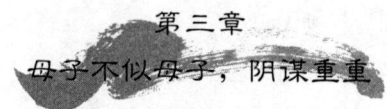
母子不似母子,阴谋重重

和叶濯定好的"算计",让苏箧衣一连多日心中忐忑。尤其是每天见到老爹的时候,心中总是突突的,有时候想要把事情告诉老爹,但想到祖父的深意,想到老爹和景康帝之间没有说清楚的联系,苏箧衣的信心就又一下子憋了下去。

太后的大寿如期而至,与此同时,宫内还传出另一条喜讯,贤妃怀孕了!

苏箧衣听到这个消息时,愣了好大一会儿,她的第一反应就是贤妃真的怀孕了吗?怀孕的时机这般巧合,总感觉背后暗藏着更大的阴谋。如果贤妃真的顺利生下小皇子,那叶濯他……苏箧衣突然意识到无论是景康帝还是和贤妃已经结盟又和叶濯撕破脸的孟愈,恐怕都没想过再让叶濯活下去!

这个认知,瞬间打消了苏箧衣原本的忐忑和不安。倘若去和钟太妃套话,能够帮叶濯拿到什么有利的消息反击一次,能够让他顺利保住性命,又何乐而不为呢?至于他又是否有其他算计,是不是依旧想要坐上那个位子,突然间变得也没有那么不能接受了。想想叶濯曾经说过的那些令自己顿悟的话,若是他坐了那个位子,是不是也许自己心中想要的律法清明,会来得更容易一些呢?

太后千秋,普天同庆。

叶濯早就替苏箧衣准备了祝寿的礼物,让她能够更专注地完成今日的计划。

苏箧衣今日是跟着老爹一块进宫的,虽说自己既是京兆尹的女儿,又是大理寺少卿,但尴尬的是不论坐在哪边,都没有什么人主动上来搭话。

苏箧衣百无聊赖地坐了一会,见周围人的注意力都不在自己这边,便悄悄从大殿溜了出来。

按照和叶濯的计划,苏箧衣只需朝着会宁殿的方向而去,在路上等着和钟太妃偶遇就好。他自会吩咐人将钟太妃引到路上。苏箧衣按照心中记得熟烂的路线,不缓不慢地走着。

在旁人看来,她只是在欣赏皇宫的景致。

果然,在通往会宁殿的第二个凉亭处,苏篋衣和钟太妃巧遇了。

"你不是苏家的那孩子吗,听闻你父亲最近升了京兆尹,倒是件喜事。你这身份,估计也是在大殿里坐不住。本宫的会宁殿离这里不远,比在这里吹风好受得多,苏大人去坐坐吗?"

苏篋衣还没有主动寒暄,钟太妃就邀请她去会宁殿坐坐。苏篋衣有些狐疑,钟太妃热情得有些过分,是叶濯又做了什么手脚?还是会宁殿有什么等着自己?沉思了一番,苏篋衣还是选择了跟钟太妃回去:"多谢娘娘。"

到了会宁殿,钟太妃拉着苏篋衣问苏家的事,言辞之间比上一次见面还要亲密得多。尤其是当苏篋衣提到自己从云中来盛京的时候,老爹将自己托付给孟愈的时候,苏篋衣明显看到钟太妃眼前一亮,眉宇间闪过一抹慈爱之色。苏篋衣压下心头的疑惑,斟酌着开口:"娘娘!微臣前几日得了一件祖父遗物,是关于二十一年前孟家一案的。"

钟太妃神色一变,挥手屏退了旁人后抓着苏篋衣的手问:"你说什么!"

苏篋衣反问钟太妃:"娘娘,二十年前孟家一案,您知道多少——那究竟,是不是冤案?"

钟太妃激动地起身:"你有证据么?你是不是拿到了证据?"

苏篋衣沉吟:"此事事关微臣身家性命,微臣必须去伪存真,深思熟虑……"

钟太妃一脸喜色,对苏篋衣仅剩的几分戒备也尽数消退:"你若真有证据,那本宫自有办法,保你性命。"

苏篋衣认真地看着钟太妃:"娘娘有办法?"

钟太妃脸上挂着几分自信:"伪作成先帝遗言,不是什么难事。只要你能拿出确凿的证据,本宫自然可以保你平安,甚至就算你想要加官晋爵,也不是难事!"

苏篋衣笑了笑,面上浮现出一抹敬意:"没想到娘娘您对孟家的事这般上心,看来故去的孟夫人和您真是姐妹情深啊!"

"姐妹情深?呵——我看未必吧!"叶濯从外面推门而入,脸上带笑,但嘴角却挂着冷意,"母妃,为了孟家,为了怀瑜,你连假传先帝旨意的事都做得出来——您还真是……对姨母情深义重,她托你照顾遗孤,你竟然这般上心。您做到这个地步,万一事败,有没有想过会将儿子我,逼迫到何种境地?"

钟太妃并未想到叶濯会突然出现,她猛地看向苏篋衣,却见苏篋衣脸上也一阵惊慌,此时正看向自己求助。钟太妃越发信了之前纸条上所说的,看来苏篋衣她真

尾声

江山倾

· 245 ·

的是怀瑜的人了。想到这,钟太妃安抚地对苏篋衣点点头:"你先回去,改天本宫再宣你入宫。"

苏篋衣不着痕迹地看了一眼叶濯,很是恭敬地朝钟太妃问安告退。

等苏篋衣离开后,钟太妃一脸慈爱地看着叶濯,安抚道:"濯儿,你想哪去了,我只是想给苏篋衣许个空诺,先将证据要回来,之后再和你从长计议。"

叶濯复杂地看着钟太妃走到她身边,面上是这二十多年里钟太妃不曾见过的复杂和凄凉:"母妃素来精明,儿臣是知晓的。您总说儿臣处处不如怀瑜,但唯有一点,儿臣颇有自信:记事早,记得清楚。"

钟太妃身形微晃,有些不可置信地看着叶濯。

叶濯认真地看着她,说的话却像是重锤,一下下敲击着钟太妃的心,让她再也稳不住手脚:"当年,母妃你明知林皇后送来的食物里下了毒,却还是看着我,半强迫我吃下去。或者说那毒,就是你下的?就只为了以我为筹码,扳倒皇后……"

钟太妃怒意掩盖慌张:"濯儿!你怎可如此想我?就算是你有些记忆,也模糊了,是不是有谁蛊惑于你,才让你生出了这些怪念头?"

叶濯冷笑一声:"母妃,儿臣自认从未于你有亏欠,也从来没向你索求过什么。但你也适可而止吧,不要再总想着等到入了黄泉路,害怕怎么面对孟家的人——苏篋衣手里的东西已经被我派人取来了。既然你都说了它是真的,也有办法把它弄成真的,那这东西的真与假,也就全在我一念之间了。我的要求只有一个——你装聋作哑,别再插手任何事。"

叶濯似是而非的话,让钟太妃不由想起了压在自己心底多年的秘密。她惊恐地看着推门而出的叶濯,只觉得这孩子十有八九是全都知道了……钟太妃面上的神色越发难看,一个人在大殿站了许久。

苏篋衣看着怒气冲冲出来的叶濯,两人对视了一眼,叶濯只朝着她冷哼一声,甩袖走人。苏篋衣暗暗吐了口气,虽然是事先说好的演戏,但盛怒的叶濯,还是让人挺害怕的啊!叶濯和钟太妃在殿内说的话,苏篋衣其实在门外都能听到。现在,叶濯离开了,钟太妃暂时还未缓过劲来宣她,苏篋衣高速运转的大脑,猛地蹿出一个念头,但这个念头实在太过让人惊悚,她不敢轻易下定论。

苏篋衣等了一会儿,见殿内一直没有动静,想到还未完成的任务,她咬咬牙,自己推门进去了。

"娘娘！您没事吧？"

被叶濯的话戳中心中藏了十几年的秘密的钟太妃，面上还带着几分未褪的惊慌。此时苏箧衣再次出现，对于她来说无疑是救命稻草，她紧紧地抓住苏箧衣的手："叶濯他——"钟太妃脸上震惊，她握着苏箧衣的手，力道大得不似常人，她突然冷笑起来，"对！一定是天子之位……他一定是想要天子之位！"

看着行色古怪的钟太妃……苏箧衣身子忍不住颤抖起来，她刚才的猜测要被证实了么。

试探着开口："娘娘，王爷他是您的儿子，若是王爷做了天子，那您不就是——"

钟太妃一声冷笑，打断了苏箧衣的话："苏大人不必试探我！既然怀瑜信任你，那本宫也不瞒你！先帝驾崩之时，确实属意七皇子继位，驾崩前甚至写了最后一封遗诏，并盖了自己的私印——先帝工玉，自己刻了'濯'字，这都是造不得假的铁证，如今俱在我这里。"

苏箧衣心中一震，万万没想到钟太妃手中竟然会有先帝遗诏，而且还是事关国运政权的遗诏！

钟太妃突然抽出自己的簪子，交到苏箧衣的手中："这些东西放在我这里毫无用处，我一生做了无数错事，不能再错下去了，苏大人，你是怀瑜信任的人，我自然也信任你！你把遗诏带给孟怀瑜。"

钟太妃对孟愈的关心，已经明显到这样的地步了吗？

苏箧衣几乎已经明白了一切，因为明白，她的心为叶濯而痛了起来。钟太妃并未察觉苏箧衣脸上的异色，她的声音带着几分悔意："带给孟怀瑜……他才是我的儿子，十一年前真正该登上帝位的人，现在的皇位真正的主人！"

年龄相差不到两个月的表兄弟，若是幼时容貌极像，一两岁时若非亲近之人注意，那便是相差无几。

"娘娘……既然当年便有遗诏，您又为何要——"

钟太妃在精神极度紧绷的状况下，对苏箧衣的信任超乎寻常，她拉着苏箧衣泫然欲泣："当年我也是一时冲动，鬼迷心窍，先帝立储心思莫测，皇后野心太过，我费尽全力生下孩子，不想他卷进宫闱纷争丢了性命。恰逢妹妹托我照看遗孤，燕国长公主常带孟家的孩子入宫，我找了机会，趁公主不在，便——我那时早就不受宠，会宁殿又偏僻，宫里除了我，几乎无人在意小皇子，瞒过旁人容易得很。燕国

· 247 ·

长公主那日早早回府,等她在府里发现,也毫无办法。何况皇子亦是她侄孙,只要她还姓叶,必不会亏待我儿。"

钟太妃越说越难过:"万万没想到后来先帝驾崩前竟然属意我儿做皇帝,可那时候他们两个早已——不得已,我只能将这些藏起来。"

看着这样的钟太妃,苏箧衣心中不但生不起同情,反而多了怒意。所以让叶濯帮你的儿子吃林皇后送来的毒药,让他身中剧毒,帮你扳倒林皇后,换你在后宫的安宁。到了先帝传位的时候又不愿意让他坐上那个位置了吗?你就是这样对待你妹妹拼死生下的孩子的吗?哪怕到了现在,你以为时机已到,能够给孟家翻案了,你的儿子积蓄了足够的力量可以做皇帝了,便又准备一脚把叶濯踢走吗?

苏箧衣感觉自己要狠狠地咬着牙齿,哪怕将舌头咬出了血,才能控制着自己不对钟太妃恶言相向!

钟太妃却还径自落泪,诉说着自己的不易:"我原以为天衣无缝,但旁人质疑的眼神都能让我心神不宁。刚换的那天,我送孩子出宫,千万不舍,遇到一个拜见皇后的女孩,一番审视就让我心虚不已,你可知这二十年,我哪天不是饱受煎熬!我无德无能,惟愿子孙平安康健。今日将信物托付给你,只求你将信物带给怀瑜,助孟家平反,他这一生便可安然无忧……我也信得过怀瑜的人品,他拿到信物,绝不会对濯儿不利!就此掀去前尘,以后井水河水两不相犯,才是万全之策。"

事已至此,心心念念的仍是她的亲生儿子。真不知是该说可怜天下父母心,还是该为阿濯叫了她二十年娘亲不平。

苏箧衣屏住呼吸压下心中的怒意,她扶起钟太妃:"好,娘娘放心,微臣定不负所托。"

钟太妃将苏箧衣手中的簪子拿过来,按下旁边的珠花,簪子里的遗照便被抽了出来。同时她又将自己随身带着的玉佩摔碎,里面滚出一方小巧的玉印。

"你现在就出宫去找怀瑜,告诉他想办法将阿濯手中的东西取回去。让他……尽快行动!"

钟太妃面上闪过一抹坚毅之色,苏箧衣看着面前这个慈母之心淋漓尽致的女人,只怕,为了增加这东西的可信度,太妃今晚就会自尽。然而这也只不过是……她为自己的行为付出的代价罢了。

而此时我手里握着的,就是阿濯的身家性命。若是阿濯生长在孟府,以他的心性,如今过的又是怎样的生活?

被这些祸患拖累了二十年啊，阿濯，对你来说，也该是个尽头了。

从会宁殿离开后，苏箧衣直接出宫。她本是想快点将东西交给叶濯，但万万没想到，竟然在宫门口看到了老爹的马车。见苏箧衣从宫门口走出来，苏启跳下了马车。

"箧衣。你去见的是钟太妃？"苏启面上不带多余的情绪，但苏箧衣就是知道，恐怕老爹也接到了消息。

苏箧衣目光闪躲："我就在宫里随便逛了逛，有点迷路。反正我也不怕冲撞了谁，你也别担心了。"

苏启深深地看了苏箧衣一眼，突然风马牛不相及地说道："当年我和你祖父也如同咱们父女如今这般。我不理解他的做法，也根本不想了解，只觉得他太过迂腐，早就磨灭了为官的本心。"

苏箧衣低着头，看着自己的脚尖默不吭声。

苏启叹息一声："你从小到大，还没对我说过谎。你娘说孟家有异，想来此异处，便在太妃。北宁郡王早就见过太后，他在谋划什么，箧衣，你该是清楚的。一边是皇帝，一边是真假不明的王爷，哪边是正统，哪边才是代表法的君王，你该知道的。"

苏箧衣猛地看向苏启，心中哪还有什么不清楚的，老爹他原来是为了景康帝而来的啊。

"爹……我知道，但我无所谓。"

苏启面色一沉，话语间也带了几分威胁："那若加上你的父亲，和你的家族呢？"

家族和父亲啊……真是为难的选择。但如果为了自己的性命就枉顾真相，蔑视律法，就做违心的事，任由奢靡荒唐的帝王继续高枕无忧，任由大周江山千疮百孔……她做不到！

苏箧衣面色坚定了下来："父亲，我真的只是在宫里迷了路。"

苏启气急呵斥："箧衣——"

苏箧衣越过苏启，她最后深深地看了老爹一眼，选择了走向相反的方向："还有……我今晚依旧不回家。"

尾声 江山倾

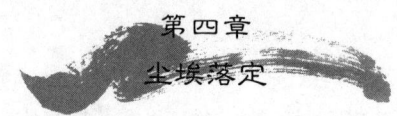

第四章 尘埃落定

今日的北宁郡王府,灯火通明。

叶濯斜靠着椅子目光一直望向院外,旁边除了云以游外,还有四五个面色沉重的生面孔。他们也随着叶濯的目光,频频往外看。

"王爷,苏箧衣她真的靠谱吗?"

"这么久了她还没回来,会不会——"

云以游打断了接连两人的质疑:"箧衣心性坚定,她认准的事,必不会中途放弃,大家少安毋躁。"

苏箧衣来的时候,叶濯碰巧刚走到门边。他上前两步,拉了苏箧衣进了东侧的厢房,将房间里望眼欲穿的其他人晾在了那里。云以游目光微跳,到底还是跟着站起来,对几人道:"今晚事关重大,大家都回去准备吧,等王爷出来,我们便要动手了!"

进了房间,苏箧衣第一时间将簪子交给叶濯,并将钟太妃交给自己的方法重复了一遍。叶濯接过簪子,面上无悲无喜,只有一片平静。

"阿濯,你安全了,为什么我感觉你并不开心呢?"

叶濯平静地望着苏箧衣,目光深处藏着几分眷恋和不舍,幽然的声音里透着分不清的落寞:"今儿夜里,什么时候我知道她死了,我才算是安全了。我叫了二十年母妃的人……就要死了。"

苏箧衣想要劝他,却又不知道该说些什么。

她咬了咬唇,上前两步轻轻地抱住了叶濯,虽然最后变成了自己贴在他的胸前,但倘若这样可以给一个人力量,那她愿意这么做。

"阿濯……你受苦了。我竟然什么都……什么都不知道。"

叶濯身体微僵,半响才幽幽叹息一声,反手将苏箧衣揽在怀里。叶濯微微低头,将下巴抵在苏箧衣的额头上。两个人的心跳声此时清晰地传到彼此的耳中,但听叶濯沙哑的声音从头顶传来:"我倒是宁愿自己,什么都不知道。糊里糊涂到死,也很好。"

"阿濯。"苏箧衣喊了一声，心中突然明白了为什么在云中第一次见面的时候，叶濯就那么厌恶自己的名字。他的名字？真是可笑……他那么讨厌别人叫他的名字，就因为其实连这名字，都不属于他吧。

叶濯的声音里带着疲惫："我只记得话本里，讲过狸猫换太子的故事。本以为我起码是个太子，到头来，不过是个狸猫。"

苏箧衣仰头，看着他棱角分明的脸上那抹化不开的愁绪和孤寂，忍不住伸手想要去抚平："狸猫……也有狸猫的……好处吧。至少你如今终于也安全了。"

叶濯轻笑一声，伸手揉了揉苏箧衣的头："得了吧，若是你那张笨嘴也能安慰人，天下就没什么不可能的事儿了。我还没沦落到要你安慰的分儿上。何况，那件事情，我早就猜到了。"

苏箧衣抬头看向他，不明白他到底是怎么知道的，这种事根本没证据。

叶濯并未认真给她解惑，只是低声问："你娘不是你亲娘，你感受不出来吗？"

苏箧衣沉默了半晌声音闷闷的："我不记得见过我娘……"

叶濯面上一僵，有些后悔自己这么说。这个笨丫头，说起来虽然有个会疼人的老爹，却又偏偏在官场上伤了她的心。

"说起来你和我也算是同病相怜了！不过你要比我幸运得多，还有亲爹在。不像我——"叶濯深吸了一口气，拿起桌上的玉，"是该有个了结了。'濯'，真是个好名字。只可惜，不是我的。"

苏箧衣担忧地问："你打算怎么办？你就打算这么单枪匹马地……去找孟愈？"

叶濯轻笑一声："为什么去找他？本王什么时候单枪匹马了——计家的势力，云家的支持，太后的帮衬，刚刚又让太妃闭了嘴，我要找也是找坐在龙椅上的那个人。只有了结了他，我才算是真的胜利！"

苏箧衣心中一窒。

原来当时叶濯提到那个位子时的言辞，不是一时戏言，自己一直以来不过是自欺欺人地安慰自己，做了缩头乌龟不敢去向他求证罢了。他虽然纨绔的名声在外，但皇室之人，又有哪个是真的单纯如斯的呢？尤其是他和云以游之间的关系，怕是早就在多年前就开始谋划这些事了吧？

感受到苏箧衣的沉默，叶濯伸手轻轻摸着她的头，语气轻了几分："我和怀瑜本不必争个你死我活，但是上巳之时，怀瑜对我动了杀心，他杀心已起，那我自是不能示弱的。我既是劣势，只能将计就计。怀瑜认为我已经没了威胁，自然

尾声 江山倾

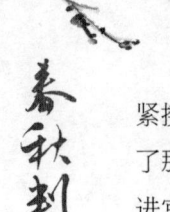

紧接着就要对景康帝叶沣动手了。否则他一直名不正言不顺地尴尬着，不就浪费了那么多年的长线？你以为叶沣为什么子嗣淡薄，固然是运气不佳，但自从霍晴进宫，别说皇子，连公主都没再添一个。偏偏这个时候，霍晴突然传来了有孕的消息——准备今晚动手的，不是我，而是他。我要做的只是切断他和霍晴的联系。至于这两样东西，不但是我的命门，也是他翻盘的资本。这东西我和他都不会昭告天下，他永远都是罪臣之后，御史中丞……但是，有没有这证据在手，完全不一样。"

苏箧衣转念便明白了叶濯的打算："那你是准备——坐收渔利。"

叶濯点点头，转而低头看她，目光深深地看进了她的眼中："苏箧衣，你害怕吗？"

害怕吗？苏箧衣也在心中问自己。要说不怕，肯定是假的。但想想对叶濯失败后身死的害怕，现在的这点害怕也就算不得什么了。不知道自己到底什么时候喜欢了他，也不知道自己还会喜欢多久。但从住进王府，从他一次次救自己的那些时日开始，自己就早已选择了他不是吗？

苏箧衣坚定地摇头，朝叶濯笑了笑："不怕。你都能笼络到那么多势力，何愁登不上宝座，我一个小角色，又有什么可怕的。"

只是，说完不怕，为什么心中突然变得那么空。

想到明天他便成了高高坐在龙椅上的那个人，是不是，今晚过后，自己和他之间的距离就再也无法如此时这般亲密？是不是以前那个任性纨绔却心地善良的叶濯，很快就要没有了？

叶濯并未察觉苏箧衣心中的失落，他轻哼一声，回答的是苏箧衣之前的轻叹："笼络么？我只是许给他们自己想要的东西罢了。太后和太妃一起害死了林皇后，她想要没有叶沣做皇帝的安稳日子；计家想要看霍家倒霉，而后自己独揽大权；云以游想要报仇，就让她去好了。只是许诺了给，我却是没说，要向他们要什么。"

苏箧衣诧异地看着叶濯，忍不住认真地重新审视他。

他是什么时候不再纨绔的？是什么时候开始伪装自己？这些令人心惊的算计，他又是在什么样的情况下领会的？

苏箧衣有些惊讶："你是要过河拆桥？"

叶濯并不介意在苏箧衣面前袒露真实的自己："皇帝又如何？孤家寡人罢了，

没有人承认,那就是个椅子,叶沣做了十一年皇帝,现在的下场,可真是太有趣了。"

苏箧衣听着叶濯的话,对于他将来的手段越发心惊:"你既是要实权……所以计家、云家还有太后,这些人……你都不可能留着。"

叶濯点点头,伸手拍了拍苏箧衣的头,动作轻柔:"时间问题。把赌注押在我这里,当然是饮鸩止渴。但他们就是趋之若鹜,非要以身犯险,我不过是从善如流罢了。自己做的事,终归是要有代价的。而我,本来就什么都没做。说起来,你不会真当云以游是全心帮我吧。"

不是真心的吗?

云家当年不就是因为救了叶濯,所以才会被帝王找各种理由削了爵位?云以游又是叶濯的师父,她和叶濯之间的师徒关系很是亲密……难道这些她看到的,也都是假的吗?

叶濯耐心地给她解释:"越州的案子,连你都能看破用药的玄机是人参夺了性命——而云以游当时所谓的一片丹心,乐善好施,你以为她是真的看不到危险,将人参送出来的吗?这世间本就没有什么因果报应,要是有,还要法律做什么?说什么轮回,讲什么善恶,无非是宽慰自己,让自己好过一点罢了。"说完,他并不看苏箧衣的表情,只是突然将她紧紧地抱在怀里,像是要抱到天荒地老,用尽了全身的力气:"今晚老老实实在王府等着。"

不给苏箧衣回答的余地,叶濯在她猝不及防的刹那,轻吻落在了她的额头。

叶濯的唇很凉,但落在额头的淡淡的唇印,却像是炙热的封印,从额头传递进心头,令苏箧衣的心不由地颤抖着。叶濯没有再看她,不曾回头地离开了房间。偌大的北宁王府在叶濯走出房间后,传来阵阵的喧嚣声,之后又迅速归于平静。

而苏箧衣半晌才有力气走到旁边的椅子上坐下,她的脑子里闪过很多东西,有她对叶濯越来越扑朔迷离的感情,有从云中相识开始叶濯一点点的变化,也有以前对孟愈的崇拜……一直到掌灯时分,苏箧衣才突然似笑非笑地轻呵了一声,原来这就是政治啊。可以从初见的那一刻便悄悄算计,可以颠倒黑白,可以掩盖真相,可以凌驾于律法之上,可以视生命如草芥。

叶濯他谋划着这一天其实不是一朝一夕了吧?

明天之后,大周会是什么样子呢?

他曾经谈起律法时虽然令人费解又总觉得有几分道理的目标,会一点一点去实现吗?

尾声 江山倾

还有自己……等到明天,又该何去何从?

原本心中那点迷茫终于突破了迷雾清晰了起来——叶濯他登上那个位子之后,无论自己是否还喜欢他,以后再没有机会了吧。自己还有不能放弃的理想要完成,他却自明天之后就要被束缚在那座更加空旷的皇城之中。再不能把酒言欢了吧,君臣、君臣……以后他就是自己要叩拜的帝王,皇权之下,怕是再无什么纯粹的东西了吧!

苏箧衣没有听叶濯的话一直留在王府,半夜时分,她一个人离开了王府,离开前,像是在做最后的巡视。

第二日,消息陆续传至宫外,景康帝误服丹药一夜暴毙。就在大臣们就新帝人选激烈讨论的时候,又传来消息说钟太妃自缢于宫中,而太后拿着钟太妃死前交出的先帝遗诏,拥立叶濯为新帝。并将钟太妃手中遗诏前因后果同大臣交代得清清楚楚。

怀有身孕的贤妃欲相争,却被后宫多位妃子联合指认她背叛景康帝,和他人有染的证据,虽未言明贤妃的情郎是谁,但证据确凿,贤妃在御书房外选择了自杀。

一夜混乱后,伴随着黎明的曙光,北宁郡王叶濯手持先帝遗诏顺利登基,是为庆仁帝。

苏箧衣再见到叶濯是在他的登基大典上。身为大理寺少卿,她跟随百官远远地叩拜新帝。

只见叶濯身穿龙袍,一步步走向那个最高的位置。他的眉宇间没有了往日的懒散和肆意,反而充斥着浓浓的帝王之气。

又过了小半月,朝堂之上的各派势力大多重新洗牌,叶濯原本纨绔、任性的面纱早已成为过去,百官眼中的新帝是雷厉风行、手腕了得隐忍蛰伏多年,又心系天下的有为之君。不过半月,叶濯重新调遣诸将驻守四方,升任贤臣,原本日暮西斜的大周朝又重新焕发了新的生机。

叶濯选了一个风和日丽的日子召见苏箧衣。

彼时,皇宫中放出了很多宫女,一时未增补人手,让这繁华的深宫异常冷清,在刺眼的阳光下这抹冷清越发突兀。

叶濯带着苏箧衣参观他少时生活的地方。走到他的房间,叶濯命太监端上来一个碗,他指着那个碗对苏箧衣说:"就是这样一模一样的碗里,装着让我痛彻心扉了数年的毒药。我至今还记得母妃喂我喝药时的表情,那可是我儿时少有的'温馨'回忆。哈哈,多么可笑。"

苏箧衣看着叶濯,终是淡淡道了句:"陛下,都过去了。"

"是啊,都过去了。"叶濯不再看那碗,往屋外走去,"走,带你看别处!这皇宫还有许多漂亮地方,你没有看过。"

这日,叶濯像是被打开了话匣子,喋喋不休地拉着苏箧衣一边走一边说,好像要在这一天领她看尽他的过去和未来。一直到日暮西垂,远远跟在后面的总管太监不得不上前提醒叶濯,宫门要落锁了,叶濯方顿住了脚步。

他逆光而立,面对着苏箧衣,目光深处暗含了几分期待:"箧衣,若是让你来这清冷的皇宫一辈子和我做伴,你愿意吗?"

苏箧衣闻言,又是欢喜又是悲痛,她垂首跪地,一字一句道:"臣志不在后院。恳请外放,虽不能入宫常伴君侧,但愿穷毕生之力,为皇上肃清天下,还大周一代盛世,河清海晏!"其实她是有一瞬间的心动的,她否认不了自己对叶濯的心意,但也放不下自己的理想。

叶濯毫不意外地笑了,说这些话的苏箧衣,灵魂在放光,这股耀眼的光比天际的日落斜晖要夺目得多。

"朕,准了。"他最后一次紧紧地抱住苏箧衣,直到日头落尽才放手。从此,叶濯的软弱和苏箧衣抱着他时轻声唤的那句"阿濯"一起,随落日消亡了。他是大周庆仁帝,是高高在上却又孤寂的寡人。

庆仁帝元年,大周第一位女官苏箧衣奉旨外放,其父京兆尹苏启再度辞官回江南。

庆仁帝二年,亲自下旨为二十多年前的孟家冤案平反,二十年前的败绩大白于天下,一时间边疆再次蠢蠢欲动,然不待异族有所动作,庆仁帝便诏令四方边关征募的"私军"冲向边疆,死死震慑住了异动的各族,庆仁帝的帝王之威越发浓郁。

后来的每一年,都会有原来的世家败落,有新起的清贵之家崛起。甚至后来就连盘踞大周数十年的云家商铺也逐一关闭,全国兴起了很多新的商铺。

彼时,苏箧衣辗转多个州府,在不同的地方,做同样的提刑使。等到庆仁

尾声 江山倾

二十二年她调任云中,苏提刑之名,已是无人不知,无人不晓了。甚至江湖之中游走的说书人特意为她写了一阕诗,颂扬着她的功绩,也颂扬着天下太平再造盛世的大周!

千古悠悠,几度春秋。驱鬼魅、誓不休。判人间,欲济无舟,孤身涉激流。辨阴阳,分经纬。真假何在,善恶何求,且提笔,判春秋。

微信扫码向作者提问,了解更多幕后创作故事。

春秋判

蔽芾甘棠 白发生

番外

番外一
蔽芾甘棠

时光荏苒。

庆仁帝六年，因苏箧衣破获云家通敌卖国大案，庆仁帝破例召见苏箧衣回京面圣。苏箧衣回来的时候，正是盛京暮春时节。她跟着引路的太监一路从皇宫正殿绕至御花园，庆仁帝懒洋洋地偎在一处凉亭中，等人到来。

苏箧衣行三跪九叩大礼，庆仁帝挥挥手，让她坐到自己对面。

不冷不热的几句寒暄之后，苏箧衣和庆仁帝之间开始了漫长的沉默。一直到茶热了又凉，苏箧衣终于忍不住起身告退，她朝庆仁帝行了礼，后退了几步又突然大胆起来，看向他笑着问道："用我除掉她，以后，会用谁来除掉我？"

庆仁帝坐在椅子上，微仰着头看她："永远不会是你。"说着也起身往外走了两步，"看来苏卿家舍不得走，那不如朕送你一段路。"

苏箧衣微微低头，视线不再逾礼地看向庆仁帝，而是看着地面。

有内侍走近，轻声询问："陛下，外面落雨了。您看……？"

"拿把伞来。"庆仁帝吩咐一句，便向殿门走去。

雨突然下得极大，走到雨中的一瞬，仿佛只剩下雨滴敲在伞面上的声音——早有内侍为庆仁帝撑起了伞。但他却从内侍手中接过伞，朝身边的人道了一声："过来。"

苏箧衣回过神来："什么？"

庆仁帝把伞微微向后倾斜，又向前伸去："到伞下来。"

苏箧衣低头，一如既往地"温顺"地走到庆仁帝身侧，可惜她只温顺了不过几步的时间，"为什么永远不会是我？"

"为什么会是你？"庆仁帝轻笑反问，"苏卿家此番寻得云家私通敌国的关键证据，又立了大功，朕为何要自绝肱骨？"

"那……"苏箧衣沉默片刻，再开口语气说不清是愤怒还是悲凉，"为什么是云以游？"

"没有为什么，从一开始就注定是这样的结局，我和她都知道。"庆仁帝的声音没有起伏。

"那她为何还要——"苏箧衣语气有些急了起来。

"这个问题，你该去问她。"庆仁帝打断她的话，语气带着几分嘲讽和不耐。

接下来两人再没有交谈，只不紧不慢地在宫道上走着，内侍和宫人远远地跟着——苏箧衣在庆仁帝的右手侧跟着，落后了小半个身子。庆仁帝不动声色地把伞向右后倾斜了大半，然而苏箧衣只盯着地面，并没有发现庆仁帝左侧淋湿了大半的身子。

庆仁帝的余光瞥向苏箧衣，心中轻呵，看上去无可挑剔，实际上蠢到极点。

苏箧衣许是察觉到了庆仁帝的目光，她又突然蓄满了勇气，仰头问道："陛下……这些年……可还好？"

"当然好。"庆仁帝轻笑，"奸佞已清，忠臣辅佐，朝堂安宁，北疆平定，百姓和乐——"

苏箧衣目光复杂，脸上有一瞬间所有的表情都露了出来："我问的是，阿濯，你可还好？"

庆仁帝低叹："亏得雨声大，若是让人听见你这话，再让御史们知道，你这女官就不要做了。"

苏箧衣看着近在眼前的宫门，胆子越发大了起来，她的声音带着几分急促，似是有了千言万语，都想在到达宫门前说完："我……微臣一直都很好，案子都很顺利，也去了很多地方，长了不少见识，表妹还一直说要把她的小儿子过继给我，我没答应，不过她还硬是让孩子同我姓苏，上次来信听说已经识字了——呃，嗯，就这样，不必担心。"

庆仁帝停下了脚步，目光复杂，平淡无波的心绪也被她招惹得乱了起来。

案子很顺利？真以为三年前盐税大案，你这个朝廷命官遇刺，差点死在任上，会无人禀告么？

去了很多地方……若不是州府上书不愿与女人共事，又怎会把你调去别的郡路。

至于你表妹……苏家如今还与你有来往的，就只有她了吧。'

人生没有走不完的路，宫门口还是到了眼前，庆仁帝亲自出现，守门的侍卫慌忙行礼。外面等着的车夫已经将马车赶了过来，苏箧衣却固执地站在原地，面带倔强："陛下……？"

庆仁帝突然伸手，却又停在半空，沉吟了一下又放了下去："我很好。"庆仁帝笑看着她，"孤身一人，再好不过。"

苏箧衣原本鼓起的勇气像是泄了气的皮球，一下子消失得彻彻底底，她低头匆匆行了一礼，向马车走去。

后来，苏箧衣一生再未进过盛京。

北周中兴，庆仁之治，广为后世所津津乐道。

人们都说北周能在蛮族铁骑觊觎之下又兴盛世，是朝堂上一批批贤臣的功劳。至于庆仁皇帝，大概要赞他一句无为而治。这位深居简出的神秘帝王，从庆仁六年之后，就再也没有离开过皇宫，甚至大大小小的祭祀庆典，他都未曾出席。有人猜测他容貌丑陋，有损帝王威严；有人猜测他身患隐疾，无力行走……但是野史中又都记着，庆仁六年那个雨天，素来没什么森严等级观的北周百姓，像往常一样看向宫门城墙的时候——分明瞧见那个青年帝王，容貌俊美，气度雍容，真的仿佛天子下凡护佑众生一般，威严凛然。

他长久地立在宫墙之上，仿佛在，目送着什么一般。

微信扫码，听本番外专属配音。

番外二
白发生

景康三年，先帝最小的皇子叶濯被赐封北宁郡王，从皇宫搬入北宁郡王府。彼时，年方十岁的北宁郡王叶濯，因幼时身中剧毒，身体虚弱，搬入王府后不久便病倒在床。

"师父……"叶濯咽下口中的药，苦得舌头都麻了，说话也略显含混不清，"我，我不想住在王府。"

"阿濯现在是大孩子啦，当然要自己搬出来住咯。"云以游抬手又将一勺药喂给叶濯。

未到三十的云以游自云老太爷去世后，便一手接过了云家产业。经常天南地北地洽谈合作，很少留在盛京。此次入京，是因为当年自己亲手苦求父亲出手相救的北宁郡王叶濯病入险地，她匆忙赶回，带着从江湖找到的妙手神医，秘密入北宁郡王府，为其治病。

云以游坐在床边，脸上没有什么情绪，只一勺接一勺地给叶濯喂药。

"可是王府里——"叶濯好容易咽下这一口，话还未说完，又被汤匙抵到嘴边，一不留心，便被呛到了。

云以游无奈地放下药碗："让你自己喝，苦一下就过去了；非要让我喂你，又呛着了吧。"

叶濯咳了几声，缓过劲来，拿起云以游放在床边的药碗，一口喝光了剩下的药，嘴也不擦，便对着床里侧躺下了。

云以游已经踱到房间另一边，从书架上随手抽了一本书。书页崭新，只在三分之二厚度地方的某一页随意折了一个角。

"禾部你都看完了？"云以游翻到那一页，随口问道。

"嗯。"叶濯闷声答道，似是还在为方才生气。

云以游轻叹一声："那我就随便考你咯。答不上来，等着捏脸。"

"嗯。"叶濯仍是带着脾气。

云以游往前翻了一页，看到书角的图画，心内一动，便念出了植物的名字："窃衣。"

"苦、辛，微温。有小毒。别名水防风。"

叶濯继续背着，和书上所写一字不差。

云以游挑眉，颇有些难以置信地看着叶濯。以前抽空教他，他都记得七零八落，怎么这本书背得这么好。又随口抽查几个，叶濯照旧对答如流。云以游以为他又在玩什么花样，不由得加重语气："阿濯——"

"我是真背下来了。"叶濯从床上坐起，不满道，"看一遍不就记住了吗？又不是什么难事。"

"为师以前怎么不知道你有过目不忘的本事，每次教你什么都记不住。"

叶濯低下头，半晌，才低低说道："那样师父就会多陪我一会儿了啊。"

这回倒是轮到云以游语塞了。

"师父，你这次回京城，是不是可以不走了？"叶濯满怀期盼地看着她，"父皇已经死了……你也不用再那么怕他了吧……"

"我每年都会回来的。"云以游走到床边，俯身弯腰，平视着叶濯说道。

那就是还要走了。

叶濯长叹一声，伸出手，抚上云以游额前碎发，略一停顿，摸上云以游的头："师父，那你什么时候嫁人啊？"

云以游也不躲，看着他故作深沉，不由得笑出声："阿濯是看上哪家的姑娘，想讨来做师娘？"

"我是听姑奶奶老念叨你，"叶濯愤然道，"姑奶奶说女孩子十五岁就可以嫁人了。"

"表姑啊……"云以游苦笑，"阿濯帮为师谢谢她好意就行了。"

叶濯踌躇片刻，终是问道："师父，那你嫁给阿濯好不好？"

"不好。"

北宁王人生中第一次求婚，就这样被干脆利落地拒绝了。

云以游看着叶濯一副受伤的表情，颇为头疼，坐在床边，问道："你是不是又被人欺负了？是阿愈？"

"当然不是，这半年以来，他疯了一样读书，连房门都不出，我都见不到他。"

"所以他不在，没护着你，你就被别人欺负了？"

叶濯迟疑许久，还是低声说道："是霍晴。"

"霍晴？"云以游不禁笑出声，"她才六岁啊，就算是打你，你也给我忍着，不然哪有点男孩子的样子。"

"她抢我东西。"

"抢回来啊。"

"可我追不上她。"叶濯头都快低到床上了,语气也委屈得快哭出来。

云以游一时不知说什么好,拉过叶濯的手,摸着他的脉象。饶是自己医术不精,也能大概明白叶濯现在的身体状况。至少还要调理四五年,才能勉强过得正常一些。而幼时落下的病根,是肯定要缠他一辈子了,日后就算性命无虞,病痛也是少不了的。

怎么办呢。云以游按着眉心,仔细想着解决之法。

"怎么办啊?"叶濯也在一边问道。

"唔……"云以游这才想起,忘了解决这孩子的难题,"那就暂时不要了——她抢了你什么?师父再给你买个新的。"

"东西已经还回来了,霍大人第二天就派人送回来了。"

"这不就好了。"云以游起身,"师父今天先走了。"

"等等。"叶濯紧紧攥住云以游的衣摆,"以后师父被人抢走了,我怎么办?"

云以游一根根掰开叶濯的手指,并不答话。

"若我那时依旧是一点儿办法都没有,只能看着你被人抢走,我又没有能力要回来——怎么办才好?"

"阿濯,终有一日,你再不会担心失去什么。"

"因为,失无可失?"

"不是的。"云以游说道,"终有一日,你会有能力,保护你想保护的东西。但是那时,师父对你,就已经不再重要了。"

"师父一直都会是我最重要的人啊。"

那是因为你什么都不知道啊。云以游心内苦笑。叶濯依赖她,其实,她才是最为依赖叶濯——也只有对着这个孩子,才能忘记她做过什么,也暂时不用去想,她还要做什么。

叶濯缓缓垂下手臂。

云以游脚步轻移,并未离开,而是打开了窗子。今日风大,怕吹着叶濯,未曾开窗,关住了屋外满园春光。推开窗子,恰逢一缕风卷着花瓣,云以游伸出手,接住一片桃花:"阿濯,你知道,用什么方法说的话,才最有分量吗?"

"君子一言九鼎。"

"是用'死'说的话,最有分量,也最不容人质疑。"云以游说道,"如果大家都不相信你,或者,你想要把一句话刻在某人心中,让他永生不忘——那,就用

'死亡'去说好了。"

"师父，我可不想用这种方法把你留下来。"

"阿濯，好好养病，等你再好些，师父带你去越州看桃花。"

"好。"叶濯终究是小孩子，听到这一句许诺，立刻忘了方才的阴郁，来了精神，爽快答道，"一言为定！"

"一言为定。"

云以游侧过头看着叶濯，巧笑嫣然。

庆仁帝六年，云家被查出通敌叛国的罪证，云家家主云以游被就地押解入狱。当行刑的钦差扔掉手中的牌子，身侧的官差手起刀落间，云以游突然轻轻地叹息起来，到底还是食言了啊。

云以游失去意识之前最后想起的是自己七岁那年的沉沉往事：七岁的自己扛着花锄，跟着父亲，种下一棵棵桃树苗。

"以后这就是你的嫁妆。"父亲见她种得不耐烦，便笑话道，"崎儿自己都不上心，日后没嫁妆怎么办？"

"我堂堂云家大小姐，御笔封的文郡主，嫁妆就这么几棵破桃树啊？"云以游干脆利落地扔了锄头，抱怨道。

"等你以后有了心上人，就带他来看这片桃林，告诉他，这都是你自己种下的，岂不妙哉？"父亲说道，"那时若父亲不在你身边，让桃花看过，也算是让父亲看过，替你把关了。"

"这倒不错。"云以游点点头，"可这么几棵也太少了，咱们把那边的地也买下来，种十里好不好？"

怎么偏偏把这个承诺，许给了那个小鬼？这个逆徒，下辈子早生十年吧。

此生——我可是都已经拼上性命，来说我想说的话了，你听到了吗，阿濯？

微信扫码，加入《春秋判》推理圈，听配音版番外，看第二结局。

图书在版编目(CIP)数据

春秋判 / 叶无酒原著；杨片片改编.

—武汉：长江出版社，2018.4

ISBN 978-7-5492-5694-5

Ⅰ.①春… Ⅱ.①叶… ②杨… Ⅲ.①言情小说—中国—当代 Ⅳ.①I247.5

中国版本图书馆 CIP 数据核字(2018)第 062987 号

春秋判 / 叶无酒 原著 杨片片 改编

出　版	长江出版社
	(武汉市解放大道 1863 号)
选题策划	邹石川　李诗琦　栾宇昂　杨圆
市场发行	长江出版社发行部
网　址	http://www.cjpress.com.cn
责任编辑	吴曙霞
封面绘画	森森 Christina
装帧设计	汪雪　彭微
印　刷	中印南方印刷有限公司
版　次	2018 年 4 月第 1 版
印　次	2018 年 4 月第 1 次印刷
开　本	700mm×1000mm　1/16
印　张	17
字　数	294 千字
书　号	ISBN 978-7-5492-5694-5
定　价	32.80 元

版权所有　盗版必究(举报电话：027-82926804)
(如发现印装质量问题，请寄本社调换，电话 027-82926804)